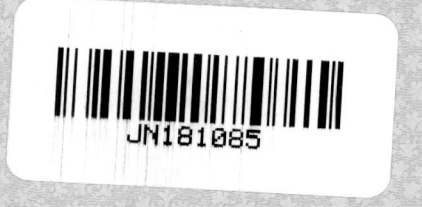

新注和歌文学叢書 15

賀茂保憲女集新注

渦巻 恵 著

青簡舎

子知らず
親一寸
先真つ暗
終田楽

遠藤周作

目次

凡例

注釈

序文……3

和歌……90

異本独自歌……322

解説

一、賀茂保憲女について……335

二、本文について……339

三、集の特徴について……342

四、集の評価について……345

参考文献……354

各句索引……355

あとがき……369

凡　例

一、本書は、『新編国歌大観』「賀茂保憲女集」の底本となった榊原家本（日本古典文学影印叢刊九『榊原本私家集（一）』昭和五三・一〇刊所収）を本文に用い、歌番号は『新編国歌大観』によった。

一、校異は、『私家集大成』「保憲女Ｉ」に翻刻された書陵部蔵一五一・二三八「加茂保憲女集」、『私家集大成』「保憲女II」に電子化された冷泉家時雨亭叢書『平安私家集　五』所収「賀茂女集」を校合し、それぞれ（私Ｉ）（私II）と記した。異同部分については、本文に傍線を引いて示した。「なを・なほ・猶」といった用字の違いは異同として扱わない。その他の特筆すべき異同については語釈において指摘し、榊原家本を底本とする『新編国歌大観』についても必要に応じて（国）として校異に挙げた。

一、整定本文については、次のような処置を施した。

1．用字は通行の字体を用い、底本の仮名遣いは歴史的仮名遣いに改めた。

2．仮名は適宜漢字に改め、濁点及び句読点を施し、必要に応じて送り仮名を補った。

3．本文に問題がある場合は、その理由を語釈の項に記した。

一、全体を、本文、〔校異〕、〔整定本文〕、〔現代語訳〕、〔語釈〕、〔他出〕、〔補説〕の順に記し、他出がない場合は略した。また、序文は適宜番号を付して区切り、注釈した。本文に問題があり、現代語訳を施せない場合は、やむを得ず空欄のままにした。

一、引用した和歌は『新編国歌大観』、『私家集大成』により、平仮名は適宜漢字に改めた。万葉集の本文は『新編国歌大観』により、歌番号は旧国歌大観番号を用いた。和歌以外の作品は『新編日本古典文学全集』（小学館）、『新日本古典文学大系』（岩波書店）、『新釈漢文大系』などを用い、一部表記を改めた。

一、〔語釈〕及び〔補説〕に引用した先行論文を次のように略し、その他のものは、文中に示した。武田早苗『賀茂保憲女集』（『和歌文学大系20』明治書院　二〇〇〇年）→『和歌大系』、磯村順子・鬼頭恵美・古賀直子・田口由利子「『賀茂保憲女集』研究ノート（1）（2）（3）」（「金城国文」57・58・59　一九八一・三、一九八二・三、一九八三・三）→『研究ノート』。

注釈

〔1〕しきしまの世中、わかみかとの御しそく、くにのうちのつかさ、ち、のかと、すきにしとしころ、ならへる月日のなかにもとむれと、我身のことかなしきひとはなかりけり。としのつもるままに物おもひしけりけるときにおもひけるやう、はかないと《り歟》もといへと、むまる、よりかひあるは、すたへことひさしからす。はかないむしといへと、ときにつけてこゑをとなへ身をかへぬなし。か、れば、とりむしにをとり、木にはをよふへからす。くさにたにひとしからす。いはんやひとにはならはす。

〔校異〕 ○御しそく、くにのうちのつかさ―おほむ六十よこくのも、ちのつかさ（私II） ○我身のこと―わかこと（私II） ○かなしきひとはなかりけり―かなしきはなしとおもふ人ありけり（私II） ○物おもひしけりけるときに、おもひけるやう―ものおもひしけり《たイ》けるときに、おもひけるやう（私I）、思ひける（私II） ○はかない―はかなき（私II） ○とも《り歟》―とり（私I）（私II）（国） ○と―と《もイ》・（私I） ○むまる、よりかひあるは、すたへことひさしからす。はかないむしといへと―むまる、よりかひあるはすたつことひさしからす、はかないむしといへと（私I）（国）、ナシ（私II） ○こゑをとなへ身をかへぬなし―こゑをとなへ身をかへ《らイ》ぬなし（私I）、こゑとなへて、すをか、ぬなし（私II） ○とりむし―とり（私II） ○をよふへからす―をよはす（私II） ○ならはす―なすらふへからす（私II）

〔整定本文〕 しきしまの世の中、わが帝の御親族、国の内の司、千々の門、過ぎにし年頃、慣らへる月日の中に求むれど、わが身のごと悲しき人はなかりけり。年の積もるままに物思ひしげりける時に思ひけるやう、はかない鳥といへど、生まるるよりかひあるは、巣立つこと久しからず。はかない虫といへど、時につけて声を唱へ身を変へぬなし。かかれば、鳥虫に劣り、木には及ぶべからず。草にだに等しからず。いはんや人には並ばず。

〔現代語訳〕 この世の中において、わが帝のご親族、国内の官人、多くの家、過ごしてきた年月、住みなれた月日の中に探し求めても、わが身のように悲運な人はいないことだ。年を重ねるのにつれ物思いが増さる中で思ったのは、頼りない鳥といっても、卵で生まれてから甲斐があるのには、巣立つのに時がかからず、つまらない虫といっても、時に応じて声を上げ姿を変えないものはいない。したがって、（私は）鳥虫に劣り、木には及ぶべくもない。草にさえ等しくない。まして人には並ぶこともないのだ。

〔語釈〕 **○しきしまの** 古くは「大和」に掛かる枕詞であったが、「大和」や、日本そのものをいうこともある。「言ふよりも聞くぞ悲しきしきしまの世にふるさとの人やなになり」（蜻蛉日記・中・天禄二年六月）。好忠百首序文にも「ももちの数を詠み続け、あまたのことに言ひつらねて、しきしまの三輪の社の山のふもととなる、すきずきしくぞなりにけれど」とある。**○御親族、国の内の司** 「私II」には、「御六十余国のもゝちの司」とある。令制国は、畿内七道の六十六か国に、壱岐・対馬を合わせると六十八か国になる。そのため、日本全土のことを「六十余国」と表現することもあった。「わがみかど六十余国のなかに、塩竈といふ所に似たる所なかりけり」（伊勢物語・八一段）。「親族」は、「しぞく」と訓じる。「しぞくに侍りける女の、男に名たちて、かかる事なむある、人に言ひ騒げと言ひ侍りければ／かざすとも立ちと立ちなんなき名をば事なし草のかひやなからん」（後撰・雑三・一二二〇・貫之）。**○慣らへる** 住みならってきた。「春霞立つを見すててゆく雁は花なき里に住みや慣らへる」（古今・春上・三一・伊勢）。**○わが身のごと** 「ごと」は「ごとく」の略。序文に漢文訓読語や「べう」などの音便が用いられるのは、洗練されていない日常的用語が混入したためとする指摘がある（関一雄「賀茂保憲女集序文の語彙と築島裕説」日本文学研究48号 二〇一三・二）。**○悲しき人** わが身を「悲しき人」と傍観して表現する。「私II」では「わかごと悲しきはなしと思ふ人ありけり」と、物語化した表現になっている。わが身の悲しさを嘆く歌は、「おほかたの秋来るからにわが身こそ悲しきものと思ひ知りぬれ」（古今・秋上・一八五・よみ人しらず）などと見出せるが、当該部分は、世の中を俯瞰で捉えた上で、わが身が最も悲しい人であると、自己を客体視する表現になっている。「千々」

と「わが身の悲しさ」の用語の組み合わせから、「月見れば千々に物こそ悲しけれわが身ひとつの秋にはあらねど」(古今・秋上・一九三・大江千里)も想起される。**○物思ひしげりける** ひどく物思いをすることを「繁る」とするのは「秋ちかうなるもしられず夏の野にしげる草葉とふかき思ひは」(村上天皇御集・一六)など。**○思ひけるやう** 思ったことには。回想の助動詞「けり」を用いて、物語風に語る。序文末尾部29においても「此歌は、天の帝の御時に、もがさといふもの起こりて病みける中に、賀茂氏なる女、よろづの人に劣れりけり。さる中に、ただもがさをなむすぐれて病みける」と、自身を三人称化して綴る部分に「けり」が頻出する。**○はかない鳥** 集一九四番には、鳥の中でも育ち方に優劣があり、あるものははかなくつまらない生涯を送ることになると詠まれている。**○かひ** 「甲斐」に「卵」を掛ける。**○巣立つ** 底本には「すたへ」とあるが、「巣絶へ」では意味が通らないため、「巣立つ」と校訂する。**○身を変へぬなし** 身を変えないものはない。虫が幼虫から蛹、成虫に変態することをいう。異文は「巣をかかぬなし」。一人前に巣を作らないものはない、の意になる。久保木寿子氏は、白氏文集の「前日巣中卵　化作雛飛去　昨日穴中虫　蛻為蟬上樹」(巻十「村居臥病」)を踏まえたと指摘する。また、単に鳥や虫を共感の対象とするのでなく、変化成長するものとして見ていることが共通し、さらにその基盤にある「万物が常に生じ続け、活動してやまぬこと」の意の「生生」という「易」の発想に連なっていると論じる(「賀茂保憲女集試論―初期百首と暦的観念―」文学・語学147号　一九九五・八)。

〔補説〕 集の最大の特徴は、長文の序を持つ点である。保憲女の歌には古今集の影響も多く認められるが、先行する好忠百首や、好忠三百六十首歌をはじめ、好忠に追随して百首歌を詠んだ源順、恵慶などの歌人の影響も見出せる。序文に認められる訴嘆の調子は、特に好忠百首の序文に倣ったのであろう。好忠は「蓬の門に閉ぢられて、出で仕ふることもなき、わが身ひとつには憂けれども」、「朝に通ひし玉のとぼそも、夕べには八重葎に埋もれて」、「雲に鳴く鶴も、つひにむなしく、溝に這ふ虫も、心の行方は隔てなしと思ひなせば、なにはなるあしきもよきも同じ事、好くも好かぬもことならず、名をよしただと付けてけれど、いづこぞわが身、人と等しきとぞや」と、世間に取り残された身を嘆く。保憲女はこの序文にわが身を重ねて共感し、この序を成したのであろう。筆を進めるうちに序は長大なものになった。総序、四季序、恋序、結序と続き、いったん集を閉じてから、さらに雑序が綴られる。本書では、結序までを便宜的に三十分割し、番号を付した。

〔2〕ちはやふる神代より、ひとをはかしき《こ歟》ものにしけるそ。そらをとふとりといへとも、みつにあそふいをといへとも、はりをまうけ、いとをすけて、そのまなこをとちて、ふかきうみといへと、きをくほめ、かちをまうけて、おのつからわたりぬ。すへてかそへは、はまのまさこもつきぬへう、たこのうらなみもかすしりぬへうなし。

〔校異〕○ひとをはかしき《こ歟》ものにしけるそ―ひとを《はイ》○さかしき《かしこきイ》ものにしけるそ（私Ⅰ）、人をかしこしといひをきけるは（私Ⅱ）、ひとをばかしこきものにしけるぞ（国）○いをといへとも―ものとも（私Ⅱ）○すけて―すけ（私Ⅱ）○そのまなこをとちて―心にまかせとりつめり、ゆくゑもしらす（私Ⅱ）○うみといへと―うみをも（私Ⅱ）○くほめ―くほめて（私Ⅱ）○まうけて―かけて（私Ⅱ）○へう―へく（私Ⅱ）○へうなし―へ《もイ》うなし（私Ⅰ）、へくなむ（私Ⅱ）、べうなむ（国）

〔整定本文〕ちはやぶる神代より、人をば賢きものにしけるぞ。空を飛ぶ鳥といへども、水に遊ぶ魚といへども、針を設け、糸をすげて、その眼を閉ぢて、深き海といへど、木を窪め、楫を設けて、自ら渡りぬ。すべて数えば、浜の真砂も尽きぬべう、田子の浦波も数知りぬべうなし。

〔現代語訳〕神代から、（神は）人を賢いものに作ったのだ。空を飛ぶ鳥であっても、水に遊ぶ魚であっても、針を用意し、糸を結んで（捕え）、その目を閉じ、深い海といっても、木を彫って（舟にして）、楫を作って、自分で渡ってきた。（人の賢さを）すべて数えると、浜辺の砂も尽きてしまったり、田子の浦の波の数も数えきってしまうことのないようにたくさんある。

〔語釈〕 **○ちはやぶる神代**　序文冒頭「しきしまの世の中」と対比させたもの。古今集序文にも「ちはやぶる神代には歌の文字も定まらず、素直にして言の心わきがたかりけらし。人の世となりて素戔嗚のみことよりぞ三十文字あまり一文字は詠みける」とある。**○賢きものにしけるぞ**　「かしこき」は、「私Ⅰ」では「さかしき」とあるが、同意。文末の「ぞ」は、強意。「名にめでて折れるばかりぞ女郎花われ落ちにきと人に語るな」（古今・秋上・二二六・遍照）。**○針を設け糸をすげて**　鳥や魚を捕えるために、針を準備し糸を通すというのである。「舟を刳（ゑ）り木に弦をすけて天下を威（かしこ）まらしめて群生を斎（すく）へり」（大唐三蔵玄奘法師表啓平安初期点・八五〇年ごろ成立）。鳥を捕えるのに針と糸を用いるのはいささか不審ではあるが、糸を張った網で捕えるということか。**○眼を閉ぢて**　鳥や魚の目を閉じるということ。「眼閉ぢたまひしところにて、経の心解かせたまはんとにこそありけれ」（蜻蛉日記・上・康保二年）。ここは、食べるために鳥や魚を殺すことをいうのであろう。異文は「心にまかせとりつめり」とある。人が自分勝手に鳥や魚を獲るようだ、ということか。**○窪め**　「窪む」は、窪んだようにする意。ここは、木を削って舟を作ることをいう。「黒方を大いなる土器のやうにつくりくぼめて、おほひたり」（うつほ物語・蔵開・中）。久保木寿子氏は周易の「作結縄而為罔罟、以佃以漁……刳木為舟　剡木為楫、舟楫之利、以済不通、致遠以利天下」（「繋辞下伝」）を挙げ、保憲女が易の観念を踏まえたものであると論じている（「賀茂保憲女集試論―初期百首と暦的観念―」文学・語学147号　一九九五・八）。**○浜の真砂**　数が数えきれないほど多いことを例える。「わが恋は読むとも尽きじ荒磯海の浜の真砂は読み尽くすとも」（古今・序文）。**○田子の浦波**　「田子の浦」は駿河国の歌枕。「わが恋を知らんと思はば田子の浦に立つらん波の数を数へよ」（後撰・恋二・六三〇・藤原興風）のように、数が数えきれないほど多いことを例える。**○知りぬべうなし**　「浜の真砂も尽きぬべう、田子の浦波も数知りぬべう」と並列しているため、「なし」が「尽きぬべう」「数知りぬべう」の両方に掛かり、「浜辺の砂も尽きることがないほど、田子の浦の波の数も数えきれないほど、たくさんある」という意になる。「国」は「べうなむ」と読み、「私II」にも「へくなむ」とある。浜の真砂の数も、田子の浦波の数も数えきってしまいそうだ、の意になる。

〔補説〕 序文1では、自分が鳥や虫どころか草木にも劣る存在であり、まして世間一般の人に比べられようもないと嘆き、序文2から5までは、その一般的な人の賢い生き方を並べ挙げる。

〔3〕心、をとこをんなさまにしたかひ、あけの衣としことにいろまさり、つたなきまつにすむたつは、みのころもとしふれといろをかへす、のそみはふかけれと、たにのそこに身をしつむることをなけき、あるは世をそむき、のりにおもむいてこゝろをふ《はイ》かき山にいれて、みのをかけていしのたたみに身をかけて、こけのころも、きのはをつきにしてまつのはをくふ。これはよはひをたもつとき、たり。

〔校異〕 ○心―又《心イ》（私I）、ナシ（私II）（国） ○をとこをんな―おとこも女も（私II） ○まさり―まさり《かはイ》（私I）、かはり（私II） ○つたなきまつにすむたつは―つたなきまつにすむたつ《つるイ》は（私I）、つたなきは、まつにすむつるは（私II） ○みのころも―みのしろころも（私II） ○いろを―いろ（私II） ○のそみはふかけれと―のみそ身はふるれと（私II） ○しつむる―しつむ（私II） ○そむき―そむきて（私II） ○のりにおもむいて―ナシ（私II） ○こころをふ《はイ》かき山にいれて―いとふかき山にいり（私II） ○かけて―かけ（私II） ○身をかけて―ね（私II） ○こけのころも―ナシ（私II） ○きのは―木のふし（私II） ○は―ナシ（私II） ○とき、たり―事たまに、たり（私II）

〔整定本文〕 心、男女様に従ひ、朱の衣年ごとに色増さり、拙き松に住む鶴は、身の衣年経れど色を変へず、望みは深けれど、谷の底に身を沈むることを嘆き、あるは世をそむき、法に赴いて心を深き山に入れて、蓑を掛けて石の畳に身を掛けて、苔の衣、木の葉を坏にして松の葉を食ふ。これは齢を保つと聞きたり。

〔現代語訳〕 心映えは、男女それぞれに応じて、(五位の)朱の衣は年々色が濃くなり(出世し、それに対して)卑しい松に住む鶴は、身の衣が何年たっても色を変えず、望みは深いものの、深い谷の底に身を沈めたままであることを嘆き、ある者は出家して、仏道修行に精進し志深く深い山に入り、蓑を肩に掛け石畳に身を寄せかけて、苔の衣をまとい、木の葉を皿にして松の葉を食べる。これは長寿を保つと聞いた。

〔語釈〕 **○心** 「私II」になく、「私I」には「又」とある。いささか唐突であるが、榊原本の他の「心」の字体を見ると同じであるので、ここは「心映えも、身を装う衣の色もそれぞれの境遇に従って変化するものだ」の意として解しておく。**○様** 身のほど。「着たる物の様に似ぬは、ひがひがしくもありかし」(源氏物語・玉鬘)。**○朱の衣** 令制により五位の人が着ると定められていた礼服用の緋色の衣のこと。**○色増さり** 五位の位を表す位色は浅緋、四位になると深緋になるとされていた。ただし、小右記、正暦三年(九九二)九月一日条には「近代三・四位袍、其色一同」(胡曹抄による引用)と伝えている。五位は四位の深緋を用いることになり、位色は、天皇・東宮のほかは、黒・緋・緑の三種となって、深浅の区別はなくなった。当該部も「年ごとに色まさり」とあるので、五位から四位になって礼服の緋色が濃くなるというのではなく、位色が緑、緋、紫、黒と位が高くなるにつれて色濃くなることをいうのであろう。好忠百首には「松の葉の緑の袖は年経とも色変はるべきわれならなくに」(好忠集・四二四)とも。**○拙き** 卑しい、つまらない、の意。「わが拙き娘の腹に生まれたまへれば、かく知られぬ君にもあるなり」(うつほ物語・吹上・上)。**○松にすむ鶴** めでたい長寿の象徴として歌に詠まれることが多い。「わが宿の松の梢に鳴くたづは千代のゆかりとおもふなるべし」(忠岑集・一八五)。当該部は、めでたいはずの松に住む鶴も、その松がつまらないものだったらば日の目を見ないという。人も出自が卑しければ出世することが叶わないことを例える。**○身の衣** 「たづは、身の衣」の部分に「つるばみの衣」を隠し題のように響かせるか。「つるばみ」とは、櫟(くぬぎ)の古名。つるばみ衣は、煎じた灰汁で染め茶褐色の衣のこと。衣服令制服条に「家人奴婢、橡墨(すみぞめ）衣」とあるように、奈良時代には庶民の服色であった。**○谷の底に身を沈むる** 不遇であることの例え。「年ごろ司え給はらで、子日しに人のゐていでて侍りしに／谷深く沈む例ひにひかされて老いぬる松は人も手ふれず」（元輔集・一二五）。**○法に赴いて** 仏教の教えに専心して。仏道修行に精進して。「今は、この世にうしろめたきこと残らずなりぬ、ひたみちに行ひに赴きなんに障りどころあるまじきを」（源氏物語・御法）。**○石の畳** 畳は、ござに布の縁を付けた、うすべりを言うが、当該部は、庭や道路などに石を敷きつめた石畳にちなんで、石を畳に見立てている。**○苔の衣** 苔で作ったような粗末な古ぼけた着物。僧侶や隠遁者の着古した衣をいう。「いその神といふ寺に詣でて、日の暮れにければ、夜明けてまかり帰らむとてとどまりて、この寺に遍昭侍りと人のつげ侍りければ、もの言ひ心見むとていひ侍りける／いはの上に旅寝をすればいと寒し苔の衣をわれに貸さなん」（後撰・雑三・一一九五・小野小町）。序4〔補説〕参照。**○坏** 杯に同じ。皿より深く椀より浅いものをいう。延喜式には深坏・窪坏・油坏・燈坏とあり、形状や用途により数種類あったことが知られる。**○松の葉を食ふ** 「葛を被り、松を餌み、清水の泉を沐み、欲界の垢を濯ぎ、孔雀の咒法を修得して、奇異の験術を証し得たり」（日本霊異記・上）、「河内の国、金剛寺とかやいふ山寺に侍りける僧の、松の葉を食ふ人は、五穀を食はねども苦しみなし。よく食ひおほせつれば、仙人ともなりて、飛びありく、といふ人ありけるを聞きて」（十訓抄）などとあるように、中国の仙道の影響から、仙人になる修行をするために松の葉を食うといわれていた。ここは、修行僧が節制した暮らしをすることをいう。「木の実松の葉を供養とし、木の葉、木の皮苔を衣として、年ごろになりはべりぬ」（うつほ物語・吹上・下）。**○齢を保つ** 仙人が不老不死であることを踏まえた表現。

〔補説〕 文中の「描き松に住む鶴」とは、保憲女自身を投影する表現。鶴は長寿の象徴でもあり、高貴な鳥とされてきた。「鶴は、いとこちたきさまなれど、鳴く声雲居まで聞こゆる、いとめでたし」（枕草子・鳥は）。一方で、「葦鶴のひとり遅れて鳴く声は雲の上まで聞こへつがなむ」（古今・雑下・九九八・大江千里）のように、述懐歌に詠まれる歌材でもあった。ここで保憲女が自らを鶴に例えることに、出自への自負と、世間に認められることのない劣意を読み取ることができよう。集一九四番の長歌では、「契りあれば　いかが逃れん　生まるとも　卵籠め腐ちて　鳥の子の　かへりては身の　憂きことを」と、鳥の子の巣立ちに例えて自分の不遇を詠む。三田村雅子氏は、この長歌や、序文、歌に鳥が特徴的に用いられていることに注目し、「親の庇護のもと世間を閉ざされて籠り暮し、ついに結婚というかたちでも、その他のかたちでも家から巣立てなかった女の、内面から朽ちていくような日々の堆積の感覚が鮮明にうち出されている。それと対置される兄光栄などを念頭においての他の兄弟達の羽振りのよさが一層彼女のみじめさを際立たせるものとなる。現実において屈辱と敗北しか感じられなかった女の一生を、鳥の比喩は語り尽している」と論じる（「賀茂保憲女集の位相―〈鳥〉の表象・歌から序へ―」『和歌文学新論』明治書院　一九八二）。

【4】さるによりて戒をたもつことの、よにこそ身をもやつし、ひと、ひとしからね、ゆくさきは露にぬれ、くさのうへにゐ、われよりあかれりとみし人のつみのそこなるをすくはんと、身よりかしこき人のみなり。

【校異】　○よりて―より（私Ⅱ）　○戒を―いのちをも（私Ⅱ）　○ことの、よに―こと。《こイ》のよに（私Ⅰ）、このよに（私Ⅱ）　○身をも―身をも《ナシイ》（私Ⅰ）、身を（私Ⅱ）　○ぬれ―ぬれて《ナシイ》（私Ⅰ）、ぬれぬ（私Ⅱ）　○くさのうへにゐ―はちすにゐて（私Ⅱ）　○あかれりとみし―すくれ（私Ⅱ）　○すくはんと―すくふへしと（私Ⅱ）　○身よりかしこき人のみなり―みえたれは、人のかしこき道也（私Ⅱ）

【整定本文】　さるによりて戒を保つことの、世にこそ身をもやつし、人と等しからね、行く先は露に濡れ、草の上に居、われより上がれりと見し人の罪の底なるを救はんと、身より賢き人の身なり。

【現代語訳】　これによって戒律を守ることは、人の世の中でこそ姿をもみすぼらしくて、人と同じような暮らしでないものの、行く先は（ありがたい甘）露に濡れ、（浄土の）草の上に座って、自分より出世したとみていた人が罪の底に落ちてしまったのを救おうと（するので）、普通の人より尊い人の生き方である。

〔語釈〕 **○戒を保つ** 戒めを守ること。戒は仏語。三学の一つ。在家、出家に対しては、五戒、十戒、具足戒などがあり、僧俗共通の大乗の菩薩戒などがある。ここは、修行するうえでのいましめの意。序文14、四季序の部分に「草の庵に久しき松を飾りて、戒をば保たずして、寿を保てる」とある。文意がわかりにくいが、「戒を保つこと」を主語とし、「身よりかしこき人のみなり」を述部として解した。**○世にこそ** 「世」は、ここでは俗世の意。「世を捨てて山に入る人山にてもなほうき時はいづち行くらん」（古今・雑下・九五六・躬恒）。**○露に濡れ** 露は、不老不死の霊薬、甘露のこと。「曼陀枳尼の殊勝の池に沐浴し、四種の甘露を嘗め、五妙の音楽を聞くに」（栄花物語・もとのしづく）。**○草の上に居** 浄土において蓮華の台座に上ることを意味するか。「ひとたびも南無阿弥陀仏といふ人の蓮の上にのぼらぬはなし」（拾遺・哀傷・一三四四・空也上人）。**○身より賢き** 「身」は、普通の人の身として解す。あるいは「正身（そうじみ）」の略で、「われより上がれりと見し人」当人を指すとも解せよう。

〔補説〕 恵慶百首の序文には「又ある山伏、苔の衣に身をやつし、松のもとに老をおくる心にも、さすがに物のあはれ忘れがたく世中のはかなきありさまも、これにつけて言はまほしければ」と詠作の契機が綴られる。また、河原院で元輔や兼盛、能宣らと集った際に「花の前の客人とするにたへたる限りなり。これが中に、松のもとに苔の衣にやつれたるひとりの山伏あり。花の山の散りにもつがず、宇治山の風もあふがぬ身なれども、白雲のかかる庭に、召し仰ぐなれば、空を歩む心ちして、もの思ほえずなむありける」（恵慶集・一七七詞書）とある。序文3、4の、苔の衣を着て松の葉を食う出家僧の姿には、自らをみすぼらしい山伏と名乗る恵慶の姿が意識されているか。

川嶋（藤田）明子氏は、この部分に保憲女の叔父、慶滋保胤を重ねる。続本朝往生伝の保胤伝に「出累葉陰陽家」とあるのは「拙き松に住む鶴」に、「独企大成」は「のぞみは深」、「緋袍之後不改其官」は「谷の底に身を沈め」に相当するとし、出家後には「われより上がれりと見し人」である道長の受戒の師になったことから、「序文を書いていたころの彼女が、一族としては特異な人生コースをたどった、そうした叔父に対して、相当強い関心を持っていたことは、十分あり得たことであろう」と指摘する（「賀茂保憲女研究（四）―家集序文をめぐって―」国語国文研究27　一九六四・二）。一方、竹内はる恵氏は、「彼女は、この世の貴賤の差別にこだわりながらも、あるいはこだわるからこそ、人間の価値は身分の高さにあるのではなく、その人個人に備わった才能や徳にあると強調する」ことから、僧が保憲女自身の投影であるとする（「賀茂保憲女集考」『古典和歌論叢』明治書院　一九八八）。

〔5〕をんなはかしこきたまのうてなのいへとし《う歟》ともなりて、おもしろきことをときにつけてみき、、はかなきやへむくらにとちられて、ひのひかりたにまれなりといへとも、露のおのつからひかりを見せ、むしのおのつからときをしらせ、くさのおのつからはなの色を見せつ。

〔校異〕　○かしこき―ナシ（私II）　○いへとし《う歟》ともなりて―いへと《家刀自》○《うイ》しともなりて（私I）、いへとこのむ也（私II）　○みき、―するに（私II）　○とちられて―とちられ（私II）　○いへとも―いへと（私II）　○露の―露（私II）　○むしの―むしも（私II）　○くさの―草（私II）　○色を―色も（私II）

〔整定本文〕　女は畏き玉の台の家刀自ともなりて、おもしろきことを時につけて見聞き、はかなき八重葎に閉ぢられて、日の光だにまれなりといへども、露の自づから光を見せ、虫の自づから時を知らせ、草の自づから花の色を見せつ。

〔現代語訳〕　女は立派な財産家の奥さまともなって、風雅なことを折につけて見聞きし、粗末な小さい家に閉じこめられて、日の光を見るのさえまれだといっても、露は自然と光を見せ、虫は自分から時節を知らせ、草は自然に花を咲かせて色を見せてきた。

〔語釈〕　**○玉の台**　玉で飾った御殿。「玉台」の訓読語。「何せんに玉の台も八重葎いづらん中にふたりこそ寝め」

(古今六帖・三八七四)。好忠百首序文にも「朝に通ひし玉のとぼそも、夕べには八重葎にうづもれて」とある。集四九番語釈参照。**○家刀自** 主婦の尊称。**○八重葎** 幾重にも生え茂っているつる草などのこと。人の訪れがなくさびれた様子をいう際に用いられる表現。「思ふ人来むと知りせば八重葎おほへる庭に玉敷かましを」(万葉・巻十一・二八二四)。集一九四番にも「つれづれと　うぐらの下に　はひふして」とある。**○自ら** 自然と。「山館雨時鳴自暗(山館の雨の時、鳴くこと自ら暗し)」(和漢朗詠集・秋・橘直幹)。

〔補説〕 保憲女の結婚生活については明らかではない。続本朝往生伝に、保憲の孫に「縁妙」という尼がいて、母は和歌に長じていたという記載があることから、娘がいた可能性も考えられるが(解説参照)、集からは幸せな家庭生活を送ったことは窺えない。

守屋省吾氏は、保憲女集に見出せる孤独感や閉塞感が、蜻蛉日記のそれと共通すると指摘する(「『賀茂保憲女集』と道綱母における私家集編纂の近似性」『蜻蛉日記形成論』笠間書院　一九七五)。

〔6〕 かくさま〱なることをみれは、わか身のかなしきこと。いのちはさいはひをさためたらぬ世なれは、さりともとわかきたのみにたのみしことを、いま、としのおいゆくまゝにあはれなることをおもへと、いやしきにはともとするひともなし。つたなきにはみやひかなることなし。かゝれと、心ひとつになけきて、あしたにはしろたへのころもにくれなゐのしくれふりしき、ゆふへにはすみそめのやみにくれまとひて、

〔校異〕 ○なることをみれは―なれは(私II)　○いのちは―いのち(私II)　○わかきたのみにたのみしことを―わかゝりしかきりは、たのみしを(私II)　○おいゆく―つもる(私II)　○おもへと―おもへは(私II)　○には―

身には（私II）○人も―人（私II）○には―身には（私II）○か、れと―か、れは（私II）○ころもに―ころも（私II）○ふりしき―ふかくて（私II）○まとひて―まとひ（私II）

〔整定本文〕 かくさまざまなることを見れば、わが身の悲しきこと。命は幸ひを定めたらぬ世なれば、さりともと若き頼みに頼みしことを、今、年の老いゆくままにあはれなることを思へど、卑しきには友とする人もなし。つたなきには雅かなることなし。かかれど、心ひとつに嘆きて、朝には白妙の衣に紅の時雨降り敷き、夕べには墨染めの闇に暮れ惑ひて、

〔現代語訳〕 このようにさまざまなことを考えると、わが身の悲しいことよ。命があることが幸いを決めるというのでない世の中なので、そうは言ってもと若さを頼りに頼みに思ってきたことを、今になって、年を取るままにしみじみとしたことを思うものの、未熟な私には友とする人もいない。劣った身分の私には晴れがましいことはない。そうではあるが、一心に嘆いて、朝には白い衣に紅の（涙の）時雨が降りしきり、夕方には墨で染めたように真っ暗な闇にさまよって、

〔語釈〕 **○卑しきには** 『和歌大系』は、本朝文粋から「家貧親知少　身賤故人疎」（在列）を引く。**○朝には** 好忠百首序文においても「朝には窓にさへづる鳥の声におどろき、夕べには籬に開くる花の色をながめつつ、蓬の門に閉ぢられて、出で仕ふることもなき、わが身ひとつには憂けれども」と、朝と夕が対になっている。天野紀代子氏は、疱瘡に罹って二十一歳の若さで亡くなった藤原義孝の漢詩「朝有紅顔誇世路　暮為白骨朽郊原」（和漢朗詠集・無常・七九四）による表現であると指摘する（「歌から散文へ―「賀茂保憲女集」序を読む―」『古代中世文学論考』9 新典社 二〇〇三）。**○白妙の** 続く「紅の」と対。「白妙のわが衣手に紅の染みなん心うつろはんやは」（古今六帖・三四九一）。また、「墨染めの」とも対になっている。**○紅の時雨** 「紅の時雨」は、紅葉を赤く染める時雨のこと。「紅の時雨なればやいそのかみ古るたびごとに野辺の染むらん」（貫之集・三一六）。紅の時雨に、深い悲しみのために血の涙を流すという意の「紅涙」を例えている。「涙さへ時雨に添ひてふるさとは紅葉の色も濃さまさりけり」

（後撰・冬・四五九・伊勢）。**○墨染めの**　墨で染めたような。色が暗いことから、「墨染めの夕べになれば」（古今・雑体・一〇〇二）のように「夕べ」や、「墨染めの鞍馬の山にいる人は辿る辿るも帰り来ななん」（後撰・恋四・八三二・中興女）と「鞍馬山」「くらぶ山」などに掛かることもある。ただし、「闇」を導く例は少ない。「墨染の心の闇になりしよりにほへる春の花もしられず」（冷泉院御集・六）。

〔補説〕　序文1の「わが身のごと悲しき人はなかりけり」が、ここでまた「かくさまざまなることを見れば、わが身の悲しきこと」と繰り返される。小町谷照彦氏は、悲しい身の上を嘆くことは、保憲女固有のものでないとしながら、身の上を他と比較する際に、世の中のさまざまな人物や鳥虫草木にまで考えを巡らせている点が特異であるとし、「保憲女の想念の世界は直線的単一的ではなく、屈曲し錯綜しながら拡大していき、自己の存在理由の追及にまで突き進んでいくのである」と論じる（「うたびと―賀茂保憲女集」国文学解釈と教材の研究　学燈社　一九七五・一二）。

〔7〕あるときに、むねにおもひをたきて、はひにかきつくれは、けふりとなりてくもとゝもにみたるゝ。ときには、おもひなかして水にかけは、波とゝもにみたるゝにと、こころをはなくさのはまによせ、かたちをはかひあるさまにもてなして、おもしろきことを心にこそおもへ、たれにかはいはむ。めつらしきことの葉をいひいてたれと、たれかかしらをかたふけ、ふかきあちはひおもしらむ。よになきたまをみかけりといふとも、たれかての《たイ》うらにいれて、ひかりをあはれひむとおもへと、

〔校異〕　○ときに―ときに○《はイ》（私Ⅰ）、時には（私Ⅱ）　○くもとゝもにみたるゝ―雲とゝもにみたるゝ《ナシイ》（私Ⅰ）、くもみたる（私Ⅱ）　○ときには―○《あるイ》ときには（私Ⅰ）、あるときには（私Ⅱ）　○水にかけは、波とゝもにみたるゝ、に

と、こころをはなくさのはまによせ、かたちをは—ナシ（私Ⅱ） ○かひある—恋する（私Ⅱ） ○ことの葉を—事を（私Ⅱ） ○いひいてたれと—いひいたしたれは（私Ⅱ） ○たれか—たれかし覧（私Ⅱ） ○あちはひおも—あちはひを（私Ⅱ） ○みかけりといふとも—みかきたりとも（私Ⅱ） ○て《たイ》のうら—た《てイ》のう《手裏》ち《らイ》（私Ⅰ）、たなうら（私Ⅱ）

〔整定本文〕 ある時に、胸に思ひを焚きて、灰にかきつくれば、煙となりて雲とともに乱るる。時には、思ひ流して水に書けば、波とともに乱るるにと、心をばなぐさの浜に寄せ、形をばかひある様にもてなして、おもしろきことを心にこそ思へ、誰にかは言はむ。珍しき言の葉を言ひ出でたれど、誰か頭を傾け、深き味はひをも知らむ。世に無き玉を磨けりといふとも、誰か手のうらに入れて、光をあはれびむと思へど、

〔現代語訳〕 ある時には、胸に思いの火を焚いて、灰を掻きながら書きつけると、煙になって雲とともに乱れる。時には、次から次へと思いをめぐらして水に書くと、波とともに乱れるのにと、心を名草の浜に寄せて慰め、姿かたちを見る甲斐のあるさまにこしらえて、風雅なことを心に思うものの、誰に言おうか、言う人もない。立派な言葉を言い出しても、誰が頭を傾け、深い味わいを知ろうか、誰も知らない。世にない（素晴らしい）宝石を磨いたといっても、誰が手のひらに入れて、光を愛でるだろうかと思うものの、

〔語釈〕 **○ある時に** 「ある時に……乱るる」、「時には……乱るるに」と対句表現を用いる。**○思ひをたきて** 「思ひ」の「ひ」に「火」を掛ける。「守る山になげきこる身は音もせで煙も立たぬ思ひをぞ焚く」（好忠集・五五九）。**○灰にかきつくれば** 灰を「掻き」に「書き」を掛ける。「灰にのみ摧く心を如何にせむかきあらはさぬ夜半の埋火」（新撰朗詠・三四五・相模）。**○思ひ流して** 「思ひ流す」は、次々に思うということ。「世の憂きを思ひ流すの浜ならばわれさへともにゆくべきものを」（平中物語・三五段）。**○水に書けば** 「流す」から「水」が導かれる。水に字を書くのは、はかないことの例えになる。「行く水に数書くよりもはかなきは思はぬ人を思ふなりけり」（古今・恋一・五二二・よみ人しらず）。**○心をばなぐさの浜に** 「心をば」は、続く「形をば」と対。「慰める」から「名草の浜」を導く。「名草の浜」は、紀伊国の歌枕。現在の和歌山市。五代集歌枕には「名草山」「名草の浜」とある。

「跡みれば心なぐさの浜千鳥今は声こそきかまほしけれ」（後撰・恋二・六三五・よみ人しらず）。**〇かひある様に** 「甲斐」に「貝」を掛ける。「紀の国の名草の浜は君なれや事のいふかひありとききつる」（後撰・雑三・一二二三・よみ人しらず）。**〇もてなして** 「もてなす」は、そのような態度をとる意。「いふかひなくて、なにごころなきさまにもてなすも、侘びぬればなめりかしと、かつ思へば」（蜻蛉日記・下・天禄三年六月）。

【補説】 重之女百首の序文にも「古めきたる重之が女の言ひ置きたる事なれば、よにめづらしきことあらしのみ寒くなりつつ」と謙辞が綴られている。しかし、保憲女の謙辞の裏には、自分の歌が「深き味はひ」のある「珍しき言の葉」であり「世に無き玉」であるという自負が見え隠れする。

【8】てい《こひちイ》のなかにおふるを、はるかにそのはちすいやしからす。たにのそこにほふからにそのはちすいやしからす。宮の内の花といへとも、さく事は隔なし。ひんかしのやまにあきのもみちてらす、にしの山にはるの花ひらけすはこそあらめ、そらにすむ月のかけ、はかなき水にうつらすはこそあらめ、おほきなるかは、ちひさきかはも、なみのさまへたてなしとおもへと、ひとよりをとれる人の、すくれたるさへあらはる、ことかたしといへと、ひとにまさりたるひとの、おとりするさえはをとりたる。ことの葉のおもしろきにはあらす、ひとのかしこきなりといへと、

【校異】 〇てい《こひちイ》のなかにおふるを—〇てい《ニイこひちイ》のなかにおふるを（私Ⅰ）、こひちのなかにおふる（私Ⅱ） 〇はるかにその—ナシ（私Ⅱ） 〇たにのそこにほふからにそのはちすいやしからす—ナシ（私Ⅱ） 〇宮の—身の（私Ⅱ） 〇いへとも—いへと（私Ⅱ） 〇事は—事（私Ⅱ） 〇そらにすむ月のかけ、はかなき水にうつらすはこそあらめ—ナシ（私Ⅱ） 〇かは—水にも（私Ⅱ） 〇ちひさきかはも—はかなき水にも（私Ⅱ） 〇さま—たちさま（私Ⅱ）

○ひとより―人に（私II）　○さへ―さい○《はひイ》（私I）、こゝろ（私II）　○といへと―ナシ（私II）　○まさりたるひとの、おとりするさえはをとりたる―まさりたる人の、をとりするさ《たイ》いはをとりたる（私I）、まされるも、おとれるさまも、人よりすくれたり（私II）　○おもしろき―すくれたる（私II）　○あらす―あら《かイ》す（私I）　○いへと―おもへと（私II）

〔整定本文〕　泥の中に生ふるを、はるかにその蓮卑しからず。谷の底に匂ふからにその蓮卑しからず。宮の内の花といへども、咲くことは隔てなし。東の山に秋の紅葉照らず、西の山に春の花開けずはこそあらめ、空にすむ月の影、はかなき水に映らずはこそあらめ、大きなる川、小さき川も、波の様隔てなしと思へど、人より劣れる人の、優れたる才現はるること難しといへど、人に優りたる人の、劣りする才は劣りたる。言の葉のおもしろきにはあらず、人の賢きなりといへど、

〔現代語訳〕　泥の中に生えるのに、全くもってその蓮は卑しいということはない。谷の底に咲き匂うがゆえにその蓮が卑しいということはない。宮中に咲く花といっても、（花が）咲くことに隔てはない。（例え）東の山に秋の紅葉が照り映えず、西の山に春の花が咲かないということがあろうが、空に澄んでいる月の光が、ちょっとした水に映らないことがあろうが、大きい川、小さい川も、波の様子は変わりがないのだと思うけれど、人より身分が劣った人で、（人に）優る才能が生じることはめったにないといっても、人に優る身分の人が、（人より）劣っている才能しか持たないようなことは本当にあるのだ。（用いる）言葉が気が利いているのでなく、人の（本来の）賢さ（が大事）なのだというものの、

〔語釈〕　**○泥**　泥を「でい」と訓じる初期の例。「私II」の「こひぢ」も同じく「泥」の意。**○はるかに**　差異が著しく。心理的な距離が遥かである意。「況や仏教の幽（ハルカニ）微（くは）しきをば、豈に能く仰ぎ測らむや」（大唐三蔵玄奘法師表啓平安初期点）。**○蓮**　極楽浄土に咲く花とされ、泥中の地下茎から立ち葉を伸ばし清らかな花を咲かせることから「蓮葉の濁りにしまぬ心もて何かは露を玉とあざむく」（古今・夏・一六五・遍昭）などと詠ま

れている。**○からに**　……のゆえに。「などかは女といはむからに世にあることの公私につけて、むげに知らずいたらずしもあらむ」（源氏物語・帚木）。**○東の山……西の山**　五行説では、東が春、西が秋に当たる。春の方位の山だからといって秋の紅葉が照らないことはなく、秋の方位の山だからといって春の花が咲かないことはないという前提に基づく表現。**○こそあらめ**　「こそあらめど」の略。逆接の意を含む。「中垣こそあれ、一つ家のやうなれば」（土佐日記・二月十六日）。**○優れたる才**　「才」は、底本には「さへ」と表記されるが、才能の意の「才（ざえ）」に同じ。学問や教養、生まれつきもっているすぐれた能力、資質の意。「問ひなども、塵のことをなむあやまたざなる才よく習へとなむ聞こえおきたる」（蜻蛉日記・中・安和二年閏五月）。**○劣りする才**　「才」は「私I」では「さい」と表記されるが、「さい」も「ざえ（才）」に同じ。「事はてて、まかづる博士、さい人ども召して、又々、文作らせ給ふ」（大島本源氏物語・少女）。

〔補説〕　人より劣った人が才能を発揮することが難しいのは当然として、人より優れた境遇の人でも、最初から能力がない人はしかたない。飾る言葉の良しあしでなく、本来の人の賢さが大事なのだ、ということか。「私II」は、「人に劣れる人の、優れたる心現はるる事難し。人に優れるも、劣れるさまも、人より優れたり。言の葉の優れたるにはあらず、人の賢きなり」とあり、やはり難解である。「言の葉のおもしろき」と「人の賢き」を対比させ、どんな川も波の様子は同じだという続き柄から、人にも優劣がないという意に解した。

この部分を『研究ノート』は、「（普通の）人より（家柄・身分の）劣っている人が、（家柄・身分が重んじられているこの社会で、）すぐれた才学をあらわすことはむずかしいと言いますが、（普通の）人より（家柄・身分の）すぐれた人で、劣った才学（しか持っていない人）もあり、そういう劣った才学の人の和歌はおもしろいものではございません。」と訳し、「人の賢きなりといへど」は次の文脈に入れる。また、天野紀代子氏は、「身分が賤しいとそれだけで世間では認められない無念を述べた上で、身分が高いというだけで評価される現状を指摘し、そうした人の才能のない言葉などおもしろくもないと断を下す」と評す（「歌から散文へ―「賀茂保憲女集」序を読む―」『古代中世文学論考』9 新典社 二〇〇三）。さらに、「身分の劣った人に優れた才能があっても、それが現れることは難しく、身分高ければ劣った才能でも、おもしろくも何ともない言葉で持ち上げられる」と改めて解している（「仮名ぶみによる評論―『賀茂保憲女集』序文―」国語と国文学 二〇一三・二）。

〔9〕ふゆのゆき、いつこのにをとらすとおもへと、こしのかたのにはしかす。さけといふいほのふゆいてくれは、きたへなかる、水すらもともとせり。うといふとりを冬の河にかいて、あらき嵐にすゝむ事なし。鷹といふ鳥を夏の野にかりしてあそふことなし。まつのねのひ、いつもおほかれと、なつののにいて、ひかす。あやめくさおほかりといへとも、はるの子の日にひかす。おなしくくらふるこまといへとも、かしこきにはまけぬ。同しきかちゆみといへとも、まとにあたらぬはまけぬ。おなしきすまゐといへと、ちからよわきにはかちぬとおもへは、いかてかへたてのなからむ。

〔校異〕○いつこのにをとらすとおもへと―いつこのに《もイ》をとらすとおもへと（私I）、いつこにはあかすといへと（私II）○かたのには―かたには（私II）○さけと―さけとか（私II）○いほの―いを（私II）○水すらも―水を（私II）○ともと―ともと《にイ》（私I）○とりを―とり（私II）○あらき―ナシ（私II）○嵐―嵐《山風イ》（私I）○すゝむ―すむ（私II）○鳥を―とり（私II）○かりして―かりて（私II）○おほかれと―あれとも（私II）○おほかりといへと（私II）○子の日に―ねのひには（私II）○おなしくくらふるこまといへとも、かしこきにはまけぬ―ナシ（私II）○同しきかちゆみ―おなしかはゆみ（私II）○いへとも―いへと（私II）○あたらぬは―あたらぬに（私II）○おなしき―おなしくらふる（私II）○といへと―ナシ（私II）○ちからよわきにはかちぬ―ちからにはかたす（私II）

〔整定本文〕　冬の雪、いづこのに劣らずと思へど、越の方のにはしかず。鮭といふ魚の冬出てくれば、北へ流るる水すらも友とせり。鵜といふ鳥を冬の川に飼ひて、荒き嵐に涼むことなし。鷹といふ鳥を夏の野に狩りして遊ぶことなし。松の子の日、いつも多かれど、夏の野に出でて引かず。菖蒲草多かりといへども、春の子の日に引かず。同じく競ぶる駒といへども、賢きには負けぬ。同じき徒弓といへども、的に当たらぬは負けぬ。同じき相撲といへど、力弱きには勝ちぬと思へば、いかでか隔ての無からむ。

〔現代語訳〕　冬の雪は、どこのものでも劣ることはないと思うものの、越の国の（雪）にはかなわない。鮭という魚は冬に生まれるから、北へ流れる水さえも友とすることになるのだ。鵜という鳥を冬の川で飼って、荒々しい風の中で涼を取ることはない。鷹という鳥を夏の野に（放って）狩りをして遊ぶことはない。松の子の日も、（子の日は）いつも何度もめぐってくるが、夏の野に出て（小松を）引くことはしない。菖蒲草が多く生えているといっても、春の子の日に引かない。同じように競べ馬といっても、優れたのには負けてしまう。同じ歩射といっても、的に当たらないのは負けてしまう。同じような相撲といっても、力が弱いのには（力が強いのが）勝ってしまうと思うと、どうして（優劣の）隔てがないことがあろうか。

〔語釈〕　**○越**　越の国のこと。越前・越中・越後の三国をいう。現在の福井・石川・富山・新潟の四県にあたる。雪深い地であるうえに、白山など夏でも雪があることから、「消えはつる時しなければ越路なる白山の名は雪にぞありける」（古今・羇旅・四一四・躬恒）などと詠まれる。**○鮭**　本州北部に生息する魚。秋から冬が旬になる。出雲国風土記には、出雲の斐伊川で、年魚（あゆ）、鮭、麻須（ます）などが採れたとあるが（出雲の郡）、延喜式によると、越の国の租税として鮭が納められていたことから、日本海で水揚げされたものが越から都に運ばれ食されていたのであろう。**○鵜**　嘴が鋭く、水に潜って魚を丸呑みにする習性があることから、漁に利用し、鮎などを獲ることを鵜飼といい、夏の風物詩であった。古事記、日本書紀にも記事が見られる。「六月鵜河／篝火の影し映ればむばたまの夜川の底は水も燃えけり」（貫之集Ⅱ・八）。**○鷹**　鷹狩は、日本書紀（仁徳天皇四三年九月）に、百舌鳥野に鷹を放ち雉を獲たとあるのが記録に見える最初。小鷹狩は秋、大鷹狩は冬に行われ、古今六帖の「大鷹狩」の題においては秋の歌も採られているが、「鷹狩」は平安中期以降、冬の歌材として定着するようになった。**○松の子の日**　正月の最初の子の日に、野に出て小松を引き、若菜を摘んで、千代を寿ぐ行事が行われた。**○菖蒲草**　サトイモ科のショウブの古名。香気が強いことから、邪気を払うとされ、五月五日の節句には、魔除けとして軒や車に挿した。また、根が白く長いことから、長命を願うしるしとされた。**○競ぶる駒**　競馬のこと。馬場で馬を走らせて勝負を争う競技。毎年五月五、六日の節会に、賀茂神社で行なわれたのが有名。「駒のあしに競べてみれど今日はなほ菖蒲の草のねこそせちなれ」（和泉式部集・三一八）。**○徒弓**　徒歩で弓を射ること。「小弓と宣ひしかど、徒弓のすぐれたる上手どもありければ、召し出でて射させ給ふ」（源氏物語・若菜下）。**○相撲**　日本書紀に「相撲」「力」が見られ、「すまひ」と訓じられている。養老令「雑令」に、七月七日を節日とする規定があり、七夕の詩会や楽舞の催しとともに儀礼として行われたようである。ただし、以後、節日や内容などはさまざまに変容している。「相撲出でて、五手六手ばかり取りて、最手（ほて）出で来て、布引きなどするに」（うつほ物語・俊蔭）。集一八六番には、「相撲草」が詠まれている。

〔補説〕　序8では「波の様隔てなし」としながら、序9には「いかでか隔ての無からむ」と、やはり生まれ持った資質に優劣が存在することを例示しながら述べている。その際に、魚、鳥、草を挙げ、さらには競馬、徒弓、相撲と勝負を決める遊びを挙げる。このように根拠を挙げて説明的に論を運ぶのは、保憲女の特徴。

〔10〕かしこきはかしこく、をさなきはをさなく、たかきはたかく、みしかきはみしかく、なかきはなかふこそあらめとおもへは、むかしよりたかふみしかきをさためとり、時をわきをきたるに、いまわか身にみたれる物おもひのまゝにつけむことのはをわかてやはあるへきとて、ある時はなかきよをあかしか

ね、ある時はみしかき日を心もとなかり、人しれぬ恋なきにしもわかねは、まくらさためぬうたたねのほとにゆめさめ、花かすみ露につけ、くさはにつけ、鳥むしにつけ、あるおりには、ひとりありあけの《にイ》月の、あさちか露おきゐて、あきのよひのまにこころのゆかぬところなく、

〔校異〕　〇かしこく—かしこき（私II）　〇をさなく—おさなきに（私II）　〇たかきはたかく、みしかきはみしかく、なかきはなかふ—ナシ（私II）　〇こそあらめ—こそはあらめ（私I）、こそあんめれ（私II）　〇たかふみしかきを—たかきいやしきは（私II）　〇さためとり—さため（私II）　〇時をわきをきたるに—ときはおりをきけるに（私II）　〇いまわか身に—いまはかみに（私II）　〇みたれる—みたれ《るイ》。（私I）　〇物おもひ—おもひ（私II）　〇つけむ—つ、けむ（私II）　〇わかて—あかて（私II）　〇ある時はなかき—ある時には（私II）　〇ある時はみしかき日を心もとなかり—あるときには日のみしかきを心もとなみ（私II）　〇わかねは—あらねは（私II）　〇ほとに《のイ》ゆめさめ—ゆめのねさめのほと（私II）　〇花かすみ—はなかす（私II）　〇つけ—ナシ（私II）　〇月の—月に（私I）、月に（私II）　〇あさちか露—あさちのつゆと（私II）　〇あきのよひのまに—あかきま、に（私II）　〇こころの—心（私II）

〔整定本文〕　賢きは賢く、幼きは幼く、高きは高く、短きは短く、長きは長うこそあらめと思へば、昔より高う短きを定め取り、時を分きおきたるに、今わが身に乱れる物思ひのままに告げむ言の葉を分かでやはあるべきとて、ある時は長き夜を明かしかね、ある時は短き日を心もとながり、人知れぬ恋なきにしもあらねば、枕定めぬうたた寝のほどに夢覚め、花霞露につけ、草葉につけ、鳥虫につけ、ある折には、ひとり有明の月の、浅茅が露おきゐて、秋の宵の間に心のゆかぬところなく、

〔現代語訳〕　賢いものは賢く、幼いものは幼く、高貴なものは高貴なもので、短いものは短く、長いものは長くあるのだろうと思うからこそ、昔から高貴なものと未熟なものを定め取って、分をわきまえてきたのに、今

わが身に乱れる物思いのままに言いたい言葉をわきまえないことがあろうかと、ある時は長い夜を明かしかね、ある時は短い日を心細く思い、人知れぬ恋をしていないわけでもないので、枕の位置を定めずに転寝をしていては夢が覚め、花霞露につけ、鳥虫につけ、ある時には、一人有明の月の中、浅茅に露が置き私も（眠れずに）起きたままでいて、秋の宵間に心を惹かれないではいられずに

〔語釈〕 **○高きは高く、短きは短く** 忠岑集によると、亭子の帝の行幸時に「花の心を知れるともがらを、高きも短きも侍ひしめらひて」（忠岑集・八八番詞書）と身分の尊卑にかかわらず和歌を召したことが知られるが、ここでは、生まれによって生き方が定められている不条理を嘆く。一方、序文23では「人はみな同じゆかりなり。されば高き卑しきなぞは鳥にこそあれ、いづれか高き卑しきあらむ、同じ類にこそあらめ」と人が平等であることを主張する。**○長き夜を明かしかね** 長い夜を眠れずに過ごすことをいう。「秋深み恋する人の明かしかね夜を長月といふにやあるらん」（拾遺・雑下・五一三・躬恒）。**○短き日** 「長き夜」に対応する表現。秋から冬至にかけて日が短くなることをいう。季節に関わらず、することがなく一日があっという間に終わり、待つ人のいない夜が長いことをいうとも解せるが、続く部分の「秋の宵の間」や、序文末尾部分に「からうじてこの歌よりなんよみがへりける、そのほど冬の初め、秋の終りなりければ、草木も風もやうやう枯れもていく」と書かれている時期と一致する。**○なきにしもあらねば** 底本には「なきにしもわかねば」とあるが、誤写として校訂した。**○枕定めぬ** 眠れずに枕の位置が定まらないことをいう。「よひよひに枕定めむ方もなしいかに寝し夜か夢に見えけむ」（古今・恋一・五一六・よみ人しらず）。**○浅茅が露おきゐて** 露が「置く」に「起く」を掛ける。「浅茅生に宿る露のみおきゐつつ虫のねられぬ草枕かな」（和泉式部集・六七三）。序文26にも「浅茅が原の露しげく、起くと伏すとに沖つ波」とある。

〔補説〕 序文10、11には集を成す動機が綴られる。この部分では「花、霞、露、草、鳥、虫、月」といった景物に心を動かされ、また「人知れぬ恋」をしたことがないわけではないので歌を詠むとある。すなわち、四季の景物を詠む歌と恋の歌を集めるという編纂意識が窺えよう。私家集の多くが、私的に交わす贈答歌を記したものであるの

と異なり、初期百首に倣う形式を目指して編まれた集であることが知られる。

〔11〕もろこしまて思やれは、つるむれゐつゝ、ひとりはむあしはらのなかつくに、なまめかしくたをやかなることはまさり、さかしくかしこきことはもろこしにはおとり、やまのすかた、うみのほとり、あやしうかひありて、おもしろしといふ人にあは、、なにはのことにつけさらむ。されと、人の心あはすして、おかしきことはすくなくして、うきことはおほかり。しつのをたまきくりかへし、いやしき心ひとつを千くさになしていひあつめたれは、あるはよそ文し、あるははたもしなとしていひあつめたれは、みそもしにたにつゝくることかたきを、とりあつむれは、あふみのうみの水《茎歟》（判別不明文字一文字）もつきぬへく、かきあつめは、みちのくのまゆみのかみもすきあふましく、心にいるゝことの葉のあはれなみは、おくとふすみおもひあつめたること、も、なみたにくたしはてゝんと思へと、やみのよのにしきなるへしと思て、あけくれみれは、みつのあわにたにをとれりけり。なかれての世に人にわらはれぬへけれは、なをかりの涙におとしはてゝむとおもふものから、なをかきあつめてけり。春夏秋冬、しきなり。

〔校異〕○まて—までも（私II）○むれゐつゝ、ひとりはむ—むれゐつゝ《イ無》ひとりはむ（私I）、ゐては（私II）○ことはまさり—事をさとり（私II）○さかしく—ナシ（私II）○もろこしにはおとり—もろこしを思へり（私II）○うみ—くに（私II）○ほとり—ほと《よ》り（私II）○あやしう—あやしく（私II）○かひありて—ナシ（私II）○と—ナシ（私II）○人にあは、—人あらは（私II）○なにはのことに—なにとか（私II）○して—ナシ（私II）○おほかり―すくれたり（私II）　○なして―なし（私II）　○よそ―みそ（私II）　○いひあつめたれは―ナシ（私II）　○たに―ナシ（私II）　○こと―ことは（私II）　○水（判別《茎歟》不明文字一文字）も―水茎も（私I）（国）、水くきにも（私II）　○あつめは―あつむれは（私II）　○すきあふましく―すき《漉》あふましく（私I）、すきあへす（私II）　○いる、ことの葉の―いふとも（私II）　○なみは―なれは（私I）（私II）　○ふすみ―ふすと（私I）（私II）　○はて、んと思へと―はて○《てイ》んと思へと（私I）、はてつへけれとも（私II）　○と思て―とて（私II）　○あけくれ―あけて（私II）　○あわにたにをとれりけり―あはにたにをとれりけり《イナシ》（私I）、あやにもおとりにけり（私II）　○なかれて―なかもれて（私II）　○世に人に―よも（私II）　○わらはれぬ―わらひぬ（私II）　○に―ナシ（私II）　○、む―む（私II）　○ものから―ものか（私II）　○かきあつめてけり―かきあつめたり（私II）　○春夏秋冬、しきなり―これはしきの（私II）

〔整定本文〕　唐土まで思ひやれば、鶴群れ居つつ、ひとり食む葦原の中つ国、なまめかしくたをやかなることは勝り、賢しくかしこきことは唐土には劣り、山の姿、海のほとり、あやしうかひありて、おもしろしといふ人に逢はば、なにはのことに告げざらむ。されど、人の心合はずして、をかしきことは少なくして、憂きことは多かり。倭文の苧環繰り返し、卑しき心ひとつを千種になして言ひ集めたれば、あるは四十文字、あるは二十文字などして言ひ集めたれば、三十文字にだに続くること難きを、取り集むれば、近江の海の水茎も尽きぬべく、書き集めば、陸奥の檀の紙も漉きあふまじく、心に入るる言の葉のあはれなみは、起くと伏すと思ひ集めたることども、涙に朽たし果ててんと思へど、闇の夜の錦なるべしと思ひて、明け暮れ見れば、水の泡にだに劣れりけり。流れての世に人に笑はれぬべければ、なほ雁の涙に落とし果ててむと思ふものから、なほ書き集めてけり。春夏秋冬、四季なり。

〔現代語訳〕　中国まで思いを馳せると、鶴が群れている中で、一羽だけが（離れて）餌を食んでいるようなこの日本では、優雅であでやかなことは優り、賢く立派なことは中国に劣り、山の姿や、海の辺りには貝があり、不思議なほど見る甲斐があって、すばらしいという人に会ったら、難波ではないが「なに葉の言」に、すなわち、どうして言葉に出して言わないでいられようか。しかし、（そのような人に会わないまま）人と心が合わないで、趣きのあることは少なく、辛いことは多いのだった。（昔から）倭文の苧環をたぐるように何度も繰り返し、卑しい（私の）心をさまざまに表して言い集めたので、あるものは四十文字、あるものは二十文字などになって言い集めて、三十文字でさえ続けることが難しいのを、取り集めてみると、近江の海の水茎ではないが（水茎の）筆も尽きてしまいそうで、書き集めると、陸奥の檀の紙を漉いても間に合わないほどで、心に響く言葉の趣きがないので、起きても伏しても思い集めたことをみな、涙によって腐らせてしまおうと思うものの、「闇の夜の錦」のようなものだろうと思うので、明け暮れ見ると、（やはり）水の泡にさえ劣っていたのだった。後の世に人にきっと笑われるであろうから、やはり雁が涙を落とすようにかりそめの涙の中に全部落としてしまおうと思うものの、そうはいってもやはり書き集めたのだ。春夏秋冬、四季である。

〔語釈〕 **○唐土**　中国をいう。「唐土とこの国とは、言異なるものなれど、月のかげは同じことなるべければ、人の心も同じことにやあらん」（土佐日記・一月二十日）。**○ひとり食む**　中国の広大さを思えば、日本は鶴が一匹、干潟で餌をついばむ程度に見える、ということか。保憲女が日本の地形を理解していたとは思えないが、序の冒頭部からも、俯瞰的な見方のできる女性であったことがわかる。鶴は、序3補説に挙げた古今歌「葦鶴のひとり遅れて鳴く声は」以降、「巣を分けて折りふしひとり葦鶴の世をうみなかに鳴かぬ日ぞなき」（延喜御集・二〇）などのように「ひとり」という語を伴って詠まれることも。また、集八番には「朝食む鶴」が詠まれる。**○葦原の中つ国**　「中つ国」とは、天上の高天原と地下の黄泉の国の中間にある地上世界の意。「葦原の中つ国」で、日本のことをいう。「天照大御神の出で坐しし時に、高天原と葦原の中つ国と、自ら照り明ること得たり」（古事記・上）。新古今集序文冒頭には「やまとうたは、昔あめつち開けはじめて、人のしわざいまだ定まらざりし時、葦原の中つ国の言の葉として、稲田姫素鵝の里よりぞ伝はれりける」とある。**○なまめかし**　優美なさま。女性的な美しさをいうことが多い。「秋の野になまめき立てる女郎花あなかしがまし花もひと時」(古今・雑体・一〇一六・遍照)。**○たをやか**　しっとりと美しいさま。「あなうたて、この人のたをやかならましかばと見えたり」(源氏物語・帚木)。ここは、唐歌に比べて大和歌が女性的であることをいう。**○かひありて**　甲斐に、「海のほとり」の縁で「貝」を掛ける。**○なにはのことに**　地名「難波」から「なには」を導く。「なにはのことに」は、どうして言葉として、の意。「男来て、もの言はむと言ひたりければ／葦の葉のこやとしいはば津の国のなにはのことか言はであるべき」(平兼盛集時雨亭本・九四)。**○倭文の苧環**　「しづ」は古代の織物の一種。梶の木や麻などで縦縞や格子を織り出したもの。「苧環」は、紡いだ糸を丸く巻いたもの。糸を繰ることから、「くる」「くり」を導く序に使われる。「いにしへの倭文の苧環繰り返し昔を今になすよしもがな」(伊勢物語・三二段)。**○千種になして**　「ひとつ」の対で「千」を導いたもの。ここは、「言の葉」にちなんで「千種」といったものであろう。「千種にも霜にも移る菊の花ひとつ色にぞ月は染めける」(躬恒集・二〇二)。**○三十文字にだに**　土佐日記、二月五日の条には、舵取りが水夫に言った言葉がたまたま三十文字の和歌になったという話があり、源氏物語、常夏巻には、近江の君が三十一文字ではあるものの上句と下句が続かない和歌を詠んでいることがからかわれる。三十文字でさえ続けられないというのは、保憲女の謙辞である。**○近江の海**　滋賀県にある琵琶湖のこと。近江八幡市水茎町にある岡は「水茎の岡」と呼ばれることから「水茎」を導いている。**○水茎**　底本は「水」の下の文字が不明。「私I」「私II」により「水茎」と校訂する。「水茎」は、筆跡、手紙などの意もあるが、ここは「檀の紙」の対になるので、筆の意。**○檀の紙**　檀は、ニシキギ科の落葉樹。その繊維を漉いて紙にしたものを檀紙という。「蘇枋の机に、檀の紙、青紙・松紙・筆など積みて」(うつほ物語・あて宮)。また、陸奥の安達は檀の産地であった。「陸奥の安達の檀わが引かばすゑさへよりこ忍び忍びに」(古今・神あそびの歌・一〇七八)。**○あはれなみは**　『和歌大系』は「私I」「私II」の「あはれなれは」の本文を採る。**○起くと伏すと**　底本には「おくとふすみ」とあるが、「私I」「私II」により「起くと伏すと」と校訂する。集一三八番にも「伏すと起くと」とある。**○朽たし**　『和歌大系』は「下す」と「朽たす」の掛詞とするが、「菖蒲草いづれの沢にねをとめて身をばながめに朽たしはつらん」(馬内侍集・八五)などの用例から、掛詞でなく「朽たす」として解しておく。**○闇の夜の錦**　無駄なものの例え。「富貴不帰故郷　如衣錦夜行」(史記・項羽本紀)などによる表現。「見る人もなくて散りぬる奥山の紅葉は夜の錦なりけり」(古今・秋下・二九七・貫之)。ただし、ここでは、自分の詠草を無駄なものとしながらも、錦に例える点に多少の自負心が窺える。無駄なものではあっても錦なのだから、と思って明け暮れ見直すものの、やはり水の泡にも劣る、と続く。**○流れての世**　後の世。「水の泡」に導かれた表現。「世中の心にかなはぬなど申しければ、ゆく先頼もしき身にてかかる事あるまじと人の申し侍りければ／流れての世をも頼まず水の上の泡にきえぬるうき身とおもへば」(後撰・雑一・一一一五・大江千里)。また、好忠の三百六十首歌夏部の反歌に「かはすがき立てたることもなき人の流れての世のしるしなりけり」(好忠集・九四)とあるのは、「後の世」の意に、「自分の歌が流布した世」の意味を掛ける。当該歌は、千里と好忠の両方の表現を踏まえたか。**○笑はれぬべければ**　恵慶百首序文末尾には「言ひ集めたることども、にのまひになむなりにける。をかしとにはあらねど、見む人笑ひもしなむかし」とある。**○雁の涙に落とし**　「雁の涙」とは、もともとは、露を雁が落とした涙であるとみなす表現。「鳴きわたる雁の涙や落ちつらむ物思ふ宿の萩の上の露」(古今・秋上・二二一・よみ人しらず)。ここは、雁が涙を高い空から落とすように、涙の中に落とすということ。「雁」に「仮」を掛ける。**○春夏秋冬、四季なり**　「四季」という表現は「内侍のかみの右大将藤原の朝臣の四十賀しける時に、四季の絵かけるうしろの屛風にかきたりける歌」(古今・賀・三五七詞書)などに用いられている。重之女百首序文には「昔より今に、歌といふもの多かれば、これを、歌の数にはあらねど、四季の歌とこそいふべかめれ」とあり、百首が春夏秋冬に加えて恋部を含むものでありながら、全体を「四季の歌」として捉えて表現する。好忠三百六十首歌は、「毎月集」と言われるように月を追った構成である。ここで、「春夏秋冬、四季なり」というのは、四季の営みの中で感じたことを綴るのだという意が込められていよう。実際には、このあと四季、恋の序、四季歌、恋歌と続き、流布本では改めて雑序が置かれて、雑、その他の歌が加えられている。玉井幸助氏は、「「春夏秋冬しきなり」の一句は、この文に続くものというよりは次の第二文に対する注記が紛れ入ったものの如く思われる。後に触れる「賀茂女集」では単に「これはしきの」として別行に記され、「これ」とは第二文を指すものの如くに見える」とし（「賀茂保憲女集の原形に関する考察」学苑147号　一九六三・五）、また、竹内はる恵氏は、この部分を総序の終りでなく、四季序のはじまりとする（「「賀茂保憲女集」考」『古典和歌論叢』明治書院　一九八八）。

〔補説〕　末尾部に「流れての世に人に笑はれぬべければ、なほ雁の涙に落とし果ててむと思ふものから、なほ書き集めてけり」とある。語釈に指摘したように、恵慶百首の序文中の「言ひ集めたることども、にのまひになむなりにける。をかしとにはあらねど、見む人笑ひもしなむかし」に倣った表現であろう。また、好忠三百六十首歌の冬部長歌には「なよ竹の　長き夜な夜な　思ひ集め　呉竹の　暮れゆく冬の　ありさまを　心のうちに　忍ぶることの　苦しさに　人のそしりも　知らずして　問はず語りを　集めたるなり」（好忠集・二七七）とある。こうした謙辞を継承したものと思われる。しかし、当時の女性が最も気にしていたのは、世間の評判であろう。悪い噂が立って人に笑われることは、極力避けなければならなかったはずである。後撰集には「音に泣けば人笑へなり呉竹の世に経ぬをだに勝ちぬと思はん」（恋五・九〇七・よみ人しらず）と、泣くことさえ「人笑へ」になるので慎まねばならない苦痛が詠まれる。この常識をくつがえしたのは、実は蜻蛉日記の作者、道綱母であった。日記には「かくてありし時過ぎて、世の中にいとものはかなく、とにもかくにもつかで、世に経る人ありけり。かたちとても人にも似ず、心魂もあるにもあらで、かうものの要にもあらであるも、ことわりと思ひつつ、ただ臥し起き明かし暮らすままに、世の中に多かる古物語のはしなどを見れば、世に多かるそらごとだにあり、人にもあらぬ身の上まで書き日記して、めづらしきさまにもありなむ、天下の人の品高きやと問はむためしにもせよかし、とおぼゆるも、過ぎにし年月ごろのこともおぼつかなかりければ、さてもありぬべきことなむ多かりける」（上・序）とある。この叙述に見出せるのは、謙遜と自負である。自身を「かたちとても人にも似ず、心魂もあるにもあらで、かうものの要にもあらである」としながら、書いた日記を「めづらしきさまにもありなむ、天下の人の品高きやと問はむためしにもせよかし」と世に問う。保憲女が手本としたのは、好忠らの初期百首であったかもしれないが、蜻蛉日記を成した道綱母の勇気ある試みが、保憲女の力となったことは、想像に難くない。

保憲女と道綱母について、公的な世界から外れて「文芸的疎外感」を持った者の共通意識があることがすでに指摘されている（守屋省吾「賀茂保憲女と道綱母」平安文学研究　四〇輯　一九六八・六、同「『賀茂保憲女集』と道綱母における私家集編纂の近似性」『蜻蛉日記形成論』笠間書院　一九七五）。

〔12〕よろつよてらす日のもとのくに、ことたまをたもつにか《ことイ》なへり。お《うイ》こきなきならのみやこのひんかしには、よろつ世のかけみゆるか丶みの山さやかにすめり。ちとせふるす丶かのせきよりこゆるとしの一日よりは、あまのたくなはくりかへし、ちひろのいせのうみをうたふ。にしはかきりなき我君の御代にすみよしのはま、よ丶にかれせぬまつおひたり。うきことはみなわすれくさしけれり。うれしきことはつきせぬあしはらに、たつおりゐ、としをつめるふね、ち丶のほをおろすとまり、かひあるうみに、さわかしきなみなく、そらにくれたるくもなく、かすみたなひきわたり、きくさも心をとなへ、鳥虫もこゑ〳〵さえつれは、ひともよろこひをなし、

〔校異〕　○くに―ナシ（私Ⅱ）　○か《ことイ》なへり―○か《ことイ》なへり（私Ⅰ）、なへしも（私Ⅱ）、ことかなへり（国）　○お《うイ》こきなき―うこきけなきに（私Ⅱ）　○ならのみやこ―たひらのさと（私Ⅱ）　○には―は（私Ⅱ）　○よろつ世―ちよ（私Ⅱ）　○みゆる―みる（私Ⅱ）　○か丶みの山―か丶みやま（私Ⅱ）　○さやかにすめり―さやかにもあり（私Ⅱ）　○ふる―のふる（私Ⅱ）　○一日よりは―つもるより（私Ⅱ）　○あまのたくなはくりかへし―なかきことのはのを

うちかへし（私II） 〇うたふ—ナシ（私II） 〇なき—なかき（私II） 〇しけれり—しけれり《りてイ》（私I） 〇はつきせぬあしはらに—ふしつきせぬうらに（私II） 〇たつおりゐ—あしたつおりぬ（私II） 〇ふね、ち、のほをおろす—ち、のふねの、ほおろす（私II） 〇くれたる—これる（私II） 〇きくさ—くさき（私II） 〇となへ—となる（私II） 〇鳥虫—とり（私II） 〇こゑ〳〵さへつれは—こゑをさへつれる（私II） 〇よろこひをなし—よろこひおなしさかへとす（私II）

〔整定本文〕 万代照らす日の本の国、言霊を保つにかなへり。おごきなき奈良の都の東には、万代の影見ゆる鏡の山さやかに澄めり。千年ふる鈴鹿の関より越ゆる年の一日よりは、あまのたくなは繰り返し、千尋の伊勢の海を謡ふ。西は限りなきわが君の御代に住吉の浜、世々に枯れせぬ松生ひたり。憂きことはみな忘れ草繁れり。うれしきことは尽きせぬ葦原に、鶴降り居、としを積める船、千々の帆を下す泊り、かひある海に、騒がしき波なく、空に暮れたる雲なく、霞たなびきわたり、木草も心を唱え、鳥虫も声々さへづれば、人も慶びをなし、

〔現代語訳〕 長く続くめでたい日本の国は、言葉の霊力を保つのにふさわしい。動くことのない奈良の都の東には、昔からの姿のままの鏡山が（名前の通り）すがすがしい様子で見えている。千年もたったように古い鈴鹿の関から越えてくる年の元日からは、繰り返し繰り返し、広大な伊勢の海にちなんだ催馬楽の「伊勢の海」を謡う。西は限りないわが君の御代に安住できるという住吉の浜があり、代々枯れない松が生えている。辛いことはみな忘れるという忘れ草も繁っている。喜ばしいことの尽きない葦原には、鶴が降り立ち、五穀を積んだ船が、たくさんの帆を下す港など、見る甲斐のあるすばらしい貝が獲れる海に、騒がしい波はなく、空に黒く垂れ込める雲もなく、霞が一面にたなびいて、木草も心の内に春の喜びを唱え、鳥虫も声々囀るので、人も慶びを表し、

〔語釈〕 **〇万代照らす日の本の国** 日が久しく照らし続けるもとで、長く続くめでたい国、日本国の意。「高照ら

すわが日の皇子の万代に国知らさまし島の宮はも」（万葉・巻二・挽歌・一七一）。**○言霊**　言葉の持つ霊力。「しきしまの大和の国は言霊のたすくる国ぞまさきくありこそ」（万葉・巻十三・三二六八・人麻呂）。**○おごきなき**　「おごく」は「動く」に同じ。「笹蟹の雲のはたてのおごくかな風を命に思ふなるべし」（歌仙家集本重之集・一四四）。序文18、秋の記述部分にも「千年と契り、数知らぬ言の葉を交はせば、岩木ならねばおごきて、ほどもなく下紐うち解けて」とある。**○奈良の都**　京の都でない点が不審。古今集序文に、「いにしへよりかく伝はるうちにも奈良の御時よりぞ広まりにける。かの御代や歌の心をしろしめしたりけむ」と和歌史が辿られることに準じたか。異文は「たひらのさと」。久保木寿子氏は「動きなき」を冠すること、および鏡山との位置関係などから「岩倉山」の誤写の可能性を指摘する（「『賀茂保憲女集』四季序の位相―同時代仮名散文との接点から見る―」白梅学園大学・短期大学紀要44号　二〇〇八・三）。**○万代の影**　『和歌大系』は「影」について、「一つして万代照らす月なれば底も見えける玉つくり川」（重之集・一三六）を挙げて「月影」の意とし、「日の本」の「日」と対比すると注す。**○鏡の山**　近江国の歌枕。現在の滋賀県蒲生郡竜王町と野洲市の境にある。正しくは奈良の北東に位置する。「影見つる」「さやかに澄めり」の縁で用いられた。「名にし負へば曇らざりけり鏡山むべこそ夏の影にみえけれ」（順集・二六〇）。以下、都の東の地名として鈴鹿・伊勢が、西の地名として住吉が列挙される。**○鈴鹿の関**　伊勢国の歌枕。現在の三重県北西部に位置し、東海道や伊勢に越える伊賀越えの要所として古代から関所が設けられ、美濃の不破の関、越前の愛発の関とともに三関と称された。「千年経る」に「振る」を掛けて「鈴」の縁語とし、地名の「鈴鹿」を導く。「鈴鹿川おとに聞きてや世をば経ん年ふるごとになるる世もなく」（古今六帖・一五七七）。**○越ゆる年**　関を年が越えるという発想は、「待つ人は来ぬと聞けどもあらたまの年のみ越ゆる逢坂の関」（後撰・雑四・一三〇三・よみ人しらず）などにも。**○伊勢の海**　ここは、正月に催馬楽の「伊勢の海」を謡うということ。「伊勢の海のきよき渚に潮間《しほがひ》になのりそや摘まむ貝や拾はむや玉や拾はむや」（催馬楽・伊勢海）。伊勢は現在の三重県北中部に相当する地域をさす。古くから伊勢神宮に至る街道を中心に栄え、伊勢の海は「千尋の海」として「伊勢の海の千尋の浜に拾ふとも今は何てふかひかあるべき」（後撰・恋五・九二七・敦忠）などと詠まれる。また、「伊勢の海の千尋たくなはくりかへし見てこそやまめ人の心を」（古今六帖・一七八〇）のように「たくなはくりかへし」と詠まれることも多い。「たくなは」は、海女が海中に入る際に腰に結びつけた命綱のこと。**○住吉の浜**　摂津国の歌枕。現在の大阪市住吉区。京都の南西に当たる。「住吉の松」は、「われ見ても久しくなりぬ住の江の岸の姫松幾代経ぬらん」（古今・雑上・九〇五・よみ人しらず）のように「千歳の松」として有名。また、「忘れ草」が生えるとされ、「道知らば摘みにも行かむ住の江の岸に生ふてふ恋忘れ草」（古今・墨滅歌・一一一一・貫之）などの歌がある。「忘れ草」は、萱草のこと。「萱草　兼名苑云萱草一名忘憂」（十巻本和名抄・一〇）。**○としを積める船**　「とし」は、穀物が一年に一度実ることから、稲などの五穀、またはその収穫を指す。「としもよしこがひも得たりおほくにの里たのもしく思ほゆるかな」（拾遺・神楽歌・六一四・平兼盛）。集九四番にも「秋の田のさながらとしをへてければ」とある。**○かひある**　「甲斐」に「貝」を掛ける。**○木草も心を唱え**　声に出さないものの心の内に春の喜びを唱えて、ということか。集二番歌には、春霞が立つとともに草木に花を咲かせようとする「花心」がつくと詠まれる。高井亜希氏は、保憲女が草木に自己を仮託することを先行歌人に学びつつ、男性に見捨てられた嘆きを重ねる点で独自であると指摘している（「『賀茂保憲女集』試論―草木をめぐって―」昭和女子大学大学院日本文学紀要九集　一九九八・三）。

〔補説〕　岡一男氏は、この四季序について「最初に平安京・鏡山・鈴鹿の関・伊勢の海・住吉の浜などの名勝を順次に列挙して、この国の風光の明るく麗しく豊かなことを簡単に叙べ、次ぎに元旦から大晦日の夜に到るまでの、四季の推移にともなう自然の風物の美とそれと交錯する人間生活や年中行事の美を悉く記し、作歌のための歳時記、四季物語の体裁をなしている」と評す（「賀茂保憲女とその作品」国文学研究3輯　一九五〇・八　後に『古典の再評価』有精堂　一九六八所収）。また、久保木寿子氏は、四季序が正月一日にはじまり十二月晦日で終わるため、「立春に始まる自然暦的な節月意識に依るのではなく、暦月暦日意識に即した構成である。季の代表的な景物や年中行事を表す歌材が、暦的時間に即して配列構成されることにより、四季序はまさに歳時記的な〈類聚性〉が生じている」とし、さらに土佐日記、蜻蛉日記との接点を探りながら、枕草子の作者が保憲女の四季序に注目していた可能性を論じている（「『賀茂保憲女集』四季序の位相—同時代仮名散文との接点から見る—」白梅学園大学・短期大学紀要44号　二〇〇八・三）。

【13】さかりとするはるの、とけきいけのほとり、花のあひたと、心のほとさはらかに、まつのたてさまよなれたるに、ふちはひかゝり、こけの衣あをやかなるに、くろきのはしわたし、しろたへのさきおりゐてのとかなるに、あかねさすひのいろころも、ふかきもあさきもきたる人まいりあつまりて、はるのかたのあつ《ま歟》。ことをくれたしこゐにしらへ、むめかえにきゐる鶯なとかきならして、まさいらくなとふきあそふ。うちにはなかむしろしきて、なかもきたるひとそよりきて、かしらしろきおきなおんな、はかためおほしきことをいひとゝめて、あゆのくちをうつくしみ、かけもうかはぬもちのかゝみとして、はるけきゆくさきをみて、かみもゆるさぬさいはひをほしきにしたかひてあつかり、ひともゆるさぬことの葉を心のまゝにたのしむ。

【校異】○さかりとするはるの—うちへ（私Ⅱ）○のとけき—のとけさ《きイ》（私Ⅰ）、のとかなる（私Ⅱ）○いけのほとり—いけのほとりは（私Ⅱ）○花のあひたと—ナシ（私Ⅱ）○心のほと—きのおひさま（私Ⅱ）○さはらかに—さはらかなる（私Ⅱ）○たてさま—たちさま（私Ⅱ）○かゝり—かゝれり（私Ⅱ）○衣—いろ（私Ⅱ）○くろきのはしわたし—くちきのは（私Ⅱ）○さきおりゐてのとかなるに、あかねさすひのいろ—ナシ（私Ⅱ）○ふかきも—ふかう（私Ⅱ）○も—ん（私Ⅱ）○人—人〳〵（私Ⅱ）○はるのかたの—ナシ（私Ⅱ）○あつ《ま歟》。ことを—

あつまことを（私Ⅰ）（国）、あつまし《こ》と（私Ⅱ）○くれたしこゑ—くれた《た、扶》しこゑ（私Ⅰ）、お《を》くたれるこゑ（私Ⅱ）○しらへ—しらへて（私Ⅱ）○かきならして—かきならし（私Ⅱ）○まさいらくなとふき—ナシ（私Ⅱ）○うちには—うちかは（私Ⅱ）○なかも—たまも（私Ⅱ）○ひとそ—人〳〵（私Ⅱ）○おきなおんな—女おきな（私Ⅱ）○はかため—はかため《本ノマ、歯固》（私Ⅰ）、い《ハ》かた□めと（私Ⅱ）○おほしきことを—おほしき（私Ⅱ）、おほした《（ママ）》ことを（国）○いひと〻めて、あゆのくちをうつくしみ、かけもうかはぬ—いひと〻めて、あ《世中イ》ゆのくちをうつくしみ、かけもうかはぬ（私Ⅰ）、ナシ（私Ⅱ）○もちの—もちゐ（私Ⅱ）○はるけき—はるけさ（私Ⅱ）○ゆくさき—ゆくすゑ（私Ⅱ）○さいはひ—ことのは（私Ⅱ）○ほしきに—おほしき（私Ⅱ）○したかひて—ナシ（私Ⅱ）○あつかり—あつ○《めイ》かり（私Ⅰ）、あつめかり（国）、ナシ（私Ⅱ）○ひともゆるさぬことの葉を、心の—ナシ（私Ⅱ）○たのしむ—たのしふ（私Ⅱ）

〔整定本文〕　盛りとする春ののどけき池のほとり、花の間と、心のほどさはらかに、松の立てさま世慣れたるに、藤這ひかかり、苔の衣あをやかなるに、黒木の橋渡し、白妙の鷺降り居てのどかなるに、茜さす緋の色衣、深きも浅きも着たる人参り集まりて、春の方の東琴をくれだし声に調べ、「梅が枝に来居る鶯」などかき鳴らして、万歳楽など吹き遊ぶ。内には長筵敷きて、長裳着たる人ぞ寄り来て、頭白き翁媼、歯固め思しきことを言ひとどめて、鮎の口をうつくしみ、影も浮かばぬもちの鏡として、遥けき行く先を見て、神も許さぬ幸いを欲しきにしたがひて預かり、人も許さぬ言の葉を心のままに楽しむ。

〔現代語訳〕　今が盛りの春ののどかな池のほとり、花の間と、心のほどはさわやかに、松の立ち姿も長年見慣れたのに、藤が這いかかっていて、（幹には）苔の衣が青々しているのに加え、黒木で作った橋を渡し、真っ白な鷺が降り立ってのどかな風景である中に、緋色の衣を、深い色も浅い色も着た人たちが参り集まって、春のものである東琴を呉楽の調子に調律し、「梅が枝に来居る鶯」などという歌に合わせてかき鳴らし、万歳楽などを吹いて遊ぶ。宮中では長筵を敷いて、長裳を着た人が寄り集まって、頭が白くなった翁媼は、歯固めと思われることを言っては、鮎の口を大事そうに口にし、姿も映らないのに餅を鏡のようにして、遥かな将来を占い、神も許さぬような幸いを欲しいままに集め取り、人も許さぬような言葉を心のままに楽しむ。

〔語釈〕 **○さはらか**　すがすがしくさわやかなこと。**○藤**　松に這いかかる藤は、「松をのみ頼みて咲ける藤の花千年の後はいかがとぞ見る」（貫之集・七〇）のように、賀意とともに詠まれることが多い。また、松に這いかかる藤は屏風絵の題材にも見出せる。**○苔の衣**　法衣をいう。「世をそむく苔の衣はただひとへかさねばうとしいざ二人寝ねん」（後撰・雑三・一一九六・遍昭）。また、苔は「つれづれとそのありさまをみれば、岸の松かたぶきて、古き風つたふるもあはれなり。庭の苔ふりて、昔のあと見えぬもかなし」（恵慶集・一七七詞書）と、さびれた景にあしらわれているが、当該歌では、苔の「青」を際立たせ、続く「黒」「白」「赤」を導く。序4〔補説〕参照。**○黒木の橋**　製材していない丸太で作られた橋。**○茜さす**　茜はアカネ科の多年草。根より赤色の染料を取る。茜を差し加えて染める、という意にもとれるが、ここは「緋」を導く枕詞として解す。**○緋の色衣**　緋色の衣のこと。序文3にも「心、男女様に従ひ、朱の衣年ごとに色増さり」とある。**○春の方の東琴**　春の方角の東という名がついた東琴、ということ。五行説では、春は東に相当する。東琴は、中国の唐琴に対して日本の琴の意。倭琴に同じ。「女は、昔は、東琴をこそは、こともなく弾きはべりしかど」（源氏物語・手習）。**○くれだし声**　異文「くれただ声」。意味不明。『和歌大系』は「榑出声とも」。『研究ノート』は「高い声をはりあげるの意か」とする。あるいは、古代中国の呉の国に行なわれたといわれる楽舞、呉楽を踏まえた表現か。催馬楽は、外来楽である雅楽の曲調にあてはめたものであるので、和琴の東琴を、呉楽の調子に調律することを「呉出声」といったとして、試解する。

○梅が枝に……　催馬楽「梅が枝に　来居る鶯や　春かけて　はれ　春かけて　鳴けどもいまだや　雪は降りつつあはれ　そこよしや　雪は降りつつ」（梅が枝）を引く。**○万歳楽**　雅楽の曲名。唐楽、平調の曲。祝賀の宴に用いられた。「暮れゆくままに楽どもいとおもしろし……万歳楽、太平楽、賀殿などいふ舞ども、長慶子を退出音声

（まかでおんじやう）に遊びて……」（紫式部日記）。**〇長筵**　長い筵のこと。天皇が徒歩で歩くときや神事に祭神が遷御するときの道に敷いた。「母屋及東南廂皆敷長筵」（新儀式四・行幸神泉苑観競馬事）。**〇歯固め**　正月の三が日に鏡餅・大根・瓜・猪肉・鹿肉・押鮎などを食べて長寿を祈る行事。「芋茎、荒海も、歯固めもなし。かうやうの物なき国なり。求めしもおかず。ただ、押鮎の口をのみぞ吸ふ。」（土左日記・一月元日）。**〇もちの鏡**　鏡餅のこと。ここは、歯固めから鏡餅を連想し、鏡による占いを信じて、幸せをほしいままにする、と続ける。鏡は霊力を備えたものとして扱われており、占いに用いられた。「餅」に「影も浮かばぬ」とあることから「望月」の「望」を響かせる。

〔補説〕　正月の華やかな様子を「藤這ひかかり、苔の衣あをやかなるに、黒木の橋渡し、白妙の鷺降り居て、のどかなるに、茜さす緋の色衣」と色彩豊かに描写する。久保木寿子氏は、語釈に挙げた「歯固め」が土佐日記の記事に基づくことから、この色の取り合わせも土佐日記に学んだ可能性を示す（「『賀茂保憲女集』四季序の位相―同時代仮名散文との接点から見る―」白梅学園大学・短期大学紀要44号　二〇〇八・三）。土佐日記には、「ところの名は黒く、松の色は青く、磯の波は雪のごとくに、貝の色は蘇芳に、五色にいま一色ぞ足らぬ」（二月一日）とある。五色は、青・黄・赤・白・黒。保憲女集序も、黄色が足りない点が同じ。

〔14〕また、ほとにあひては、くさのいほりにひさしきつま《まつ歟》をかさりて、かいをはたもたすして、ことふきをたもてるさまとも、いつとみこゝろさしてにはと、身をもちあまりて、おいのふくろこしにあまりて、たにいへとしまちよろこひ、かやの、たに、はしくこなとよひあそふほとに、やう〳〵こほりとけて、たにのひ、きおほく、おつるみつにかほまさりて、あしの

（以下、「私II」の本文を補入する）夜はみしかく、春の日はなかくなる。つるは、きをかくして、水はかまきたりと思へり。あまはあた〻けき日を、ころもえたりとおもへり。なみとともにた〻すみて、いそなつむ。のへにはしろたへのけころもきたる人〳〵、かたみをひきさけて、わかなつむ。やなきのまゆひろけたり。かほとり心のま〻にあそふ。みつはか〻みにしたれと、なにかは、つかしき事のあらむ。やまひこは、よふことりのこゑなきては、〻なのしとになつさふ。かりたにとこよをわすれす。ちる花やとりをさためす。うくひすのはふきのはなをた〻すして、くれゆくはるを〻しむ。こをひと〻なすとりは、たつ〻きをよろこふ。

〔校異〕 ○また―ナシ（私II） ○つま《まつ歟》―まつ（私II） ○ことふき―のことは（私II） ○さまとも―とすれとも（私II） ○いつとみ―いつ《ヘイ》と（私I）、いつこにともを（私II） ○にはと―こと人となるさえと（私II） ○もちあまりて―もちて（私II） ○おいのふくろ―おひのふ心（私II） ○こしにあまりて―こしよりあまり（私II） ○いへとしまちよろこひ―いへと・し《うイ》まちよろこひ（私I）、いつるとしころこひ（私II） ○かやの、たに、はしくことよひ―かやの、たに、はし《しイ》くこ（私I）、か、やくのしたにならはひ（私II） ○やう〳〵こほりとけて―こほりやう〳〵とけて（私II） ○たに―たき（私II） ○おほく―たかくて（私II） ○みつに―水（私II） ○かほ―かはのみつ（私II）

以下、「私II」によって補った部分について、文意が難解であるため「私II」と流布本系B類『承空本私家集下』所収「鴨女集」との校異を示し、「鴨女集」を（鴨）と略す。また、本文を欠く「ナシ」と区別するため「鴨女集」の片仮名を平仮名に直した。

○夜は―よはひ（鴨） ○みしかく―みしかふ（鴨） ○は―ナシ（鴨） ○なかく―なかふ（鴨） ○かくして―たか

うして（鴨）○水はかまきたり―みつをたまはたり（鴨）○ころも―よき、ぬ（鴨）○た、すみて―た、みて（鴨）○は―ナシ（鴨）○けころも―ころも（鴨）○人〱―ひとし（鴨）○を―ナシ（鴨）○わかなつむ―ナシ（鴨）○かほとり―花のすかたあさやかなり、かをとり（鴨）（国）○ま、に―ことく（鴨）○したれと―、たりといへとも（鴨）、にたれど（国）○なにかは、つかしき事のあらむ―なにかはつかし（鴨）○やまひこは―か、み山ひとは（鴨）○よふことりのこゑなきては―よふことりのこゑにしたかふこゑなきてふは（鴨）（国）○、なのしとに―花なとに（鴨）、はなのしたに（国）○かりたに―かへるかり（鴨）○やとり―やと（鴨）○うくひすのはふきのはなを―鶯はふちなみを（鴨）○たつ、き―たへすひ《日》（鴨）

〔整定本文〕　また、ほどに合ひては、草の庵に久しき松を飾りて、戒をば保たずして、寿を保てるさまども、いつと御志してにはと、身をもち余りて、老いの袋腰に余りて、家刀自待ち喜び、茅野の谷に「愛しく子」など呼び遊ぶほどに、やうやう氷解けて、谷の響き多く、落つる水に川増さりて、葦の（以下、「私II」の本文を補入する）よは短く、春の日は長くなる。鶴は脛を隠して、水袴着たりと思へり。海人は暖けき日を、衣得たりと思へり。波とともにた、ずみて、磯菜摘む。野辺には白妙の褻衣着たる人々、かたみを引き下げて、若菜摘む。柳の眉広げたり。かほ鳥心のままに遊ぶ。水は鏡にしたれど、何かは恥づかしき事のあらむ。山彦は、呼子鳥の声に従ふ。声無き蝶は、花の下になづさふ。雁だに常世を忘れず。散る花宿りを定めず。鶯の羽ぶきの花を絶たずして、暮れゆく春を惜しむ。子を人となす鳥は、立つ月を喜ぶ。

〔現代語訳〕　また、身分相応に、草でできたような粗末な庵に長寿の松を飾って、戒律を守らずとも、長寿を保っているさまなどは、いつと思いお決めになってかと（うらやましく思われ）、（長生きした）身を持て余して、老いの袋が腰に重たく下がっているように腰をかがめ、主婦は待ち喜んで、茅野の谷に「かわいい子」など呼び合って遊ぶうちに、しだいに氷が解けて、谷に流れる水の響きが高くなり、流れ落ちる水に川の水

が増して、葦の

（「私II」の本文訳）節が短いように夜は短く、春の日は長くなる。鶴は脛を隠して、水袴を穿いているように見える。海人は暖かい日ざしを、衣を得たようだと思っている。波とともに佇んで、磯菜を摘んでいる。野辺には真っ白な普段着を着た人々が、籠を引き下げて、若菜を摘む。柳は眉のように枝をたわませ広げている。かお鳥は心のままに遊ぶ。水は鏡のように澄んでいるが、（顔を映しても）何が恥ずかしいことがあろうか。山彦は、呼子鳥の声に従って真似をする。声を出さない蝶は、花の下に慣れ親しむ。雁でさえ常世を忘れず（春には帰り）、散る花は宿を定めずにどこでも散る。鶯のはばたきは花を散らさないようにして、暮れゆく春を惜しむ。子を一人前に育てる鳥は、巣立つ月（が来たの）を喜ぶ。

〔語釈〕 **○ほど** 身の程。身分。**○松** 底本は「つま」とあり、傍らに「まつ歟」とある。「私II」により「松」として解す。〔補説〕参照。**○戒をば保たずして** 「戒」は、戒律の意。序文4に「さるによりて、戒を保つことの、世にこそ身をもやつし」とも。**○御志してには** 「志す」は、目標を定めておくこと。**○持ち余り** 有り余るということ。同時代までの用例は他に検索できない。「女持ち余りて、置き所なくは、乞食非人などには取らするとも」（曾我物語二・若君の御事）。**○老いの袋腰に余りて** 『日本国語大辞典』（第二版）は、「年老いて腰が曲がって、着物の腰のあたりがふくらんでいる状態をいう」とし、当該歌の例を挙げる。老いをたくさん袋に入れて腰にぶら下げているかのように腰が曲がることをいうか。**○茅野** 茅のおい茂っている野原。「茅の野辺いともかくなる峰の上の松が枝ともに久しきものを」（古今六帖・一一五五・小町が姉）。**○愛しく子** 意味不明。「私II」は「はししこ」。「はし」を「愛し」として仮に解す。『和歌大系』は「はしぐ子」とする。**○川** 底本は「かほ」とあるが、「私II」の「かは」に従い校訂する。**○葦のよ** 底本は「あしのをたちきるとて」とあるが、「あしの」と「をたちきるとて」の部分に脱落があり、「私II」により補った。〔補説〕参照。「あしのよ」は、葦の節をさす「よ」に「夜」を掛ける。**○水袴** 水でできた袴。鶴の脛が水に隠れているさまをいうか。他に用例は見出せない。『和歌大系』は、

「鶴の脚もとで波しぶきが上がっている様」とする。〔補説〕参照。**○磯菜**　海藻。「こよろぎの磯たちならし磯菜摘むめざし濡らすな沖にをれ波」（古今・東歌・一〇九四）。**○褻衣**　晴れの衣でない普段着のこと。「この衣の色白妙になりぬともしづ心ある褻衣にせよ」（和泉式部集・四三一）。ここは、前述の「鶴は脛を隠して」から、鶴の羽毛で作った衣である「毛衣」を響かせる。『源氏物語』にも、緑の白い衣を担いだ人々の様子を鶴の毛衣に例えて言う場面がある。「白きものどもを品々かづきて、山際より池の堤過ぐるほどのよそ目には、千歳をかねてあそぶ鶴の毛衣に思ひまがへらる」（若菜上）。**○かたみ**　竹で編んだ目の細かい籠。「ゆきて見ぬ人も忍べと春の野のかたみにつめる若菜なりけり」（新古今・春上・一四・紀貫之）。**○柳の眉**　漢語「柳眉」の訓読語。長恨歌に「芙蓉如面柳如眉、対此如何不涙垂」（白易居）とあるように、柳の葉や芽を眉に見立てていう。「春の日の影添ふ池の鏡には柳の眉ぞまづは見えける」（後撰・春下・九四・よみ人しらず）。また、「眉を広げる」は、枝を伸ばす意。花が咲く意にも用いられる。「花の香を今朝はいかにぞ君がため眉広げたる菊の上の露」（忠見集・四六）。「眉」に柳の芽の意「繭」を掛けるとも。**○かほ鳥**　『日本国語大辞典』（第二版）補説に「中古以後おおむね、「かおどり」の語義を、「かおばな」と同じく、容姿の美しい鳥と考えているが、雉（きじ）の雄、鴛鴦（おしどり）、翡翠（かわせみ）、雲雀（ひばり）、梟（ふくろう）、鴟（みみずく）、蚊母鳥（よたか）、虎鶫（とらつぐみ）、青鳩（あおばと）、河烏（かわがらす）、郭公（かっこう）など、諸説ある」とある。「かほ鳥のまなくしば鳴く春の野の草のねしげき恋もするかな」（古今六帖・四四八六）。**○山彦**　集一九四番参照。「山彦もこたへぬ山の呼子鳥われひとりのみ鳴きやわたらむ」（拾遺・恋一・六四三・よみ人しらず）。**○呼子鳥の声に従ふ。声無き蝶は**　「私II」には「よふことりのこゑなきては」とあるが、意味不明。流布本系B類『承空本私家集　下』所収の「鴨女集」により校訂する。〔補説〕参照。「蝶」については、集五七番参照。「花咲かぬ枝にも蝶はむつれけり柳の糸も結ぼほるらし」（うつほ物語・春日詣）。**○花の下に**　「私II」には「花のしとに」とあり、「鴨女集」では「花ナト、」とあるが、「花のしたに」の誤写として校訂した。**○常世**　現実の世とは異なる想像上の世界で、不老不死の理想郷、神仙境とも考えられた。また、雁は常世から来て常世に帰るとされていた。「常世いでて雁の羽衣寒き上に心して吹け秋の夜の風」（清正集・四〇）。**○羽ぶき**　鳥や虫が強く羽ばたくこと。「おし鳥の羽ぶきやたゆきさゆる夜の池の汀に鳴く声のする」（好忠集・五一六）。**○絶たずして**　散らさないようにして。**○立つ月**　「立つ」は、鳥が春に巣立つ意。「谷寒みいまだ巣立たぬ鶯の鳴く声若み人のすさめぬ」（後撰・春上・三四・よみ人しらず）。

〔補説〕　底本に脱落があり、「私II」により補った。この部分を流布本系B類本も有する。集の本文が早くから乱れていた証であろう。

異本系は序文の後半部を欠き、歌数が少ないために、流布本の精選本である可能性があるものの、このように流布本の本文を補うことができるという特徴を持つ。稲賀敬二氏は、この部分の脱落について、「承空本原本またはその親本の、一丁分の欠丁か、めくりまちがいによる脱文であろう。」とする（『私家集大成』解題）。

「程に合ひては、草の庵に久しき松を飾りて」と、正月に松飾をしたとある箇所について、岡一男氏は、正月の松飾は惟宗孝言の詩が初見とされてきたが、この叙述によって、この頃すでに民間に行われ、延寿の呪であったことがわかると指摘した（「賀茂保憲女とその作品」国文学研究3輯　一九五〇・八　後に『古典の再評価』有精堂　一九六八所収）。本朝無題詩、五にある惟宗孝言の詩の自注には、「近来世俗皆以松挿門戸、而余以賢木換之」とあり、松飾は十一世紀後半のころから行われていたとされる（国史大辞典、門松）。

「鶴は脛を隠して、水袴着たりと思へり」の部分について、久保木寿子氏は、土佐日記の「何の葦蔭にことづけて、老海鼠のつまの貽鮨、鮨鮑をぞ、心にもあらぬ脛にあげて見せける」を挙げ、「「心にもあらぬ脛にあげて見せける」の逆をいくもので、『土佐日記』を彷彿とさせることで一層の表現効果を狙ったものと思しい」と論じる（「『賀茂保憲女集』四季序の位相―同時代仮名散文との接点から見る―」白梅学園大学・短期大学紀要44号　二〇〇八・三）。ただし、鶴のように袴から脛を出すことを「鶴脛」といい、「すべて君は、涼をぞ惑はしたまふ。琴弾きたまひては、裸、鶴脛にて走らせたまひて、殿上まで笑はせたてまつりたまふ」（うつほ物語・蔵開・中）などに用例が複数見られることから、「鶴脛」の意味を逆手にとって、人は鶴脛を出し、鶴は袴を履いて脛を隠すと、ユーモラスに表現したのかもしれない。

〔15〕日をふるあめおほかれと、なはしろ水にあらそふほとに、夏になりぬれは、はしめをふせきしひをけを、むはたまのくらきすみにをきて、ねすみのすになし、風なきあなたにすてたり。かはほりはときにあひて、うすきころも（「私Ⅱ」の本文、ここまで）をたちきるとて、ひさきをまねひて、卯の花しらかさねところ〳〵ほころひて、やまのはをいつるゆみはりの、ひさかたのとくいるかけをせしかはおとろきて、やう〳〵まといるつきのかつらをそらものともとはてにおりて、てるひをもみあれとてひく。いはふやしろのところなく、露のいほりもかはらぬさかきさし、ゆふたすきかけていそかぬ人なくさわくほとに、ほとゝきすのこゑ、さみたれなるほとに、かくれぬ、あやめくさをもひきあらはし、あさちかなかのよもきをもあさりいてゝ、つまをさためたるこゑ女とも、たれをこひちにおりたるにかあらん、そほちうたふほとに、

〔校異〕○日をふる—ちかふる（鴨）○水に—こひを（鴨）○あらそふ—あらさふ（鴨）○なりぬれは—なれは（鴨）○はしめをふせきし—かせなき（鴨）○すみに—すみを（鴨）○ねすみ—ひねすみ（鴨）○すに—すと（鴨）○風なきあなたに—（五字欠）なに（鴨）○は—ナシ（鴨）ここまで「私Ⅱ」と「鴨女集」との校異○を—を○《をイ》（私Ⅰ）、ナシ（私Ⅱ）○ひさきをまねひて—人草木をまねふとて（私Ⅱ）○花—はなころも（私Ⅱ）○しらかさね—しろうかさね（私Ⅱ）○ほころひて—ほこころひて（私Ⅰ）、ほころひ（私Ⅱ）○をいつる—とつ

る(私II)○ひさかたの—ナシ(私II)○せしかは—さをしかは(私II)○おとろきて—おとろき(私II)○か《にイ》つらを—かけを(私II)○そらものともと—そら《うイ》ものともと(私I)、そらものとも(私II)○はてに—はて。(私I)○みあれとてひく—いてひき(私II)○ところ—所〱(私II)○露の—つゆ(私II)○いほりも—いほりにも(私II)○さかき—さかきを(私II)○なく—なくて(私II)○ほと、きすのこゑ、さみたれなるほとに—さみたれになりゆけは、ほと、きすのこゑ(私II)○かくれぬ—かくれぬの《ナシイ》(私I)、かくれぬの(私II)○あやめくさをも—あやめのね(私II)○ひき—ナシ(私II)○あさちかなかの—あさちのなか(私II)○よもきをも—よもきを(私II)○あさりいて、—あさりいてつ、(私II)○さためたるこゑ女—さためたるうへめ(私I)、さため、たうゑめ(私II)○おりたるにかあらん—おりたる《つイ》にかあらん(私I)、おりたつらむ(私II)

〔整定本文〕 日をふる雨多かれど、苗代水に争ふほどに、夏になりぬれば、はじめを防ぎし火桶を、むばたまの暗きすみに置きて、鼠の巣に成し、風なきあなたに捨てたり。蝙蝠は時にあひて、薄き衣(「私II」の本文、ここまで)を裁ちきるとて、草木を真似びて、卯花白がさね所々ほころびて、山の端を出る弓張の、ひさかたの疾くいる影をせしかば驚きて、やうやうまとゐる月の桂を空ものどもと果てに折りて、照る日をも御阿礼とて引く。祝ふ社の所なく、露の庵も変わらぬ榊挿し、木綿襷かけて急がぬ人なく騒ぐほどに、時鳥の声、さみだれなるほどに、隠れ沼、菖蒲草をも引きあらはし、浅茅か中の蓬をもあさり出でて、つまを定めたる植ゑ女ども、誰をこひちに下りたるにかあらん、そぼちうたふほどに、

〔現代語訳〕 何日も降り続く雨は多いけれども、苗代水に(引き込もうと)競っているうちに、夏になったので、春の始め(の寒さ)を防いだ火桶を、暗い隅に置いて、鼠の巣にしてしまい、風の無いあちらに捨て置いてある。扇は時節に合って、薄い衣(「私II」の本文訳、ここまで)を裁断して着ようと、草木に倣って、卯の花襲や白がさね(を着ても)ところど

ころほころんで、山の端を出る弓張月が、素早く弓を引くような姿を見せてはあっという間に山に入ってしまうので驚いて、やっと的を射て丸く生えている月の桂を空の物としておしまいに手折っては、照る日であっても（月の桂を）葵祭の御阿礼木として引く。祝う社の所狭しと、露のようなはかない庵であっても変わらずに榊を挿し、木綿襷を掛けて急がない人はなく騒ぐうちに、時鳥の声（が聞こえ）、五月雨が降るうちに、隠れ沼（の）、菖蒲草をも引き出して、浅茅の中の蓬も探し出して、相手を決めている田植え女たちは、誰を恋い慕って沼地に降りたのだろうか、濡れながら歌ううちに、

〔語釈〕　**○ふる**　「経る」に「降る」を掛ける。**○苗代水**　一七番参照。**○はじめ**　年の始め、春の始めの頃。**○むばたまの**　枕詞。黒や黒に関連する語に掛かる。**○蝙蝠**　蝙蝠が翼を広げたように骨に紙を貼った扇子。**○草木**　底本には「ひさき」とあるが、「私II」により「草木」と校訂して解す。**○卯の花**　卯の花に、襲の色目である卯の花襲を掛ける。卯の花襲は、表は白、裏は青。陰暦四、五月に用いた。**○白がさね**　夏用に、白地を用いた単衣や帷（かたびら）。「上達部、殿上人も、うへの衣の濃き薄きばかりのけぢめにて、白がさねども同じさまに、涼しげにをかし」（枕草子・正月一日は）。後に成立した堀河百首にも「夏衣裁ち着る今日の白がさね知らじな人にうらもなしとは」（三二八・俊頼）とある。**○ほころびて**　花が開く意に衣が綻びる意を掛ける。「秋風にほころびぬらしふぢばかまつづりさせてふ蟋蟀なく」（古今・雑体・一〇二〇・在原棟梁）。**○ひさかたの**　枕詞。「影」に掛かるか。**○疾くいる**　素早く射る意に、夏の短夜なので、月も早々と山に沈むことを掛ける。**○まとゐる**　「的射る」に「円居る」を掛けるか。ただし「円居る」という動詞の用例は他に見出せない。「円居」は「思ふどち円居せる夜は唐錦たたまくをしき物にぞありける」（古今・雑上・八六四・よみ人しらず）など。**○空もの**　空の物の意か。月の桂は、月に生えていると言われる想像上の木。酉陽雑俎、天咫などに見える中国の俗信による表現。月の桂を折ることは、官吏登用試験に文章生が及第することも言った。「菅原の大臣かうぶりし侍りける夜、母の詠み侍りける／ひさかたの月の桂も折るばかり家の風をも吹かせてしがな」（拾遺・雑上・四七三・道真母）。また、桂の木は、

葵祭にも用いられた。「人もみな桂かざしてちはやぶる神の御阿礼にあふひなりけり」（貫之集・一三〇）。**○御阿礼**　京都の上賀茂神社で、陰暦四月中の午の日の夜、御阿礼木に別雷神を移す神事のことをいう。ここは、その御阿礼木のこと。本来は、榊を用いる。ここでは照る昼日中であっても、夜の月の桂を手折って用いるというのである。

○木綿襷　木綿で作った襷。神事の際に襷として肩に掛け、袖をからげるもの。「ちはやぶる賀茂の社の木綿襷一日も君をかけぬ日はなし」（古今・恋一・四八七・よみ人しらず）。**○植ゑ女**　底本は「こゑめ」。「私II」に「たうゑめ」とあるので「植ゑ女」の字を当てて解した。

〔補説〕　集に神事に関する叙述が多いことについて、川嶋（藤田）明子氏は、作者が神職にかかわりがあったのではないかと推定している（「賀茂保憲女研究（四）—家集序文をめぐって—」国語国文研究27　一九六四・一二）。序文20〔補説〕参照。

〔16〕月日つもることおほぬさになりゆくは、なかる、水にたくへ、かせにまかせてす、み、ひねもすになくうつせみのつゆをまついのち、こ、ろほそくくらしかねたるゆふやみに、とひわたりたるほたるのひかり、さをしかはともしのひかりにおとろく。水にやとれるかけをいをはおつ。ともすなつのみつのかさりに、大殿のともしひはきえぬ。てるひにもきえぬこほりをも、ひみつといひて、あつし〳〵といふほとによけたるに、ほのかなるゆふたちにそ、けるあめは、わたつみにふるゆきのまのこと、はちすのまよりわつかなるかけ見ゆる月、ことあかすみゆるほとに、

〔校異〕　○つもること—にそへて、つもる事のは（私II）　○なりゆくは—なりゆけは（私II）　○なかる、水にたくへ—こひをみつにたくふ（私II）　○かせ——吹風（私II）　○す、み—すこく（私II）　○うつせみ—うつ《ナシィ》せみ

（私Ⅰ）、せみ（私Ⅱ）○いのち―いのちの（私Ⅱ）○とひわたりたる―とひわたりたる《リイ》（私Ⅰ）、しけれる山をとひわたる（私Ⅱ）○さをしかは―さをしかの（私Ⅱ）○ともしのひかりに―ともしするに（私Ⅱ）○おつ―か、り火かとあやまつ（私Ⅱ）○なつのみつの―ひかり水にきえす、夏むしのはかなき（私Ⅱ）○かさりに―かさふりに（私Ⅱ）○大殿の―おほとものし（私Ⅱ）○てるひにもきえぬ―ナシ（私Ⅱ）○こほりをも―こほりを（私Ⅱ）○ひみつ―水（私Ⅱ）○あつし〳〵と―くひつ、あつしと（私Ⅱ）○よけたるに、ほのかなる―ナシ（私Ⅱ）○ゆふたちに―ゆふたちの（私Ⅱ）○わたつみに―わたつうみに（私Ⅱ）○まのこと、はちすの―まのことはり《ちす》この《イ》（私Ⅰ）、ことは、この（私Ⅱ）○わつかなるかけ―ナシ（私Ⅱ）○月―月の（私Ⅰ）、ナシ（私Ⅱ）○みゆるほとに―みゆるに（私Ⅱ）

〔整定本文〕　月日積もることおほぬさになりゆくは、流るる水にたぐへ、風に任せて涼み、ひねもすに鳴く空蟬の露を待つ命、心細く暮らしかねたる夕闇に、飛びわたりたる蛍の光、小牡鹿は照射の光に驚く。水に宿れる影を魚は怖づ。燈す夏の水の飾りに、大殿の灯火は消えぬ。照る日にも消えぬ氷をも、氷水といひて、暑し暑しと言ふほどに避けたるに、ほのかなる夕立に注げる雨は、わたつみに降る雪の間のごと、蓮の間よりわづかなる影見ゆる月、こと飽かず見ゆるほどに、

〔現代語訳〕　月日の積もり重なることが水無月祓えの大幣ではないが多くなっていくのを、流れる水になぞらえて、風にまかせて（水辺に）涼み、終日鳴く蟬のような露を待つほどの（はかない）命（なので）、心細く暮らしかねている夕闇に、飛び回っている蛍の光（がおぼつかなく）、（光といえば）牡鹿は照射の松明の光に驚く。水に宿る（松明の）火影を魚は怖がる。燈す夏の（池の）水の飾り（の明るさ）のために、お邸の灯火は消えてしまう。照る日にも溶けない氷のことをも、「日見つ」というので「氷水」というのだなどと言っては、暑い暑いと言いながらしのいでいるうちに、わずかに降る夕立に（よって）降りそそぐ雨は、広い海に降る雪のようにあっという間に消え、（そのようにわずかに降る雨ではないが、わずかといったら）蓮の葉の

隙間からわずかな姿が見える月を、飽きもせずに眺めているうちに、

〔語釈〕 ○おほぬさに もともと「大幣」は、六月、十二月の大祓えのときに用いる大串につける幣。「大幣の引くてあまたになりぬれば思へどえこそ頼まざりけれ」(古今・恋四・七〇六・よみ人しらず)。当該部は「大幣」の「大」に「多」を掛ける。また、祓えの後で、幣に穢れを移して川に流したことから、「流るる水」を導く。ただし、六月末の夏越の祓を想起しつつ、まだ夏部の序は続く。○空蟬 ここは、蟬の抜け殻でなく、蟬そのものの意だが、「空蟬の声聞くからに物ぞ思ふわれも空しき世にし住まへば」(後撰・夏・一九五・よみ人しらず)といったはかなさを響かせる。○露を待つ命 はかなく消える露を待つほどの、はかない命の意。「年命如朝露」(文選・巻二十九)などによる表現。「露を見て草葉の上と思ひしは時まつほどの命なりけり」(和泉式部集・三〇四)。○照射 夏の夜、山中で篝火をたいたり、松明をともして、鹿狩りをすること、またその火。「逢ふことを照射の鹿のうち向きて目をだに見せば射るべきものを」(古今六帖・一一六九)。○水に宿れる影 『和歌大系』は、本朝文粋の「遊魚疑沈鉤於碧浪」を挙げ、月光が「鉤」のように見え、そのために魚が驚くと解す。○大殿の灯火 「大殿」は、貴族の邸宅や居室のこと。居室で用いる、油でともす灯火を「大殿油」ということによる表現か。「昼のやうなる御とのあぶらをおしはりて、端近くゐ給ふ」(うつほ物語・楼上・下)。○氷水 氷を入れた水。〔補説〕参照。ここは、「日見つ」を掛けて洒落る。『和歌大系』、『ノート』は「秘密」を掛けるかと注する。○注げる雨 降り注ぐ雨。「いつはらず心を寄する法の雨の注ぐしるしに濡るる袂か」(伊勢集・四四五)。○わづかなる影見ゆる月 広い蓮の葉の隙間から、夏の終わりの新月に近い三日月がわずかに見えるということ。

〔補説〕 「照射」は、「五月山照射に乱る狩り人はおのが思ひに身をや焼くらん」(重之集・二五〇)、「時鳥待つにつけても照射する人も山辺に夜を明かすらん」(順集・一七三)、「照射すと秋の山辺に射る人の弓の矢風に紅葉散るらし」(好忠集・二七四)、「夏の夜は照射の鹿の目をだにも合はせぬほどに明けぞしにける」(和泉式部集・三二一)など、初期百首に特有の歌材で、後に堀河百首の歌題ともなった(久保木寿子「和泉式部の詠歌環境―その始発期―」国文学研

究七一集　一九八〇・六）。
久保木寿子氏は、この部分と、夏の扇を詠んだ集六五番歌を挙げ、枕草子の「いみじう暑き昼中に、いかなるわざをせむと、扇の風もぬるし、氷水に手をひたし、もてさわぐほどに……かつ使ひつるだにあかずおぼゆる扇もうち置かれぬれ」（いみじう暑き昼中に）の叙述部分への影響を指摘する（「『賀茂保憲女集』四季序の位相—同時代仮名散文との接点から見る—」白梅学園大学・短期大学紀要44号　二〇〇八・三）。

〔17〕たつたひめいろをそめわくあきにいる。まゆみのもみちあかく、こたかき所々にうつろひわたりて、あめにたとふるたなはたの、ちきれる月日をまちて、しのひのつまをもとらすしてと◦《し歟》ふれと、つねにあかぬことはをかはし、めつらしくてか、よはひほしのいとまなくわたるくもちのあした、ゆふへ、なれすならねは、うきこともなくはす、いまはすましといふそらもなく、まれにあふあかつきのなみたをおとしたる、露とあつめて、うつふし、ふみをかきはしめけるよりなむ、あめつちほしそらといひけるもとにはしける。

〔校異〕○所々に—所々《そらイ》に（私Ⅰ）、えたは、こく（私Ⅱ）○わたりて—にはのあさちは、さま〳〵いろつきわたり（私Ⅱ）○月日—ほい（私Ⅱ）○とらすして—と、して（私Ⅱ）○と◦《し歟》ふれと—としふれは《とイ》（私Ⅰ）、としふれと（私Ⅱ）（国）○あかぬ—めつらかに、あかぬ（私Ⅱ）○かはし—まはし（私Ⅱ）○めつらしくてか—あきことに（私Ⅱ）○わたる—わたるらむ（私Ⅱ）○くもち—千（私Ⅱ）○ならねは—ならはねは（私Ⅱ）○なくはす—ならはす（私Ⅰ）、なく（私Ⅱ）○すまし—すます（私Ⅱ）○そらも—そら（私Ⅱ）○まれに—たれに（私Ⅱ）○あかつきの—あか月（私Ⅱ）○うつふし、ふみを—うつし、するゑ（私Ⅱ）○かきはしめけるより—かきかはし

てのち（私II）○そら―ナシ（私II）○いひけるもとにはしける―いふことをは、もとにしける（私II）

〔整定本文〕 龍田姫色を染め分く秋に入る。檀の紅葉赤く、木高き所々に移ろひわたりて、天に例ふる七夕の、契れる月日を待ちて、忍びのつまをも取らずして年経れど、常に飽かぬ言葉を交わし、珍しくてか、夜ばひ星の暇なく渡る雲路の朝、夕べ、慣れずならねば、憂きことも慣らはず、今はすまじといふ空もなく、稀に逢ふ暁の涙を落としたる、露と集めて、うつ伏し、文を書きはじめけるよりなむ、「あめつちほしそら」といひけるもとにはしける。

〔現代語訳〕 龍田姫が色を染め分ける秋に入る。「いる」といえば、射る弓を作る檀の木の紅葉は赤く、木高い所々に色がずっと変わって、天上世界になぞらえる七夕のように、約束した月日を待って、内緒の恋人をも作らずに年を重ねたが、（最初は）常に尽きない言葉を交わし、珍しく思ってか、流れ星のように夜に暇なくせっせと通ってくる雲路の朝、夕方（のさみしい景色）は、慣れていないというわけではないが、（それでも）辛いことにも慣れず、（そうはいっても）もう澄まないという空がないように、もう来ないというわけではなく、たまにはやって来る明け方の涙を落としたのを、露として集めて、うつ伏して、手紙を書きはじめたことから、「あめつちほしそら」という手習い歌ができたのである。

〔語釈〕 **○龍田姫** 秋の女神。秋をつかさどり、紅葉を染めるとされた。「見るごとに秋にもなるかな龍田姫紅葉染むとや山も着るらん」（後撰・秋下・三七八・よみ人しらず）。**○檀** ニシキギ科の落葉樹。「引き伏せて見れど飽かぬはくれなゐに濡れる檀の紅葉なりけり」（古今六帖・四〇九七・貫之）。檀の木は弓を作る材料となったことから、「秋に入る」に「射る」を響かせ、「檀」を導く。**○忍びのつま** 内緒の恋人。「ことわりや今は殺さじこの童忍びのつまの言ふことにより」（和泉式部日記・宮）。**○夜ばひ星** 流れ星。「星はすばる。彦星。夕づつ。よばひ星すこしをかし」（枕草子・星は）。**○慣れずならねば** 久保木寿子氏は「慣れず慣ら（は異）ねば」とし、「互いに馴染んでいないから」と訳す（「賀茂保憲女集の形成試論―序と和歌の対応が示すもの―」白梅学園短期大学紀要32号　一九九六・

三)。**○慣らはず**　底本は「なくはす」。「私Ⅰ」は「ならわす」、「私Ⅱ」は「なく」。「く」と「ら」の誤写と見て、「慣らはず」と校訂した。**○今はすまじ**　「今は」は、もうこれからは、の意。「今はとて別るる時は天の河渡らぬ先に袖ぞひちぬる」(古今・一八二・秋上・源宗于)。「澄む」に「住む」を掛ける。**○あめつちほしそら**　平安時代の手習い歌「天地の詞」の最初の部分。手習い歌は、「天、地、星、空、山、川、峰、谷、雲、霧、室、苔、人、犬、上、末、硫黄、猿、生ふせよ、榎の枝を、馴れ居て」を平仮名表記にする四十八字から成る。源順集や相模集に見出せる。ここは、恋愛を七夕に例えて、その辛さに流す涙をもって文にしたことから、「あめつちほしそら」という手習い歌が詠み出されたのだ、という。

〔補説〕　文意が難解である。久保木寿子氏は、この部分の内容が後の恋序と似ている点、前後の続き柄が不自然である点、同時に恋序にも文意に断絶がある点、この部分に用いられる「なむ……ける」が、四季序の中で他には用いられず、一方、恋序に多く見られることなどから、この部分は、もとは恋序にあったものが、後から四季序に組み入れられた可能性があることを論じている(「賀茂保憲女集の形成試論―序と和歌の対応が示すもの―」白梅学園短期大学紀要32号　一九九六・三)。

〔18〕むさしあふみはしめはうつし、ひとはをのか心のみしかきをもちて、ちとせとちきり、かすしらぬことのはをかはせは、いはきならねはおこきて、ほともなくしたひもうちとけて、なれ《本ノマヽ》たるすかた、つくろはぬかたちを、たまくしけあけくれは、ますかゝみかけをならへ、あひなし、あひなしみしるほとに、そめしくれなゐ、あくにかへりて、ちきりしまつになみたかく、ちかひしことのはゝ、あはときえぬれと、たなはたはゆゝしとそいふめる。をみなへしたをやけきのへに、はなすゝきうちなひくゆふくれに、た

ひとくゆくほとに、むまのおもてまことにしもみえねは、もちつきのこまといふは、せきみつかけをれはにやあらむ。

【校異】 ○はしめは―ふみさためす（私II） ○心の―ナシ（私II） ○みしかきを―みしかきかけを（私II） ○ちとせと―ちとせと《もイ》（私I） ○いはき―いはきの身（私II） ○おこきて―お○《う歟とイ》こきて（私I）、うしらきて（私II） ○したひも―したひもの（私II） ○すかた―すかたの（私II） ○あけくれは―あけくれ（私II） ○かけ―あけくれかけ（私II） ○あひなし、あ《本ノマヽ》ひなしみしるほと―あひなしみ《見イ》しるほと（私I）（国）、あひなしかほ（私II） ○くれなゐ―心は、くれなゐの（私II） ○かへりて―返（私II） ○たかく―たて（私II） ○ちかひし―ちきりし（私II） ○うち―たち（私II） ○ゆふくれに―ゆふくれと（私II） ○たひとくゆくほとに―たちと、まり、ゆく〳〵とゆく月日は（私II） ○まことにしもみえねは―まとにもみえねとも（私II） ○せきみつかけをれは―けに水にかけみゆれは（私II）

【整定本文】 武蔵あぶみ初めは写し、人は己が心の短きをもちて、千年と契り、数知らぬ言の葉を交はわせば、岩木ならねばおごきて、ほどもなく下紐うち解けて、慣れたる姿、つくろはぬかたちを、玉櫛笥あけくれは、ます鏡影を並べ、あひ馴染み知るほどに、染めし紅、あくに返りて、契りし松に波高く、誓ひし言の葉は泡と消えぬれど、七夕は忌々しとぞ言ふめる。女郎花たをやけき野辺に、花薄うちなびく夕暮れに、旅疾く行くほどに、馬の面まことにしも見えねば、望月の駒といふは、関水かげ居ればにやあらむ。

【現代語訳】 （手習いの）文を初めは写し、人は自分の気持ちが続かないのに、千年もと約束をして、数知らぬ（多くの）言葉を交わすので、（心のない）岩木ではないので心が動いて、ほどなく下紐を解き打ち解けて、なれなれしい様、繕わない様相を、明け暮れは、澄んだ鏡に（そうした）姿を並べて、互いに馴染んで見知っていくうちに、染めた紅色が、灰汁に色あせていくように飽きてきて、（千年を）約束した松に（浮気をしたら波が越すという末の松山ではないが）波が高く寄せて泡立つように、誓った言葉は泡のように消えてしまったが、（それでも一年に一度限りの逢瀬の）七夕は不吉だ、と言うようである。女郎花がたおやかに咲く野辺に、花薄がなびく夕暮れの中、旅を急ぎ行くうちに、馬の顔もはっきりと見えないので、明るい満月という名の「望月の駒」というのは、関の清水に鹿毛の姿が映ったという古歌あっての名なのだろうか。

〔語釈〕 **○武蔵あぶみ**　武蔵国からつくり出された鐙。また、その様式にならった鐙。ここは、「あぶみ」の「ふみ」から「文」を導く枕詞のように用いている。「定めなくあまたにかくる武蔵あぶみいかにのればかふみはたがふる」（古今六帖・二八五七）。**○写し、人**　『研究ノート』、『和歌大系』は、「現し人」とし、現世に生きる人の意に解す。ただし、源氏物語などの用例を見ると、出家者に対して俗世にいる身のことを言うので、いささかそぐわないか。また、『研究ノート』は、鐙の端に刺金（さすが）を作りつけることから「さすが」を導く例をあげた上で、「武蔵鐙」の「端」から「初め」を導くと解すが、鐙から「端」を導く例は見出せない。ここは、直前の「露と集めて、うつ伏し、文を書きはじめけるよりなむ、「あめつちほしそら」といひけるもとにはしける」を承け、「文を初めは写し、人は」と区切って試解した。**○岩木にしあらねば**　「人非木石皆有情」（李夫人・白居易）による表現。「岩木にしあらねば、心苦しとや思ひけむ、やうやうあはれと思ひけり」（伊勢物語・九六段）。集一四〇番歌参照。**○玉櫛笥**　「櫛笥」は、櫛や化粧の道具を入れておく箱。箱は開けるものであるから、「開け」を導く枕詞となる。また「開け」に「明け」を掛けることも多い。「恋ひつつも今日はあらめど玉櫛笥あけなむ明日をいかに暮らさむ」（万葉・巻十二・二八八四）。**○ます鏡**　澄んだ鏡。「ゆく年の惜しくもあるかなます鏡見る影さへに暮れぬと思へば」（古今・冬・三四二・貫之）。**○あく**　「灰汁」に「飽く」を掛ける。灰汁は、灰を水につけてできた上澄のこと。布を洗ったり、染めたりするのに用いた。「限りなく思ひそめてし紅の人をあくにぞかへらざりける」（拾遺・恋五・九七八・よみ人しらず）。**○契りし松に波高く**　古歌「君をおきてあだし心をわが持たば末の松山波も越えなむ」（古今・東歌・一〇九三・よみ人しらず）を踏まえた表現。**○七夕は忌々し**　一年に一度の逢瀬の七夕は恋人にとっては忌むべきもの。「七夕の契りけん日は過すとも例ふべしやはことも忌々しく」(信明集・八三)。**○たをやけき** 「たをやけし」の「けし」は接尾語。たおやかである意。ただし用例は他に未見。**○望月の駒** 信濃国、望月の牧から、朝廷に献上された馬。駒牽きの儀式は毎年八月に行われ、その駒を逢坂の関に迎えに行く駒迎えが行われた。「逢坂の関の清水に影見えて今や引くらむ望月の駒」(拾遺・秋・一七〇・貫之)。この歌同様に、「影」に「鹿毛」を掛ける。馬の顔が夕暮れではっきり見えないのに、明るい満月の望月という名がついているのは不思議だが、きっと泉に姿が映ったというので、古歌にちなんでのことか、ということ。

〔補説〕 奥義抄、下巻に、和泉式部の「とをづらの馬ならねども君乗れば車もまとに見ゆるものかな」に対し、「答云、車もまとに見ゆるものかなとあるは、ことわざに思ふには馬の顔、まとに見ゆといふことのあるなり。馬の顔は長きものなれど、思ふになればまろに見ゆる心にや。又賀茂女集にも、すくすくとゆく月日はかなきほどに馬のおもてまとにも見えねどもちづきの駒といふことあり。是又ことわざの義なり。まとに見ゆといふは的のまろなればその義にいふにはあらじ。円の字をばまとと読む。又まろなりとも読めば其の義にこそ。それを言葉につきて的にはよせたり。さて君乗れば馬ならねども車もまとに見ゆと詠めり。とをづらとは十列の馬と詠めるにや。この歌にはよしなくぞ覚ゆる。大弐三位歌云、とをづらに立つるなりけり今さらに心比べに我もなりなむ　又賀茂女が長歌にも、うきとをづらに我乗れば比べぞ侘ぶる富士の嶺のなど詠めり。これらはひとへに十列と詠めり」とある。類似する記述は色葉和難集にも見られる。また、和歌色葉、中巻に、「賀茂女の集にも、すくすくとゆく月日はかなき人に、馬の面まともにも見えねども望月の駒といふことなり」とある。ここで引用される「すくすくとゆく月日」の表現について、「たちとゝまり、ゆく〳〵とゆく月日は、むまのおもて、まとにもみえねとも、ゝちつきのこまといふは、けに水にかけみゆれはにやあらむ」という異本の本文が近いことから、部分的にその古体を伝えている可能性があることが指摘されている(古賀典子「『賀茂保憲女集』底本の問題」『今井源衛教授退官記念　文学論叢』九州大学文学部国語学国文学研究室　一九八二)。「又賀茂女が長歌にも、うきとをづらに我乗れば比べぞ侘ぶる富士の嶺のなど詠めり」については、集一九四番〔補説〕参照。

〔19〕かせのこゑ夜ことにまさり、むしのこゑこゝろすこきやまさとに、さをしかうちなく。はきの下葉いろつくをなかめて、こころほそけなるをんな、はかなくちきりしひとまつとて、かきつらねたるかりをはくるかとおもひて、なよたけのなかき夜をあかしかねては、春日となけれといりくるもみとりのいろをこゝろにしみてかはりたり。月のひかりをそてにうつしなとす。よひもつちをとはたかくなり、むしのこゑをはみしかくなりまさりて、あけたては、きりたつ野へにかりするあた人、やとかりなとするに、よさりになりにたりとて、きくにわたおほいて、あさかほにしほめるこ、をきなをむなにしはのふれと、露たまりゐて、こからしのあらしにむすほゝれたり。きり〳〵す（以下、「私II」の本文を補入する）のこゑ、よことによはりゆくまゝ、ものおもふ人は、なみたのひまなくなりぬれは、人はこたかふといそく。このはうしなへるやまは、きぬなきなけきをす（「私II」の本文、ここまで）めはあさことにをきまさる。

〔校異〕○こゑ―ナシ（私II）○さをしかうちなく―さをしかのうちなきをも（私II）○はきの下葉いろつくをなかめて、こころほそけなるをんな―ナシ（私II）○はかなく―みつのはかなく（私II）○ひと―人を（私I）（私II）○かりをは―かりかねのこゑは（私II）○くるかとおもひて―たまつさかすをよみ、たかきおきそよめくをとは、かへるかと思ひ（私II）○なよたけ―なるたけ（私II）○春日と―おる人（私II）○いりくるも、みとりの―ちりか丶るもみちを（私II）○しみてかはりたり―みてあはれかり（私II）○す―する（私II）○よひも―よひのほとは（私II）○つちをとは―○《かけのをとは》（私II）○むしのこゑをば―むしのこゑ（私II）○なりまさりて―なるに（私II）○きりたつ―きりたちわたる（私II）○あた人―ひとなと（私II）○やとかりなとするに―やとかり《ナシイ》なとするに（私I）、やとるほとに（私II）○よさりに―よさむく（私II）○きくにわたおほいて―ナシ（私II）○あさかほにしほめるこ―あさかほしほみたる（私II）○をきなをむなに―をよ《きイ》なおむなに《衍歟》（私I）、をむなおきな（私II）○しはのふれと―しものふれと（私II）○露たまりゐて―つゆとたまりて（私II）○こからしのあらしに―こ丶かしこのあしに（私II）○むすほ丶れたり―むすほ丶れ（私II）○きり〳〵す―きりぎりすめ（国）、きり〳〵すのこゑ、よことによはりゆくま丶、ものおもふ人は、なみたのひまなくなりぬれは、人はこたかふといそく、このはうしなへるやまは、きぬなきなけきをす（私II）○こた―衣（国）○めは―しもは（私II）（国）○あさことに―あしたことに（私II）○をきまさる―をさまさる（私I）、しろくおきまさり（私II）

〔整定本文〕 風の声夜ごとに増さり、虫の声心すごき山里に、小牡鹿うち鳴く。萩の下葉色付くをながめて、心細げなる女、はかなく契りし人待つとて、かきつらねたる雁をば来るかと思ひて、なよ竹の長き夜を明かしかねては、春日となけれど煎りくるも緑の色を心に染みて変はりたり。月の光を袖に映しなどす。宵も槌音は高くなり、虫の声をば短くなり増さりて、明けたてば、霧立つ野辺に狩りするあだ人、宿借りなどするに、夜さりになりにたりとて、菊に綿覆ひて、朝顔に萎める子、翁嫗に皺延ぶれど、露たまり居て、木枯らしの嵐に結ぼほれたり。きりぎりす（以下、「私II」の本文を補入する）の声、夜毎に弱りゆくまま、物思ふ人は、涙のひまなくなるぬれば、人は衣替ふと急ぐ。木の葉失へる山は衣無き嘆きをす（「私II」の本文、ここまで）。霜は朝毎に置き増さる。

〔現代語訳〕 風の音は夜毎に激しくなり、虫の声が荒涼と聞こえる山里に、牡鹿がひたすら鳴いている。萩の下葉が色付くのを見ながら、心細げな女が、むなしく契りを結んだ人を待つといって、文字を書くように（曲線を描きながら）連なって飛ぶ雁見ては手紙を運んで来たかと思って、なよ竹の節のように長い夜を明かしかねては、（今は）春の日ではないのに（木の葉が）赤くなるのも（春の）緑色を心のうちに染めて（秋になってから）色変わりをするのである。（そう思って）月の光を袖に映しなどしている。宵も槌音は高くなり、虫の声を聞いていても次第に弱くなってきて、すっかり夜が明けると、霧が立つ野辺に狩りをする浮気な人は、宿を借りたりするのに、（こちらは）夜分になったからと言って、菊に綿をかぶせて、朝になると朝顔のようにすぐに萎んでしまう娘（となり）、翁媼にとっては皺が延びるのに、（長寿の露でなく涙の）露がたまっていて、木枯らしの嵐に凍ってしまう。きりぎりす（以下、「私II」の本文訳）の声は夜毎に弱まってゆくままに、物思いをする人は、涙のしきりと流れるので、（一方）人は衣替えをしようと準備をする。木の葉を失った山は衣のない嘆きをする（「私II」の本文訳、ここまで）。

霜は朝毎に置き増さっていく。

〔語釈〕 **○かきつらねたる雁**　雁が連なって飛ぶ様子が、文字を書くように見えることをいう。「我妹子がかけて待つらん玉梓とかきつらねたる初雁の声」（内裏歌合・一〇）。**○来るかと思ひて**　漢書の、雁が手紙を運ぶという「雁信」の故事に基づいて、雁を見ては手紙が来るかと思う、ということ。「秋風に初雁が音ぞ聞こゆなる誰がたまづさをかけて来つらむ」（古今・秋上・二〇七・友則）。**○なよ竹の**　「長き夜」を導く枕詞。「なよ竹のよ長き上に初霜のおきゐて物を思ふ頃かな」（古今・雑下・九九三・藤原忠房）。**○春日となければ**　今は春ではないのに、の意に解す。**○煎りくる**　「煎りくる」の字を当て、しだいに焦がしたように赤くなる意として解しておく。「みちとほみ人めもみえぬ山道をもみぢはさてやいらんとすらむ」（重之女集・四二）。**○緑の色**　春の草の緑をいうか。「緑なるひとつ草とぞ春は見し秋はいろいろの花にぞありける」（古今・秋上・二四五・よみ人しらず）などを参照すると、当該部分は、春の若草の緑のようにういういしい心であったのに、秋になって飽きられて心が移ってしまったことをいうか。**○心に染みて**　心の内にしみじみと思う、という意に、色を染めることを掛ける。「別れてふ事は色にもあらなくに心に染みて侘しかるらむ」(古今・離別・三八一・貫之)。**○月の光を袖に映し**　「青陽景気斉天地　日月温盈驚時節　松風扇袖引月光　仙人弾琴斧柯宴」(新撰万葉・二五二)や「袖にうつる月の光は秋ごとに今夜かはらぬ影と見えつつ」(後撰・秋中・三二九・よみ人しらず)などにあるように、月光を袖に受ける表現はあるが、ここは、「待つ人の影は見えずて秋の夜の月の光ぞ袖にいりける」(古今六帖・三〇六)のように、袖を交わす相手がやって来ない寂しさをいうのであろう。**○槌音**　砧を打つ小槌の音。**○短くなり増さりて**　秋が深まり寒くなってきたので、虫の音が弱くなってくるということか。**○明けたてば**　夜がすっかり明けると。「明けたてば蟬のをりはへ鳴きくらし夜は蛍の燃えこそわたれ」(古今・恋一・五四三・よみ人しらず)。**○菊に綿覆ひて**　重陽の節句の際、菊の上に綿を置き、露を染ませて体を拭くと、長寿を保てるとされた。**○朝顔に萎める子**　朝顔が萎むように心が萎んでしまった子、の意か。菊の長命と朝顔の短命を対比させている。「朝顔は、霧の籬にはひかくれぬべき心地して、時のまに思ひ萎みぬべし」(女四宮歌合)。**○結ぼほれ**　二〇二番にも。**○衣替ふと**　「私II」では、「こたかふと」。異本系、書陵部蔵「賀茂女集」(五〇一・一七三)は「うたかふと」。仮に「衣かふと」の誤写として解しておく。**○霜は**　底本の誤脱の末尾部分「きりぎりすめは」の「めは」に当たる。「きりぎりすめ」という場合の「め」は、侮蔑する接尾語「め」か。「乗ッて事にあふべき馬の候ひつる、したしいやつめにぬすまれて候」(平家物語・巻四・競)に見出せるが、後代の例。ここは、「私II」にあるように「しもは」の誤写として校訂する。

〔補説〕「きり〳〵すめはあさことにおきまさる」の途中に脱文があり、「私II」の本文を補った。なお、底本「きり〳〵すめは」の「めは」についても「しもは」の誤写として解した。目移りによる誤字であろう。

〔20〕しろたへの月見る人もなくて、むはたまのすみを、こして、くひ物に心をいる、ほとに、おほやけわた

くしさかき葉とりいて、やまゐ《あ歟》してすれるころも、としことにみれと、めつらしといふやいかなるそ。おりかへすむまのあかれは、そらもくもらぬ日かけをかさしてまひあそふほとに、ゆふきりふたかりて、やまにはのりしときたえて、花ほころひす、さとにはともしきやとにけふりたえて、かすみたなひかす、ものおもひまきる、ことなし。そてのこほりをときわひて、ねさめのとこのかりのこゑをあはれかりて、はらわたをたえておもひやれることは、くらけれとおほつかなからす。

〔校異〕 ○月—月《しもイ》（私Ⅰ） ○、こして—あかくをこして、かしらをつとへて、ものかたりをして（私Ⅱ）、おこして、かしらをつどへてものがたりをして（国） ○わたくし—わたくしには（私Ⅱ） ○とりいて—とりにいく（私Ⅱ） ○やまゐ《あ歟》して—やま○《あイ》ゐして（私Ⅰ）、やまゐもて（私Ⅱ）、やまあゐして（国） ○みれと—きたれと（私Ⅱ） ○いふや—いふは（私Ⅱ） ○いかなるそ—いかなる心そ（私Ⅱ） ○おりかへすむまのあかれは—返〱もすれは（私Ⅱ） ○そらもくもらぬ日かけをかさして—そらくもるひかけさして（私Ⅱ） ○ゆふきりふたかりて—いつをもなくゆきふりふたかりて（私Ⅱ） ○のりしとき—のり○《のイ》しとき（私Ⅰ）、のりのしの時（私Ⅱ） ○花ほころひす—花のほころひともし（私Ⅱ） ○やとに—やうにて（私Ⅱ） ○とこの—とこは（私Ⅱ） ○こゑを—こゑ（私Ⅱ） ○はらわたをたえておもひやれることは—思ひやる事（私Ⅱ）

〔整定本文〕 白妙の月見る人もなくて、むばたまの炭を熾して、食ひ物に心を入るるほどに、おほやけ私榊葉取り出で、山藍して摺れる衣、年毎に見れど、めづらしと言ふやいかなるぞ。折り返す馬のあかれば、空も曇らぬひかげをかざして舞ひ遊ぶほどに、夕霧ふたがりて、山には法師斎絶えて、花綻びず、里には乏しき宿に煙絶えて、霞たなびかず、物思ひまぎるることなし。袖の氷を解きわびて、寝覚めの床の雁の声をあはれがりて、腸を絶えて思ひやれることは、暗けれどおぼつかなからず。

〔現代語訳〕 真っ白い月を見る人もなく、真っ黒な炭を熾して、食べ物に心を奪われるうちに、公人も私人も榊葉を取り持って、山藍を摺って染めた衣を、毎年見るけれども、目新しいというのはどうしてだろうか。行ったり来たりする馬が散り散りに帰ったので、空も曇らない日の光にひかげの蔓を飾りに着けて舞い遊ぶうちに、夕霧が覆い隠して、山には法師の食事もなくなり、花が開くこともなく、里では貧しい家に(かまどの)煙が絶えて、霞がたなびくこともなく、物思いがまぎれることはない。(涙で濡れた)袖の氷が解けないまま、寝覚めがちな寝床に聞こえる雁の声を風情があると思いつつ、断腸の思いで思いやることは、暗いけれどもはっきりしないというわけではない。

〔語釈〕 **○白妙の** 真っ白の。続く「むばたまの」と対。**○食ひ物に心を入れ** 食べ物に熱中すること。「この中隔てなる三条を呼ばすれど、食ひ物に心入れて、とみにも来ぬ、いと憎しとおぼゆるもうちつけなりや」(源氏物語・玉蔓)。**○おほやけ私** 宮中でも個人の家でも。**○榊葉** 神事に用いる榊の葉。「霜やたび置けど枯れせぬ榊葉のたち栄ゆべき神のきねかも」(古今・神遊びの歌・一〇七五)。序文の夏部には、葵祭に用いる榊が挙げられている。**○山藍** トウダイグサ科の多年草。葉をしぼった液で、大嘗会、新嘗会の小忌衣を染める藍染料に用いた。「紅の赤裳裾引き 山藍もち 摺れる衣着て ただ独り い渡らす児は」(万葉・巻九・一七四二)。『和歌大系』は、「賀茂神社の臨時の祭りを暗示する」とし、「臨時の祭/山藍もて摺れる衣の長ければ永くぞわれは神につかへむ」(貫之集・一三七)を挙げる。**○馬のあかれば** 「あかる」は、「散る、別る」の字を当てる。「暇たびて、みな十人二十人とあかれて、昨夜の道を求めたてまつる」(うつほ物語・俊蔭)。**○ひかげ** 日の光の意に、大嘗会などの祭礼奉仕の物忌のしるしとして冠に着ける飾りの「ひかげの蔓」を掛ける。「着青摺布衫幷日蔭鬘執着木綿賢木分左右、神祇官行列絵服案以上者、未到朱雀之間只列悠紀前」(儀式・三・践祚大嘗祭儀・中)。**○法師** 法の師に同じ。一二四番参照。**○斎** 僧家の食事のこと。「ここらの年ごろ、露・霜・草・葛の根を斎にしつつ」(うつほ物語・春日詣)。食事がないというのは、冬で収穫物が無くなることをいうか。**○腸を絶えて** 漢語「断腸」の訓読語。母猿が子を追って悶死し、その腹を裂いたら腸が切れていたという故事による。「禍故重畳し、凶問累集す。永に崩心の悲しびを懐き、独り断腸の涙を流す」（万葉・巻五・七九三詞書）。

〔補説〕「榊葉取り出で、山藍して摺れる衣、年毎に見れど、めづらしと言ふやいかなるぞ」の部分について、語釈にも挙げたが、神事について言及する。川嶋（藤田）明子氏は、装束拾要抄、下「小忌衣ト云フハ、神事ノ衣服也。白布ヲ張テ山藍ト云草ニテ形木ヲ摺シ物也」とあるのを引き、「「やまゐして摺れるころも」というのが、神事にかかわる祭官や女官や舞姫が着る小忌衣のことを指すとすれば、ここで異本の「きたれど」の方をとると、作者が神職にかかわりがあったのではないかという、推定も成り立つのである。先の「みあれ」、「うえめ」の例とともに注目しておきたいと思う」と、賀茂姓の保憲女と神事との関わりを指摘する（「賀茂保憲女研究（四）―家集序文をめぐって―」国語国文研究27　一九六四・二）。

〔21〕あけたては、ふりわけかみのことも、はかなきことをたてたるは《わな歟》かにか丶れるとり、ゐにうたれんことをしらすしててるひとをかへり見たるさをしか、ゆきにあはぬとりは、ゆきをよきたふと思へり。こほりにとちらる丶いをは、ふゆをむすへるあみとおもへり。みほにいるあみのほとにおいて、かしうしみかしらにせられうもてありくとさわきて、いつしかとおやよにあひみむとまては、わらはへはとくをにしなむと心もとなかりて、こ丶かしこうちならして、いつしかとそかたらふめる。かくときにつけてにくからぬ世中の、いのちもさかへもをとろへすは、なにのかなしひかあらむ。

〔校異〕〇こと も―のとも（私II）〇ことをたてたるは《わな歟》かにか丶れるとり―ことをたてたるは《よイ挨》《なイ》かにか丶れるとり（私I）、たちてたつたかはかくかもとりの（私II）〇てるひと―くるひと（私I）、いる日（私II）〇見たる―見た《ナシイ》る（私Ⅰ）、みる（私Ⅱ）、見みる（国）　○さをしか―わさをし（私Ⅱ）　○ゆき―しらゆき（私Ⅱ）　○あはぬ―あへぬ（私Ⅱ）　○ゆきをよきたふと―ゆきをよきたふと《太布》（私Ⅰ）、ふゆをかしくきたかと（私Ⅱ）　○こほりにとちらる丶いをは、ふゆをむすへるあみとおもへり。みほにいる―かくてすきゆく（私Ⅱ）　○あみの―みちの（私Ⅱ）　○かしうしみかしらに―かしう《らイ》しみか《かしらイ》とに（私Ⅰ）、かしらしろし、こ丶かしこに（私Ⅱ）　○せられう―せられう《らイ》（私Ⅰ）、せちれう（私Ⅱ）　○いつしかと―いゑに（私Ⅱ）　○よに―たまに（私Ⅱ）　○わらはへは―わかき人、わらはへなと（私Ⅱ）　○をこしなむと―をこ《せイ》しなむと（私Ⅰ）、おにこなと（私Ⅱ）　○うちならして―りちならして（私Ⅰ）　○いつしか―いつしかうちやらはむ（私Ⅱ）　○かくときにつけて―とくときにつけつ丶（私Ⅱ）　○にくからぬ世中の―にく丶もあらぬ世中（私Ⅱ）　○いのちもさかへも―いのちもさ《そイ》かへも（私Ⅰ）、まして人のいのちのつねにおひ（私Ⅱ）

【整定本文】　明けたてば、振り分け髪の子供、はかなきことを立てたるはがに掛かれる鳥、ゑに打たれんことを知らずして照る人を返り見たる小牡鹿、雪に会はぬ鳥は、雪を良き太布と思へり。氷に閉じらるる魚は、冬を結べる網と思へり。澪にいる網のほどにおいて、頭白し。ここかしこに節料持て歩くと騒ぎて、いつしかと親夜にあひ見むと待てば、童べは疾く鬼しなむと心もとながりて、ここかしこ打ちならして、いつしかとぞ語らふめる。かく時につけて憎からぬ世の中の、命も栄も衰えずは、何の悲しびかあらむ。

【現代語訳】　夜が明けると、振り分け髪の子供が、粗雑な仕掛けを立てた罠に捕まった鳥、杖に打たれるだろうことを知らないまま（照射の松明で）照らす人を返り見た牡鹿（は無知ゆえに夜のうちに捕えられ）、雪に会ったことのない鳥は、雪を良い布と思っている。氷に閉じ込められた魚は、冬を結んだ網だと思っている。澪に仕掛けられた網の隙間にあって、頭が凍りついて白くなる。（人もまた網に絡み取られた暮らしをして無知のまま年を取り白髪になるのだ。）ここかしこに節料を持って歩くといって騒いで、いつ親が夜に（鬼の顔を）見るだろうかと待てば、子供たちは早く鬼やらいをしようともどかしがって、ここかしこ打って音を立てて、いつ（鬼が逃げていく）かとおしゃべりをしているようだ。このように折に応じて好ましい世の中で、命も栄華も衰えないのであれば、どんな悲しみがあろうか。

〔語釈〕 **○振り分け髪**　子供の髪型。髪を肩までの長さに切り、左右にかき分けて垂らす。「くらべこし振り分け髪も肩すぎぬ君ならずして誰かあぐべき」（伊勢物語・二三段）。**○はかなきことを**　「はかなきこと」は、粗雑なしかけの意として解した。**○はが**　「挾」の字を当てる。「はが」とは、鳥を捕える仕掛けの一つ。竹の棒や木の枝、藁などにとりもちを塗り、鳥を捕えるしかけ。「はご」とも。「黐 附 唐韻云黐〈丑知反 毛知〉所以黏鳥也黐〈所責反 漢語抄云波賀〉所以捕鳥也」（十巻本和名抄・五）、「童べ、はがたてて、鳥とる／思ふことなき世なるべしむら鳥の今日はなく音もたえて聞こえぬ」（恵慶集・一四五）。**○ゑ**　不明。捉えた鹿を叩く杖や棒のようなもののことか。『研究ノート』は、「罠の枝」とする。『日本国語大辞典』（第二版）に当該部分が引用されており、「ゑ」を「餌」として「えさにつられて捕えられる」と訳している。**○照る人**　鹿をおびき出すために照射の松明を照らす人、の意に解す。『和歌大系』は、「射る人」の誤写か、とする。**○太布**　草皮でなく樹皮の繊維をつむいで織った、目の粗いごつごつした布。**○澪**　水の流れる筋。水脈。「三輪山の山下とよみゆく水の澪し絶えずは後も吾が妻」（万葉・巻十二・三〇一四）。**○頭白し。ここかしこに**　底本「かしうしみかしらに」とあるが意味が通らないため「私II」の本文により校訂する。**○節料**　底本「せられう」。私II「せちれう」に従う。節料とは、節の日の祝いのために用意する食料や品物。また、その費用のこと。「正月四節料　親王已下食法。並同新嘗会〈余節准此。但除雑餠并蒜〉五月五日節料。粽料」（延喜式・三三・大膳）。**○親夜にあひ見むと待てば**　親たちは夜に鬼の顔を見ようと待てば、の意か。**○鬼しなむと**　追儺の行事をしようと。追儺は朝廷の年中行事の一つ。大晦日の夜、悪鬼を追いはらうための儀式。中国に始まり、日本では慶雲三年（七〇六）に初めて行なわれて以降、次第に社寺・民間に広まった。「年暮れぬと思すも心細きに、若宮の、「儺やらはんに、音高かるべきこと、何わざをせさせん」と、走り歩きたまふも、をかしき御ありさまを見ざらんこととよろづに忍びがたし」（源氏物語・幻）などとあるように、子供にとっても楽しみな行事の一つであったようである。集の異本独自歌一三〇番に、「年ごとに人は遣らへど目に見えぬ心の鬼は行く方もなし」とある。

〔補説〕晦日の「追儺」が取り上げられている。久保木寿子氏は、蜻蛉日記、中巻末尾と下巻末尾が追儺の記事で閉じられ、「いずれも、晦日の行事に重ねて実人生の哀歓が滲む叙述になっている」ことを挙げ、保憲女もまた日常的歳事の中に自照表現の方法を学んだことを論じる（「『賀茂保憲女集』四季序の位相—同時代仮名散文との接点から見る—」白梅学園大学・短期大学紀要44号　二〇〇八・三）。

〔22〕されとも、ひとのしろとてあはれひはめこなくして、せうようすとて、はるはねのひとてのへにいて、、をのかいのちをはまつにあへよとひきのへ、とりをはころし、あきをはもみちみると、のへにましりて、たかをはなちてかり、すなとりして、きたるものかりきぬなるにより、つねならぬにやあらむ。されといひて、なにともいか、うきはせむ。よをそむきたるほうしこそは、もの、いのちをころさすして、この身をかきらめをはらきらへ、それすらよくのほうしはくひるなり。か、れは、なをなにはつのかほのほりへのふねのさせひけなり。ほうらいのやま、かめのこうをつくすとも、とものうちけるこのてなり。きこりのこしなりけんよきよりも、あめのしたなる世の中は、をの、えくちぬへうなんありける。

〔校異〕○されとも—されと（私II）○しろとて—心として（私II）○めこなくして—め《あイ》こなくして（私I）、すくなく（私II）○とて—とては（私II）○はるは—はるの（私II）○とて—といひて（私II）○のへにいて、—

ナシ（私Ⅱ）○をのか—のかふ（私Ⅱ）○いのちをは—いのちを（私Ⅱ）○あきをは—秋は（私Ⅱ）○みると—みるとて（私Ⅱ）○はなちてかり—はなちたり（私Ⅱ）○すなとり—すなとりを（私Ⅱ）○もの—ものは（私Ⅱ）○なるにより—なるに（私Ⅱ）○にや—にもや（私Ⅱ）○されといひてなにともいか、うきはせむ—されといひてなにともいか、う《本ノマヽ》きはせむ（私Ⅰ）、はかなきくんにはせう（私Ⅱ）○よを—ようを（私Ⅱ）○ほうしこそ—山ふしはかりそ（私Ⅱ）○ころさすして—ころさて（私Ⅱ）○この身をかきらめ—このみをのみはこきくへ（私Ⅱ）、（国）○をはらきらへ—をはらよら《うイ》へ（私Ⅰ）、ナシ（私Ⅱ）○よくの—よく《よ、イ》の（私Ⅰ）○くひるなり—くひなや《ゆイるイ也イ》（私Ⅰ）、くひるとかそき、し（私Ⅱ）、くひななり（国）○かほのほりへのふねの—かはのほりふねは（私Ⅱ）○させひけ—せはき（私Ⅱ）、（国）○やま—やまの（私Ⅱ）○つくすとも—つくすとて（私Ⅱ）○ものうちける—けにうちてけむ（私Ⅱ）○よき—よき《新》（私Ⅰ）○したなる—したの（私Ⅱ）○くちぬへうなんありける—くちぬへくあるへきとや（私Ⅱ）

〔整定本文〕 されども、人のしろとて憐びは少なくして、逍遥すとて、春は子の日とて野辺に出でて、己が命をば松にあへよと引き延べ、鳥をば殺し、秋をば紅葉見ると、野辺に混じりて、鷹を放ちて狩り、すなどりして、着たるもの狩衣なるにより、常ならぬにやあらむ。されといひて、何ともいかが憂きはせむ。世をそむきたる法師こそは、ものの命を殺さずして、この身を限らめ（をはらきらへ・意味不明）、それすら世々の法師は悔ゆるなり。かかれば、なほ難波津の川の堀辺の船の狭きなり。蓬萊の山、亀のこうを尽くすとも、友の打ちける碁の手なり。樵の腰なりけん斧よりも、天の下なる世の中は、斧の柄朽ちぬべうなんありける。

〔現代語訳〕 そうであっても、人の身代わりというので憐みの気持は少なく、逍遥するといっては、春は子の日だからと野辺に出て、自分の命は松ほどに長くと小松を引き延べ、鳥を殺し、秋には紅葉を見ると、野辺に混じって、鷹を放って狩り、漁をして、（人は普段）着ているものが狩衣だから、（狩りをする際に）尋常でないのだろうか。だからといって、何ともどうして嫌なことをするのだろう。世を背いた法師だけは、物の命を殺さないで、この身を制限するようだが（　　　）、それすら世々の法師は悔いてきたのだ。このようであるので、やはり難波津の川の堀辺の船が（人の食べ物を乗せて）狭くひしめきあっているのだ。蓬萊の山の、亀の甲羅ではないが長い時間を生きていても、友の打った碁の手のようなものである。樵の腰につけていたという斧よりも（さらに短く）、天の下にある世の中は、斧の柄が朽ちるほどあっという間に過ぎていくのだ。

〔語釈〕 **○代**　身代わりの意に解す。人の生きていく身代わりに物の命を奪う意か。または「私II」に「心」とあるので、「こゝろ」の誤写か。**○少なくして**　「私II」に「少なく」とあるのに従い、底本の誤写として校訂する。**○すなどりして**　「すなどり」は、魚や貝などをとること。「漁釣具七十九〈漁音魚　説文云捕魚也　訓須奈度利〉」（十巻本和名抄・五）、「塩釜の浦にはあまや絶えにけむなどすなどりの見ゆる時なき」（大和物語・五八段）。**○狩衣なるに**　狩衣を着ているから、狩りが好きだ、と洒落る。**○されといひて**　そうだろうと言って、の意か。**○憂きはせむ**　意味不明。「憂きことはせむ」の意として解す。**○この身を限らめ**　底本「この身をかきらめをはらきらへ」。意味不明。この身に限度を設けるが、の意に解しておく。「私II」には「木の実をのみは扱き食へ」とあり、法師は殺生をしないで木の実を食べて齢を保つが、の意となり、わかりやすい。「扱く」は、しごいて引き抜くこと。**○世々の**　底本は「よくの」。「私I」の傍書異文「よゝの」に従って校訂する。**○悔ゆるなり**　底本は「くひるなり」。「国」は「くひなり」と校訂する。『研究ノート』、『和歌大系』は「食ひなや」の本文をとる。ここは試みに「悔ゆるなり」として解しておく。**○難波津の川の堀辺**　古代、難波江にあった港。海路の要港として栄え、魚、塩その他の物資の集散地でもあった。日本書紀に、仁徳天皇が上町台地の北端を開鑿して淀川の水を大阪湾に流したとある。その運河を難波堀江という。**○狭きなり**　底本「させひけなり」。「私II」によって校訂する。誤写であろう。「狭き」とは、船が多く往来して混雑するさまをいう。「津の国のなには堀江に漕ぐ船の汀も見えずまさるわが恋」（伊勢集・三九七）。**○蓬萊の山**　中国の神仙思想で説かれる仙境の一つ。不老不死の仙人が住むと伝えられた。「杖錫淩溟海、躡虚歴蓬萊」（文華秀麗集・中・答澄公奉献詩・嵯峨天皇）。**○亀のこうを尽くすとも**　亀に蓬萊山を背負わせたという中国の伝説により、蓬萊山を亀山ともいう。ここは、亀の「甲」から、きわめて長い時間を表す単位である「劫」を導く。「亀山のこふをうつして行く水にこぎくる船はいく世へぬらん」（貫之集・一六四）。**○碁の手なり**　晋の時代に、王質という樵が森で童子に会い、碁を打つのを見ているうちに時を忘れ、気がつくとそばに置いた斧の柄が腐るほどの時間が経っていて、帰ってみれば当時の人は誰もいなかったという、述異記、水経注に見える故事による。気付かぬうちに時が経ってしまうということ。「若得逢仙客　樵夫定爛柯」（菅家文草・囲碁）。**○斧**　よき。小型の斧をいう。「春山にきこる木こりの腰にさすよきつつきれや花の辺りは」（好忠集・五二）。**○斧の柄朽ちぬべう**　束の間と思っていても斧の柄が朽ちるほどの長い間であったということから、あっという間に時間が経つことをいう。一八二番参照。「ふるさとは見しごともあらず斧の柄の朽ちし所ぞ恋しかりける」（古今・雑下・九九一・友則）。天野紀代子氏は、この部分と、「柳の眉広げたり」（序文14）、「腸を絶えて思ひやれる」（序文20）から、漢語を和語に置き換えた保憲女の教養の高さを指摘する（「歌から散文へ―「賀茂保憲女集」序を読む―」『古代中世文学論考』9　新典社　二〇〇三）。

〔補説〕「私II」は以後の序、および集の後半の歌を欠く。稲賀敬二氏は、和歌の本文や歌順などを精緻に検討したうえで、序を欠く本は精選した再編集本であるとした（「賀茂保憲女集・諸本の形態とその本性」『和歌文学新論』明治書院　一九八二）。一方、雑序、雑歌、贈答歌を含まない「私II」の形式が百首歌の形式になることから、「私II」がはじめに成立した草稿本であり、以後増補を重ねて「私1」などの流布本の形になったと考えることもできる（拙稿「「賀茂保憲女集」考―流布本と異本をめぐって―」小山工業高等専門学校紀要21号　一九八九・三）。

〔23〕世中はしまりけるとき、むかしはにはた、きといふとりのまねをしてなむ、おとこ女はさためけるに、

草のたねなくておひけるは、このとりのをちたりけるになんありける。さて、そのひとのこともひろくなりて、かしこきはたかき人となり、おさなきはけすきみとさためける。ひとはみなおなしゆかりなり。されは、たかきいやしきなそはとりにこそあれ、いつれかたかきいやしきあらむ、おなしるいにこそあらめとて、たかき女にもいやしきおとこ心をかけ、いやしき女にもたかきおとこあるへけれは、おとこ女のなかをさためわひて、すくせにまかせける。また、かくおなし人の、ことことよくもあしくもなかりけれはなむ、さいはひもいまにさたまらさりける。かのおなし人のこともなかりけり。

〔校異〕 ここより先、序文30までは、異本系統にはない。以下、序文30までの〔校異〕に示したのは、「私Ｉ」との異同である。

○なくて—ならて（私Ｉ） ○をちたりけるに—をしへたりけるに（私Ｉ）（国） ○み—み《身》（私Ｉ） ○いつれか—いつも（私Ｉ） ○ことこと—ことこと《ナシイ》（私Ｉ） ○よくも—よくも《とてイ》（私Ｉ）

〔整定本文〕 世の中始まりける時、昔ははたたきといふ鳥の真似をしてなむ、男女は定めけるに、草の種なくて生ひけるは、この鳥の教へたりけるになんありける。さて、その人の子供広くなりて、賢きは高き人となり、幼きは下種き身と定めける。人はみな同じゆかりなり。されば、高き卑しきなぞは鳥にこそあれ、いづれか高き卑しきあらむ、同じ類にこそあらめとて、高き女にも卑しき男心をかけ、卑しき女にも高き男あるべければ、男女の仲を定めわびて、宿世に任せける。また、かく同じ人の、ことごと良くも悪しくもなかりければなむ、幸ひもいまに定まらざりける。かの同じ人のごともなかりけり。

〔現代語訳〕 世の中が始まった時、昔にはたたきという鳥の真似をして、男女は契りを結んだのだが、草のような種がなくても（人が）生まれたのは、この鳥が教えたことであったのだ。そうして、その人の子供が広くあちこちで生まれ育って、優れた人は高貴な人となり、幼い人は下種な身分と定められた。人は皆同じ縁で結ばれている。だから、高貴だとか卑しいなどというのは鳥にはあっても、どの人が高貴だとか卑しいとかいうことがあるだろう、同じ類なのだと、高貴な女にも卑しい男が心を掛け、卑しい女にも高貴な男が心を寄せることがあって当然なので、男女の仲を（身分だけでは）定められず、宿世に任せたのである。また、このように同じ類の人には、さまざまなことにつけて良いも悪いも（定めが）ないので、幸いというものも今だに定まらないのだ。その「同じ人」のようでもないのである。

〔語釈〕 **○にはたたき**　せきれいの一種。集一八一番補説参照。イザナギ、イザナミがこの鳥の動作を見て男女交合を知ったとされるところから、「とつぎおしえどり」「みちおしへどり」ともいわれる。**○教へたりけるに**　底本では「をちたりけるに」とあるが、「私I」に従って校訂した。**○下種き身**　「げす」は、「下種」「下衆」などの字を当て、身分が卑しい人の意。「女も男も、いと下種にはあらざりけれど、年ごろわたらひなどもいとわろくなりて、家もこぼれ、使ふ人なども徳あるところにいきつつ」（大和物語・一四八段）。ただし、「下種し」という形容詞の用法は近世まで見出せない。『研究ノート』は「げすぎみ」と表記する。「下種君」か。**○高き卑しき**　身分の貴賤をいう。「高き人を思ひかけてすこし頼みやありけむ／あふなあふな思ひはすべしなぞへなく高き卑しき苦しかりけり」（業平集・一六、伊勢物語・九三段）。**○類**　同類。「類よりもひとり離れて飛ぶ雁のともにおくるるわが身か悲しな」（好忠集・四三一）。**○かの同じ人**　人は同じ類なのだから、男女とも貴賤の別なく運命に任せて結ばれるが、人の仲だけでなく、事の善悪や幸いも定まらないものだから、結局は「その同じ人」のようではなく、同じような幸せな人生を送ることはない、ということをいうか。

〔補説〕　ここから恋序が始まる。

日本書紀の「国生み」において、イザナギとイザナミが天の御柱を回る際に、二神は陽の神、陰の神と呼ばれる。恋序のはじめに天地開闢の話が持ち出されるのは、この世が陰陽から成り立つものであるという、陰陽家に育った保憲女ならではの考えが反映されたものか。人は生まれた時から男女が結ばれる運命であり、貴賤の別はないはずだ、という。また、序文5において、「女は畏き玉の台の家刀自ともなりて、おもしろきことを時につけて見聞き」と、女性の幸せが結婚にあるとしながら、ここでは「幸ひもいまに定まらざりける」と結ぶ。恋の序としての華やいだ雰囲気はなく、理論的に男女のありようを綴る。

〔24〕むかし、たかきいやしきなく、にしひんかしなう、はるあきふしかたらふにより、つねなきことはとことはにといひける。おとこの心といふもの、つよくありしもせよ、めつらしくはつかなるに心さしをつくし、いひそむるなさけのことは、たをやかなるみやひにはなにをかすへきとて、はまのちくさなるは、まつになにはつといふうたをつゝけて、おなしきしゆ《本ノマヽ》のうちとて、やまとうたとてよみかはし、あさか山をしひいてゝ、あはつのかはにかけをならへてすまむといひ、あつさのそまのくれにひゝきては、まかきのしまにまちわつらひ、なみのかへることにうちわひて、かき○《り歟》なきふかきことをいひ、はるけきゆくさきをちきれは、あはれをしらぬやうなり。まくるをふかきとも見たまへかし。

〔校異〕○せよ—せよ《契にイ》（私Ⅰ）○しゆ《本ノマヽ》—うゆ《ナシイ》（私Ⅰ）○すまむ—住む（私Ⅰ）○ひゝきては—ひきゝては（私Ⅰ）○かき○《り歟》なき—かきりなき（私Ⅰ）（国）

〔整定本文〕昔、高き卑しきなく、西東なう、春秋伏し語らふにより、常なきことは常永久にと言ひける。男の心といふもの、強くありしもせよ、めづらしくはつかなるに志を尽くし、言ひ初むる情けの言葉、たをやかなる雅には何をかすべきとて、浜の千ぐさなるは、まつになには津といふ歌を続けて、同じき集のうちとて、やまと歌とて詠み交はし、安積山をしひ出でて、あはづの川に影を並べてすまむと言ひ、梓の杣のくれにひききては、籬の島に待ちわづらひ、波のかへるごとにうち侘びて、限りなき深きことを言ひ、遥けき行く先を契れば、あはれを知らぬやうなり。負くるを深きとも見給へかし。

〔現代語訳〕 昔は、身分の貴賤はなく、西も東もなく、春秋伏しては語り合っていたために、無常である（男女の仲の）ことを（今とは逆に寝床の床に掛けて）「常永久に」と言ったのである。男の心というものは、強くあったとしても、目新しくちらっと見ただけの女に思いを募らせ、語らい初める心づくしの言葉、優美で洗練された振る舞いのためにはどうすればよいかと、「浜の千ぐさ」というのには、（待つことは何でもないと）「松に難波津」という歌を続けて、同じ集の中からといって、やまと歌として詠み交わし、「安積山」の歌をひねり出しては、（その安積山の影から）「逢わないと言われる粟津の澄んだ川に影を並べて住もう」と言い、（やむことなく恋うという）「梓の杣」の材木の「榑」を引いて切るように暮れにやって来ては、（籬の辺りで）「籬の島に待ちわびて」と言い、波が返すように（むなしく）帰るたびに嘆いては、限りなく心が深いことを言い、遥かな行く先を約束するので、（そのままにしておいては）人の情けというものを知らないようである。強引な男の気持に負けるのが心深いことだとご覧あれ。

〔語釈〕 **○常なきこと** 不変でなく、変わりやすいこと。無常であること。「恋死なばたが名は立たじ世の中の常なきものと言ひはなすとも」（古今・恋二・六〇三・清原深養父）。**○常永久に** 永遠に。「伏し語らふ」から「床」を導き、「常」を「とこ」と読み換えて「とことはに」と洒落た。「常永久に聞けば苦しき呼子鳥声なつかしき時にはなりぬ」（古今六帖・四四六四・坂上郎女）。「常なきことは常永久にと言ひける」は、「無常であることは永遠に、と言った」という意になろうが、それでは意味が通らないため、「今では無常である男女の仲を、昔は床に言い掛けて常永久にと言い表したのだ」の意に試解した。**○はつかなる** 「はつか」は、わずかであること。ここは、ちらっと見た女の姿をいう。「初雁のはつかに声を聞きしよりなか空にのみ物を思ふかな」（古今・恋一・四八一・躬恒）。**○同じき集** 「しゆ」は意味不明。「しふ」の誤写として「集」の意に解しておく。「同じような古歌を集めた集」

ということか。以下、著名な古歌が引用される。**○浜の千ぐさ**　古歌を踏まえた表現か。「千ぐさ」というので、いろいろにあなたを思っています、という意であろう。後の例には「君が代のためしと見ゆるなが浜に千ぐさの貝の数もしられず」（斎宮貝合・二・長久元年）がある。あるいは、「花の千草」か。「秋の野に乱れて咲ける花の色の千草に物を思ふころかな」（古今・恋二・五八三・貫之）。**○まつになには津**　「待つに何は」を掛け、松のように長く待つことは何でもありません、という意を含む。「恋しさになにはのことも思ほえず誰すみの江のまつと言ひけむ」（匡衡集・五八）。序文11にも「海のほとり、あやしうかひありて、おもしろしといふ人に逢はば、なにはのことに告げざらむ」とある。**○安積山**　古今集、仮名序において「難波津に咲くやこの花冬籠りいまは春辺と咲くやこの花」に番えられている「安積山影さへ見ゆる山の井の浅き心をわが思はなくに」（万葉・巻十六・三八〇七）を踏まえ、歌に詠まれる「影」から、「影を並べて」と続ける。**○しひ出でて**　「しひ」は「強いて」の意か。**○あはづの川**　「粟津」は、近江の歌枕。「粟津」に「逢はず」を掛ける。「関越えて粟津の森の逢はずとも清水に見えし影を忘るな」（後撰・恋四・八〇一・よみ人しらず）。**○すまむ**　「住む」に「澄む」を掛ける。**○梓の杣のくれ**　「梓の杣」は、近江の歌枕。「宮木ひく梓の杣にたつ波のやむときもなく恋ひわたるかな」（古今六帖・一〇一四）と詠まれるように、宮殿用に使われる梓が生産された。材木の「榑」と「暮れ」は掛詞。**○ひききては**　底本「ひヽきては」を「私Ｉ」により「ひきヽては」と校訂し、「引き切ては」と「ひき来ては」の掛詞として解した。**○籬の島**　垣根の「籬」から陸奥国の歌枕「籬の島」を導く。「わが背子を都にやりて塩竈の籬の島のまつぞ恋しき」（古今・東歌・一〇八九）。**○波のかへるごと**　波が打ち返す意に「帰る」を掛ける。**○負くるを深きと**　意味不明。『和歌大系』は「相手の態度に負けた方が愛情が深いという意か」と注し、「負くるを深き」の例として「咲くと見てかつは散りぬる花なれば負くるを深きうらみともせず」（源氏物語・竹河）を挙げる。ここは、男が歌を畳み掛けて強引に言い寄るのに女が負けて従ってしまうのは、心深さからなのだ、という意に解した。

〔補説〕　恋序の冒頭部（23）では、「にはたたき」「下種き身」といった雅の世界を逸脱した表現を用いていたが、ここからは古歌を引用した流暢な筆の運びとなる。

集には、先行歌を踏まえた表現が散見する。川嶋（藤田）明子氏の調査によると、集の和歌において、明らかに出典が認められるものが二十一首。うち、古今集を踏まえたものが十五首で最も多く、後撰集は五首、古今六帖は三首。歌人では貫之、躬恒、素性といった主要歌人たちに関心を持っていたことが知られる（「賀茂保憲女研究（三）—その作風への照明—」国語国文研究21　一九六二・二）。一方、雅の世界と異なる俗語の使用や万葉歌からの引用も多い（拙稿「賀茂保憲女集における万葉歌摂取」『日本古典文学の諸相』勉誠社　一九九七）。

〔25〕くらへむまのはやうよりといへは、月のほのかなるに、ゆみはりのをしていれは、いとおもはすなりや、ためらひてこそといへと、月よにひかれて心もよりぬへけれは、たゝあまのかるものこしにておといひて、はかなくみたるゝころものせきたをへたてゝ、たまくしけあけゆくをおしむに、とりふたこゑ三こゑなけは、なみたうちおとしてたちゐれは、ことなしひにくれもすくせのもり、くにのまつはらにこそあらめと、そはみとりにこそおもへ、心のうちにはみのつにもまさりておもへと、うへにはつれなしかほつくるとて、はこのうちなるかゝみにうかへるかけを、それか〳〵と心けさうをして、まつゆふくれ、かへるあした、露けしといひてすむは、かけをしてをこつりさほにかゝれることをくゆるけふりさきにたゝす、つくしゝみつくきかへることかたし。

〔校異〕○こしにておーこし《うらイ》にてを（私Ⅰ）、こしにてを（国）○せきたをーせきを（私Ⅰ）○たちゐればーたちぬれは（私Ⅰ）○と、そーとて（国）○みのつー見のつ《ヘイ》（私Ⅰ）○してーら《ナシイ》して（私Ⅰ）、らして（国）○つく

しゝーつくし《しゝイ》（私Ⅰ）

〔整定本文〕　競べ馬の早うよりと言へば、月のほのかなるに、弓張の押していれば、いと思はずなりや、ためらひてこそと言へど、月夜に惹かれて心も寄りぬべければ、ただ海人の刈る藻のこしにてをと言ひて、はかなく乱るる衣の関を隔てて、玉櫛笥あけゆくを惜しむに、鳥ふた声三声鳴けば、涙うち落として立ち居れば、ことなしびに暮れもすくせの森、くにの松原にこそあらめと、そは緑にこそ思へ、心の内には身の上にも増さりて思へど、上にはつれなし顔作るとて、箱の内なる鏡に浮かべる影を、それかそれかと心化粧をして、待つ夕暮れ、帰る朝、露けしと言ひて住むは、影をしてをこ釣り竿に掛かれることを悔ゆる煙先に立たず、尽くしし水茎かへること難し。

〔現代語訳〕　「較べ馬が速いように早くから」と言うと、月明かりの仄かな中に、張る弓を押し曲げて射るように押し入るので、「本当に思いがけないことだ、心を静めて」と言っても、月夜に惹かれて心も相手に寄り添ってしまいそうなので、「ただ海人の刈る藻、腰の裳ではないが、物越しのままで」と言って、頼りなく乱れる衣を「衣の関」として隔てて、（翌朝には）櫛の箱を開け夜が明け行くのを惜しむところに、鶏が二声三声鳴くので、涙を落として立っていると、何もなかったように（一日が過ぎ）、「すぐせの森」ではないが暮れも過ごし、「くにの松原」ではないが待っていようといっては、それこそ松の緑のように永遠に思うけれど、心の内には自分の身の上以上に（相手のことを）増して思うけれど、表面では何でもない顔をしようと、箱の中の鏡に映る姿を、こうかああかと心づもりをしながら、待つ夕暮れ、帰る朝が、涙で濡れるからと言って共に暮らすのは、影を見て魚が簡単に棹に釣り上げられて悔いるようなもので、男の軽い気持ちに騙されたことを悔いてもくすぶる煙が炎より先に立たないように後悔は先に立たず、筆を尽くして書いた手紙も流れる水がもとに戻らぬように仇になってしまうのだ。

〔語釈〕　**○競べ馬**　馬場で馬を走らせて勝負を争う競技。序9にも。馬が速いことから「以前から」の意の「早う」を導く。**○弓張の押していれば**　「射る」と「入る」は掛詞。月から弓張を導き、張った弓を押し曲げて射ることから、「押しいる」と続ける。「梓弓押して春雨今日降りぬ明日さへ降らば若菜摘みてむ」(古今・春上・二〇・よみ人しらず)。**○ためらひてこそ**　「ためらふ」は、気を落ち着かせる意。**○海人の刈る藻のこしにてを**　底本の「こしにてお」を「こしにてを」と校訂した。海人の刈る藻に「裳」を掛け、裳を着ける腰に「物越し」を掛ける。「色深く花の匂ひもものこしに見つればいとどあかずもあるかな」(和泉式部続集・三六五)。**○衣の関を**　底本は「ころものせきたを」とあり、「国」は、「ころものせきだを」と翻字するが、「衣の関を」と校訂する。衣の隔てを、陸奥の歌枕「衣の関」に例える表現。「ただぢとも頼まざらなん身に近き衣の関もありといふなり」(後撰・雑二・一一六〇・よみ人しらず)。**○ことなしび**　何でもないふりをする意。「男のものにまかりて、ふたとせばかりありてまうで来たりけるを、ほどへて後にことなしびにこと人に名立つと聞きしは誠なりけりと言へりければ」(後撰・雑三・一二二五詞書)。**○すくせの森**　不明。「祈れどもすくせの神は許すにはうさの山べもかひなかりけり」(大斎院前の御集下・二四五)では、宿世の神が、豊前の宇佐神宮に番えられている。また、「すくせ山」は「すくせ山なぞいなむやの関のとを隔てて人にねをなかすらん」(散木奇歌集・九三〇)と詠まれている。**○くにの松原**　不明。あるいは恭仁の松原か。恭仁は、久邇とも。山城国の歌枕。天平十二年(七四〇)十二月から十六年二月まで置かれた聖武天皇の皇都。**○身の上**　底本は「みのつ」。「身の上」か。「私Ｉ」には「みのへ」とある。「秋の夜をいたづらにのみおきあかす露はわが身の上にぞ有りける」(後撰・秋中・二九〇・よみ人しらず)。**○心化粧をして**　気配りをして。「心の限り尽くしたる車どもに乗り、さまことさらび、心化粧したるなむ、をかしきやうやうの見物なりける」(源氏物語・葵)。『和歌大系』は「心懸想」の字を当てる。**○露けしと言ひて住むは、影をして**　「して」の部分について、「国」「私Ｉ」は「らして」と読み、「私Ｉ」の本文では「ら」の傍記に「ナシイ」とある。底本は「して」とも「らして」とも読めるが、「して」と読んでおく。『研究ノート』は「露けしと言ひて住む葉陰をして」と取り「そのように露が葉陰にたまっているような涙がちな生活をして」と訳す。『和歌大系』は、不明としながら、「住む葉陰を知らで」の別解を示す。**〇をこ釣り竿**　戯れに投げ入れた釣竿の意。「あだ人のをこ釣り棹のあやふさにうけひくことのかたくもあるかな」（古今六帖・三〇〇八）。**〇尽くしし水茎かへること難し**　水茎は、筆や筆跡の意。ここは、流れる水がもとに戻ることは難しいように、交わした手紙も仇になるということ。「先だたぬくいのやちたび悲しきは流るる水のかへり来ぬなり」（古今・哀傷・八三七・閑院）。〔補説〕参照。

〔補説〕『和歌大系』は、「尽くしし水茎」の箇所を「私I」の「つくしみつくき」の本文から「筑紫水茎」と校訂し、「水茎の」が筑紫郡大宰府にあった「水城」に掛かる枕詞として用いられていたことから、筑紫にある「水茎の水城」から創出した独自表現か、とする。また、「かへる」については「（消息が）返ること難し」に、筑紫から「帰ること難し」の意を掛けると注する。『和歌大系』が根拠とする歌は「ますらをと思へるわれや水茎の水城の上に涙ぬぐはん」（万葉・巻六・九六八・大友旅人）で、筑紫から大和に帰る折の歌である。他に「天霧らひ　日方吹くらし　水茎の　岡の水門に　波立ち渡る……」（万葉・巻七・一二三一）と詠まれる「水茎の岡の水門」は筑前の歌枕とされる。ただし、古今以降に「筑紫」と「水茎」を取り合わせる用例は今のところ見出せない。「水茎」は、序文11に「取り集むれば、近江の海の水茎も尽きぬべく、書き集めば、陸奥の檀の紙も漉きあふまじく」とあり、この場合は近江八幡市水茎町にある岡をいうと思われる。八雲御抄では、「水茎の岡」は近江の歌枕。女集に詠まれる地名は序文と歌を合わせて五〇を越えるが、そのほとんどが実際に足を運んで詠んだものではなく、語呂に惹かれて観念的に詠まれているようである（拙稿「「賀茂保憲女集」地名考」埼玉短期大学紀要5号　一九九六・三）。序文24には「めづらしくはつかなるに志を尽くし」、次の序文26には「荒れたる床に舟と浮かべる心をば尽くし」と「尽くし」が続くので、ここは、やはり「尽くしし」の本文を採りたい。

〔26〕ひとむしを　たまといひしかと、あまたのふみを見もいれす、くれたけのひとたにとまらす、ふしみの

さとになしつれは、あさちかはらの露しけく、おくとふすとにおきつなみ、あれたるとこにふねとうかへる心をはつくし、すくせをはおもへは、いろなるなみたちぬへうなむ。なほとりうらのあまなれは、ひとことのあはれなるには、なはいなみの、いなひはてす、しかまにそむるあなかちにいへは、かけてならの宮このふること、なりて、なけきのみやまのつにやなくなる。

【校異】 ○ひとむしを―ひとむしを《もイ》（私Ｉ） ○たまと―たまと《へイ》（私Ｉ） ○なみ―なみ《にイ》（私Ｉ） ○あはれなるには―あはれには（私Ｉ） ○いなみの―いなひの（私Ｉ） ○かけて―かけまく（私Ｉ） ○つ―へ（私Ｉ）

【整定本文】 一文字を給（へ）と言ひしかど、あまたの文を見も入れず、くれ竹の一だに泊まらず、伏見の里になしつれば、浅茅が原の露しげく、起くと伏すとに沖つ波、荒れたる床に舟と浮かべる心をば尽くし、宿世をば思へば、色なる波立ちぬべうなむ。なほとり浦の海人なれば、人言のあはれなるには、名は印南野の否びはてず、飾磨に染むるあながちに言へば、かけまく奈良の都の古ことゝなりて、なげきの深山の辺にや泣くなる。

【現代語訳】 一文字だけでも下さいと言ったのに（返事がなく）、たくさん送った手紙を見もせず、呉竹の一節ではないが一夜さえも泊まらず、一人伏す伏見の里のようになってしまったので、浅茅の生えた荒れた野原に露がひどく置くように涙が流れ、起きても寝ても沖の波が荒れるように、荒れ果てた寝床にまるで舟が浮かんでいるように心細く、しみじみと宿世を思いめぐらすと、紅の涙のために色の付いた波が立ってしまいそうである。噂になるというなをとり浦の海人であるので、人の言葉のしみじみとしたのに心が動いて、印南野ではないが噂を「否」と言い通すこともできず、飾磨の褐染めではないがあながちに無理やりに言うので、（そうこうするうちに）言うのも恐れ多い奈良の都のように昔のこととなってしまい、材木を切り出すなげきの深山の辺りに嘆いては泣くのである。

〔語釈〕 **○一文字を給（へ）と言ひしかど**　底本は「ひとむしをたまといひしかと」。「私Ｉ」も同じ。ただし「私Ｉ」は「む」の傍らに「もイ」、「と」に「へイ」という校合が示されている。そこで「一文字を給へと言ひしかど」として校訂した。やや後の例に「或人、けふ文おこせよ。一文字にても、と言ひしかば、何文字をと言へば、お文字をといひしかば、おをとりわきて／思ふ人おもはずとのみおもふ人思ふはおもふかひなかりけり」（定頼集・二五二）とある。『研究ノート』は、「ひを虫」の誤写とし、「ひを虫を草葉の露玉のようにはかないものと言いますけれど」と訳す。『和歌大系』は「ひとむし」に「人虫」の字を当てる。**○くれ竹の一だに**　呉竹に「暮れ」を掛ける。「一」は「一よ」の「よ」の脱落であろう。竹の節（よ）に夜を掛ける例は、「たかくともなににかはせむくれ竹の一よふたよのあだのふしをば」（大和物語・九〇段）など。**○伏見の里**　一人寝の表象。「菅原や伏見の里の荒れしより通ひし人の跡も絶えにき」（後撰・恋六・一〇二四・よみ人しらず）。**○浅茅が原**　「浅茅」は丈の低い茅。「頼むれど下の心は浅茅原露に濡るれば色変はるとか」（元良親王集・八二）。また、荒れ果てた邸を表すことも。「昨日見し宝の宿も、今日は浅茅原と露しげくて」（好忠集・百首序文）。**○起くと伏すと**　集の一三八番に「伏すと起くと」、一四二番に「伏し起き」とも。**○舟と浮かべる心をば尽くし**　舟を浮かべたような心細さのまま思いを巡らせて。「舟と浮かべる心」は「沖つ波　荒れのみまさる　宮のうちは　年へてすみし　伊勢のあまも　舟流したる心地して　寄らむ方なく　悲しきに」（古今・雑体・一〇〇六・伊勢）のように寄る辺のない不安感をいう。『和歌大系』は、「つくし」に「筑紫」を掛け、「別るるを心づくしに下るとも生の松原色かはらめや」（師氏集・六四）を念頭にして「色なる波」を用いたかとする。**○色なる波**　紅涙の例え。先に挙げた伊勢詠の続きにも「寄らむ方なく悲しきに　涙の色の　くれなゐは　われらがなかの　時雨にて　秋の紅葉と　人々は　おのがちりぢり　別れなば……」とある。『研究ノート』は、「色」を好色の意に解し、「すきずきしい噂が、波の立つように世間に立ってしまうのでございましょう」と訳す。**○なほとり浦**　不明。浮名が流れるという「名を取る」という語呂から用いられた地名として解しておく。「みちのくに有りといふなる名取川なき名取りてはくるしかりけり」（古今・恋三・六二八・忠岑）。**○印南野の**　印南野は、播磨の国の歌枕。「否ぶ」を導く。「女郎花われに宿貸せ印南野のいなといふともここを過ぎめや」（拾遺・別・三四八・能宣）。**○飾磨に染むる**　飾磨は、播磨の地名。褐（かち）染めという染物の産地であったため、「かち」から「あながちに」と続ける。「播磨なる飾磨に染むるあながちに人をつらしと思ふころかな」（好忠集・四五〇）を踏まえた表現。他に「播磨のや飾磨のいちにそめかす(ママ)しわれがちにこそ君をこひしか」（重之集・一六）なども。**○かけまく**　「私Ｉ」により校訂する。「かけまく」は、申すのも恐れ多い、の意。「かけまくも　あやにかしこし　言はまくも忌々しきかも　わがおほきみ　みこのみこと　万代に……」（万葉・巻三・四七五・家持）。**○なげきの深山の辺**　「投げ木」に「嘆き」を掛ける。底本では「深山のつ」とあるが、「私Ｉ」に「みやまのへ」とあるのに従った。「なげきのみしげき深山の時鳥木がくれゐても音をのみぞ鳴く」（大和物語・六五段）。「嘆きの森」は、大隅国、現在の鹿児島県霧島市隼人町の歌枕。「ねぎごとをさのみ聞きけむ社こそ果ては嘆きの森となるらめ」（古今・誹諧歌・一〇五五・讃岐）。**○泣くなる**　『和歌大系』は「無くなる」と掛詞とする。

〔補説〕　語釈「飾磨に染むる」に挙げたように、初期百首歌人たちには特有の表現の継承が見られる。すでにさまざまに論じられてきているが、古今集を核とする規範的な美意識を逸脱した新たな世界が展開されている。久保木寿子「初期定数歌の歌ことば―その生成と展開―」（『講座平安文学論究』一七輯　風間書房　二〇〇三）、近藤みゆき「反古今的「ふるまい」の構築―曾禰好忠「三百六十首歌」試論」（文学　二〇〇五・七）など。

〔27〕なつするゑ〳〵かそふるときは、なに〳〵、あふみのつくまのかみをうらみつゝ、こぬ人ゆへにひねもすにこひくらし、よもあかころもをかへし、まれなるゆめちにたましひをあくからし、ほのかなるかけろふに心をまとはし、したひものとくるをしるしにおもふほとに、ゆふつけとりしはく〳〵うちなき、夜やう〳〵あけゆき、日さしいつるまて、あしたのとこものうくおもほえて、とくあくれは、あすともしらぬ

世中に、なそを丶して、つかきはのにりていはすれは、なきふしにやむはれむ。

〔校異〕 ○なに丶—なに丶《しイ》（私Ⅰ） ○あかころも—あかころ《る歟》も（私Ⅰ） ○ゆめちに—ゆめ○《ちイ》に（私Ⅰ） ○ものうくおもほえて—ものうくおもほえて《にてイナシイ》（私Ⅰ） ○を丶して—おほして（国） ○のにりて—のにり《こイ》て（私Ⅰ）、のこりて（国） ○むはれむ—むすれむ（国）

〔整定本文〕 夏末々数ふる時は、何にあふみの筑摩の神を恨みつつ、来ぬ人ゆゑにひねもすに恋ひ暮らし、夜も吾が衣を返し、まれなる夢路に魂をあくがらし、ほのかなる陽炎に心をまどはし、下紐の解くるをしるしに思ふほどに、木綿付け鳥しばしばうち鳴き、夜やうやう明けゆき、日射し出づるまで、朝の床もの憂く思ほえて、疾く明くれば、明日とも知らぬ世の中に、なぞ思して、（つかきはのにりていはすれは、なきふしにやむはれむ・意味不明）。

〔現代語訳〕 夏の頃にこれからの先々のことを数えて考える時は、どうして出逢ってしまったこの身かと貞操が試される近江の筑摩の神を恨みながら、訪れのない人のせいで一日中恋い暮らし、夜も自分の衣を裏返し、稀に見える夢路に魂を浮遊させ、仄かに見える陽炎に心を惑わせて、下紐が解けるのを恋人が来る兆しと思ううちに、木綿付け鳥がしばしば鳴いて、夜が次第に明けていき、日が射してくるまで、朝の寝床を出るのがつらく思われて、すぐに明けてしまうと、明日のこともわからない世の中に、どうお思いになって、（　　）。

〔語釈〕 **○夏末々数ふる時**　序文が書かれたのは、末尾部分から「冬の始め秋の終わり」であることがわかる。ここは、夏の頃にあれこれ先のことを思いめぐらしている時をいう。続けて引かれる「筑摩の神」の筑摩祭りが夏に開催されることを踏まえるか。「末々」は、これから先、将来、の意。「かかる人々の末々いかなりけむ」（源氏物語・末摘花）。**○あふみの筑摩の神**　地名「近江」に「逢ふ身」を掛ける。近江国の歌枕。『和歌文学大辞典』に、

「この神社の祭礼である筑摩祭は、陰暦四月一日、現在は五月八日に行われる。古くは女が交渉をもった男の数だけ鍋を被って参詣し、その数を偽れば神罰を受けるとも、また、八人の処女が鍋を被って神前に舞い、もし男と通じていれば鍋が割れるともいわれた。一種の神判行事で、現在は狩衣《かりぎぬ》・緋の袴をつけた八人の少女が張り子の鍋を被って神輿《みこし》に供奉し、途中、神輿を琵琶湖にかつぎ入れる。日本三奇祭の一つ」（筑摩の神の項・久富木原玲）とある。「近江なる筑摩の祭とくせなむつれなき人の鍋の数見む」（伊勢物語・一二〇段）。**○吾が衣を返し**　「吾」は、万葉語。「別れなばうらがなしけむ吾が衣下にをきませただに逢ふまでに」（万葉・巻十五・三五八四）。または、夜着の赤い衣の意か。「むばたまの今宵ばかりぞあけ衣明けなば人をよそにこそ見め」（後撰・雑一・一一一六・藤原兼輔）。衣を返すのは、「いとせめて恋ひしき時はむば玉の夜の衣を返してぞ着る」（古今・恋二・五五四・小野小町）とあるように、夜着を裏返して寝ると夢に相手が現れるという俗信を踏まえた表現。**○陽炎**　光が不規則に屈折して、ゆらゆらと揺れて見える現象。「夢よりもはかなきものは陽炎のほのかに見えし影にぞありける」（拾遺・恋二・七三三・よみ人しらず）。**○下紐の解くる**　下紐が解けると恋人が来る前兆であるという俗信があった。「めづらしき人を見むとやしかもせぬわが下紐の解けわたるらむ」（古今・恋四・七三〇・よみ人しらず）。**○朝の床もの憂く**　夢にだけでも逢う瀬が持てたらと、なかなか起きられないのである。「はかなくて夢にも人を見つる夜は朝の床ぞ起き憂かりける」（古今・恋二・五七五・素性）。**○つかきはのにりて、いはすれば、なきふしにやむはれむ**　意味不明。「私Ｉ」は、「つかきはのに」の「に」に「こイ」と異文が記されている。

〔補説〕　異本紫明抄（ノートルダム清心女子大学蔵、黒川本光源氏物語抄）帚木の巻に「鳥もしばしば鳴くに心あはただしくと云ふ事　賀茂女集詞云、鳥もしばしば鳴きて明け、ひさし出づるほどに心あはただしくてと云ふ事なり」とある。稲賀敬二氏は、この部分が異本にないことから、建長・文永のころに流布していたのは、異本の方ではなく、流布本の方であった可能性が高いことを論じている（「賀茂保憲女集・諸本の形態とその本性」『和歌文学新論』明治書院　一九八二）。

〔28〕からにしきおもしろしといへと、つゐにたしてやかてある。をもしろきさくらつねにちらすは、ひとにいとはれなん。みちとせをらす花にをかはためしにせん。つるあしはらにすますは、いかてかちとせをかそへん。かるかやみたれすは、なにをかはたをけきなをはのこさむ。すれるころも◦《め》なれなは、なにかはめつらしきにはせん。つゆのいのちのほと、あさかほのしほまぬさきにたにたはれすは、なにをかはたはれにはせむと、おとこはいかたのいかにと見あけて、こゝろすきくれを見せ、いかためありとも見せす、よこはしものせきにもきはらす。女はいけみつのいひくたすことを、かはたけのはしけきことにはいひつゝ、いひあつむることゝも、おほそらをかみひとひらにとりなしてかくともといふやうなり。

〔校異〕　○たして―たえて（私Ⅰ）、（国）　○やかて―やは（国）　○をらす花にをかは―ちらずはなにをかは（国）　○◦《め》―め（私Ⅰ）（国）　○なに―なにを（私Ⅰ）　○よこはしも―よこはしり（私Ⅰ）（国）　○きはらす―さはらす（私Ⅰ）（国）

〔整定本文〕　唐錦おもしろしといへど、つゐに絶えでやはある。おもしろき桜常に散らずは、人に厭はれなん。三千年散らずは何をかは例にせん。鶴葦原に住まずは、いかでか千年を数えん。刈萱乱れずは、何をかはたをけき名をば残さむ。摺れる衣目なれなば、何かはめづらしきにはせん。露の命のほど、朝顔のしぼまぬ先にだに戯れずは、何をかは戯れにはせむと、男は筏のいかにと見上げて、心すぎくれを見せ、筏めありとも見せず、横走りの関にも障らず。女は池水のいひ下すことを、河竹の葉しげきことには言ひつつ、言ひ集むることども、大空を紙一ひらにとりなして書くともと言ふやうなり。

〔現代語訳〕　唐錦のような紅葉が素晴らしいといっても、最後まで無くならないことがあろうか。素晴らしい桜がずっと散らなかったら、人にきっと嫌がられよう。三千年散らなかったら何をはかないものの例にしようか。鶴が葦原に住まなかったら、どうやって千年を数えようか。刈萱が乱れていなかったら、どうやってたわたわとしなやかであるという評判を言い残そうか。摺り衣が見慣れてしまったら、何が真新しいものの例えになろう。露ほどのはかない命の間、朝顔が萎まぬ先にでも戯れ遊ばなければ、何を楽しみにしようかと、男は筏ではないがいかに（どうか）と見上げて、杉の榑ではないが心の内の好きな思いを見せ、筏の目ではないが妻がすでにいる気配も見せず、横に長く広がる横走りの関にも引っかからず（思いを遂げ）、女は池水の椷ではないが（男が）言い落とすことを、河竹の葉が茂るようにたくさんであることと言いながら、言い集めた手紙などを、大空を紙一枚に見立てて書くともと言うようである。

〔語釈〕　**○唐錦**　唐錦は、唐織りの錦のこと。ここは、鮮やかな色の紅葉を例えていう。「音羽山秋としなれば唐錦かけたることも見ゆる紅葉か」（是貞親王歌合・五）。**○絶えでやはある**　底本「たしてやかてある」を誤写として校訂した。**○三千年散らずは何をかは例にせん**　底本「をらす」を「散らず」と校訂した。桜ははかなく散るから愛でられるのに、ずっと散らなかったら、何をはかないことの例えにしよう、ということ。三千年というのは、仙人の世界において三千年に一度花を開き実を結ぶという桃や、経典において三千年に一度開花する優曇華などを踏まえた表現であろう。「三千年になるてふ桃の今年より花開く春にあひにけるかな」（拾遺・賀・二八八・躬恒）。**○刈萱**　イネ科の多年草。生い茂る様子から「乱る」の枕詞になる。「まめなれど何ぞはよけく刈萱の乱れてあれどあしけくもなし」（古今・雑体・一〇五二・よみ人しらず）。**○たをけき名**　「たをけし」は用例未見。たわたわとしなやかな様子「たをやけき」か。序文18に「女郎花たをやけき野辺に、花薄うちなひく夕暮れ」とある。**○摺れる衣**　摺り衣。草木染の衣。「よに目なれぬ摺り衣を乱れ着つつけしき殊なり」（源氏物語・行幸）。集四三番にも。**○戯れずは**　「戯る」は遊ぶこと。「秋くれば野べに戯るる女郎花いづれの人か摘まで見るべき」（古今・雑体・一〇一七・よみ人しらず）。**○心すぎくれ**　「杉榑」に「好き」を掛ける。「筏しの心のすきは杣山の川の日暮れもよそにこそ見め」（本院侍従集・一二）。「杉榑」は二〇四番にも。**○筏めあり**　筏の網目に「妻」を掛ける。**○横走りの関**　底本を誤写として校訂する。「横走りの関」は、駿河の国にあった関。「横走り清見が関の通ひ路にいづといふことは長くとどめつ」（兼盛集・一三九）。ここは、横に広がって建っていて通り抜けが難しい関ということで引かれたか。**○池水のいひ下す**　池や用水の水門の一種「楲（いひ）」に「言ひ」を掛ける。「池水のいひいづる事のかたければみごもりながら年ぞへにける」（後撰・恋四・八九〇・敦忠）。**○河竹の葉**　「河竹」は、川の近くに生える竹。竹の葉が茂ることに言葉がたくさんであることを掛ける。「世にふれば言の葉しげき呉竹のうきふしごとに鶯ぞなく」（古今・雑下・九五八・よみ人しらず）。**○大空を紙一ひらにとりなして**　「一ひら」は薄く平らなものに用いる語。大空を一枚の紙に見立てて、ということ。

〔補説〕　空に文字を書くという表現は特異。雁が群れで飛ぶ様子を空に文字を書くと見立てる表現は、「雁飛碧落書青紙」（田氏家集）や、「雁金の空に文書く玉づさは雲のよそなる人さへぞ見る」（下野集・七七）などに見出せる。

序文11、総序の結びの部分には「取り集むれば、近江の海の水茎も尽きぬべく、書き集めば、陸奥の檀の紙も漉きあふまじく」と、容易に筆が尽きないことを言う。

〔29〕此歌は、あめのみかとの御時に、もかさといふものおこりてよみけるなかに、かもうちなるおんな、よろつのひとにおとれりけり。さるなかに、たゝもかさをなむすくれてやみける。かさのみにもあらす、おほくのやまひをそしけると、からうしてこの歌よりなんよみかへりける。そのほと冬のはしめ、秋のおはりなりけれは、くさきもかせもやう〳〵かれもていく。つれ〳〵なるまゝに、めつらしきやまひな

りとて、このかさのそやみをかきをけれは、やまひさることによくなむ。見んひとゆゝしくおもひぬへしとて、いさゝかいろにもいたさす、たゝこゝろひとつにおもひて、わか身のはかなきこと、よの中のつねなひことなかむるゆふへ、そらにたまとるむしをよみ、あるときはあまたのたましゐをかたりきて、うたあはせをして、かちまけはこゝろひとつにさためなとしてそ、なくさめてあかしくらしける。見るひとはさもこそやまひたかしそらめ、つねによひひとなむこれをこのむかはなといへと、きゝいれす。

〔校異〕　○よみける―やみける（私Ⅰ）（国）　○そやみ―そや《疑似》み（私Ⅰ）　○ゆゝしく―ゆゝしく《とイひ》（私Ⅰ）　○つねなひ―つねない（私Ⅰ）（国）　○かたりきて―かた《きイ》りにて（私Ⅰ）　○かちまけは―かちまけは《をイ》（私Ⅰ）　○たかし―たか《りイ》し（私Ⅰ）　○ゝよひ―ゝよひ《呻吟》（私Ⅰ）

〔整定本文〕　此の歌は、天の帝の御時に、もがさといふもの起こりて病みける中に、賀茂氏なる女、よろづの人に劣れりけり。さる中に、ただもがさをなむすぐれて病みける。かさのみにもあらず、多くの病をぞしけると、からうじてこの歌よりなんよみがへりける。そのほど冬の初め、秋の終りなりければ、草木も風もやうやう枯れもていく。つれづれなるままに、めづらしき病なりとて、このかさの除病を書き置ければ、病さることに避くなむ。見ん人忌々しく思ひぬべしとて、いささか色にも出ださず、ただ心ひとつに思ひて、わが身のはかなきこと、世の中の常ないことながむる夕べ、空に魂とる虫を詠み、ある時はあまたの魂を語りきて、歌合をして、勝ち負けは心ひとつに定めなどしてぞ、慰めて明かし暮らしける。見る人はさもこそ病高しぞらめ、常に呻ひ人なむこれを好むかはなど言へど、聞き入れず。

〔現代語訳〕　この歌は、帝の御代に、疱瘡という病気が生まれて（皆が）病んだ中に、賀茂氏である女は、すべての人に劣っていた。その中で、ただ疱瘡だけを人より優って病んだのだった。瘡だけでなく、多くの病に罹ったというので、やっとのことでこの歌を詠んで以来命を取り戻したのだった。その時期は冬の初め、秋の終りであったので、草木も風も次第に枯れ荒んでくる。なすこともないまま、珍しい病であると、この瘡の除病の願い文を書き置いたので、病をそのことにより除くことができたのだ。見るような人が不吉に思うだろうと、少しも顔に出さず、ただ一心に思って、わが身のはかないことや、世の中の無常なことを思う夕には、空に魂のように飛んでいる虫を詠み、ある時はたくさんの魂を誘ってきて、歌合をして、勝ち負けは心の中だけで定めたりして、自分を慰めながら日々を過していた。見る人は「だから病が重くなるのだ。常にうめき声を上げている人がこんなことを好んでするものか」などと言うけれど、聞き入れない。

〔語釈〕 **○天の帝の御時**　「天の帝」は天皇の意。『研究ノート』は、続日本紀、聖武天皇天平七年の記事に「自夏至冬天下患豌豆瘡（俗日裳瘡）夭死者多」とあることから、聖武天皇の御代とする。**○もがさ**　疱瘡。天然痘。「皰瘡　唐韻云皰〈防教反〉面瘡也　類聚国史云仁寿二年皰瘡流行人民疫死〈皰瘡　世間云毛加佐〉」（十巻本和名抄・二）、「八月になりぬ。この世の中は、もがさおこりて、ののしる」（蜻蛉日記・下・天延二年八月）。ここでいう「もがさ」の流行は、正暦四（九九三）年を指すとされてきたが（岡一男「賀茂保憲女とその作品」『国文学研究』24号　一九五〇・一一　後に『古典の再評価』有精堂　一九六八所収、川嶋（藤田）明子「賀茂保憲女研究（一）―輔親をめぐる問題―」国語国文研究17号　一九六〇・一〇、「賀茂保憲女研究（四）―家集序文をめぐって―」国語国文研究27号　一九六四・二）、序に「めづらしき病なりとて」とあることなどから、長徳四（九九八）年の「赤もがさ」、すなわち麻疹の流行を指すとする説もある（松平盟子「『賀茂保憲女集』の研究―疱瘡罹病年代と序文について―」南山国文論集2号　一九七七・一一、鈴木美恵子「『賀茂保憲女集』に関する覚書―「もかさ」について―」金城学院大学大学院　文学研究科論集1号　一九九五・三）。**○病みける**　底本「よみける」を誤写として校訂した。**○からうじて**　ようやく。**○よみがへりける**　息を吹き返す。**○除病**　病気が「わたつみの沖に持ち行きて放つともうれむぞこれがよみがへりなむ」（万葉・巻三・三二七・通観）。

治るための願い文。「大般若経、本是除病延命之御願也」（江都督納言願文集・二・堀河院御仏事）。『和歌大系』は「序病」の字を当てる。「序病」とは、病気の初期症状のこと。**○さることに避くなむ**　「よく」は除外する意。「さることに避くとなむ侍る」の略か。または「さることになむ避く」か。**○常ないこと**　底本は「つねなひこと」とあるが、「常ないこと」と校訂する。**○空に魂とる虫**　不明。「空に魂とゐる虫」、すなわち「空に魂として、魂のように飛んでいる虫」ということか。『研究ノート』は、「三尸虫」のこととする。「三尸虫」は、道教で、人の体内に住んでいるとされる三匹の虫のこと。庚申の日の夜には、寝ている人の体から抜け出てその人の罪過を天帝に告げるとされ、人々は、寝ずに過ごした。**○高しぞらめ**　「高からめ」として解す。**○呻ひ人**　うめく人のこと。「却くに随ひ、先の如く復呵ビ呻（ニヨ）フ」〈類従本訓釈 呻 爾与フ〉」（日本霊異記・中・二二）。

〔補説〕　ここからは結びの序になる。人より劣っていた自分だが、もがさを病むことはひとよりも優れていたと、ユーモラスに文を展開する。特徴的なのは自らを「賀茂氏なる女」と称することであろう。伊勢集の冒頭「寛平の帝の御時、大宮す所と聞こえける御局に大和に親ある人候ひけり」（西本願寺本）や、本院侍従集冒頭部「今は昔、上達部の次郎なる人、おぼえいとかしこかりけれど、まだ若うて冠得ぬおはしけり……」（一類本）と、回想の助動詞「けり」を用いる歌物語的な書きぶりに似ているが、すでに指摘されているように、好忠百首序文の「難波なるあしきもよきも同じ事、好くも好かぬもことならず、名を好忠と付けてけれど、いづこぞわが身、人と等しきとぞや」や、三百六十首歌の序「親の付けてし名にし負はば名をよし忠と人も見るがに」という叙述からの直接的な影響が強いだろう。重之女百首の序文にも「古めきたる重之が女の言ひ置きたる事なれば、よにめづらしきことあらしのみ寒くなりつつ」と同様の表現が見出される。

〔30〕わつかにす、き、、くなとうゐてみんとしけるを、このやまひにつきて、しらぬほとにきくもかれにけ

1

り。ましてかゝることをはおもひこめてや、みなんや、よろしからむとさたむるに、なをあかねは、かゝることをいかなるひとしけん、心もなかりけるひとかなといはゝ、おほよそのひとのなたてなへけれは、あかせるなり。たいもしらするひともなし。たゝよまるゝときをもしろきにすれは、冬もさくらこゝろのうちにはみたる。なつの日にも心のうちにはゆきかきくらしふりて、きえまかひなとすれは、さたまることなくて、かきあつむるてもさためたらす、はしにかくへきことをおくにかき、をくにかくへきことははしにかき、さたまることなし。もかさのさかりにめをさへやみけれは、まくらかみにおもしろきもみちをひとのおいたりけれは、おもひあまりて、

くもりつゝなみたしくるゝわかめにもなをもみちはゝあかくみへけり

　正月のころをひ、おもひあまりては、なかうたもあるへし。

〔校異〕　○すゝき《薄》ゝく《菊》―すゝきゝく（私Ⅰ）　○かゝること―かゝること《たイ》（私Ⅰ）　○なへけれは―な○《るイ》へけれは（私Ⅰ）　○ときーときを（私Ⅰ）　○まかひ―まかひ《よイ》（私Ⅰ）　○さたまることなくて―さ《かたらすイ》たまることな《め》くて《たらすイ》（私Ⅰ）　○て―て《にイ》（私Ⅰ）

〔整定本文〕　わづかに薄、菊など植ゑてみんとしけるを、この病につきて、知らぬほどに菊も枯れにけり。ましてかかることをば思ひこめてややみなんや、よろしからむと定むるに、なほ飽かねば、かかることをいかなる人しけん、心もなかりける人かなと言はば、おほよその人の名立てなべければ、明かせるなり。題も知らする人もなし。ただ詠まるる時面白きにすれば、冬も桜心の内には乱る。夏の日にも心の内には雪かきくらし降りて、消えまがひなどすれば、定まることなくて、書き集むる手も定めたらず、端に書くべきこ

とを奥に書き、奥に書くべきことは端に書き、定まることなし。もがさの盛りに目をさへ病みければ、枕上に面白き紅葉を人の置いたりければ、思ひ余りて、

1　曇りつつ涙しぐるるわが目にも猶もみぢ葉は赤く見えけり

正月の頃ほひ、思ひ余りては、長歌もあるへし。

〔現代語訳〕　わずかに薄、菊などを植えてみようとしたが、この病に罹って、知らないうちに菊も（時期が過ぎて）枯れてしまった。ましてこのような（歌を詠む）ことを思い込んでしまって止められようか、まあよいだろうと決めたのだが、やはり心が満たされないので、こんなことをどんな人がしたのだろう、心もない人だったのだろうなあとでも人が言うのなら、（それならそれで）世間の人の噂になるだろうから、公表するのだ。題を知らせる人もいない。ただ、詠んだ時の興に任せて詠むので、冬も桜が心の中に乱れ咲く。夏の日も心の中では雪が空を暗くして降り、消え混じりあって見えるので、題が定まるということはなくて、歌を書き集める手もおぼつかなく、初めに書くべきことを後に書き、後に書くべきことを初めに書いて、きちんとした形になることはない。疱瘡のひどい時に目まで病んでしまったので、枕元に素晴らしい紅葉を人が置いたので、思い余って、

1　曇ったり降ったりする時雨のように涙が流れる私の目にも、やはり紅葉の葉は赤く見えたことです。

正月の頃、想いが余って、長歌も詠んだようである。

〔語釈〕　**○かかること**　「薄や菊を植えること」の対になり、自分で思い込んだことを指すので、和歌を詠むことをいうのであろう。**○よろしからむと定むるに、なほ飽かねば**　『研究ノート』は、「（歌に関して、夫は）まあ人並みだろうと評価するけれども、私はまだ満足しないので」と訳す。**○名立て**　悪い評判。「あだなりと名立てる人の言の葉ににほはぬ花もわれは咲くかな」（貫之集・八八九）。**○明かせるなり**　「明かす」は、公表するということ。「此の人にもさなむありしなど、明かし給はん事はなほ口重き心地して」（源氏物語・手習）。わずかな薄や菊を植え

ることもかなわなかったので、このように歌を詠むことをよしとして心を慰めてきたが、やはりそれだけでは満足できないから、たとえ悪い評判が立っても、人の目に留まればそれで良しとして、世間に公表するのだ、という意に解した。『校注』、『研究ノート』は「吾がせるなり」の字を当てる。序文27に「吾が衣を返し」と、「吾」が用いられているので、「他の人にとっては悪い噂が立つだろうが、自分は構わないので、この私がするのだ」という意に取ることもできよう。**〇かきくらし**　空を暗くして。「かきくらしふる白雪の下消にきえて物思ふ頃にもあるかな」（古今・恋二・五六六・忠岑）。**〇正月の頃ほひ**　集は秋の終わりから冬の初めにかけて編まれたものであり、さらに年が明けての正月頃に、長歌も加えられたことがわかる。

〔補説〕　集が好忠百首などの影響を受けて成立していながら、長大な序を持ち、歌数も二一〇首となっていることが、この29、30の結びの序で説明されているように思われる。「ある時はあまたの魂を語りきて、歌合をして、勝ち負けは心ひとつに定めなどしてぞ、慰めて明かし暮らしける」、「端に書くべきことを奥に書き、奥に書くべきことは端に書き、定まることなし」と、集が整定されないままにまとめられ、さらにあとから長歌を付すといった増補がなされていた事情が知られる（「拙稿「賀茂保憲女集」小考―構成の特色―」埼玉短期大学紀要4号　一九九五・三）。

2

はるかすみたなひきわたるけふよりやなへてくさきも花こゝろつく

〔校異〕　ナシ

〔整定本文〕

春霞たなびきわたる今日よりやなべて草木も花心つく

〔現代語訳〕

春霞が一面にたなびいている立春の今日からは、すっかり草木も花を咲かせようとする気になるのでしょうか。

〔語釈〕 **○今日** 春の冒頭歌なので、立春の日の今日を詠んだものと解す。霞で春の訪れを実感するのは和歌の常套。**○なべて** 一面、すっかり、の意。「秋風の吹きと吹きぬる武蔵野はなべて草葉の色かはりけり」（古今・恋五・八二一・よみ人しらず）。**○草木も** 「も」は、他を類推させる助詞。梅や桜などの春を象徴する花の木だけでなく、そうでない草木までも、ということで「も」を用いているか。「花心」には浮気な心の意もある。草木ばかりか人までも花心がつく、という意を含むか。**○花心** 花を咲かせようとする心、の意。春のはなやいだ浮き立つ気持ちを含ませた擬人法であろう。「二月東風来　草拆花心開」（白氏文集・長相思）に拠る。〔補説〕参照。

〔補説〕 霞が春の開花を促すという歌は「春霞たなびきにけりひさかたの月の桂も花や咲くらむ」（後撰・春・一八・紀貫之）など。また、春になり霞が立つと花に浮かれる気分になるという歌も「春来れば花見んと思ふ心こそ野辺の霞とともに立ち出づれ」（古今六帖・一二二一）などに見出せる。

「花心」の語釈に挙げた詩句は、枕草子にも「「花の心ひらけざるや。いかに、いかに」とのたまはせたれば、「秋はいまだしく侍れど、夜に九度のぼる心地なむしはべる」と聞こえさせつ」（関白殿、二月二十一日に、法興院の）と、定子が清少納言の帰参を促す際に用いられている。ただし、通常は浮気な心の意で用いられることが多い。「うぐひすといかでか鳴かぬ振りたてて花心なる君を恋ふとて」（元良親王集・四二）、「昔よりうち見る人に月草の花心とは君をこそ見れ」（古今六帖・三八四二）など。

「春霞たなびきわたる」という上二句は、集の一九番、春の盛りの頃の歌にも見出せる。また、序文12には「空に暮れたる雲なく、霞たなびきわたり、木草も心を唱え、鳥虫も声々さへづれば」と、立春の頃の情景が綴られ、木草が心を持つかのような表現がなされている。

3

きりはれぬあさまのたけにいと、しくけふはかすみのたちやそふらん

〔校異〕　○たけ―やま（私Ⅱ）　○いと、しく―あさましく（私Ⅱ）　○けふは―けふ（私Ⅱ）

〔整定本文〕

霧晴れぬ浅間の岳にいとどしく今日は霞の立ちや添ふらん

〔現代語訳〕

霧が晴れない浅間の山には、一段と、立春の今日は霞が立ち添っているのでしょうか。

〔語釈〕　**○霧晴れぬ**　浅間山が活火山であることから、噴煙を「霧はれぬ」と表現した。「雲晴れぬ浅間の山のあさましや人の心を見てこそやまめ」（古今・雑体・一〇五〇・中興）。ただし、噴煙を霧と表す例は少ない。また春の霧を詠むのも珍しい。八番歌も霧と霞を一首内に詠む点で特徴的。通常は「春霞かすみて去にし雁金は今ぞ鳴くなる秋霧の上に」（古今六帖・四三五六・人麻呂）のように「春霞」「秋霧」と詠まれる。「秋の夜の春日忘るるものなれや霞に霧や千重増さるらん」（古今六帖・二八七五）も「春霞」「秋霧」を前提とした歌であろう。**○浅間の岳**　浅間山のこと。浅間山は、信濃の歌枕。天武天皇十四（六八五）年四月に噴火したという記録があり（日本書紀）、伊勢物語、東下りにも「信濃なる浅間の岳に立つ煙をちこち人の見やはとがめぬ」（八段）とある。**○いとどしく**　源氏物語、夕顔巻の「いとどしき朝霧に」などのほか、露、涙など、程度がひどい時に用い、語感としては負のイメージがある。異文は「あさましく」。「浅間山」との同音反復から「あさましく」につなげる例は、「恨みてもしるしなけれど信濃なる浅間の山のあさましや君」（古今六帖・八九三）、「信濃なる浅間の岳のあさましや思ひくまなき君にもあるかな」（順集・一〇七）など。**○立ちや添ふらん**　噴煙に春霞が立ち添うという趣向であるが、次のように霞に煙が立ち添う歌も見出される。「田子の浦に霞の深く見ゆるかな藻塩の煙立ちや添ふらん」（拾遺・雑春・一〇一八・能宣）。

〔補説〕 二番、三番と、「今日」という語を用いた立春の日の霞を詠んだ歌が並べられている。集は四季・恋・雑という構成から成り、四季部は時の推移に準じた配列であるため、立春詠が並列することはいささか不審である。序文29には「ある時はあまたの魂を語りきて、歌合をして、勝ち負けは心ひとつに定めなどしてぞ、慰めて明かし暮らしける」ともあり、構成意識はありながら、歌合のように同じような歌材を詠み分け、精選せずに並べた草稿本的なものであったためか（拙稿「『賀茂保憲女集』小考―構成の特色―」埼玉短期大学研究紀要4号 一九九五・三）。

4

いけみつのかけもたえせぬはるひつらかけをもともにあそふかもめか

〔校異〕 ○かけもたえせぬ―こほりうちとけ（私II） ○つら―すら（私I）（国）、そら（私II） ○ともに―とむに（私II） ○かもめか―かけとり（私II）

〔整定本文〕

池水の影も絶えせぬ春日すら影をもともに遊ぶかもめか

〔現代語訳〕

池水に反射する日の光も絶えない（明るく穏やかな）春の日でさえ、その光をも共に遊ぶ（せわしげな）かもめであることです。

〔語釈〕 **○影も絶えせぬ** 「影」は水面に反射する日の光。「春の池のほとりにて／春の日の影そふ池のかがみには柳のまゆぞまづは見えける」（後撰・春下・九四・よみ人しらず）。ただし、「池水の影」という場合、池に映る姿をいうことが多いので、池の水面に映る鳥の影を指すと解することもできる。一首の上の句と下の句に「影」が詠まれている。このように同語を一首に繰り返し用いるのは、集の特徴である。一七〇番〔補説〕参照。「絶えせぬ」は、途絶えることがない、の意。「言の葉に絶えせぬ露は置くらんや昔覚ゆる円居したれば」（伊勢集・二四）。**○春日す**

ら　底本は「はるひつら」と読めるが、「私Ⅰ」により校訂する。のどかな春の日ですら、の意。「春日すら田に立ちつかれ君しかなしも若草のつまなき君し田に立ちつかる」（万葉・巻七・一二八五）、「常よりものどけかるべき春日すら光に人の逢はざらめやは」（古今六帖・二七七・太政大臣実頼）。恵慶集に「春日すら急ぎ越ゆれど葦鴨の青葉の山はなほぞ春けき」（一七三）と詠まれ、千穎集の冒頭歌や九一番にも「春日すら」という表現が用いられていることから、河原院周辺歌人に見られる特有な表現であることが指摘されている（金子英世・小池博明・杉田まゆ子・西山秀人・松本真奈美『千穎集全釈』風間書房　一九九七）。異本は「春日そら」。「そら」は「すら」の転訛形か。「それそらさしもあらぬ類どもあまたさぶらふ」（栄花物語・つるのはやし）。または、「春日の空に」という意か。**○影をもともに**　上句の「影」と異なる意で用いたとすれば、ここでの「影」は光の意でなく、水面に映る自らの影のことになる。**○かもめ**　かもめは、「馴れてこし沖のかもめは告げなくに後の心をいかで知りけん」（古今六帖・一四八五）、「かもめ馴れたり／巣にをればいさごの浦にまがふ鳥手にとるばかり馴れにけるかな」（躬恒集・二三）のように、身近でなじみやすい鳥として詠まれる。「遊ぶかもめ」は、道命阿闍梨集にも「よその目に岩打つ波と見えつるは磯辺に遊ぶかもめなりけり」（八四番）と詠まれる。**○か**　詠嘆の係助詞。「うつせみの世にも似たるか花桜咲くと見しまにかつ散りにけり」（古今・春下・七三・よみ人しらず）。

〔補説〕「かもめ」は、白氏文集に「鷗和雪浪翻」（東楼南望）とあり、冬、秋に詠まれることが多いようである。延喜七（九〇七）年九月の大井川行幸の歌題には「かもめひとになれたり（鷗馴人）」とある。また、堀河百首の「月」題に源顕仲が「かもめゐる入江の水は深けれど底まで月の影は澄みけり」（七九四）と詠む。新古今集にも「かもめゐるふぢ江の浦の沖つ巣に夜舟いざよふ月のさやけさ」（雑上・一五五四）と同じく月と取り合わせた顕仲の歌が採られている。そのために、『和歌大系』は「季節的に不審。好忠に多い、所謂「季節の詠みかえ」に倣ったものか」と注す。ただし、土佐日記に、かもめの遊ぶところを見て「祈り来る風間と思ふをあやなくもかもめさへだに波と見ゆらむ」と詠まれるのは二月。

天野紀代子氏は、保憲女が大井川行幸の歌題を目に留め、自分が人に馴れる「かもめ」ではないけれど「賀茂女」である、という語呂合わせになっていると解し、「陽光絶えない春の日でさえ、己が影と一緒に遊ぶ一羽の鷗を描くのは、そこに自己を投影してのことであろう」と論ずる（「仮名ぶみによる評論―『賀茂保憲女集』序文―」国語と国文学　二〇一三・二）。

異本に「かけどり」とあるが、同時代までの用例は見出せない。『日本国語大辞典』（第二版）では、①空をかける鳥②飛んでいる鳥を射ること、とあるが、用例は後のものである。

5

鶯はおしむとやなくあさくもりちりゆく雪のはなのなこりに

〔校異〕 ○は―の（私II） ○なく―する（私II） ○くもり―こほり（私II） ○ゆく―くる（私II） ○はなのなこりに―花ならなくに（私II）

〔整定本文〕

鶯は惜しむとや鳴く朝曇り散りゆく雪の花の名残に

〔現代語訳〕

鶯は惜しいといって鳴くのでしょうか。朝曇りの中、散っていく花のような雪の名残りを見て。

〔語釈〕 **○朝曇り**　曇っている朝、の意。「神無月わが身時雨と思はなん都のかたに朝曇りせば」（嘉言集・一三三）、「うちきらし朝曇りせしみゆきにはさやかに空の光やは見し」（源氏物語・野分）。「私II」に「朝氷」とある。朝張っている氷の意。「朝氷解くる間もなき君によりなどてそほつる袂なるらん」（拾遺・恋二・七二九・能宣）。「朝氷」が、河原院周辺歌人たちに流行した歌材であったことは、西山秀人「源順の表現―好忠および河原院周辺歌人との関連―」（和歌文学研究　一九九二・一二）に詳しい。

〔補説〕「雪の花の名残り」について、鶯との取り合わせなので「雪のような花の名残り」の意とすべきであろうが、散る花の名残りを詠むのでは配列上不自然であるため、「花のような雪の名残り」とした。「春立てば花とや見らむ白雪のかかれる枝に鶯ぞ鳴く」（古今・春上・六・素性）と同様の見立て。

6

さ夜ちとりはねうつなみのをとすなりよそのはるかせこほりとくらし

〔校異〕○よそ—よそ《もイ》（私Ⅰ）、夜は（私Ⅱ）、よは（国）　○らし—らん《しイ》（私Ⅰ）

〔整定本文〕

小夜千鳥羽打つ波の音すなりよその春風氷解くらし

〔現代語訳〕

夜の千鳥が羽を打ちつける波の音がすることです。邸の余所に吹く春風が氷を解かしたのでしょう。

〔語釈〕**○小夜千鳥**　保憲女初出の歌語か。後には「旅寝する須磨の浦路の小夜千鳥声こそ袖の波は掛けけれ」（千載・羇旅・五三六・家隆）、「小夜千鳥ふけひの浦におとづれてゑじまが磯に月傾きぬ」（千載・雑上・九九〇・家基）などと詠まれる。**○よその春風**　「よそ」は、自分とは関係のない隔たった場所を指す。ここでは、邸の外に吹いた春風が氷を溶かしたという意になる。まだ邸のあたりでは春を感じられないが、千鳥の羽音によって、遠くのほうでは春風が吹いて氷を解かしたようだと知れる、という歌意。「私Ⅱ」「国」では「よはのはるかせ」。「夜半の風」は、「我妹子が旅寝の衣薄きほど避きて吹かなん夜半の山風」（恵慶集・一〇八）など。底本の「そ（曽）」は「は（盤）」とも読めるが、初句に「夜」があるため、「よそ」と読んでおく。

〔補説〕「小夜千鳥」の歌語は、保憲女の初出と思われる。また、当該歌は、夜の千鳥に「東風解氷」の喜びを重ねて詠む点で異色である。「千鳥」は、「ぬばたまの夜の更けゆけば久木生ふる清き河原に千鳥しば鳴く」（万葉・巻六・九三〇・赤人）のように、荒涼とした風景とともに歌に詠まれることが多い。拾遺集の「思ひかね妹がりゆけば冬の夜の河風さむみ千鳥鳴くなり」（冬・二二四・貫之）や、「夕されば佐保のかはらの河霧に友まどはせる千鳥なくなり」（同・二三八・友則）なども同様である。堀河百首題でも「千鳥」は冬の季に配される。

7

まつひきてちよともいのるけふしまれふる程もなくきゆるはつゆき

〔校異〕　○とも―をも（私Ⅱ）　○いのる―ねかふ（私Ⅱ）　○きゆるはつゆき―ゆきはきえつゝ（私Ⅱ）

〔整定本文〕

松引きて千代とも祈る今日しまれ降るほどもなく消ゆる初雪

〔現代語訳〕

子の日の松を引き抜いて、千年までもと祈る今日、よりによって降るというほどでもなく消える初雪であったことです。

〔語釈〕　**○松引きて**　正月の年中行事。子の日、特に初子の日に、野外に出て小松を引き、不老長寿を願った。「子の日する野辺に小松のなかりせば千代のためしに何を引かまし」（拾遺・春・二三・忠岑）。**○今日しまれ**　今日よりによって。長寿を祈るめでたい今日の子の日に、ちょうど初雪が降ったということ。「元日雪ふれり／今日しまれ雪の降れれば草も木も春てふなへに花ぞ咲きける」（貫之集・四七〇）。**○初雪**　通常、その年の冬、初めて降る雪をいう。「久しうまかり通はずなりにければ、十月ばかりに雪の少し降りたる朝にいひ侍りける／身をつめばあはれとぞ思ふ初雪のふりぬることも誰に言はまし」（後撰・恋六・一〇六八・右近）。

〔補説〕　「初雪」は冬の歌語である。万葉集では大伴宿祢池主の家で十一月二十三日に催された宴の歌に「初雪」が詠まれている。また、和漢朗詠集でも冬部に採られる。ここで、保憲女が「小松引き」とともに詠むのは異例。

嘉言集の、「初雪を／咲くらめど今宵はいかが初雪に忍ぶるあとを人もこそ見れ」（六七）は、「正月十日ばかり、物にまづるに、雪に濡れくらして」（六六）の詞書に続く歌であるので、正月に降る雪を詠んだか。

うらすこくたつかはきりをみわたせはあさはむつるのうはけかすめり

〔校異〕　○うらすこく—うすくこく（私II）　○はむ—はか（私II）　○うはけ—上も（私I）

〔整定本文〕

うらすごく立つ川霧を見渡せば朝食む鶴の上毛霞めり

〔現代語訳〕

ものさびしく立ち上る川霧を見渡すと、朝、餌をついばんでいる鶴の上毛も霞んで見えることです。

〔語釈〕　**○うらすごく**　用例未見。「うら」は、なんとなく、の意か。「私II」に「うすくこく」とある。「うすくこく」の用例は多いものの、いずれも「色」に対して用いられ、当該歌のように霧の濃淡を表現する例は見出せない。「うすくこく色ぞ見えける菊の花露や心をわきて置くらん」（後拾遺・秋下・三五三・清原元輔）。**○川霧**　霧は秋、霞は春に詠まれることが多い。三番語釈参照。ただし、「春山の霧に惑へる鶯も吾にまさりてものもはめやも」（万葉・巻十・一八九六）などの例もある。**○見渡せば**　中国の「眺望詩」の影響を受けて、初期百首歌人を含む河原院歌人たちに流行した表現（近藤みゆき「平安中期河原院文化圏に関する一考察—曽禰好忠・恵慶・源道済の漢詩文受容を中心に—」千葉大学教養部研究報告A—22　一九九〇・三、同「見渡せば」と「眺望」詩—拾遺集時代の漢詩文受容に関する一問題として—」『古今集と漢文学』汲古書院　一九九二　のち『古代後期和歌文学の研究』風間書房　二〇〇五所収）。集の八五、一七四番にも。**○朝食む**　朝、餌をついばむという意か。序文11には「唐土まで思ひやれば、鶴群れ居つつ、ひとり食む、葦原の中つ国」とも。「私II」の「あさはかつる」は「浅場が鶴」の字を当て、浅瀬の鶴の意か。あるいは「浅羽が鶴」「朝羽が鶴」か。用例未見。**○鶴の上毛**　集の一二八番にも。「鴨の上毛」は「冬の池の鴨の上毛に置く霜の消えて物思ふ頃にもあるかな」（後撰・冬・四六〇・よみ人しらず）などと和歌に多く詠まれるが、「鶴の上毛」は好忠が初出か。「へつつわが垣根の雪をよそ人は鶴の上毛と思ふらんやぞ」（好忠集・三五四）。好忠集、三六五番には「鳥羽の上毛」も。

〔補説〕　序文には「拙き松に住むたづは身の衣」（序文3）、「葦の夜は短く、春の日は長くなる、つるは脛をかくして水袴着たりと思へり」（序文14）と「たづ」と「つる」が混在する。「たづ」は歌語であるので、「つる」と詠む歌は多くない。「つるのゐる潟にざりける白妙の海人の濡れ衣干すと見つるは」（躬恒集・一八）、「住の江の浜の真砂を踏むつるは久しき後をとむるなりけり」（伊勢集・八五）。また、川にいる鳥が霧にまぎれて見えにくいさまは、「川千鳥住む川の上の立つ霧のまぎれにだにもあひ見てしかな」（古今六帖・四四五七）とも詠まれる。

わひゝとのみちたつゆきもきえぬめりけふしやのへにわかなつむらん

〔校異〕　○わひゝと―わひこと（私Ⅰ）　○ぬめり―にけり（私Ⅱ）　○しや―とや（私Ⅱ）　○に―の（私Ⅱ）

〔整定本文〕

侘び人の道絶つ雪も消えぬめり今日しや野辺に若菜摘むらん

〔現代語訳〕

侘び住まいをする人の邸の道をふさいでしまう雪も消えたようです。今日はまさに野原で若菜を摘んでいるのでしょうか。

〔語釈〕　**○侘び人**　「侘び人」の用例は多く、「涙」や「嘆き」とともに詠まれる。「侘び人の住むべき宿と見るなへに歎きくははる琴の音ぞする」（古今・雑下・九八五・宗貞）。「私Ⅱ」には「わひこと」とあり、底本も「わひこと」とも読める。侘ぶべきこと、という意だが、後の例しか見出せない。「侘びごとはとつくにぞとよさきてちる花の都はいそにのみして」（能因集・一一五）、「あやしとや人は見るらん侘びごとをたてぬきにしておる身と思へば」（散木奇歌集・一四四〇）。**〇今日**　若菜摘みの日の今日、ということ。正月初子の日や七日に行われた長寿を願う行事。荊楚歳時記に「正月七日為人日、以七種菜為羹」と記される中国の行事が取りいれられたもの。後撰集、拾遺集では、若菜摘みの歌の後に小松引きの歌が配されるが、本集では、七番の小松引きの後に配される点が特徴的。また、隔てて一四番歌にも若菜が詠まれる。小松引きと若菜摘みは、「天暦三年正月子日、院におはしましけるに／松を引き若菜を摘みて昔より千歳を祈る今日にぞありける」（朝忠集・六五）のように、子の日の遊びとしてともに詠まれることもあるが、集では七番、九番と「小松引きの今日」「若菜摘みの今日」のように明確に区別されている。

〔補説〕　集中「侘ぶ」「侘びし」という語は、この歌の他、五七、六七、七八、一一二、一一七、一三四、一四四、一六〇、一六六、一六七、一六八、一七〇、一九四、二〇一に詠まれる。「山人の足の上しも消えかへり道に侘ぶれてなげきこるらん」（一一二）、「思ひ侘び草木を頼む山里は冬来る時ぞ侘びしかりける」（二〇一）には、当該歌の上句同様の、人の訪れが途絶えた侘びしさが詠まれている。また、集中恋部の「逢ひて不逢恋」題五首のうち、四首に「侘ぶ」「侘びし」が詠まれていることも注目される。

集の成立については、正暦四（九九三）年、または長徳四（九九八）年が相当するとされている（解説参照）。正暦四年は初子の日は十一日なので、若菜摘みが先。長徳四年は、初子の日が四日なので、小松引きが先になる。すなわち、長徳四年の暦を念頭に歌を配したのであれば、小松引きの後に若菜摘みの歌が配されるのも当然ということになろうが、集の配列には乱れがあるため、このことをもって成立年代を論じることはできないだろう。

はることにひとはおふれとなにはなるをし《あ歟》のよそひはうらはかく見ゆ

〔校異〕 ○おふれと—おゆれと（私Ⅰ）、おゆれど（国） ○を《あ歟》し—あ《をイ》し（私Ⅰ）、あし（私Ⅱ） ○よそひ—よはひ（私Ⅱ） ○うらはかく—うらわかく（私Ⅰ）（私Ⅱ）（国）

〔整定本文〕

春ごとに人は老ゆれど難波なる葦のよそひはうら若く見ゆ

〔現代語訳〕

春が来るたびに人は老いていくのですが、難波潟に生えている葦の節（よ）ではないが、装いはなんとなく若々しく見えることです。

〔語釈〕 **○老ゆれど** 底文は「おふれと」。「私Ⅰ」に従い、人が毎年春を迎えるたびに年をとることをいう意であると考え、「老ゆれど」と校訂する。「春日野に多くの年はつみつれど老いせぬものは若菜なりけり」（拾遺・春・二〇・円融院御製、中務集にも）。**○難波なる** 難波は摂津の国の歌枕。万葉時代から外港として交通の要所であり、入り江に生えた葦も古くから歌に詠まれている。「おしてる難波の国は葦垣の古りにし里と……」（万葉・巻六・九三三・笠金村）。**○よそひ** 装いの意か。「さざなみの志賀の唐崎みゆきして大宮人の船よそひせり」（古今六帖・一二三二・行平）。「葦」は短い節（よ）が詠まれることが多く、ここも「節（よ）」から「よそひ」という語を導いたのであろう。「私Ⅱ」では「よはひ（齢）」とある。葦そのものの「齢」を詠む歌は未見。**○うら若く** 底本「うらはかく」を「うら若く」と校訂した。「うら」は接頭語。なんとなく若々しく、の意。「八月近きここちするに、見る人はなほいとうら若く、いかならむと思ふことしげきに紛れて」（蜻蛉日記・下・天延二年七月）。なお、「大荒木のを笹が原や夏を浅み春まく葛はうら若きかも」（好忠集、順百首・四九七）、「山風になびく浅茅のうら若み葦ものを思ふ頃かな」（千頴集・九二）や、「うら若み葦まの池の水の色は浅緑にぞ春は見えける」（伊勢大輔集・七三）などのように、植物の若緑をさしていうことが多いようである。

〔補説〕 「難波」に「何は」を掛けて、「春が来るたびに人は老いていくのですが、それがどうしたというのでしょ

11

う。難波に生えている葦ではありませんが、装いは（毎年）若々しく見えることです」と解することもできるか。「葦の葉のこやとし言はば津の国のなにはのことか言はであるべき」（兼盛集III・九四）。

ひとのよにうきにもはるはかよふらしうへのみくさもいろかはりけり

〔校異〕　○に―も（私II）　○けり―ゆく（私II）

〔整定本文〕

人の世にうきにも春は通ふらし上の水草も色かはりけり

〔現代語訳〕

人の世に飽き飽きしていましたが、辛いこの世にも、また「憂き」ということで埿にも春はやってくるものなのですね。水面の水草も色が変わったことです。

〔語釈〕　**○うきにも**　「憂き」に沼地の意の「埿（うき）」を掛ける。「つれづれと思へばうきにおふる葦のはかなき世をばいかが頼まむ」（拾遺・雑恋・一二四八・よみ人しらず）。「うきにも」とあるので「人の世にも」と補って訳した。**○らし**　因果関係のうち、結果を根拠とし、原因を推定するのに用いられる助動詞。**○上の水草**　水底でなく水面近くに見える水草のことをいうか。次の万葉歌も、春になったばかりの水草の葉に注目するもの。「春されば水草の上に置く霜の消につつもあれば恋ひわたるかも」（万葉・巻十・一九〇八）。

〔補説〕　「人の世にうき」というつながりが不自然である。「人の世のうき」、あるいは異文のように「人の世も」とあるべきところ。

集の九、一〇、一一番と、不遇なわが身のところにも春が訪れたことの喜びを詠む。一三七番には、「雪高き道なき里はわれなれや跡絶え人のふみ見ざるらん」と、冬には孤独な侘び住まいをしていることが詠まれている。

『和歌大系』は、「葦根這ふうきは上こそつれなけれ下はえならず思ふ心を」（拾遺・恋四・八九三・よみ人しらず）を挙げ、「人間の心にうわべと本心があることを踏まえ、水面の水草も表面だけは青々と色が変わったと詠んだもの」とするが、ここは序文8に「泥の中に生ふるを、はるかにその蓮卑しからず。宮の内の花といへども、咲くことは隔てなし」などとあるように、不遇な身の上である自分にも、また、人目に触れることのない泥にも等しく春が到来したことの喜びを詠んだものとして解したい。

久保木寿子氏は「朝遊北橋上……泥暖草芽生」（白氏文集六十二・南池早春有懐）の詩句に拠るとし、「およそ美的ではない「泥暖」という表現に注目し、更に「泥」に「憂き」を掛けることで、白詩の「有懐」の意味をも抱合する機智的な一首となっている。泥土の中にさえ兆す春、「憂き」身にさえ訪れる春、とその遍く行き渡る限界のところを捉えようとする」と論じている（「賀茂保憲女集試論―初期百首と暦的観念―」文学・語学 147号、一九九五・八）。

12

はるこまのすさむるよとのわかくさもつまにはしかぬものにそありける

〔校異〕 ○くさ―こも（私II）

〔整定本文〕

春駒のすさむる淀の若草もつまにはしかぬものにぞありける

〔現代語訳〕

春駒がしきりに食べあさるよどみに生えた若草も、（春駒の）妻（の魅力）にはかなわないものだったのですね。

〔語釈〕 **○春駒** 春の若草を食べ、勢いのある馬として詠まれることが多い。「引き寄せばただには寄らで春駒の綱引するぞなはたつときく」（拾遺・雑賀・一一八五・平定文）。また、「春駒のあさる沢辺の真菰草まことにわれを思ふやは君」（古今六帖・三八〇八）や「霞たつ野をなつかしみ春駒のあれても君が見えわたるかな」（小町集・六三）のように、恋の気分をもって詠まれることも。**○すさむる**　勢いが盛んになる意。ここは、勢いよくあさること。集にも「駒のすさめし妹が麦草」(四四)、「岸行くかげの駒ぞすさむる」(六二)と詠まれる。**○若草もつまには**　若々しい妻を表す「若草のつま」による言葉の取り合わせであろう。「春日野は今日はな焼きそ若草のつまもこもれりわれもこもれり」(古今・春・一七・よみ人しらず・伊勢物語にも。ただし初句は「武蔵野は」)。当該歌は、「若草」と「つま」を分離比較し、「若草」が「つま」にはかなわないと詠む点で工夫が見られる。

〔補説〕「春駒」は、特に初期百首歌人に好んで詠まれた歌材である。「野飼ひせし駒の春よりあさりしに尽きずもあるかな淀の真菰の」(好忠集・四四八)、「淀のなる美豆の御牧に放ち飼ふ駒いばへたり春めきぬらし」(恵慶集・二一二)、「夏草は結ぶばかりになりにけり野飼ひの駒やあくがれにけん」(重之集・二四二)、「わが駒の綱引く春になりにけり春果てがたの庭の小草も」(重之女集・一六)、「隠れ沼もかひなかりけり春駒のあされば菰の根だに残らず」(和泉式部集・一七)、「思はぬに生ふる菖蒲のねに出てはなににつきます駒はすさめず」(千頴集・一〇一)。

13

きみまさはうつしにもせんむめのはなとくとりとめよかせちらすめり

〔校異〕○うつし—うつし《ゑイ》(私I)、うつ、(私II)　○とり—おり(私II)　○ちらすめり—にちらすな(私II)

〔整定本文〕

君まさば移しにもせん梅の花疾く取りとめよ風散らすめり

〔現代語訳〕

あなたがいらっしゃるならば移しにでもいたしましょう。梅の花を早く引きとめてください。風が散らすようです。

〔語釈〕　**○君まさば**　あなたがいらっしゃるならば。「君まさばまづぞ折らまし桜花風のたよりに聞くぞ悲しき」

（拾遺・哀傷・一二七八・延光）。**〇移し**　梅の香りを袖にうつすこと。「梅が香を袖に移してとどめてば春は過ぐともかたみならまし」（古今・春上・四六・よみ人しらず）。**〇取りとめよ**　「取りとむ」は、引きとどめる、の意。「取りとむる物にしあらねば年月をあはれあなうと過ごしつるかな」（古今・雑上・八九七・よみ人しらず）。「私II」の「折りとむ」だと、枝のままだと風に吹き散らされるので、折って手元に置いておくという意になるか。

〔補説〕『和歌大系』補説は、「「梅の花よそながら見むわぎもこがとがむばかりの香にもこそしめ」（拾遺・春・読人不知）とは逆で、恋人が来訪したら梅の香を移したいので風に散らされないようにと詠じた、恋歌仕立ての一首」とする。集中「君」が詠まれるのは、当該歌の他に、一四三、一五八、二〇七番の三首。一四三、一五八番は恋部の歌で、二〇七番は「人に梅を乞ひたれば」と、相手に梅をねだった折の歌。

春の、にわかなつまむとてはなかたみ心にもあらぬつまをとりつる

〔校異〕　〇つまむ―つむ（私I）（私II）　〇つる―つ、（私II）　「私I」には、「此歌異本無」の注記が付されている。

〔整定本文〕

春の野に若菜摘まむとて花筐心にもあらぬつまをとりつる

〔現代語訳〕

春の野に若菜を摘もうとして、花かごに、そのつもりのなかったまだ若い草の端を採ってしまったことです。

〔語釈〕　**〇若菜**　若菜摘みは、長寿祈願の行事であった。九番参照。「春の野に若菜摘まむと来しものを散りかふ花に道は惑ひぬ」（古今・春下・一一六・貫之）。**〇花筐**　花かごの意。「花筐めならぶ人のあまたあれば忘られぬらむ数ならぬ身は」（古今・恋五・七五四・よみ人しらず）。**〇心にもあらぬ**　採るつもりのない、という意。**〇つま**　草の端の意に「妻」を響かせ、暗に、春の野でそのつもりもなかった女性と結ばれたことを言うか。

〔補説〕　一二番歌「若草のつま」と対比的な歌。一二番は、みずみずしい若草よりもすばらしい「つま」を詠むが、当該歌は執心しているわけではない「つま」を詠む。『和歌大系』は「当歌は、筐の縁で「女並ぶ」から「つま」を連想したものか」とし、「若菜を摘むつもりが、妻を娶るきっかけを作ってしまったと戯れた詠」と評す。確かに、男性の立場に成り代わって詠まれた歌とも解せる。四四番、八二番は「妹」を詠む。六七番もまた、男性の視点に立つ歌である。こうした虚構性、遊戯性は初期百首の特徴の一つ。ただし、主語を「あなた」とし、「あなたは、私でなく、そのつもりのなかった女性と契りを結んだことです」と解することもできよう。

15

鶯のはなのえことにこつたひてあすもはるひにゆるきなくなり

〔校異〕　○に―と（私Ⅱ）　○ゆるき―ゆるく（私Ⅱ）

〔整定本文〕

鶯の花の枝毎に木伝ひて明日も春日にゆるぎ鳴くなり

〔現代語訳〕

鶯が梅の花の枝ごとに木を飛び移り、（今日も）明日も、春の一日、声を震わせて鳴くことです。

〔語釈〕　**○木伝ひて**　枝々を飛びめぐって。「鶯の鳴くを詠める／木伝へばおのが羽風に散る花を誰におほせてここら鳴くらむ」（古今・春下・一〇九・素性）。好忠集にも「山里の梅の園生に春たてば木伝ひ暮らす鶯の声」（三七二）と詠まれる。**○明日も春日に**　「春日」は、冬に比べて日暮れが遅くなり、長いと感じる春の一日を言う。「散りぬべき花見る時はすがのねの長き春日も短かかりけり」（拾遺・春・五七・藤原清正）。集の二〇番には「木綿付けのしだりもながき春の日」と詠まれている。また、「春日」は、集四番歌にも。ただし、当該歌の四句に「明日」とあるのに、結句に推量の「らむ」などの助動詞でなく、伝聞推定の「なり」が用いられるのは不審。異文のように「明日も春日と」であれば、「明日も晴れる春の日だといって、今鳴いているようだ」と解することができる。しかし、「晴る」は、下二段活用の動詞なので、「晴る日」でなく、「晴るる日」とあるべき。ここは、試みに「今日も」を補って解した。**〇ゆるぎ鳴く** 「ゆるぐ」は、揺れるという意。「ゆるぎ鳴く」は、体を揺らして鳴くということか。用例は未見。『和歌大系』は、「ゆるぎ」について「あちらの枝、こちらの枝と心移りする意に、木伝う動作を重ねる」と注する。

〔補説〕 「ゆるぐ」という語は、和歌の中では「こゆるぎの磯」という地名に用いられることがほとんどである。集の一九四番にも「こゆるぎの　いそがぬわれは」とある。「ゆるぎの森」は、古今六帖に「たかしまやゆるぎの森の鷺すらもひとりは寝じとあらそふものを」（四四八〇）などと詠まれ、好忠集にも次の二例が見出せる。「雪ふればゆるぎの森の枝わかず夜昼鷺のゐるかとぞ思ふ」（三五二）、「風吹けばゆるぎの森のひとつ松まつちの鳥のとぐらなりけり」（五七〇）。いずれも鳥を取り合わせている点では当該歌と共通するものの、保憲女が先行歌から「ゆるぎ」と「鳥」の組み合わせを摂取したかは不明。

初期百首のひとつである海人手古良集には「鶯の木伝ひ散らす桜花こや春の日の遅きなりけり」（八九）と、梅でなく桜ではあるが、せわしなく枝々を飛び移る鶯とゆったり過ぎるのどかな春の日の組み合わせが詠まれている。

16

こきませの花のにしきをはるかせにたちきてさとへかへるかりかね

〔校異〕 〇はるかせに―春風の（私Ⅰ）、春かすみ（私Ⅱ）

〔整定本文〕

こきまぜの花の錦を春風に裁ちきて里へ帰る雁金

〔現代語訳〕

いろいろと取り混ぜた美しい花で織った錦を、春風によって裁って着て、故郷に帰る雁であることです。

〔**語釈**〕 **○こきまぜの**　いろいろと取り混ぜた、の意。「見渡せば柳桜をこきまぜて都ぞ春の錦なりける」（古今・春上・五六・素性）。**○花の錦**　さまざまな花の色が入り混じった景色を錦に見立てていう表現。「宿ごとに花の錦を織れればぞ見るに心のやすき時なき」（赤人集・四三）。特に、「青柳の糸めもみえず春ごとに花の錦をたれか織るらむ」（躬恒集・二二六）、「千草にもほころぶ花の錦かないづら青柳縫ひし糸すぢ」（順集・七）、「こむらさき柳の糸により混ぜて花の錦はわが宿の物」（恵慶集・六）のように、柳の緑の糸が混じることで一層色が美しく見えるさまを言う。**○裁ちきて**　裁って着て、の意。「着る」に「切る」を掛ける。「神なびの三室の山を秋ゆけば錦裁ちきる心地こそすれ」（古今・秋下・二九八・忠岑）。異文「春風の」であれば、「裁つ」に風が「立つ」が掛かってくる。風が吹くことを「立つ」と表現する歌は、「あだ人のゆくてにならす扇かな風立つべくもあらぬところに」（赤染衛門集・二〇一）など。『和歌大系』は「錦の縁で、「裁ち着て」に「絶ち」を響かせる」と注す。思いを絶って、ということか。**○帰る雁金**　「雁金」は集の九三番、一三五番にも。故郷に錦を着て帰るという発想は、「故郷に帰ると見てや龍田姫紅葉の錦そらに着すらん」（拾遺・雑秋・一一二九・能宣）、「白波のふる郷なれや紅葉ばの錦を着つつ立ち帰るらん」（貫之集・八七）などと詠まれている。集一〇四番にも。

〔**補説**〕 語釈に挙げた古今歌「見渡せば」の他、「花飛如錦幾濃粧　織着春風未畳箱」（和漢朗詠集・一一二〇）や「富貴不帰故郷　如衣錦夜行」（史記・項羽本紀）などに拠る歌である。賀茂社百首の「春風に花の錦を裁ちきてやわが古郷にかへる雁金」（夫木抄・一六八一・慈円）は、当該歌を踏まえて詠まれたか。女集は後世の堀河百首に影響を見ることができるが、慈円の拾玉集にも影響が認められる（拙稿「賀茂保憲女集の享受に関する試論」埼玉短期大学紀要6号　一九九七・三）。

17

なはしろのみつそをくなるたねしあれはうへにまかせてかはつなくなり

〔校異〕　○をくなる―をくなる《せきイ》（私Ⅰ）、なくらし（私Ⅱ）　○うへ―こゑ（私Ⅱ）（国）　○まかせて―ませて（私Ⅱ）

〔整定本文〕

苗代の水ぞ堰くなる種しあれば声にまかせて蛙鳴くなり

〔現代語訳〕

苗代の水を堰きとめたようです。種があるので（時期が来たと喜んで）声の限りに蛙が鳴いていることですよ。

〔語釈〕　○苗代　種を蒔いて稲の苗を育てる田のこと。蛙とともに詠まれる歌は、「蛙鳴く小田の苗代過ぎしより今朝は声こそすだきますなれ」（能宣集・七六）など。当該歌には重之百首の「今日聞けば井手の蛙もすだくなり苗代水を誰任すらん」（重之集・二二八）の影響が見られる。○堰くなる　底本に「をくなる」とあるのを校訂した。「を」と「せ」の誤写であろう。「堰」は、「遠山田種まきおける人よりも井堰の水はもりまさるらん」（順集・二一四）、「鳴きかへる雁の涙のつもるをや苗代水と人は堰くらん」（好忠集・六一）などと詠まれる。古今六帖には「逢ふことを苗代水にまかせては越さん越さじは小山田のせき」（一〇二八）と、田の水の堰が逢瀬の関所に例えられている。○種　集の三三、六八番にも。○声にまかせて　底本「うへ」は、「こゑ」→「こへ」の誤写として校訂した。「任せて」は、「……のままに」の意。「もみぢ葉を風に任せて見るよりもはかなき物は命なりけり」（古今・哀傷・八五九・千里）。苗代に種が蒔かれ田植えの準備が始まったことを、蛙が喜んで声の限りに鳴くというのであろう。「任せて」に、種の縁で「蒔かせて」を掛ける。

〔補説〕　語釈に挙げた重之百首歌の影響を受けたと思われるものに「千代経とも尽きせぬ稲の種なれば苗代水にまかせてをみむ」（元輔集・一二六）がある。この歌は永観二（九八四）年の屏風歌であり、「種」「苗代水」「まかせて」と当該歌と表現が重なる点が注目される。

久保木寿子氏は、この重之百首歌と当該歌が、初期百首の影響の色濃い「弘徽殿女御歌合長久二年」における、侍従乳母の「植ゑぬより守るめるものを小山田は苗代水にまかせたらなむ」（一六）に影響を及ぼしたことを指摘する（「初期定数歌の歌ことば—その生成と展開—」『講座平安文学論究』十七輯　風間書房　二〇〇三）。

18

とりあへぬ花をおしむとなかき日にさへつりやすくうくひすそ鳴

〔校異〕　○とりあへぬ—とりもあへぬ（私II）　○なかき—はるの（私II）　○さへつりやすく—さへつりすく（私I）、あおはうらこく（私II）　○うくひすそ鳴—なくそかなしき（私II）

〔整定本文〕

取りあへぬ花を惜しむと長き日に囀りやすく鶯ぞ鳴く

〔現代語訳〕

手に取ることのできない花を惜しむというので、長い春の一日、のどやかに鶯が囀っていることですよ。

〔語釈〕　**○取りあへぬ**　取ることができない。「白波の寄する磯間をこぐ舟の楫取りあへぬ恋もするかな」（後撰・恋二・六七〇・黒主）。**○囀りやすく**　鳥の鳴くことを「囀る」と詠む歌は多くない。「百千鳥囀る春は物ごとにあらたまれどもわれぞふりゆく」（古今・春上・二八・よみ人しらず）。和漢朗詠集、「鶯」題には「感同類於相求　離鴻去雁之応春囀」（六八）とある。「囀りやすく」と詠む例は未見。「やすく」は平穏に、安心して、という意。「わが袖の濡るるを人のとがめずは音をだにやすくなくべきものを」（拾遺・恋・四九一七・よみ人しらず）。

〔補説〕　鶯なので花を手に取ることはできないが、声をのびのびと響かせて散るのを惜しむことはできるということであろう。

「私II」の下の句は、二〇番歌の下の句である。すなわち、「私II」は、当該歌の下の句、一九番歌、二〇番歌の上の句を欠く。一八番の三句目「なかき日に」と二〇番の三句目「春の日に」を見誤った、目移りによる誤脱か。

19

春かすみたなひきわたるあをやきのいとはけふりによるかとそみる

〔校異〕「私II」にナシ

〔整定本文〕

春霞たなびきわたる青柳の糸は煙によるかとぞ見る

〔現代語訳〕

春霞が一面にたなびく中の青柳の糸は、（霞の）煙に寄り添って、まるで煙によって縒るかと見えることです。

〔語釈〕○煙　霞の立つ様を「煙」と表現する歌は、「春はもえ秋はこがるるかまど山霞も霧も煙とぞ見る」（拾遺・雑賀・一一八〇・元輔、重之集二番にも）や、「煙かと四方の山辺は霞みたりいづれの木の芽もえのこるらん」（好忠集・一八）のように見出せる。○よる　「寄る」に「縒る」を掛ける。「いづ方によるとかは見む青柳のいと定めなき人の心を」（拾遺・恋三・八一五・よみ人しらず）。

〔補説〕語釈に挙げたように、霞が立つ様子を「煙」と表現する歌はあるが、「かまど山」や「燃ゆ」の縁で詠まれている。当該歌においては「煙」という語を用いる必然性に乏しい。好忠歌の直接的な影響とは言えないものの、「煙かと四方の山辺は霞みたり」から霞と煙の取り合わせを摂取したとも考えられよう。

20

ゆふつけのしたりもなかき春の日にあけはうらこくなくそかなしき

〔校異〕「私II」にナシ　○に―の（私I）　○うらこく―うらこく《らに歟》（私I）

〔整定本文〕

木綿付けのしだりも長き春の日に明けばうららに鳴くぞ悲しき

〔現代語訳〕

木綿付け鳥の垂り尾も長く、そのように長い春の日が明けたので、うららかに鳴く声の物悲しく聞こえてくることです。

〔語釈〕 **○木綿付け** 鶏の異称。鶏に「木綿」を付けて、都へ出入りの四つの関所で祓えをしたという故事による。序文27に「木綿付け鳥しばしばうち鳴き、夜やうやう明けゆき、日射し出づるまで、朝の床もの憂く思ほえて」とある。集の一六四、一八八番にも。**○しだり** 「しだり」は、下に垂れ下がったものをいう。ここは「垂れた尾」のこと。「木綿付けのしだりも」は「長き」を導き出す序詞。「あしひきの山鳥の尾のしだり尾の長々し夜をひとりかも寝む」(万葉・巻一一・二八一三・人麻呂)に拠る表現。**○明けばうららに** 「明けば」は「明くれば」とあるべきところ。また、底本「うらこく」も不明。「私Ｉ」傍注に「うららに歟」とあり、「うららに」と校訂する。『和歌大系』は「うらこく」について、「心の中で恋しく思う意「心恋(うらこひ)」「心恋(うらこひ)し」と関連ある語か。「心濃く」とも」と注する。

〔補説〕 語釈に挙げた「あしひきの山鳥の尾の」の歌に加え、「うらうらに照れる春日にひばり上がり心悲しもひとりし思へば」(万葉・巻十九・四二九二・家持)も連想させる。「うらうら」という語は、「小鯛釣つる刈る藻の海人も春くればうらうらごとにながめをぞする」(好忠集・四六)、「春の日のうらうらごとに出でてみよなにわざしてか海人はくらすと」(重之集・二三九)、「春の日をうらうらつたふ海人はしぞあなつれづれと思ひしもせじ」(和泉式部集・六)などと詠まれ、初期百首歌人に特有の表現とされている(平田喜信「和泉式部百首の成立」大妻国文1号 一九七〇・三、のち『平安中期和歌考論』新典社 一九九三所収)。

春の日にこのめもえつやうちむれてかたかきかはし人のゆくらん

〔校異〕 ○日―の(私II) ○めもえ《萌》つ―めもえつ(私I)、はもりに(私II)

22

〔整定本文〕
春のひに木の芽もえづやうち群れて肩かき交はし人の行くらん

〔現代語訳〕
春の日に木の芽が芽吹いたのでしょうか。むらがって肩を組んで人が出かけていくことです。

〔語釈〕 **○もえづや** 「萌え出づや」の略か。初句の「ひ」の縁から「燃え」を掛ける。「私II」は「木の葉守りにや」とあるが、「木の葉」は、「同じ枝をわきて木の葉のうつろふは西こそ秋のはじめなりけれ」（古今・秋下・二五五・藤原勝臣）などと詠まれるように、秋の紅葉、落葉を言うことが多い。「木の葉守りにや」だと、木の葉が落ちないように守ろうとしてか、の意になる。 **○肩かき交はし** 肩を互いに組んで、の意。こぞって春の野に出かけるさまを詠む。「かき交はす」の「かく」は、手や腕を動かす意。「さすがに、あなかまあなかまと、ただ手をかき、面を振り」（蜻蛉日記・中・天禄二年七月）。

〔補説〕 一九番の語釈に挙げた好忠の「いづれの木の芽もえのこるらん」や、集三四番「春立てば木の芽にもゆる炎かな」と同じく、「萌ゆ」に「燃ゆ」を掛けた詠みぶり。
「春日野の若菜摘みにや白妙の袖ふりはへて人のゆくらむ」（古今・春上・二二・貫之）を念頭にし、「袖ふりはへて人のゆくらむ」を「肩かき交はし人のゆくらん」と詠み変えたもの。

〔校異〕 ○かけ―かせ（私II）

〔整定本文〕
あをやきのいとにやいをはか、る覧おろせるかけのあみに、たれは
青柳の糸にや魚は掛かるらん下ろせる影の網に似たれば

〔現代語訳〕

青柳の糸に魚はかかるのでしょうか。(水面に)下した(枝の)影が網に似ているので。

〔語釈〕 ○魚　いを。「うを」に同じ。「魚　文字集略云　魚〈語居反字乎　俗云伊乎〉水中連行虫之総名也」(十巻本和名抄・八)。「いを」は古今六帖題にも。「伊勢の海に釣する海人のいをなみうけもひかれぬ恋もするかな」(古今六帖・一五一三)。○影　「私II」に「かせ」とある。「下ろせる風」は不審。ただし、風が吹くことを「吹き下ろす」と表現することもある。「山風のいたく吹き下ろす網代には白波さへぞ寄り増さりける」(貫之集・四九四)。また、集一九四番にも「吹き上げ下ろす　風の音の　朝夕に　悲しきは」とある。しかし、「吹き下ろす」でなく「下ろす」とあるので、「かせ」は「かけ」の誤写であろう。○網　網を仕掛けることを「下ろす」とも表す。「みそぎする今日唐崎に下ろす網は神のうけ引くしるしなりけり」(拾遺・神楽歌・五九五・平祐挙)。「網」が集に詠まれることについて、久保木寿子氏は『周易』からの摂取であると指摘する(「賀茂保憲女集試論—初期百首と暦的観念—」文学・語学147号　一九九五・八)。序文2〔語釈〕参照。

〔補説〕 「水の上に影うちなびく青柳を波の綾織る糸かとぞ見る」(古今六帖・四一六八)と同様に、水に映る青柳の影を詠むが、魚がその網にかかると詠む点が独自。序文16には「小牡鹿は照射の光に驚く。水に宿れる影を魚は怖づ」と、水面に映る影を網と錯覚しておびえる魚が描かれている。また、「氷に閉じらるる魚は、冬を結べる網と思へり」(序文21)、「山川の魚を氷の閉ぢたるは風こそ網と吹き結びけれ」(一二五番)と、冬に水面が凍って閉じ込められることを、魚を捕まえる網に例えて詠んでいる。他には「水もなき空に網張るささがにの掛かれる虫を魚と見るらん」(一七二番)、「様も名も変はらで波は網代木の同じうぢなる魚にぞあるべき」(一八五番)と「魚」が詠まれるが、いずれも捕えられた魚に、自身の閉塞感を重ねて詠まれているように解せる(三田村雅子「賀茂保憲女—水と空の凝視—」国文学解釈と鑑賞　至文堂　一九八六・一一参照)。

「……とぞ見る」と疑看する歌は、八五番にも。

23

山川もすむかたおかにも、ちとりこゑきくはるはよるのにしきか

〔校異〕 〇山川も―山かつの（私II） 〇こゑきくはるは―よる〳〵なくは（私II）

〔整定本文〕

山川も澄む片岡に百千鳥声きく春は夜の錦か

〔現代語訳〕

山川も澄む片岡に百千鳥の声を聞く春は、他に聞く人もなくもったいない風情であることです。

〔語釈〕 **〇片岡** 片側が傾斜して高くなっている丘。また、奈良県北葛城郡王寺町から香芝市にかけての丘陵や、京都市北区、上賀茂神社の東にある山をいう歌枕。「霧立ちて雁ぞ鳴くなる片岡の朝の原は紅葉しぬらむ」（古今・秋下・二五二・よみ人しらず）。 **〇百千鳥** 数多くの鳥。後に「稲おほせ鳥」「呼子鳥」とともに古今伝授の中で「三鳥」として尊重された。「百千鳥囀る春は物ごとにあらたまれどもわれぞふり行く」（古今・春上・二八・よみ人しらず）。 **〇夜の錦** 夜に美しい錦を見ても見えないように、無駄なものの例え。九七番にも。一六番〔補説〕に挙げた「富貴不帰故郷　如衣錦夜行」（史記・項羽本紀）に基づく。「見る人もなくて散りぬる奥山の紅葉は夜の錦なりけり」（古今・秋下・二九七・貫之）など、紅葉詠に用いられることが多いが、次のように慣用的な例も見出せる。「思へどもあやなしとのみいはるれば夜の錦の心地こそすれ」（後撰・恋二・六二三・よみ人しらず）。

〔補説〕 「私II」の初句は「山かつの」。「は」と「つ」の誤写による異文であろう。「山賤の」だと、「山人の住む片岡に百千鳥が夜な夜な鳴くのは、情趣もわからずもったいないことです」の意になる。重之子僧集には「山里の家居のあたりに、きぎすの鳴くを聞きはべりて／片岡の柞の原の宿近みきぎすの声も耳なれにけり」（一三）と、片岡に鳴く鳥の声が宿近く聞こえることを詠む。当該歌とは発想を異にするが、いずれも「片岡」が辺鄙な山里の景として詠まれている。

24

はるさめに野山もいろはそめてけり人の心をいかてぬらさむ

〔校異〕 ○も―の（私II） ○いろはそめてけり―つゆはそめつめり（私II）

〔整定本文〕

春雨に野山も色は染めてけり人の心をいかで濡らさむ

〔現代語訳〕

春雨によって野山までもが色付いたことです。人の心をどうやって濡らして思い初めさせることができるでしょうか。

〔語釈〕 **○春雨** 春に降る雨。野辺の草木を緑に染めるものとして「わがせこが衣はる雨降るごとに野辺の緑ぞ色まさりける」（古今・春上・二五・貫之）などと詠まれる。

〔補説〕 『和歌大系』は、逆の発想の歌として「散る花を惜しむ涙の春雨に濡れぬ人こそよになかりけれ」（重之集・六六）を挙げる。重之歌は、春雨に濡れない人がいないと詠むのに対して、当該歌は、なかなか濡れそうにないと詠む。集には「よとともに色なき心いかでみせまし」（一四一）、「色みえぬ言の葉だにもあるものを心に染めば人や刈りなむ」（一五三）と、「色に染まらない人の心」が詠まれている。

25

わたつみのみきは、いろもをとらねとしほかきはらふあまはまされり

〔校異〕 ○わたつみ―わたつうみ（私II） ○いろも―いつも（私II） ○しほかきはらふ―しほかまはるは（私II） ○あまは―ふかさ（私II）

〔整定本文〕

わたつみの水際は色も劣らねど塩かき払ふ海人は勝れり

〔現代語訳〕

大海の水際は色も劣るものではないけれど、塩水をかき払って汲む海人（の濡れた衣の色）は勝って見えることです。

〔語釈〕　**○わたつみ**　大海のこと。「わたつみのわが身こす波立ち返り海人のすむてふうらみつるかな」（古今・恋五・八一六・よみ人しらず）、「わたつみに人をみるめの生ひませばいづれの浦の海人とならまし」（和泉式部集・九〇）。集中、序文16や、三三、一〇七、一七四番歌にも。

〔補説〕　「劣る」「勝る」と対にして、水際の色と海人を比べる。ただし、水際の色と海人の何を比較しているのかが分かりにくい。ここは、海人の濡れた衣の色として解した。海人の衣は粗末なものとして「須磨の海人の塩焼き衣をさをあらみ間遠にあれや君がきまさぬ」（古今・恋五・七五八・よみ人しらず）などと詠まれることが多い。

無季の歌が春部に置かれるのは、いささか不審であるが、「春の海人」は「春の日のうらうらごとに出でてみよなにわざしてか海人は暮らすと」（重之集・二二九）、「はるばるとうらうら煙たちわたり海人のひよりに藻塩焼くかも」（好忠集・五五）などと初期百首歌人に詠まれており、その影響に拠るのであろう。

26

桜花にほひにたかふこゝろかなちらはちるへきものならなくに

〔校異〕　たかふ―たくふ（私Ｉ）

〔整定本文〕

桜花匂ひにたがふ心かな散らば散るべきものならなくに

〔現代語訳〕

桜花の美しさに相反する私の心であることです。桜が散るなら散ればよいというものではないけれど。

〔語釈〕 **○たがふ** 異なる、の意。「逢ふ事のかたふたがりて君来ずは思ふ心のたがふばかりぞ」（後撰・恋四・八一五・よみ人しらず）。桜の咲き匂う美しさと相反する、ということ。「私I」は「たくふ」とある。「たぐふ」は、寄り添う、似合う、という意。「とどむべき物とはなしにはかなくも散る花ごとにたぐふ心か」（古今・春下・一三二・躬恒）。**○散らば散るべき** 「散るならば散るべきであろう」という意。ふつうは桜が散るのを惜しむところを、いっそ散るなら散ってしまえ、と詠む歌は「桜花散らば散らなむ散らずとてふるさと人のきても見なくに」（古今・春下・七四・惟喬親王）など。

〔補説〕 「たぐふ」で解すと「桜花の美しさに惹きつけられる心であるよ。桜が散るなら散ればよいというものではないけれど」の意になる。集の九一番には、「草木にたぐふ」と、自身の心を草木に重ねて詠まれている。

いろもかもみきはにやとるやまふきのおもかけたにもちりのこるなん

〔校異〕 ○やとる―うつる（私II） ○たにも―にたに（私II） ○のこる―のこら（私I）（私II）（国） ○なん―む（私II）

〔整定本文〕

色も香も水際に宿る山吹の面影だにも散り残らなん

〔現代語訳〕

色でも香でも、水際に咲く山吹は、面影だけでも散り残ってほしいものです。

〔語釈〕 **○色も香も** 初句に用いた例は「色も香も同じ昔に咲くらめど年ふる人ぞあらたまりける」（古今・春上・五七・友則）など。山吹の色と香りを詠む例も「色も香もなつかしきかな蛙なくゐでのわたりの山吹の花」（小町集・六二）がある。**○面影** 目の前にない景物をいう。「いつの間に散りはてぬらん桜花面影にのみ色を見せつつ」

（後撰・春下・一三二・躬恒）。山吹は水辺に咲くので、水に映る影から「面影」を連想したのであろう。**〇残らなん** 底本は「のこるなん」であるが、「のこらなん」の誤写と考えて校訂した。

〔補説〕 語釈に挙げた小町の「色も香も」に加え、結句は「わが宿の八重山吹はひとへだに散り残らなん春のかたみに」（拾遺・春・七二・よみ人しらず）の表現に重なる。拾遺歌は、八重山吹の一重だけでも散り残ってほしいと詠むが、当該歌は、色や香りも、その面影だけでも残ってほしいと詠む。

28

わかるれとはるははひにもならなくにむらさきにそむふちにかゝれる

〔校異〕 〇はひ―こひ（私Ⅱ） 〇ならなくに―あらなくに（私Ⅱ） 〇そむ―さく（私Ⅱ） 〇ふちにかゝれる―ふちそかゝれる（私Ⅰ）、ふちの花かな（私Ⅱ）

〔整定本文〕

別るれど春は灰にもならなくに紫に染む藤に掛かれる

〔現代語訳〕

別れるけれど、その春は灰にもならないのに、紫に染まった藤に掛かっていることです。

〔語釈〕 **〇灰** 紫色を染める際に、椿の灰汁を用いたことから、「紫は灰さすものぞ椿市の八十のちまたに逢へる児や誰」（万葉・巻十二・三一〇一）などと詠まれる。藤との取り合わせも「紫にやしほ染めたる藤の花池に灰さすものにぞありける」（後拾遺・春下・一五三・斎宮女御）など。集の四七番は「杜若」の紫色を灰が染めると詠む。

〔補説〕 目に見えぬ「春」の名残が藤の紫であることから、「春」そのものは染料の「灰」になるわけではないが、藤に掛かって、色を染めていると詠む機知的な歌。「はひ」の「ひ」に緋色の「緋」を響かせ、紫と対応させているか。

29

はなのえにはねうちかはしよふことりなけともはるはとまらさりけり

〔校異〕○はな―はる（私Ⅱ）　○はね―はし（私Ⅱ）　○かはし―ならし（私Ⅱ）

〔整定本文〕

花の枝に羽うち交はし呼子鳥鳴けども春はとまらざりけり

〔現代語訳〕

花の枝に羽を動かして呼子鳥が鳴いても春は留まらないことでした。

〔語釈〕○羽うち交はし　「羽うち交はす」は、翼を動かすという意。翼を互いに重ねる意とも。「白雲に羽うち交はし飛ぶ雁の数さへ見ゆる秋の夜の月」（古今・秋上・一九一・よみ人しらず）、「白波に羽うち交はし浜千鳥悲しきものは夜の一声」（重之集・五四）。○呼子鳥　古今伝授の三鳥の一。カッコウといわれるが、鶯、時鳥、ツツドリなどとする説がある。

〔補説〕「飽かずして過ぎゆく春を呼子鳥呼び返しつと来ても告げなん」（興風集・六六）、「年ごとに何のしるらむなきものを暮れゆく春をなに呼子鳥」（躬恒集・二一九）などと同様に、呼子鳥が呼んでも春を呼び返すことができないと詠む惜春の歌。

30

なみかけて人のをしむにむめつかははるのくれをはさしもつかなん

〔校異〕○なみ―かみ（私Ⅱ）　○むめつかは―ふちはかま（私Ⅱ）　○つかなん―とめなむ（私Ⅱ）

〔整定本文〕

波掛けて人の惜しむに梅津川春の暮れをばさしもとめなん

〔現代語訳〕

波を掛け、心に掛けて人が惜しんでいるのだから、梅津川よ、春の暮れゆくのをさし留めてください。

〔語釈〕　**〇波掛けて**　波を掛け、心に掛けて、ということ。「梅が枝に来居る鶯春掛けて鳴けどもいまだ雪は降りつつ」（古今・春上・五・よみ人しらず）の「春掛けて」は「春に心を掛けて」という意。「掛け」は「波」の縁語。道信集に「ちかの浦に波掛けまさる心地してひるまなくても濡るる袖かな」（八九）とあるのは、海の波が袖に掛かって濡れるように涙で袖が濡れることをいう。ここもまた、川波を袖に掛けたように涙で袖を濡らして、という意が暗に含まれるか。相模集、異本歌「恨みても何にかはせん波掛けて言ひがひもなき人の心を」（一七）の「掛けて」は、下に打消しの語を伴って、「少しも、全く」などの意の副詞の掛詞として用いられ、「波」は「浦」「貝」の縁語となり、実際に川波を掛けるという内容ではない。「私II」の「神かけて」だと「神に祈って」となるため、わかりやすい表現になる。**〇梅津川**　山城国の歌枕。京都市右京区梅津付近での桂川の異名。「名のみしてなれるも見えず梅津川ゐせきの水も漏ればなりけり」（拾遺・雑下・五四八・よみ人しらず）。「私II」に「ふちはかま」とあるが、「藤袴」は秋の七草のひとつなので、「春の暮れ」という句と季節を違える。**〇とめなん**　底本「つかなん」を「私II」により校訂した。「さし継ぐ」は、すぐ次に続く、引き継ぐ、の意。「この院、大殿にさしつぎたてまつりては」（源氏物語・若菜下）。しかし、春の暮れを川が引き継ぐというのでは意味が通らない。川の堰が春をとどめるという発想で詠まれたならば、「とめなん」の本文がよい。「さしとむ」は引きとどめるの意で、次のように用いられている。「さしとむる葎やしげき東屋のあまりほど降る雨そそきかな」（源氏物語・東屋）。

〔補説〕　「年ごとにもみぢ葉ながす竜田川みなとや秋のとまりなるらむ」（古今・秋下・三一一・貫之）と同様に、川が季節の行き着く場所だという発想。また、好忠集には「海津川春の暮れにぞなりにけるとこの井堰も堰きとどめなん」（九二）と極めて類似した歌が詠まれている。当該歌は、この好忠歌の影響を受けたものであろう。「梅津川」は、好忠集二八、九二、九三番の三首に詠まれる。他には、語釈に挙げた拾遺歌と当該歌以外、順集三番、恵慶集七六番、和泉式部集七三七番に詠まれ、初期百首歌人の中に伝播した地名であった。

あつまのにまかせしこまのけふはいて、いろにあをはとよにひかるらん

〔校異〕　○のーち（私II）　○けふはー色に（私II）　○いろにあをはとーけふのあおむま（私II）

〔整定本文〕

あづま野に任せし駒の今日は出でて色に青葉と世に引かるらん

〔現代語訳〕

東国の野に放ったままにしていた馬が、今日は（白馬の節会に）出立して、色に青葉（が映っている）とみんなの前に引かれていくことでしょうよ。

〔語釈〕　**○あづま野**　「あづま野」は東国の平野の意。柿本人麻呂の「ひむがしの野にはかぎろひたつみえてかへりみすれば月かたぶきぬ」（万葉・巻一・四八）が、夫木抄では「あづまの、国未勘之」の題に入る。平中物語にも「あづま野のあづま屋にすむもののふやわが名をかやにかりわたるらむ」（二八）と詠まれている。**○任せし駒**　野に放牧していた馬、の意。「私II」は「あづまぢに」とある。「あづま路に任せし」は、「夕闇は道も見えねどふるさとはもと来し駒に任せてぞ来る」（後撰・恋五・九七八・よみ人しらず）のように、馬の歩みにまかせるという意味にとれる。**○今日**　春部の歌であるため、白馬の節会の日を詠むか。ただし、節会は正月七日なので、配列上春の終りの部分に置かれるのは不可解。集に「今日」詠むのは当該歌を含めて七首。うち、二、三番は立春。七番は小松引き。九番は若菜摘み。四九番は端午の節句と、節目の日を取り立てていう。不明なのが当該歌と駒を詠む四四番である。白馬の節会は、天皇が豊楽院（のちに紫宸殿）に出御して邪気を祓うとされる行事。馬を庭に引き出し、宴を催す。この節会が始まった当初、中国の故事に従い、ほかの馬よりも青みをおびた黒馬が行事で使用されていたが、醍醐天皇のころからは白馬または葦毛の馬が行事に使用されるようになり、読み方のみそのまま受け継がれたため「白馬」を「あおうま」と訓むようになったとされる。**○色に青葉と**　馬の色に青葉が映っているとして解

した。「あおうま」からの連想による表現。

〔補説〕　語釈に挙げた通り、白馬の節会にはもともと青みを帯びた馬を用いた。「水鳥の鴨の羽色のあを馬を今日見る人はかぎりなしといふ」（万葉・巻二十・四四九四・家持）。しかし、醍醐朝以降には白い馬を用いるようになった。「降る雪に色も変はらで引くものを誰かあを馬と名付けそめけん」（兼盛集・一一八）。したがって、「色に青葉」と引かれる馬は、白馬の節会用の馬でなく、色の濃くなった青葉を映す青みがかった黒馬を指すのかもしれない。ただし、小右記、万寿元（一〇二四）年十一月三十日条に、葦毛の馬を「白馬料」と記しており、また、後世では、次のように白馬の節会の際に、青みを帯びた馬を詠む例も見出せる。「伊勢にいつきの宮にてあを馬引くを見てよめる／引く駒の松のみどりの色なれば千年を過ぐす庭かとぞ見る」（散木奇歌集・三七）。

32

桜花えたには露もと〻まらてあたなるなみののこりぬるかな

〔校異〕　○えた―はる（私Ⅱ）　○の―に（私Ⅱ）

〔整定本文〕

　桜花枝にはつゆもとどまらであだなる波の残りぬるかな

〔現代語訳〕

　桜の花の枝には、露も花びらも少しもとどまらないで、地面には、はかない波模様が残っていることです。

〔語釈〕　○つゆも　「露」に副詞「つゆ」を掛ける。○あだなる　無駄な。「枝よりもあだに散りにし花なれば落ちても水の泡とこそなれ」（古今・春下・八一・菅野高世）。○波　落花が波模様に見えるさまをいうのであろう。

〔補説〕　語釈に挙げた古今歌を踏まえ「泡」を「波」に詠み変えたもの。また、重之集にも「花桜積もれる庭に風吹けば舟も通はぬ波ぞ立ちける」（二三七）と、落下が風に吹き寄せられて波を作る景色が詠まれている。桜が舞い散る様子を波に例えるのは常套だが、当該歌は、落花が地面に積もって波の形のように吹き寄せられた景を詠んだもの。

33

はるさめに たねまくかこと わたつみに ふれはやいしに みるのおふらん

〔校異〕 ○に—の《にイ》（私I）、の（私II） ○かこと—かとに（私II） ○わたつみに—わたつうみに（私II） ○ふれはや—ふれは（私II） ○みるの—みるめ（私II）

〔整定本文〕

春雨の種まくがごとわたつみにふればや石に海松の生ふらん

〔現代語訳〕

春雨が種をまくように海に長い間降るので、石に海松が生えるのでしょうか。

〔語釈〕 **○春雨の** 春に降る雨。集の二四番では、野辺を緑に染めるものとして詠まれる。底本「に」を「私II」により「の」と改訂する。「尓（に）」と「乃（の）」の誤写か。 **○種** 集一六番にも。当該歌は、雨脚を種を蒔くと例えるが、水泡を種に例えた「水の泡や種となるらん浮草の蒔く人なみの上に生ふれば」（拾遺・雑下・五二四・よみ人しらず）もある。 **○降れば** 雨が「降る」に時間がたつ意の「経る」を掛ける。 **○石に……生ふらん** 「海松」は、海藻のミルのこと。集一三一番には「石に生ふる海松」が詠まれている。また、恵慶集にも「石に、うみまつの生ひたる、ある所に奉るとて／動きなきいはほに根ざすうみまつの千年は誰に波も寄すらむ」（一四七）と詠まれる。

〔補説〕 古今歌「種しあれば岩にも松は生ひにけり恋をし恋ひば逢はざらめやは」（恋一・五一二・よみ人しらず）の上句と同発想。当該歌も「海松」に恋人に会う意の「見る」を響かせ、恋歌の雰囲気を読み取ることもできようが、ここは季節詠として解した。

当該歌は、雨の降る様子を「種蒔くがごと」と例える点で特徴的。二十四節気の「穀雨」を踏まえた表現である。「穀雨」は、春の季節の最後の時期。春雨の降る様子を「水の上に綾織り乱る春雨や山の緑をなべて染むらん」（古今六帖・四六〇）と綾の織り目に例えた歌もある。

春たてはこのめにもゆるほのほ哉ときにつけたるこひにやあるらん

【校異】　○このめにもゆる―野山にもみゆる（私II）　○ほのほ哉―はるかなる（私II）

【整定本文】

春立てば木の芽にもゆる炎かなときにつけたるこひにやあるらん

【現代語訳】

立春を過ぎたので、木の芽が萌え出るように燃え出る炎であることです。時に応じて木に燃やしつけた恋の炎なのでしょうか。

【語釈】　**○春立てば**　立春詠とすると配列不審。**○木の芽にもゆる**　木の芽が「萌える」に炎が「燃える」を掛ける。「煙たちもゆとも見えぬ草の葉をたれかわらびと名付け初めけむ」（古今・物名・四五三・真静法師）。「木の芽に」の「に」は「……のように」の意か。「いく世しもあらじわが身をなぞもかく海人の刈る藻に思ひ乱るる」（古今・雑下・九三四・よみ人しらず）。**○ときにつけたるこひ**　「とき」の「き」に「木」を、「こひ」の「ひ」に「火」を掛けて、「木に燃やしつけた恋の火」と詠む。「時につく」は時節に応じたという意。「春秋に思ひ乱れて分きかねつ時につけつつ移る心は」（拾遺抄・雑下・五一一・躬恒）。

【補説】　古今歌「冬枯れの野辺とわが身を思ひせばもえても春を待たましものを」（恋五・七九一・伊勢）と同様に、

春の木の芽が萌え出るのと時を同じくして、恋の炎を燃やすという歌。

35
うき世には花ともかなやと、まらて我身をかせにまかせはつへき

〔校異〕 ○へき―へく（私II）

〔整定本文〕
憂き世には花ともがなやとどまらで我が身を風に任せ果つべき

〔現代語訳〕
つらいこの世では花ともなりたいものです。留まらずに我が身をすっかり風に任せるのがよいのでしょう。

〔語釈〕 **○花ともがなや** 「もがな」は願望を表す終助詞。「や」は詠嘆。「あさりする海人ともがなやわたつ海の底の玉藻もかづき見るべく」（狭衣物語・巻二）。 **○任せ果つ** すっかり任せてしまう、の意。「見るとても折らであやなく帰りなば風にや花を任せ果ててん」（続後撰・春中・九〇・躬恒）。 **○べき** 「私II」は「べく」。三代集において、和歌の最後に「べき」が来る場合は、係助詞や疑問語を受けるため、ここは「べく」の本文がよい。「べく」で解すと、下の句は「留まらずに我が身をすっかり風に任せることのできるように」となる。

〔補説〕 「もみぢ葉を風に任せて見るよりもはかなき物は命なりけり」（古今・哀傷・八五九・千里）、「吹く風に任せてみれど桜花人の世よりは久しかりけり」（古今六帖・ある本二四六五・兼輔）などは、当該歌と逆に、風に任せて散る紅葉や桜よりも、人の命がはかないものであると詠む。

36
なつ
うつせみのときよにかはるなつころもひとのこ、ろをいかてをるらん

〔校異〕　○ときよ―うきよ（私Ⅱ）

〔整定本文〕　夏

空蟬の時世に代はる夏衣人の心をいかで織るらん

〔現代語訳〕　夏

むなしいこの世の時が過ぎ、代わる夏衣であるが、移りやすく薄っぺらい人の心をどうやって織ったのでしょうか。

〔語釈〕　**○空蟬の**　「空蟬」は、蟬の脱け殻の意。はかなさの象徴として用いられる。「空蟬の世」は、はかなく、無常である世の中の意。「空蟬の世にも似たるか花桜さくと見しまにかつ散りにけり」（古今・春下・七三・よみ人しらず）。ここは夏部の冒頭なので、「蟬」の連想から用いたか。**○時世**　時代や時節。「時世経て久しくなりにければ、その人の名忘れにけり」（伊勢物語・八二段）。ただし、歌の用例は他に見出せず、集の三五番に「憂き世」が詠まれるので、異文のように「うきよ」とあったのかもしれない。「空蟬」と「憂き世」の取り合わせは「音に高く泣きぞしぬべき空蟬の我が身からなる憂き世と思へば」（元良親王集・六三）など。**○夏衣**　夏の薄い衣。衣の薄さに人の情の薄さを暗示する。「蟬の声聞けばかなしな夏衣薄くや人のならむと思へば」（古今・恋四・七一五・友則）。**○いかで**　どうやって。「秋萩の下葉を見ずは忘らるる人の心をいかで知らまし」（拾遺・恋三・八三八・広平親王）。

集二四番歌にも「人の心をいかで濡らさむ」とある。

〔他出〕　秋風集、夏歌上・一三八

更衣をよみ侍りける　　賀茂のをんな

うつせみのときよにかはるなつごろもも（ママ）人のこころをいかでおるらん

〔補説〕　更衣の歌。千頴百首の夏部二首目に「夏衣たつたの山を見わたせば水の綾をぞ織り乱りける」（一三）と「夏衣を織る」歌が詠まれている。また、「夏衣」に着替えることは、夏の到来を強く意識させる風物詩でもあった。

「花散るといとひしものを夏衣たつや遅きと風をまつかな」（拾遺・夏・八二・盛明親王）。当該歌は、薄情な人の心を詠む恋歌仕立てになっている。

しろたへにさける卯の花いりちとて《本ノマ、》かせのかみ川ころもかけしも

【校異】 ○いりちとて《本ノマ、》—いりちとて《つかイ》（私Ⅰ）、いのりくる（私Ⅱ） ○かせのかみ川—かさまの神や（私Ⅱ） ○かけしも—かけゝむ（私Ⅱ）

【整定本文】

白妙に咲ける卯の花いつかとて風の神かは衣掛けしも

【現代語訳】

真っ白に咲いている卯の花であることです。いつといって風の神が衣を掛けたのでしょうか。

【語釈】 **○白妙に** 真っ白に、の意。「衣」の縁語。集一一八番、一二八番にも。**○いつかとて** 底本「いりちとて」。「私Ⅰ」の注記に「つかイ」とあり、「いつかとて」の誤写と思われるため校訂した。いつといって、の意。「ある所にかよひ給ひけるころ、内にさぶらひしに、などか花をいでて見ぬ、さてもいつかとて」（定頼集・一六三詞書）。ただし歌の用例は検索できなかった。「いつとてか」と同意であろう。「時知らぬ山は富士の嶺いつとてか鹿の子まだらに雪の降るらむ」（業平集・六六）。**○風の神かは** 底本「かぜのかみ川」とあるが、「川」でなく、係助詞「か」+「は」を写す際に誤って「川」の字を当てたものであろう。「風の神」は、日本書紀、神代上に「号をしながとへの命と日す。……是れ風神なり」とある「風神」のこと。「私Ⅱ」には「かさまの神や」とある。「かさまの神」は、「天にますかさまの神のなかりせば古りにし仲を何たのまし」（実方集・五四）などと詠まれる。

【補説】 三六番に引き続いて「更衣」の「衣」が詠まれる。三六番は「人の心」を取り合わせた恋歌仕立てであっ

た。当該歌は万葉歌の「春すぎて夏きたるらし白妙の衣ほしたり天の香具山」（巻一・二八・持統天皇）を踏まえた季節詠。

「私II」の本文「白妙に咲ける卯の花祈りくるかさまの神や衣かけけむ」だと、「真っ白に咲いている卯の花であることです。祈ってきたかさまの神が衣を掛けたのでしょうね」という意になる。三、四句「祈りくるかさまの神や」について、久保木寿子氏は、土佐日記の「祈りくる風間と思ふをあやなくもかもめさへだに波と見ゆらん」の表現を踏まえているとする（『賀茂保憲女集』四季序の位相—同時代仮名散文との接点から見る—」白梅学園大学・短期大学紀要44号　二〇〇八・三）。

としことにやそうちひとのやひらてにかしはきのもりうすくなるらん

〔校異〕　○やそ—よそ（私II）　○やひらてに—（傍書に）やひらてにすく（私II）　○うすくなるらん—うとくなるらし（私II）

〔整定本文〕

年ごとに八十氏人の八ひら手に柏木の森薄くなるらん

〔現代語訳〕

毎年毎年、たくさんの氏人が八枚手を作るので、柏の木の森がまばらになることでしょう。

〔語釈〕　**○年ごとに**　毎年毎年。「年ごとにもみぢ葉流す竜田河みなとや秋のとまりなるらむ」（古今・秋下・三一一・貫之）。**○八十氏人**　多くの氏人。「氏人」は、同じ氏を名乗り同じ氏神を祀る人のこと。「もののふの八十氏人も吉野川絶ゆることなく仕へつつ見む」（万葉・巻一八・四一〇〇・家持）。**○八ひら手**　八枚手。柏の葉を竹の針で閉じて作った上代の食器。神楽に用いる。「霜枯れや楢の広葉を八ひら手にさすといそげる神の宮つこ」（恵慶集・

四二)。二句、三句に「八」を揃える。

〔補説〕「榊とる卯月になれば神山の楢の葉柏もとつ葉もなし」(後拾遺・夏・一六九・好忠)と同趣向。和泉式部にも「神山のまさきのかづらくる人ぞまづ八ひら手の数はかくなる」(和泉式部集・七七二)と類似した歌が見られる。

39

わかす、きあきの、わけてうちしのひむすひやせましほにあらすとも

〔校異〕○わかす、き—わかす《弱》、き(私I)、わか身こそ(私II) ○あきの、—なつの、(私II)

〔整定本文〕

若薄秋の野分けてうち忍び結びやせましほにあらずとも

〔現代語訳〕

まだ若い薄を、秋になったら野原をかき分けてひそかに結びましょうか。まだはっきりと目につくような穂にはなっていなくても。

〔語釈〕○若薄　若い薄のこと。先行する用例未見。『和歌大系』は、「「我が薄」とも解せる」とする。「若薄」は、保憲女の造語か。まだ穂が出ていない若い薄は「葉を若み穂にこそいでね花薄下の心に結ばざらめや」(後撰・恋二・六〇四・源中正)などと詠まれている。○秋の野　秋では季節に合わない。ここは、「若薄」なので、「秋の野」でなく、異文のように「夏の野」とあるべきだが、底本に従って「秋の野」で解しておく。「薄」は秋の景物。「今よりは植ゑてだに見じ花薄穂にいづる秋はわびしかりけり」(古今・秋上・二四二・平貞文)。○まし　疑問語と共に用いて、「……しようか、……したものだろうか」とためらう気持ちを表す。

〔補説〕「薄」は穂が目立つところから、「ほに出づ」に恋の露見を重ねたり、葉が細長く、風になびくことから「結ぶ」「招く」という語を用い、恋歌仕立てで詠むことが多い。「ほに出づ」という表現は集の四四番にも。また、

一一三番には「花薄結びし紐ぞまづかれにける」と、薄が枯れ、結んだ縁もなくなったことが詠まれている。薄の葉を結ぼうか、という本意には、契りを結ぼうかということが重ねられていよう。また、薄の葉を結ぶということには、恋人の訪れを待つ際の呪術的な意が込められているかもしれない。古代は、草や枝を結んで魂を込め、生命の安全や幸せを祈った。「岩代の浜松が枝を引き結びま幸くあらばまたかへり見む」（万葉・巻二・一四一・有間皇子）。伊勢集には、女が薄の葉を手すさびに結んだのを見て、かつての恋人が歌を贈る場面がある。「かくいふほどに、もとの人もけしきを見聞きけり。女、里にて、前栽のをかしかりけるを、手すさびに尾花を結びたりけるを、はじめの人の見て／花薄われこそふかく頼みしかほに出でて人に結ばれにける」（九）。

なつくさはまくらにすへくなりにけりたひゆくひとのやとにかるらん

〔校異〕 〇すへく―すべて（国） 〇ひとの―人や（私Ⅱ）

〔整定本文〕

夏草は枕にすべくなりにけり旅行く人の宿にかるらん

〔現代語訳〕

夏草は結んで枕にすることができるくらいに成長したことです。旅に出た人は刈って仮の宿とすることでしょう。

〔語釈〕 **〇枕** ここは、草枕、すなわち旅寝の枕の意。「夜を寒み置く初霜を払ひつつ草の枕にあまた旅寝ぬ」（古今・羇旅・四一六・躬恒）。**〇すべく** 「国」は「すべて」と読むが、底本は「く」とも読めるため、ここは「すべく」と読んで解釈を施した。**〇かるらん** 宿を「借る」に、草を「刈る」を掛ける。

〔補説〕 集一七八番には「かりそめの旅と結びし草枕紅葉するまでわれは経にけり」と詠まれている。当該歌を承

41

けた表現と解することもできよう。

めつらしきはつこゑにしもほと、きすむかしのひとのこひしかるらん

〔校異〕　○めつらしき―めつらしき《くイ》（私Ⅰ）

〔整定本文〕

　めづらしき初声にしも時鳥昔の人の恋しかるらん

〔現代語訳〕

　素晴らしい初声に、時鳥はきっと昔の恋人が恋しいのだろうと思われることです。

〔語釈〕　**○めづらしき**　素晴らしい、の意。時鳥の初音は都人の風流心を掻き立てるものであった。「初声の聞かまほしさに時鳥夜深く目をも覚ましつるかな」（拾遺・夏・九六・よみ人しらず）。**○にしも**　「に」は、……によって、の意。「しも」は強めの副助詞。「初声によって」に対応する用言がないため、係り受けが不自然。「初声にしも……こひしかるらんと思ふ」とし、「初声を聞くにつけても、時鳥は昔の人が恋しいだろうと私は思う」という文脈で解した。

〔補説〕　時鳥は毎年夏に来て鳴くことから、「昔」を想起する鳥として歌に詠まれる。「いそのかみ古き都の時鳥声ばかりこそ昔なりけれ」（古今・夏・一四四・よみ人しらず）。さらに、「昔の人の」は、時鳥の宿とされる「橘」と取り合わせた古歌「五月まつ花橘の香をかげば昔の人の袖の香ぞする」（古今・夏・一三九・よみ人しらず）を踏まえたか。同様の詠みぶりの歌は「時鳥花橘の枝にゐて鳴くは昔の人や恋ひしき」（古今六帖・四四二二）、「誰が袖に思ひよそへて時鳥花橘の枝に鳴くらん」（拾遺・夏・一二二・よみ人しらず）など。

さとことにことにかりくるほと、きすねたきはまきのとにもさはらす

〔校異〕 ○ことに―ことよ（私II）（国）

〔整定本文〕

里ごとにことに借り来る時鳥ねたきは槙の戸にもさはらず

〔現代語訳〕

里という里に、毎年宿を借りに来る時鳥も、憎らしいと思う家には戸にも触らないことです。

〔語釈〕 **○里ごとにことに借り来る** 「里ごとに、ことごとに借り来る」として解した。「ことごと」は、毎度、毎回、の意。「かりくる」は、不審。和歌に「狩り暮らし」と詠まれる「狩りをしていて日が暮れる」という意ではないだろう。ここは、借りに来るの意で解しておく。時鳥が毎年夏にやって来ることを、宿を借りに来たと詠む歌は多い。「今朝来鳴きいまだ旅なる時鳥花たちばなに宿は借らなむ」（古今・夏・一四一・よみ人しらず）。「私II」の「ことよかりくる」は「異世がりくる」の字を当てるか。ただし、「がり」は「……のもとへ」の意なので、「来る」とは結びつかない。異世から来る、の意であれば「ことよよりくる」であるべきところである。「ことよゝり」を誤って「ことよかり」と写した可能性もある。時鳥は冥土から飛来するとされる。「亡き人の宿に通はば時鳥かけて音にのみなくと告げなむ」（古今・哀傷・八五五・よみ人しらず）、「しでの山越えて来つらん時鳥恋ひしき人の上語らなん」（拾遺・哀傷・一三〇七・伊勢）。**○ねたきは** 「ねたし」は、にくらしい、残念だ、の意。「つれもなき人をやねたく白露のおくとは嘆き寝とは忍ばむ」（古今・恋一・四八六・よみ人しらず）。恵慶百首序文にも「時鳥ねたきこゑする夏の夜」とある。**○槙の戸** 和歌では、恋人の訪れを待つ女性の家の戸を言うことが多い。「君や来む我やゆかむのいさよひに槙の板戸もささずねにけり」（古今・恋四・六九〇・よみ人しらず）。

〔補説〕 「ねたきは」には、①時鳥が憎らしいと思う家においては、戸にも触らない、訪れもない、というのと、

②私が憎らしいと思うことに、戸にも触らないことです、と解す二通りが考えられる。ここは、①を採り、時鳥もえり好みをして、私の家にはやってくることはない、と自嘲的に詠んだと解す。

43

すりころもかものやしろにゆふたすきそてかたかけて見たるらんやそ

〔校異〕 ナシ

〔整定本文〕

　摺り衣賀茂の社に木綿襷袖片掛けてみたるらんやぞ

〔現代語訳〕

　摺り衣を着て、賀茂の社で木綿襷を袖に片方掛け、思いを掛けて、祭りを入り乱れて見ていることでしょうか。

〔語釈〕 **○摺り衣** 白地に山藍、月草などの汁で文様を摺り染めにした衣服。「春日野の若紫の摺り衣しのぶの乱れかぎり知られず」（業平集・七七）、「摺り衣着たる今日だに木綿襷掛けはなれてもいぬる君かな」（一条摂政御集・一五一）。**○賀茂の社** 賀茂神社のこと。「ちはやぶる賀茂の社の木綿襷ひと日も君をかけぬ日はなし」（古今・恋一・四八七・よみ人しらず）。**○木綿襷** 「木綿」で作ったたすき。神事を行うときに肩に掛けて袖をたばねた。**○みたるらんやぞ** 先に挙げた業平詠の「しのぶの乱れ」を念頭に「乱る」と詠み、賀茂の祭りを「見たる」を掛ける。「やぞ」は、疑問、詠嘆・反語に用いる。「はかなくて同じ心になりにしを思ふがごとは思ふらんやぞ」（後撰・恋一・五九四・中務）。

〔補説〕 「やぞ」は、好忠が好んで用いた表現で、「田子の浦にきつつなれけんをとめごがあまの羽衣さほすらんやぞ」（一九四）など、集に八例見られる（蔵中スミ「曽丹集の享受—富士谷成章の場合—」『谷山茂教授退官記念国語国文学論集』塙書房　一九七二）。

44

けふみればほにそいてにけるしのひつゝこまのすさめしいもかむきくさ

〔校異〕 ○こまの—いもか（私II） ○むきくさ—む《なイ》きくさ（私I）、むきふは（私II）

〔整定本文〕

今日見ればほにぞ出でにける忍びつつ駒のすさめし妹が麦草

〔現代語訳〕

今日見ると、ずいぶんと穂が出たことです。ひそかに馬が食べ荒らしていたあの娘の畑の麦草は。

〔語釈〕 **○今日見れば** 今日になって気付いてみれば、ということ。集の四九番にも。「わが蒔きしあさをの種を今日見れば千枝にわかれて影ぞ涼しき」（好忠集・一三六）は、好忠三百六十首歌のうちの「五月中」の歌。**○ほにぞ出でにける** 麦の穂が出る意に、はっきりと目に見えてわかるという意の「ほに出づ」を掛け、「忍びつつ」と対にする。**○駒のすさめし** 「すさむ」は、もてはやす、の意。ここは馬が勢いよく食べあさること。集一二番参照。「大荒木の森の下草おいぬれば駒もすさめず刈る人もなし」（古今・雑上・八九二・よみ人しらず）。「私II」は「駒」が「妹」となっている。「妹がすさめし」とすると、「恋人が大事にしてきた」という意になるか。集の一二〇番「人やすさめぬ」は、こちらの意。「山高み人もすさめぬ桜花いたくなわびそわれ見はやさむ」（古今・春上・五〇・よみ人しらず）。**○麦草** 麦は夏に穂を出し、収穫期を迎える。「ませごしに麦食む駒のはるばるに及ばぬ恋もわれはするかな」（古今六帖・一四二七）や「やまがつのはてに刈り干す麦の穂の砕けてものを思ふころかな」（好忠集・一三五）などと恋歌仕立てで詠まれることが多い。また、集の夏部六一番には、収穫期の「麦の秋」が詠まれる。

〔補説〕 「ほに出づ」「しのぶ」「妹」という語を用いて恋歌めかして詠まれている。男性に成り代わっての歌。一四番参照。「妹」は、八二番にも。

45

さかきとるわれになきかせほと、きすねかひなまめくきみかおほきみ

〔校異〕 ○なきかせ―きかすな（私II） ○ねかひなまめく―ねかふなまめに（私II） ○おほきみ―おほき夜に（私II）

〔整定本文〕

榊とるわれにな聞かせ時鳥願ひなまめく君がおほき夜

〔現代語訳〕

（神に奉る）榊を採る私に声を聞かせないでください。時鳥よ。願い事が色事めいてしまいます。あなたがたくさん鳴く夜には。

〔語釈〕 **○榊とる** 賀茂祭りのために、神山から榊を採ること。集三八番参照。「榊とる卯月になれば神山の楢の葉柏もとつ葉もなし」（後拾遺・夏・一六九・好忠）。**○な聞かせ** 「な……そ」で禁止の意なので、「な聞かせそ」とあるべきところ。「夏山になく時鳥心あらば物思ふわれに声なきかせそ」（古今・夏・一四五・よみ人しらず）。**○なまめく** 好色がましい様子をすること。「この車を女車と見て、寄り来てとかくなまめくあひだに」（伊勢物語・三九段）、「秋の野になまめきたてる女郎花あなかしがまし花もひと時」（古今・雑体・一〇一六・遍照）。**○君がおほき夜** 底本「きみかおほきみ」では意味が不明。「私II」に「おほき夜に」とあるのにより、「おほきみ」の「み」を「よ」の誤写として校訂した。

〔補説〕 語釈に挙げた古今歌一四五番のように、時鳥の鳴く音は物思いを掻き立てるものであった。また、時鳥を旅人、花橘を宿とし、また妻と見立てることもあった。「年ごとに来つつ声する時鳥花橘やつまにはあるらん」（貫之集・三四四）。ここも、神聖な気持ちでいたいのに、時鳥の声によって恋心が兆してしまうと詠む。

46

ひとまてはた丶く丶ひなをそれかとてはかなくあくる夏のよそうき

〔校異〕 ナシ

〔整定本文〕

人待てば叩く水鶏をそれかとてはかなくあくる夏の夜ぞ憂き

〔現代語訳〕

人を待っていると、鳴く水鶏の声を人が来て戸を叩いているのかと思って、開けては期待外れに明けてしまう夏の夜がつらいことです。

〔語釈〕 **○水鶏** クイナ科の鳥。鳴き声の特徴から、恋人の家の戸を叩く音に例えて歌に詠まれる。「叩くとて宿のつま戸を開けたれば人もこずゑの水鶏なりけり」（拾遺・恋三・八二二・よみ人しらず）、「夏の夜は槙の戸叩きかく叩き人頼めなる水鶏なりけり」（和泉式部集・二五）。**○あくる** 戸を「開ける」に夜が「明ける」を掛ける。**○夏の夜** 夏の夜が短いことを前提に詠む。「暮るるかと見れば明けぬる夏の夜をあかずとやなく山時鳥」（古今・夏・一五七・忠岑）。

〔補説〕 古今六帖「水鶏」題の歌も、当該歌同様に夏の短夜とともに詠まれている。「水鶏だに叩けばあくる夏の夜を心短き人や帰りし」（四四九三）。

47

むらさきのそこまてにほふかきつはたかけさす水は丶ひにやあるらん

〔校異〕 ○の—に（私II） ○にほふ—そめる（私II） ○丶ひ—こひ（私II）

〔整定本文〕

紫の底まで匂ふ杜若影さす水は灰にやあるらん

〔現代語訳〕
紫色の水の底にまで咲き匂う杜若よ。姿を映す水は（紫に色を染める）灰なのでしょうか。

〔語釈〕 **○紫の** 紫は灰によって染められる。集二八番参照。ただし、二八番でも「私II」は「はひ」を「こひ」とする。**○底** 「影」「水」が詠まれるので「水の底」の意か。**○杜若** 水辺を彩る花として詠まれる。「いひそめし昔の宿の杜若色ばかりこそ形見なりけれ」（後撰・夏・一六〇・良岑義方）。**○影さす** 姿を映す。「千とせすむ水に影さす山吹の花をのどかに惜しむべきかな」（恵慶集・二八）。ここは、影が「射す」に、入れ混ぜる意の「注す」を掛け、「灰」の縁語とする。「紫にやしほそめたる藤の花池に灰さすものにざりける」（斎宮女御集・一四二）。

〔補説〕 杜若の紫を詠む歌は少なく、先行歌としては、「紫にあふ水なれや杜若底の色さへ変はらざるらむ」（亭子院歌合・四五・躬恒）が見出せる程度。保憲女歌以降も堀河百首まで詠まれない。堀河百首の歌は、「紫の色にぞ見ゆる杜若池のぬなはの灰かかりつつ」（杜若・二六五・師時）であり、杜若の紫色を灰で染めると詠む点が同じ。女集が堀河百首に影響を与えたことは、すでに一六番歌補説に指摘した。ここも、保憲女歌から摂取した表現と言えるか。ただし、堀河百首では、杜若は春題。

48

さつき山しつくもよゝにほとゝきすたかさとへとかよはにきつらん

〔校異〕 ○さつき山―さつきみ（私II）

〔整定本文〕
五月山雫もよよに時鳥誰が里へとか夜半に来つらん

〔現代語訳〕
五月の山は（葉が繁っていて）雫もひどいのに、時鳥は誰の住む里というので夜中にやってきたのでしょうか。

【語釈】 **○五月山**　葉が繁っているため「木の下闇」「こ暗し」などと詠まれる。集六四番にも。歌枕名寄では摂津の地名とされるが、固有の地名に限らない。「五月山梢を高み時鳥鳴く音空なる恋もするかな」（古今・恋二・五七九・貫之）。また、五月の山は葉が茂り時鳥も難儀するという歌は「時鳥常にこぐらき五月山今年はいとど道や惑へる」（長能集・二一九）とも。**○よよに**　激しくしたたり落ちるさま。「しづくもよよと食ひ濡らしたまへば」（源氏・横笛）。ここは、結句に「夜半」とあるので、「夜々」を響かせるか。「五月雨のよよと鳴きつつ時鳥袖のひるまもなくぞ悲しき」（敦忠集・四）。

【補説】 夏部前半、四一、四二、四五番では、時鳥の初声、まだ訪れない時鳥、心を乱す時鳥が詠まれる。四八、五〇では時鳥がいよいよ里に下りてきたと詠んでいて、配列意識がうかがえる。

49

拾遺夏読人不知

けふみれはたまのうてなもなかりけりあやめのくさのいほりのみして

【校異】 ○拾遺夏読人不知―ナシ（私II）（国）

【整定本文】

拾遺夏読人不知

今日見れば玉の台もなかりけり菖蒲の草の庵のみして

【現代語訳】

（拾遺夏読人不知）（端午の節句の）今日見ると、立派な宮殿も何もなくなってしまいました。菖蒲を軒に挿した草の庵ばかりで。

【語釈】 **○玉の台**　立派な邸のこと。「玉台」の訓読語。「葎はふ下にも年は経ぬる身のなにかは玉の台をも見む」

（竹取物語）、「何せんに玉の台も八重葎いづらん中にふたりこそ寝め」（古今六帖・三八七四）。好忠百首序文にも「朝に通ひし玉のとぼそも、夕べには八重葎にうづもれて」とあり、集の序文5にも「女は畏き玉の台の家刀自ともなりて、おもしろきことを時につけて見聞き、はかなき八重葎に閉ぢられて、日の光だにまれなりといへども」と「八重葎」の対として用いている。**○菖蒲の草の庵** 端午の節句に邪気を払うために軒に菖蒲の葉を飾る。そのために草を葺いた庵のように見える邸のこと。「昨日までよそに思ひし菖蒲草今日わが宿のつまと見るかな」（拾遺・夏・一〇九・能宣）。「草の庵」は「草庵」の訓読語で、粗末な家の例え。「わが袖は草の庵にあらねども暮るれば露の宿りなりけり」（伊勢物語・五六段）。序文14にも「また、程に合ひては、草の庵に久しき松を飾りて」とある。枕草子（頭中将のすずろなるそら言を聞きて）には、清少納言が藤原斉信に白氏文集の「蘭省花時錦帳下」の詩句の続きを尋ねられ、「廬山雨夜草庵中」を「草の庵を誰かたづねむ」と詠み変え、その後、清少納言を「草の庵」と呼ぶこととしたというエピソードが綴られる。解説参照。

〔他出〕 拾遺集、夏・一一〇

題しらず　　よみ人しらず

けふ見れば玉のうてなもなかりけりあやめの草のいほりのみして

六華集（貞治三年以降の成立か）、夏・三七五

拾　　読人不知

けふみれば玉のうてなぞなかりけりあやめの草の庵のみして

三百六十首和歌（延文年間の成立）、一二一六

五月上旬　　読人不知

今日みれば玉の台もなかりけり菖蒲の草の庵のみにて

〔補説〕 高貴な家も今日ばかりは軒に菖蒲を挿して粗末な草の庵になったと皮肉る歌である。「わが宿も霞降りし

く時はみな玉の台になりかへるめり」（相模集・三七〇）は、その逆に今日ばかりは立派な家に見えると詠む。

また、堀河百首には「さらぬだに草の庵となる宿に今日は菖蒲を葺きそふるかな」（菖蒲・三九三・師時）と似た表現を用いている歌も見られる。

栄花物語には「……菖蒲草　長きためしに　ひきなして　屋端にかかる　ものとのみ　蓬の宿を　うちはらひ　玉の台と　思ひつつ……」（いはかげ・左衛門督頼通の北の方）と、菖蒲を軒先に葺き、玉の台と見なすということが詠まれている。一九四番〔補説〕参照。「しづのやも玉の台も菖蒲草かからぬつまはあらじとぞおもふ」（永承三年六条斎院歌合・一・昌蒲　左勝　はりま）、「菖蒲草菖蒲もしらぬ（異文・玉の台の）つまなれどなどかこひぢにおひはじめけむ」（天喜三年六条斎院歌合・六・菖蒲もしらぬ大将　左門）なども当該歌を踏まえるか。

源氏物語（橋姫巻）の「あやしき舟どもに柴刈り積み、おのおの何となき世の営みどもに行きかふさまどもの、はかなき水の上に浮かびたる、誰も思へば同じごとなる世の常なさなり。われは浮かばず、玉の台に静けき身と思ふべき世かはと思ひつづけらる」の箇所において、河海抄、孟津抄、岷江入楚に当該歌が注記されており、ある程度流布した歌であったことが知られる。

しかしながら、この歌は拾遺集によみ人しらず歌として採られている。よみ人しらず歌が、保憲女集に混入した可能性は低い。四八番は「時鳥」と「里」を、四九番は「菖蒲の草の庵」を、五〇番は「時鳥」と「菖蒲の草の宿」「里」を詠む。万葉集では、菖蒲を詠む十二例すべてが時鳥とともに詠まれており、以後もよく取り合わせられている。すなわち四八から五〇番の三首は、結びつきが強いため、四九番が集に後に混入したのでなく、女集から拾遺集に歌が採られ、何らかの理由で、よみ人しらず歌とされたのであろう（拙論「『賀茂保憲女集』再考―その評価をめぐって―」埼玉短期大学紀要1号　一九九〇・三、小塩豊美「『賀茂保憲女集』研究―平安中期の女流文学作品との関わりを中心に―」新樹14号　二〇〇〇・一）。

関口祐未氏は、藤原定家が拾遺集に注目していたことなどを踏まえた上で、「見わたせば花も紅葉もなかりけり浦のとま屋の秋の夕暮」（新古今・秋上・三六三）は、当該歌の影響を受けて詠まれた可能性があることを論じる（「定家の「見わたせば」試論―白詩「蘭省花時錦帳下盧山雨夜草庵中」との関連をめぐって―」明治大学　文学研究論集　16号　二〇〇二・二）。

当該歌と枕草子との関わりについては、解説参照。

50

ほと、きすたひにありそやこのさとのあやめのくさのやとにむすへる

〔校異〕　○たひにありそや―たひにありか《とイ》や（私Ⅰ）、たびにありとや（国）、たひねをすれは（私Ⅱ）　○の―を（私Ⅱ）　○むすへる―結《むつイ》へる（私Ⅰ）

〔整定本文〕

時鳥旅にありとやこの里の菖蒲の草の宿に結べる

〔現代語訳〕

時鳥は旅の途中だというので、この里の菖蒲の草を葺いた粗末な私の家を宿としたのでしょうか。

〔語釈〕　**○旅**　時鳥は夏に飛来することから、旅をして人里にやってくると詠まれる。「今朝来鳴きいまだ旅なる時鳥花橘に宿は借らなむ」（古今・夏・一四一・よみ人しらず）。**○とや**　底本「そや」。係助詞「ぞ」は連体形接続なので、「とや」と校訂した。「私Ⅰ」の「かや」は、不確実な伝聞に用いる。「落ち栗とかや、何とかや」（源氏物語・行幸）。**○菖蒲の草の宿**　菖蒲を軒に葺いた宿。「今日ひける菖蒲の草に時鳥ねを比べにやわが宿に鳴く」（能宣集・一二二）。ここは四九番の「菖蒲の草の庵」を「菖蒲の草の宿」と詠み変えたのであろう。すなわち、「玉の台」の対となる粗末な家をいう。

〔補説〕　端午の節句の菖蒲を葺いた家に時鳥がやってくるという歌は、他にも次のように見出せる。「宿の上に山

時鳥来鳴くなり今日は菖蒲のねのみと思ふに」（実方集・八）、「わが宿のつまにかかれる菖蒲草山時鳥鳴く音絶えずは」（元輔集二類本・一五七）。四八番から五〇番までには、声がするが誰のところにやってきたかと不安になる（四八）→思いがけぬ訪れに喜びながら、家の見分けがつかないからだと卑下する（四九）→どうせ旅の途中のかりそめの契りであるとあきらめる（五〇）という文脈を読み取ることができる。この部分、「私II」の配列も同じ。

えたなからふゆの夜半くるたち花のはなはふ（一字分空白）《本ノマ、ト云々》ひときにあふかも

〔校異〕　○夜半くる―夜すぐる（国）、きすくす（私II）○はなはふ（一字分空白）《本ノマ、ト云々》ひ―はなはふた、ひ（私II）（国）○ときに―はるに（私II）

〔整定本文〕

枝ながら冬の夜過ぐる橘の花は再び時に会ふかも

〔現代語訳〕

枝のままで冬の夜を過ごした橘の花は、再び咲く時期に会うのですね。

〔語釈〕　**○枝ながら**　枝のままで。花も実もない枝のまま、の意か。「萩の露玉に貫かむととれば消ぬよし見む人は枝ながら見よ」（古今・秋上・二二二・よみ人しらず）。**○夜過ぐる**　底本「夜半くる」。「半」と「す」の誤写として、校訂した。「私II」は「きすくす」。「き」を「季」とし、「冬の季節を過ごす」と解すこともできる。「この月は季のはてなり」（源氏物語・玉蔓）。**○橘**　初夏の花。常緑樹であることから、万葉集では「時じく」と詠まれる。「……神の御代より　よろしなへ　この橘を　時じくの　かくのこのみと　名付けけらしも」（万葉・巻一八・四一三五）、「橘は実さへ花さへその葉さへ枝に霜ふれどいや常葉の木」（万葉・巻六・一〇〇九・聖武天皇）。結句「時」に「時じく」を掛け、「橘の花は、時じくという名の通り、再び咲く時にあうのですね」と解すこともできよう。**○再**

び　底本は文字を欠くが、「私II」により校訂した。**〇時に**　「私II」に「春に」とあるのは季を違える。「時に会ふ」は、いい時期にめぐり合わせる、の意。「折りならで色づきにけるもみぢ葉は時に会ひてぞ色増さりける」（蜻蛉日記・上・天暦十年七月）。

〔補説〕　端午の節句の歌に連なるため、節句の際に薬玉に橘を挿すと詠まれた次の万葉歌が念頭にあったとも考えられる。「五月(ママ)の花たちばなを君がため玉にこそ貫け散らまくをしみ」（万葉・巻八・一五〇二・坂上郎女）。端午の節句の際に「時に会ふ」と詠む歌は好忠集にも「菖蒲草しづのさばかまぬれぬれも時に会ふとぞ思ふべらなる」（一二九）と見られる。端午の節句に用いる菖蒲を引くために、袴が濡れても晴れがましい思いをするという意。

まことかとゆきてみてしかあたしのはこのさみたれにいか、なれると

〔校異〕　〇まこと—まこと《こもイ》（私I）　〇あたしのは—くるしめの（私II）　〇に—は（私II）

〔整定本文〕
まことかと行きて見てしかあだし野はこの五月雨にいかがなれると

〔現代語訳〕
実際はどんなものかと行って見たいことです。はかないという名のあだし野はこの五月雨にどんなふうになっているのかと。

〔語釈〕　**〇まことかと**　本当かどうかと。「われゆゑに月をながむと告げつればまことかと見に出でてきにけり」（和泉式部日記）。**〇あだし野**　京都市右京区嵯峨、小倉山のふもとの野、化野。平安京の東の鳥辺野、北の蓮台野と並ぶ西の葬送の地だったところ。順集に「あだし野は、野の名確かならねばにやあらん、ありと知る人少なし」（一三九番歌の判詞）とあり、当代の和歌には好んでは詠まれなかったようである。西行も「誰とてもとまるべきか

はあだし野の草の葉ごとにすがる白露」（続古今・哀傷・一四三九・西行）と、忌むべき場所として詠む。当該歌は「あだし野」に「徒（あだ）」を掛ける。「あだし野の風になびくな女郎花われしめ結はん道とほくとも」（源氏物語・手習）。「私II」の「くるしめの」だと「見に行く」対象が記されず、また「苦しめ」を和歌で用いる例は少ないため不審。「近江にかありといふなるみくりくる人苦しめのつくまえの沼」（後拾遺・恋一・六四四・道信）。

〔補説〕 和泉式部日記に「昼つ方、川の水まさりたりとて、人々見る。宮もご覧じて「ただ今いかが。水見になん、行き侍る」」と、帥の宮が五月雨による増水を見に行ったという記述がある。当該歌も、降りやまぬ五月雨の様子に心を痛めていることが詠まれる。

かるこもにたま、きすくるさみたれをせちにも人におもふへきかな

〔校異〕 ○すくる—すふる（私II） ○せち—せち《節切》（私I） ○に—の（私II）

〔整定本文〕

刈る菰に玉まき過ぐる五月雨をせちにも人に思ふべきかな

〔現代語訳〕

刈る菰に露をまき散らして通り過ぎていく五月雨を、しみじみと（私から去って行った）人のように思うべきなのでしょう。

〔語釈〕 **○菰** イネ科の植物。刈って畳など生活用品に加工した。「刈る菰」は「乱る」「思ひ乱る」の枕詞にもなり、恋歌に用いられた。「刈り菰の思ひ乱れてわれ恋ふと妹知るらめや人し告げずは」（古今・恋一・四八五・よみ人しらず）。また、「真菰刈る淀のさは水雨ふれば常よりことにまさるわが恋」（古今・恋二・五八七・貫之）と、菰に降る雨を見て恋心をつのらせる歌も見出せる。当該歌も「刈る菰」に、恋人のものになった我が身を暗示するか。

54

〇玉まき　通常は、葛などの葉先が玉のような形に美しく巻くことを言う。「浅茅原玉まく葛のうら風のうらがなしかる秋は来にけり」（後拾遺・夏・二三六・恵慶）。ここは「刈る菰」が主語ではないので、五月雨が露をまき散らす意に解した。「山風に桜吹きまき乱れなむ花のまぎれに立ちとまるべく」（古今・離別・三九四・遍照）。**〇過ぐる**　雨が降りやむことを「通り過ぎる」と言い表した。**〇せちに**　ひたすら、切実に。「五月雨」から端午の「節」を響かせるか。ただし配列上では、四九番あたりに置かれるべき。「菖蒲草おひにし数をかぞへつつ引くや五月のせちに待たるる」（蜻蛉日記・上・康保三年五月）。

〔補説〕　菰に露をまき散らして去る五月雨を、涙を流させて去っていく恋人に例えて詠む。「五月雨のせちにも」の本文であれば、上の句を菰の束に雨がしきりに降ることから「せちに」を導いた序詞と解することもできるか。当該歌の結句「人に思ふ」という表現も不可解。「人のように思う」として訳した。

ふしかへりさは水むせふまこもくさかけをも人はからんとや思ふ

〔校異〕　〇むせふ―むすふ（私II）　〇は―の（私II）

〔整定本文〕

伏し返り沢水結ぶ真菰草影をも人は刈らんとや思ふ

〔現代語訳〕

たわんで沢水のしずくに葉を濡らしている真菰草の水面に映る影をも人は刈ろうと思うのでしょうか。

〔語釈〕　**〇伏し返り**　やわらかい木の枝がたわむこと。「枝たわみ雪降りつめばなよ竹の末葉もみえず伏し返りつつ」（伊勢大輔集彰考館本・二二）。**〇結ぶ**　底本は「むせふ」とあるが、「私II」により「結ぶ」と校訂する。「せ」と「す」の誤写か。真菰の葉が倒れ伏して沢水の雫が葉に置いていることを「沢水結ぶ」といったものとして解した。『和歌大系』は「むせぶ」の本文を用い、「水の流れが滞ったような音をたてること、またその音」と注する。ただし、用例は「いし間より出づる泉ぞむせぶなる昔を恋ふる恋にやあるらん」（兼盛集・一七、恵慶集一八一番では上の句が同じで下の句が「昔をしのぶ声にやあるらむ」）の他は、水音を表す例は見出せない。**○真菰草** 五三番「菰」に同じ。「繁るごと真菰の生ふる淀野には露のやどりを人ぞ刈りける」（拾遺・夏・一一四・忠見）は、真菰草に置く露ごと刈りとるという意。

〔補説〕 五三番の語釈に挙げた、「真菰刈る淀のさは水雨ふれば常よりことにまさるわが恋」（古今・恋二・五八七・貫之）を念頭に「真菰」「沢水」を詠んだとすれば、五三番同様に恋歌として解することもできる。「人は真菰の影さえ刈りあさるのに、自分は見向きもされない」という意味が込められているか。

おほぬさにをけるあさ露けさわけてころものそてをひきぬらしつる

〔校異〕 ○あさ—しら（私Ⅱ） ○そて—すそ（私Ⅱ）

〔整定本文〕

おほぬさに置ける朝露今朝分けて衣の袖を引き濡らしつる

〔現代語訳〕

ひどく置いた朝露を今朝掻き分けて、衣の袖を引き濡らしたことです。

〔語釈〕 **○おほぬさに** 「ひどく」の意の副詞に、大祓に用いる大串に付けた幣の大幣を掛け、「引き」の縁語とする。大祓の後、幣を引き寄せて自分のけがれを移し、川に流した。序文16にも「月日積もることおほぬさになりゆくは」と副詞の用例がある。「水無月の夏越の山の呼子鳥おほぬさにのみ声の聞こゆる」（古今六帖・八六七）。**○引き濡らしつる** 袖を引いて濡らした、の意。「早乙女の賤の下袖引き濡らし山田の早苗植ゑやしぬらむ」（為仲集・

二四)。

〔補説〕「大幣の引く手あまたになりぬれば思へどえこそ頼まざりけれ」(古今・恋四・七〇六・よみ人しらず)と詠まれるように、大幣をみなが引くように、引く手あまたな男性の浮気心を表すことも。ここも結句に袖を濡らすとあるので、後朝の別れを想起させる恋歌仕立てになっている。集の六六番歌に水無月の夏越の祓いを詠む歌があるので、ここも夏越の大幣に置く露を詠むと解することもできようが、配列が隔たっているために、「大幣」の意を含めずに現代語訳をした。この歌だけを切り離してみると、夏歌に限定できない。源順は、百首歌の冬部に「大幣」を詠んでいる。「神祀る榊はさすになりにけり夕月夜にぞおほぬさに見し」(好忠集、順百首・五一八)。

56

をくらやまひみゆるかたにやとかれはほたるのすたくかつはなりけり

〔校異〕　○かれは—とれは(私II)　○かつは—かつは《はへ歟》(私I)、かはへ(私II)(国)

〔整定本文〕

をぐら山火見ゆる方に宿借れば蛍のすだく川辺なりけり

〔現代語訳〕

薄暗い小倉山で火が見える場所に宿を借りたところ、そこは蛍が群がり集まる川辺であったことです。

〔語釈〕　**○をぐら山**　歌枕。京都市右京区嵯峨にある嵐山と対面する小倉山をいう。「小暗し」と掛けて詠まれることが一般的。「大井河浮かべる舟のかがり火にをぐらの山も名のみなりけり」(後撰・雑三・一二三一・業平)。初期百首歌人の源重之女も「下闇にをぐらの山をゆく人はおのが思ひを頼むなるべし」(重之女集・二三)と、夏部に「火」とともに詠む。**○蛍**　〔補注〕参照。序文16にも「露を待つ命、心細く暮らしかねたる夕闇に、飛びわたりたる蛍の光、小牡鹿は照射の光に驚く」とある。**○すだく**　鳥や虫などが声を挙げて鳴くことに用いる。「今日きけば井手の蛙もすだくなり苗代水を誰任すらん」（重之集・二二八）。また、鳴き声を言うのでなく、群れ集まることも言う場合もある。「招かねどあまたの人のすだくかなとみといふものぞ楽しかりける」（兼盛集・一三一）。ここは、後者。夏の虫の中で、蟬は鳴き声、蛍は光に注目して歌に詠まれる。「明けたてば蟬のをりはへ鳴き暮らし夜は蛍の燃えこそわたれ」（古今・恋一・五四三・よみ人しらず）。重之も「音もせで思ひに燃ゆる蛍こそ鳴く虫よりもあはれなりけれ」（重之集・二六四）と詠む。**〇川辺**　底本「かつは」を「私II」によって校訂した。

【補説】「蛍」という歌材が寛和、正暦頃の歌合題に取り込まれるようになったのには、順や、重之の百首に詠まれたことの影響があると指摘されている。当該歌や和泉式部も同じく、先行百首から摂取したと考えられる（久保木寿子「和泉式部の詠歌環境―その始発期―」国文学研究71号　一九八〇・六）。

てれるひに露まちわひてとひかへるみくつてふなはさはにやあるらん

【校異】〇てれるひに―はれる日に（私II）〇露―ゆ（私II）〇とひかへる―こまかへり（私II）〇みくつてふなは―みつゝくてふは（私II）〇さはにや―さはくや（私II）

【整定本文】

照れる日に露待ちわびて飛び返る蜜つく蝶は沢にやあるらん

【現代語訳】

照る日に露を待ちわびて飛び回る蜜をつつく蝶は（水を求めて）沢辺にいるのでしょうか。

【語釈】**〇照れる日に**　集六〇番にも「かくばかり千草しぼみて照る日にも」と夏の照る日が詠まれる。「かくばかりさやけく照れる夏の日にわが頂の雪ぞ消えせぬ」（栄花物語・おむがく）。**〇飛び返る**　飛び回ること。「燃ゆる火に思ひ入りにし夏虫は何しかさらに飛び返るべき」（古今六帖・三九八五）。**〇蜜つく蝶は**　底本「みくつてふなは」。「飛び返る」から、「蝶」を詠むと解し、「私II」によって校訂した。「好きものとなりぬべきかな荒小田の花や蝶やに心かけつつ」（順集・八二）。

〔補説〕「蝶」は序文14にも「声鳴き蝶は、花の下になづさふ」とある。第四句の「密つく」は、水に浸る意の「水漬く」とも解せるか。ただし、蝶が水に浸るというのは不可解。

58

はちすはのしけるいけみつところなみたひのそらなる人かやとさす

〔校異〕○しける―しけの（私II）　○なる―ゆく（私II）　○人かやとさす―月もやとらす（私II

〔整定本文〕

蓮葉の茂る池水所無み旅の空なる人が宿さず

〔現代語訳〕

蓮の葉が繁る池の水面はすきまがないように、家が狭いので、旅の途中の人が宿としないことです。

〔語釈〕**○蓮葉**　蓮は極楽浄土に咲く花とされ、和歌においても「蓮葉の濁りにしまぬ心もて何かは露を玉とあざむく」（古今・夏・一六五・遍昭）と清らかな姿が詠まれるが、その広い葉が池を覆うことから「蓮葉も紅葉もしける水の面に底まで見よと照らす月影」（順集・二八八）とも詠まれる。集一七一番も「蓮の海」と詠む。また、序文16には「蓮の間よりわづかなる影見ゆる月」と蓮の葉が池に繁る様子が記される。**○所無み**　場所がないので。初句、二句を「所無み」を導く序詞として解す。**○旅の空なる**　旅の途中である、の意。「秋田刈る旅の空にて時雨ふりわが袖濡れぬ干す人なしに」（古今六帖・四九一）。**○人が宿さず**　人が宿らない、という意。「かりにくる人は宿さず昔より都の事はゆかしけれども」（兼盛集・一九一）。「私II」の「月も宿らず」の方がわかりやすい。「月も」の「も」は並列。「人も、月も」ということ。水に映る月を「宿る」と詠むのは一般的。「ひさかたのあまつ空なる月なれどいづれの水に影宿るらん」（拾遺・雑上・四四〇・躬恒）。

〔補説〕『和歌大系』は「蓮葉のうき葉をせばみこの世にも宿さぬ露と身をぞ知りぬる」（道綱母集・三三）を挙げる。道綱母はこの世に身の置きどころがない憂さを詠むが、保憲女は、人の訪れがない憂さを詠む。四二番歌の、時鳥が家の槙の戸にもさわらないというのと似た発想。

序文8には、「泥の中に生ふるを、はるかにその蓮卑しからず。谷の底に匂ふからにその蓮卑しからず。宮の内の花といへども、咲くことは隔てなし」と、泥に生える蓮の気高さを言う。当該歌も、池に繁る蓮に自分自身を重ね、人が宿らないのは自分のせいではなく場所がないためと詠むか。

夏の夜のくさかりふえのくちなれてかへるさかなしゆふくれの空

〔校異〕○夜—の（私Ⅱ）　○ふえ—ふね（私Ⅱ）　○空—こゑ（私Ⅱ）

〔整定本文〕

夏の野の草刈り笛の口慣れて帰るさがなし夕暮れの空

〔現代語訳〕

夏の野の草刈り笛を吹き慣れて、（童が）帰りそうにもない夕暮れの空であることです。

〔語釈〕**○夏の野の**　底本は「夏の夜の」であるが、結句に「夕暮れ」とあるため、不審。また、草を夏の夜に刈るというのも不可解であるため、「私Ⅱ」に従い「夏の野の」と校訂した。**○草刈り笛**　草刈り童が吹く草笛のこと。「人の遊びせん所には、草刈り笛吹くばかりの心どもにて、いと無心にて侍り」（うつほ物語・国譲上）。和歌では当該歌の他に「日暮れぬと山路を急ぐうなゐこが草刈り笛の声ぞ寂しき」（夫木抄・一六七四五・中務のみこ）、「御牧野の草刈り笛のわらは声あなかまとのみよそへてぞ聞く」（夫木抄・一五二二四・信実）の二首がある。夫木抄の

「中務のみこ」は、後嵯峨天皇の第一皇子の宗尊親王とされているが、中には村上天皇の第七皇子、中務卿具平親王の歌があることがすでに指摘されている（久保木哲夫「中務卿具平親王とその集」『和歌文学の伝統』角川書店　一九九七　のち『うたと文献学』笠間書院　二〇一三所収）。この歌が具平親王のものだとすると、具平親王は、保憲女の叔父、慶滋保胤を師として経学・詩文を学んでいるため、保憲女と接点があり面白いが、「日暮れぬと」の歌は、「うなゐ子」題で知家、信実と併び記されているため、やはり宗尊親王の歌とすべきであろう。「草刈り」は、「かの丘に草刈る男しかなかりそありつつも君が来まさむみま草にせん」（拾遺・雑下・五六七・人麻呂）など。**○口慣れて**　口に慣れて。「若くてよき男のげす女の名口慣れて言ひたるこそ憎けれ」（前田本枕草子・若くてよき男の）。**○帰るさがなし**　「さが」は兆候の意か。「つるぎたち身にとりそふと夢に見つなにのさがぞも君に逢はむため」（万葉・巻四・六〇四）。

〔補説〕　第四句に「帰るさ悲し」の字を当てることができるか。「さ」は、「行くさ」「来さ」と「……の途中」の意の接尾語。とすると、帰り道が悲しい、の意になろう。「帰るさは暗くなるとも春の野の見ゆるかぎりは行かんとぞ思ふ」（貫之集・四七二）。

かくはかりちくさしほみててる日にもひとりなかむるそてはかわかし

〔校異〕　○し—す（私II）

〔整定本文〕

かくばかり千草しぼみて照る日にもひとりながむる袖は乾かじ

〔現代語訳〕

これほど多くの草がしおれるまでに太陽が照りつける日にも、ひとり物思いにふけっている私の袖が乾くことはないでしょう。

〔語釈〕　〇かくばかり　これほどまで。集の一四六番にも。「かくばかり草葉も夏も深ければあらはに置ける浅茅生の露」（好忠集・一五六）、「露にだにおほせぞせましかくばかり照る日に濡るる袖もあらじを」（敦忠集・五一）などは、これほど暑いのに露が置いて乾かない、と類似する詠みぶりである。なお、敦忠歌とは「かくばかり」「照る日」「袖」と三語が共通するが、保憲女が敦忠歌から影響を受けたかどうかは不明。藤原敦忠は、延喜六（九〇六）年から天慶六（九四三）年三月七日（公卿補任・日本紀略）の公家、歌人。**〇千草**　さまざまな草。序文24に「浜の千草なるは、まつになには津といふ歌を続けて」とある。「時雨とは千草の花ぞ散りまがふなにふるさとの袖濡らすらん」（後拾遺・哀傷・五九九・義孝）。当該歌は夏のしぼむ千草を詠むが、通常は、春か秋に咲き乱れる様子を詠むことが多い。**〇照る日**　「照る日」は、古今六帖の題にもなっている。必ずしも夏の暑い一日を詠むのでなく、春ののどかな日差しがさす日のこともいうが、重之百首には次のように夏の暑い日が詠まれている。「草の葉も動かぬ夏の照る日にも思ふ中には風ぞ吹きける」（重之集・二五四）。**〇袖は乾かじ**　「じ」は打消し推量。「限なく思ふ涙にそぼちぬる袖は乾かじ逢はむ日までに」（古今・離別・四〇一・よみ人しらず）。

〔補説〕　「水無月の土さへさけて照る日にもわが袖干めや君に逢はずして」（万葉・巻十・一九九五）を念頭に置いたか。類歌に「筑波嶺の雲けふまでに照る日にもわが袖干めや妹に逢ふまで」（古今六帖・二七四・せきを）などもある。「水無月の土さへさけて照る日」、「筑波嶺の雲けふまでに照る日」と、当該歌の「かくばかり千草しぼみて照る日」は対応するが、万葉、古今六帖歌が、相手に対して逢うことを強く願うのに対し、当該歌は、一人で物思いにふけって流す涙が歌の中心になっている。

61

冬をへてともしにおふるむきのあきはよさむ(二字分空白)《本ノマ、ト云々》せみのはころも
　五月せみのこゑ、むきのあきをおくる

〔校異〕　○おふる―みゆる〔私Ⅱ〕　○よさむ(二字分空白)《本ノマ、ト云々》―よさむなりけり〔私Ⅱ〕〔国〕　○五月せみのこゑ、むきのあきをおくる―五月せみの声む《さ》き《むきイ》の秋をゝくる〔私Ⅰ〕、ナシ〔私Ⅱ〕

〔整定本文〕
　冬を経て照射に生ふる麦の秋は夜寒なりけり蟬の羽衣
　　五月蟬の声、麦の秋を送る

〔現代語訳〕
　冬を過ぎて、夏の照射の頃に松明のように黄金色に成長する麦の収穫の時期は、麦の秋というので、なんとなく夜寒に思うことです。〔薄い〕蟬の羽衣では。
　　五月の蟬の声、麦の秋を送る〔という詩句に拠る〕。

〔語釈〕　**○照射**　夏の夜、山中に松明を燃やして、鹿狩りをすること。また、その松明。初期百首歌人に特有の歌材。集六四番歌にも詠まれる。序文16〔補説〕参照。「照射に生ふる」は、「照射の頃に生ふる」の意か。あるいは、麦の穂の金色を「照射の明かりのように生ふる」といったか。試みに現代語訳には両意を含めた。また、「乏し」を掛け、「冬を経て照射の頃にまばらに生える麦の収穫期は、なんとなく夜寒に思うことです。蟬の羽衣のように向こうが透けて見えるほどの畑で」などと解すこともできるか。　**○麦の秋**　「麦秋」の訓読語。初夏の麦の収穫期をいう。〔補説〕参照。「送るといふ蟬の初声聞くよりぞ今かと麦の秋を知りぬる」〔道綱母集・四七〕。もともと「麦」は多く詠まれる歌材ではないが、集四四番にも詠まれている。　**○夜寒**　秋になり夜が寒くなることをいう。「時しまれ秋やは人に別るべきさるは夜寒になる心しも」〔古今六帖・二四七八〕、「わがせこがわれに離れにし夕べよ

り夜寒なる身の秋ぞ悲しき」（好忠集・二二一）。当該歌は夏歌であるが、「麦の秋」の「秋」にちなんで「夜寒」になったと詠む。底本では「夜寒」のあとの二字分程が空白であるが、「私II」により校訂した。**○蟬の羽衣**　夏の薄い衣をいう。「蟬の羽のひとへにうすき夏衣なればよりなむ物にやはあらぬ」（古今・雑体・一〇三五・躬恒）。

〔補説〕　左注は、「千峰鳥路含梅雨　五月蟬声送麦秋」（千載佳句・李嘉祐）の詩句による。また、好忠は「蟬の羽の薄ら（き）衣」を三首詠むが、『和歌大系』が指摘するように、蟬の薄い羽を「蟬の羽衣」と詠むのは保憲女集初出か。当該歌は、夏の歌材である「照射、麦・蟬」に加え、「冬・秋・夜寒」を入れた機知的な歌だが、内容はわかりにくい。

たにみつ|はかたかけおふるなつくさはきしゆくかけのこまそすさむる

〔校異〕　○は―は《にイ》（私I）、に（私II）（国）　○かたかけおふる―おいかたふける（私II）　○かけのこまそ―こまそ（二字分空白）（私II）

〔整定本文〕

谷水に片掛け生ふる夏草は岸行くかげの駒ぞすさむる

〔現代語訳〕

谷川の水に片寄って生えている夏草は、水に影を映して岸を行く鹿毛の駒が食べあさっていることです。

〔語釈〕　**○谷水に**　底本には「谷水は」とあるが、「私II」により「に」と校訂した。「谷水」は「谷水洗花　汲下流而得上寿者三十余家」（本朝文粋・紀納言）や「飲むからに親子の仲も別れずときくたに水を引きて流せり」（寛平御時菊合・一二）のように、仙境にあり寿をもたらす谷水として詠まれることもあるが、「山高み葛の下ゆく谷水の人に知られぬ恋もするかな」（躬恒集・三三七）のように、人の立ち入らない谷間を流れる水としても詠まれる。ここも後者の意。人が見向きもしない谷川の岸の夏草を、馬が食べあさっている、と詠む。**○片掛け生ふる** 片方に寄って傾いて生える、の意。「私II」の「おいかたぶける」も同意。「片掛け」は「あしひきの山片掛ける家居をば待つ人先に若菜をぞ摘む」（兼盛集二類本・五二）や「桜麻の刈生の原を今朝見れば外山片掛け秋風ぞ吹く」（好忠集・三九〇）とも詠まれている。**○すさむる** 集一二番歌参照。**○かげの駒** 「鹿毛」に「影」を掛け、「谷水」「岸」の縁語とする。

〔補説〕 繁る夏草と駒の取り合わせは、初期百首に特徴的。五六番〔補説〕の久保木寿子氏論文参照。「よそに見しおもあらの駒も草なれてなつくばかりに野はなりにけり」（好忠集・三八五）、「野飼せし駒の春よりあさりしに尽きずもあるかな淀の真菰の」（好忠集・四四八）、「夏草は結ぶばかりになりにけり野飼の駒やあくがれにけん」（重之集・二四二）。

語釈に挙げた好忠歌「外山片掛け秋風ぞ吹く」（三九〇）の「かたかけ」について、「片」が『白氏文集』において「東海一片白」というように、「一面に」の意で用いられることから、「かたかけ」を「一面に」の意とし、好忠の造語とみる説もある（木越隆「曾丹集の表現―集中歌の解釈をめぐって―」言語と文芸 一九七四・五）。

63

そらすみてか、みとすめるなつの日はとひかふつるのなくさへそうき

〔校異〕 ○そらすみて―空《雲》すみ《きえイ》て（私1） ○すめる―てれる（私II） ○つる―たつ（私II） ○なく―かけ（私II）

〔整定本文〕

空澄みて鏡と澄める夏の日は飛び交ふ鶴の鳴くさへぞ憂き

〔現代語訳〕

空が澄んで鏡のように陰りもない夏の日は、飛び交う鶴の鳴くのまでけだるいことです。

〔語釈〕 **○空澄みて** 「澄む」は、「水」や「月」などの濁りがなく清らかなことを言う。ここは、空に雲がなく晴れ渡っている様子をいう。「天の川扇の風に霧晴れて空澄みわたる鵲の橋」（拾遺・雑秋・一〇八九・元輔）。**○鏡と澄める** 「澄める」が初句と重複する。一七〇番〔補説〕参照。鏡のように澄んでいる「日」を詠む例は、少し下って能因集にある。「五月雨に溶くる真金を磨きつつ照る日と見ゆる増鏡かな」（能因法師集・二一九）。**○夏の日** 夏の日の暑さは次のように詠まれる。「夏の日にこがるる藪の草なれやしばしの露に心置くらん」（古今六帖・五四二・貫之）。特に好忠集には夏の暑さを詠む歌が多く、次の三百六十首歌夏部の歌などは特徴的である。「疎まねど誰も汗こき夏なればまどほに寝とや心隔てん」（一六六）、「我妹子がひまなく思ふ寝屋なれど夏の昼間はなほぞ伏し憂き」（一六八）。**○鶴** 鶴は雑賀などに詠まれることが多い。季節は冬、または春に北に帰る時に詠まれる。当該歌が夏に詠むのは異例。大型の鳥を「鶴」と詠んだか。「わが宿の池にのみすむ鶴なれば千年の夏の数は知るらん」（貫之集・四八二）。**○鳴くさへぞ憂き** 鶴の鳴き声は、「鶴は九皐《きゅうこう》に鳴き、声は天に聞こゆ」（詩経・小雅／藝文類聚・鳥上・鶴）、「鶴は、いとこちたきさまなれども、鳴く声雲居まで聞こゆらん、いとめでたし」（枕草子・鳥は）と称賛される。当該歌は、すばらしい鳴き声までも、夏のさえぎるもののない日差しの中では「憂く」聞こえるというのである。

〔補説〕 「私II」では、二句「すめる」が「てれる」、結句が「かけさへそうき」とある。『和歌大系』補説は、「私II」歌と好忠百首の「曇りなき大海の原を飛ぶ鳥の影さへしるくてれる月影」（三八七）が類似すると指摘する。為相本好忠集では、結句が「照れる夏かな」となっている。その場合、曇りない夏の日に飛ぶ鳥の姿がはっきり見える、という意になり、当該歌はこの好忠歌と同じ情景を詠んでいることになる。

64

さつきやまこのもかのもにかくれかねはかなき物はともしなりけり

〔校異〕「私II」にナシ

〔整定本文〕

五月山このもかのもに隠れかねはかなきものは照射なりけり

〔現代語訳〕

五月の山のあちら側にもこちら側にも隠れることができずに、はかないものは照射の鹿であることです。

〔語釈〕 **○五月山** 集四八番にも。木が生い繁ってうっそうとした夏の山。「五月山木の下闇にともす火は鹿の立ちどのしるべなりけり」（拾遺抄・夏・七六・よみ人しらず）。**○このもかのもに** あちこちに。「山風の吹きのまにまにもみぢ葉はこのもかのもに散りぬべらなり」（後撰・秋下・四〇六・よみ人しらず）。**○隠れかね** 隠れることができないで。「小牡鹿の朝伏す小野の草若み隠れかねてか人に知られぬる」（人丸集・一四九）。**○照射** 序文16、六一番参照。

〔補説〕『和歌大系』は「五月山の小暗い中で、照射は隠れることができないと詠じたもので、鹿をおびき出すための照射に、はかなさを感じている点が創意か。隠れかねているのは、照射に映し出される鹿とも」と注するが、ここは、〔語釈〕に挙げた拾遺抄の歌を承け、鹿があちこちに光る「立ちどのしるべ」の松明におびき出されて、隠れることができずに捕えられるのがはかない、と解した。「はかなきものは」と詠む場合、「夢よりもはかなきものは陽炎のほのかに見えし影にぞありける」（拾遺・恋二・七三三・よみ人しらず）、「思ひてもはかなきものは吹く風の音にも聞かぬ恋にぞありける」（友則集・四〇）、「常よりもはかなきものは夏の夜のあか月がたの別れなりけり」（忠岑集・七）のように恋歌になることが多いが、当該歌は季節詠に仕立てている点で独創的。

てなるれとなをひねすみのかはほりはあつさそまさるをきやしてまし

〔校異〕 ○てなるれ—てならせ（私II） ○かはほり—かはほり《ならイ》（私I）

〔整定本文〕

手慣るれどなほ火鼠の蝙蝠は暑さぞ増さるおきやしてまし

〔現代語訳〕

手になじんだけれど、やはり火鼠の皮で作った蝙蝠扇では暑さが増さることです。置いておこうかしら。

〔語釈〕 **○手慣る** 持ち慣れて手になじむこと。慣れ親しむこと。「持て慣らしたる扇を、遠き国へ下る人に取らすとて」（恵慶集・一五七詞書）。**○火鼠** 火鼠は、中国の南海にある火山国にいるといわれた大鼠のこと。火鼠の毛から織って作った火浣布は、火に燃えず、汚れても火に入れると真っ白になるとされた。「唐土にある火鼠の皮衣を賜へ」（竹取物語）。「鼠」は、「寝ず見」を掛けたり、子を多く産むことにちなんで歌に詠むこともあるが、「火鼠」を詠むのは新奇。**○蝙蝠** 蝙蝠扇。紙を貼った夏用の扇のこと。「蝙蝠にわが貼りこむる涼しさを思ふがかたの風ぞ厭ふな」（古今六帖・扇・三四五三）。序文15にも、夏のものとして「夏になりぬれば、はじめを防ぎし火桶を、むはたまの暗きすみに置きて、鼠の巣に成し、風なきあなたに捨てたり。蝙蝠は時にあひて、薄き衣を裁ちきるとて」とある。**○暑さ** 夏の暑さをそのままに歌にすることは風雅の世界になじまないとされたが、好忠ら百首歌人は積極的に歌に取り入れた。「燃ゆれども煙も立たぬ夏の日の暑さぬるさを忍びてぞふる」（好忠集・一六七）、「蚊遣火の煙けぶたきあふぐまに夜は暑さもおぼえざりけり」（和泉式部集・三七）、「声聞けば暑さぞ増さる蟬の羽の薄き衣は身に着たれども」（和泉式部集・三八）。**○おきやしてまし** 「置き」に炭火の「燠」を掛ける。「燠」は、「もの思ふ心は灰とくだくれど暑き燠にぞ及ばざりける」（千里集・六一）などと詠まれる。

〔補説〕 夏の扇の風は百首歌人に次のように詠まれており、表現の継承がうかがわれる。「茜さすあをみな月の日をいたみ扇の手風ぬるくもあるかな」（恵慶集・百首・夏・二二四）、「わが手にも夏はへぬとや思ふらん扇の風の今はもの憂き」（重之集・百首・夏・二五三）、「手もたゆく扇の風もぬるければ関の清水に水なれてぞゆく」（好忠集・三百六十首・一五四）、「手もたゆく慣らす扇の置き所忘るばかりに秋風ぞ吹く」（相模集・百首・早秋・二五六）、「ぬるかりし扇の風も秋くれば思ひなしにぞ涼しかりける」（相模集・初事百首・五四五）。

久保木寿子氏は、序文16の部分と当該歌を挙げ、枕草子（いみじう暑き昼中に）への影響を指摘する（「『賀茂保憲女集』四季序の位相―同時代仮名散文との接点から見る―」白梅学園大学・短期大学紀要44号　二〇〇八・三）。序文16〔補説〕参照。

66

おほぬさにかきなでなかすあまかつはいくその人のふちを見るらん

〔校異〕　○なかす―ならす（私II）　○見る―みつ（私II）　「私I」には、「此歌異本無」の注記が付されている。

〔整定本文〕

大幣に掻き撫で流す天児はいくその人の淵を見るらん

〔現代語訳〕

大幣によって撫でて祓い流す人形は、どれほど多くの人の心の奥底を見るのでしょうか。

〔語釈〕　**○大幣**　大祓に用いる大串につけた幣。祓いの後、幣に自分の穢れを移して川に流した。集五五番参照。「大幣の河の瀬ごとに流れても千年の夏は夏祓へせん」（古今六帖・一一〇）。**○掻き撫で**　何度も優しく触ること。「掻き撫でておほしし髪の筋ごとになりはてぬるを見るぞ悲しき」（和泉式部集・四九〇）。祓いの際に体を撫でて、穢れを移す。「思ひをも恋をもせじの禊すと人形撫でてはてはてはしお」（順集・四〇）。**○天児**　幼児の守りとしてそばに置き、凶事を移し負わせる形代の役をさせる人形。ここは、祓いの際に穢れを移して流す撫で物や人形と同じものをいうか。和歌では、自身の身代わりの意で、次のように詠まれている。「なき事おひて嘆くと聞きて、われを天児にせよ、と言ひたるに／天児につくともつきじ憂き事はしなとの風ぞ吹きも払はむ」（和泉式部集・八二六）。**○いくその**　どれほど多くの。「あさましや木の下影の石清水いくその人の影を見つらん」（拾遺・恋四・八八一・よみ人しらず）。**○人の淵**　人の心の奥底の意。「流す」の縁で「淵」と表現した。「行く水の泡ならばこそ消え返り人の淵瀬を流れてもみめ」（拾遺・恋四・八八二・よみ人しらず）。

〔補説〕　大祓いには、人の穢れを移して川に流すので、次のような類歌もある。「大幣に祓へやるともこの川に波は知るらん深き心と」（元真集・一七七）。

なてしこのなにむつましきとこなつをよるしもみぬそわひしかりける

〔校異〕　○なに―何《よに歟》（私Ｉ）　○わひしかりける―かひなかりかる（私II）

〔整定本文〕

撫子の名に睦まじきとこ夏を夜しも見ぬぞ侘びしかりける

〔現代語訳〕

撫子の名に親しい常夏の花を、「床」といいながら、よりによって夜見ないというのはさみしいことです。

〔語釈〕　**○撫子**　山上憶良が「萩の花尾花葛花撫子の花女郎花また藤袴朝顔の花」（万葉・巻八・一五四二）と詠んで以来、秋の七草に数えられているが、平安時代には夏の花として詠まれることも多い。**○名に睦まじき**　名前になれ親しんだ、の意。「秋の野に宿りはすべし女郎花名を睦まじみ旅ならなくに」（古今・秋上・二二八・敏行）。**○とこ夏**　撫子が夏に長く咲くことから「常夏」という異名が生じた。「長けくの色を染めつつ春秋を知らでのみ咲く常夏の花」（古今六帖・三六二二・貫之）。「常夏」の「とこ」に寝床の「とこ」を掛ける。「塵をだに据ゑじとぞ思ふ咲きしより妹とわが寝るとこ夏の花」（古今・夏・一六七・躬恒）、「撫子のとこなつかしき色を見ばもとの垣根を人やたづねむ」（源氏物語・常夏）。

〔補説〕「常夏」は、語釈に挙げた躬恒の歌「妹とわが寝るとこ夏の花」以来、共寝の床を掛けて恋歌仕立てで詠むのが類型となった。当該歌も、男性になり代わって、逢うことがかなわず疎遠であることを恨む詠みぶりになっている。集一四番〔補説〕参照。初期百首にも次のように、常夏の異名を持つ撫子を機智的に詠む歌が見出せる。「のどかにも思ほゆるかな常夏の久しくにほふ大和撫子」（好忠集・四三四）、「常夏ににほふ垣根の撫子を秋の花とは誰かいひけん」（重之女集・二九）。撫子は、「撫でし子」に通じることから「二葉よりわがしめ結ひし撫子の花の盛りを人に折らすな」（後撰・夏・一八三・よみ人しらず）と、子供の例えに用いられることもある。保憲女に子供がいた可能性があるが（解説参照）、ここは「常夏」の名に転じ、「夜しも」と夜見ることを歌の中心として恋歌仕立てで詠まれている。

『和歌大系』は「名に」と「何」、「夜」と「寄る」を掛詞とする。

68
うへしときわかたねとりしなつのいろはつまとるはかりなりにけるかな

〔校異〕「私II」にナシ。

〔整定本文〕
植ゑし時わが種取りし夏の色はつま採るばかりなりにけるかな

〔現代語訳〕
植えたとき、自分で種を手に取って蒔いた夏草の色は、すっかり鮮やかになって、穂先を収穫するほどにもなったことです。

〔語釈〕 **○植ゑし時** 自ら植えた時。「植ゑし時花待ちどほにありし菊うつろふ秋にあはむとや見し」（古今・秋下・二七一・千里）。**○種** 集一七、三三番にも。**○夏の色** 夏草が繁茂する緑色をいうか。「春の色」「秋の色」は歌に詠まれるが、「夏の色」という表現は新奇。あるいは「夏の草」のあやまりか。神宮文庫本は「色」に「くさ」と傍書する。夏の野の色に注目する歌は好忠集に見出せる。「あらげにて焼生に見えし春の野も夏はいろいろ花咲きにけり」（八六）、「緑なる色こそまされ世とともになほ下草の繁き夏の野」（好忠集、順百首・五四三）。**○つま**「つま」を「端」の意でとり、「つまとる」は、種を植えた草が成長し、その穂先を収穫する意に解した。「ひたすらに思はぬ人やうち返しかなたこなたのつまはとるらん」（小大君集・一五六）。

〔補説〕 自ら種を植えた植物が成長した喜びを詠む。「祝ひつつ植ゑたる宿の花なれば思ふがごとの色濃かりけり」（貫之集・一八〇）、「色見んと植へゑしもしるく山吹の思ふさまにも咲ける花かな」（好忠集・七一）。

69

ゆみはりのありあけの月の月のうちにいるかけおしきなつにもあるかな

〔校異〕 ○月のうちに―うちにいる（私II） ○いるかけ―かけ（私II） ○なつ―け（私II）

〔整定本文〕

弓張の有明の月の月のうちにいる影惜しき夏にもあるかな

〔現代語訳〕

弓張りの有明の月が、この月のうちに山の端に入る影の名残惜しい夏であることです。

〔語釈〕 **○弓張の** 弓張月のこと。三日月が、弓を張ったように見えることからいう。山影に「入る」に弓を「射る」を掛け、「弓張り」の縁語とする。「照る月を弓張りとしもいふことは山べをさしていればなりけり」（大和物語・一三二段）。**○有明の月** 陰暦十六日以降、夜が明けかけても、空に残っている月のこと。**○月のうちに** この月のうちに。つまり夏の最後の六月に、ということ。「七夕の契れる月のうちにしも恋ひわたりつる人に逢ふかな」(能宣集・二二二)。

〔補説〕「弓張りの有明の月」を「入る」の主語として訳したが、『和歌大系』は「弓張りの」を「月」を導く枕詞とし、二句までを「月」の序詞とする。夏の終わりを惜しむ歌。

『和歌大系』は「惜夏詠は異色」と指摘する。確かに秋の月を待ち望むのでなく、夏の月を惜しむ感性は独特だが、次のような例も見出せる。「わが惜しむ心は空にゆきかひてのどけからせよ夏の夜の月」(兼澄集・六七)。また、うつほ物語では「衣手も干さで過ぎぬる夏の日を惜しむにさへも濡れまさるかな」(祭の使)のように、涙で袖を濡らしても夏の日差しはすぐに乾かしてくれるので、夏の行くのが惜しいと詠む。待ち望んだ秋の到来を直前にして、夏の名残に興を感じるということであろう。

70

あき

霧まよふあきはきにけりをくれしとおもひてくさきいまやいろつく

〔校異〕○まよふ―まかふ(私II)　○おもひて―おひいつる(私II)　○くさき―くさも(私II)　○いま―けさ(私II)

〔整定本文〕秋

霧迷ふ秋は来にけり遅れじと思ひて草木今や色付く

〔現代語訳〕秋

霧が立ち込める秋がやってきたことです。時節に遅れまいと思って草木が今まさに色づくことです。

〔語釈〕○霧迷ふ　霧が立ち込めて迷うほどであること。「花見にと出でにしものを秋の野の霧に迷ひて今日は暮らしつ」（後撰・秋上・二七二・貫之）。「私II」の「霧まがふ」は、霧にあたりが混然となっていること。「いかなればかしひなるらん秋霧のまがふ間だにも悲しきものを」（古今六帖・六四五　「かしひ」は未詳）。**○遅れじと思ひて**　時節に遅れまいと思って。時節に遅れることは、通常は風流でないとされた。「春雨にもえし柳か梅の花ともに遅れぬ常のものかも」（万葉・巻十七・三九〇三）。一方、遅れることを愛でる歌もある。「卯月に咲ける桜を見て詠める／あはれてふ事をあまたにやらじとや春に遅れてひとり咲くらむ」（古今・夏・一三六・紀利貞）。**○今や**　今、まさに。「雪の内に春は来にけり鶯の凍れる涙今や解くらむ」（古今・春上・四・藤原高子）。「今」は、立秋を意識した表現。

〔補説〕「秋霧の立つを煙と見しほどに山の木葉も色付きにけり」（古今六帖・六三五）と似た趣向である。また、山の紅葉は秋の中頃以降に詠まれることが多いが「六月に萩《ママ》下葉をみて／先だちて萩の下葉は色付きぬ遅れて秋はいづこまで来ぬ」（元真集・一七六）や、「下紅葉秋も来なくに色付くは照る夏の日にこがれたるかも」（好忠集・一七六）と、秋になる前に早々と色づく草葉を詠む歌もある。

天野紀代子氏は、当該歌の「霧迷ふ」が秋の到来とともに詠まれている点で斬新であり、源氏物語の宇治十帖の「霧の迷ひ」「霧りふたがる」という表現に影響を与えた可能性を示す（「『まれの細道』賀茂保憲女と紫式部をつなぐ」日本文学37号　一九八八・八）。

71

たなはたのあまのかはふねあきことにいかなるほしかつなてひくらん

〔校異〕　○ほし―くも（私II）

〔整定本文〕

七夕の天の川舟秋ごとにいかなる星か綱手引くらん

〔現代語訳〕 七夕の夜の天の川に浮かぶ舟は、秋が来るたびに、どのような星が綱手を引くのでしょうか。

〔語釈〕 ○七夕の 七夕は、旧暦七月七日の乞巧奠のこと。中国の伝説と日本の習俗が合わさり、一年に一度のこの日、彦星（牽牛）が天の川を渡って織女に逢うことが許されるとされた。「七夕の今宵逢ひなば常のごと明日を隔てて年は長けむ」（万葉・巻十・二〇八〇）。「たなばた」は「七夕まつり」の他、織女や、彦星、二星の意に用いられることもある。ここも、「彦星が乗る天の川舟」と解することもできよう。以下、七三番まで七夕詠が続く。○天の川舟 天の川を渡る舟。「昔あげて衣を貸さねば天の川天の川舟浮かびあげぬとも」（赤人集・二八六）。○いかなる星か どのような星が、の意。万葉集には、彦星が舟を漕いで天の川を渡ると詠まれる。「天の川霧立ちわたり彦星の楫の音聞こゆ夜の更け行けば」（巻十・二〇四四）。綱手は舟に繋いで岸に引き寄せるための綱。そこで、「毎年毎年、どのような星が彦星の漕いできた舟を待ちかまえていて、その綱手を引くのか」と疑問を呈したもの。暗に織女星をいうか。

〔補説〕 天の川は、橋を渡って向こう岸に着くと詠まれることが多いが、舟で渡るとも詠まれる。「わが上に露ぞ置くなる天の川とわたる舟の櫂のしづくか」（古今・雑上・八六三・よみ人しらず）。ただし、「天の川舟」という表現は赤人歌以外に先行例は見出せず、新奇。保憲女集の恋部の冒頭歌には「わが恋は天の河原に今ぞ船出る」ともあり、独自な表現で天の川が詠まれている。好忠三百六十首歌では、七夕詠ではないが、夏部の「五月中」に「影清き夏の夜すがら照る月を天のと渡る舟かとぞ見る」（好忠集・一四三）とある。

〔校異〕 ○あさ―秋（私II）

七夕のわかる、あさのそてひちてほしのみわたるかさ、きのはし

〔整定本文〕

七夕の別るる朝の袖ひちてほしのみ渡る鵲の橋

〔現代語訳〕

七夕の二星が別れる朝は、袖がぐっしょり濡れて、ひたすら干しながら星だけが渡るかささぎの橋であることです。

〔語釈〕 **○七夕の**　七夕は二星を指す。**○別るる朝**　七夕の後朝の歌。「今はとて別るる時は天の川渡らぬ先に袖ぞひちぬる」（古今・秋上・一八二・宗于）。**○ほしのみ渡る**　「ほし」は「干し」と「星」の掛詞。**○鵲の橋**　天の川に鵲が架けるという橋。「天の川扇の風に霧はれて空澄み渡る鵲の橋」（拾遺・雑秋・一〇八九・元輔）。

〔補説〕　七一、七二番は、七夕の逢瀬、後朝の順番だが、異本系では配列が逆になっている。

七夕にかし、ころもをあきことにかせふきかへすこひそせんかし

〔校異〕　○あきことに―あきの夜の（私II）　○す―せ（私II）　○そ―に（私II）

〔整定本文〕

七夕に貸しし衣を秋ごとに風吹き返す恋ぞせんかし

〔現代語訳〕

七夕に貸した衣を秋が来るたびに風が吹き返す、そのように激しい恋をしようかしら。

〔語釈〕 **○貸しし衣**　乞巧奠に、糸や衣を供えることを「貸す」と表現する。「織女に貸しつる糸の打ちはへて年のを長く恋ひやわたらむ」（古今・秋上・一八〇・躬恒）。**○風吹き返す**　勢いよく風が吹くこと。「わがせこが衣の裾を吹返しうらめづらしき秋の初風」（古今・秋上・一七一・よみ人しらず）。「吹き返す」は九二番にも。

74

〔補説〕　下二句の意味が分かりにくい。「風吹き返す」までを「恋」を導く有意の序詞として解釈したが、「風吹き返す恋」がどのようなものなのか、不明。語釈に挙げた古今歌の「わがせこが」を踏まえて解すると、衣を吹き返すような、うらめづらしい、つまりすばらしい恋、ということか。集の九二番には「波ならで四方山ごとに吹き返す蜘蛛の庵ぞいかがしつらん」と激しい風が詠まれているので、ここは「激しい」の意で訳した。

和泉式部百首に、「ひと日だに休みやはする七夕に貸しても同じ恋こそ（ママ）すれ」（四一）と、恋をする身にとっては、七夕に遠慮して逢うのをやめることなどできない、という激しい恋情を詠む歌がある。当該歌も同じく、七夕に遠慮などしない恋をしようと詠んだとも解せるか。

をみなへしひとやたのめてこひつらんいもとかきたるあきのゆふくれ

〔校異〕　○いもとかきたる―ひもときみたる（私Ⅱ）（国）

〔整定本文〕

女郎花人や頼めて恋ひつらん紐解き乱る秋の夕暮

〔現代語訳〕

女郎花は人に期待させて恋をした風情で咲いたのでしょうか。下紐をほどいて乱れているように咲き乱れている秋の夕暮れであることです。

〔語釈〕　**○女郎花**　山上憶良が「萩の花尾花葛花撫子の花女郎花また藤袴朝顔の花」（万葉・巻八・一五三八）と詠んで以来、秋の七草に数えられている。「名に愛でて折れるばかりぞ女郎花われおちにきと人に語るな」（古今・秋上・二二六・遍照）と、女性に例えて詠まれることが多い。**○人や頼めて**　「頼めて」は「頼りにさせて、期待させて」の意。**○恋ひつらん**　恋しく思っただろう。「あかざりし花をや春の恋ひつらむありし昔を思ひ出でつつ」（実

75

方集・二七）。**〇紐解き乱る**　底本「いもとかきたる」を「私II」により校訂した。誤写であろう。花が咲き乱れることを、下紐を解き乱れる、と擬人化して詠む歌は「百草の花の紐解く秋の野を思ひたはれむ人なとがめそ」（古今・秋上・二四六・よみ人しらず）など。

〔補説〕「人や頼めて」が不可解。「人頼めてや」として、「人に期待させて」と解しておいた。

秋の、にはなちすてたるこまのをはくらとはつゆそうつしをきける

〔校異〕〇はなち―花を（私II）　〇をは―せに（私II）（国）

〔整定本文〕

秋の野に放ち捨てたる駒の背に鞍とは露ぞ移し置きける

〔現代語訳〕

秋の野に放しっぱなしの馬の背に、まるで鞍を置いたように露が置いていることです。

〔語釈〕**〇放ち捨てたる**　放牧したままにする。「厭はるるわが身は春の駒なれや野飼ひがてらに放ち捨てつる」（古今・雑体・一〇四五・よみ人しらず）。放牧した馬は、恵慶百首・二一二番、好忠三百六十首・六二番、相模百首・四四七番にも詠まれている。**〇駒の背に**　底本に「こまのをは」とあるが、鞍が詠まれるので「私II」に従い「駒の背に」として解す。駒の背に注目するのは異例。**〇鞍とは**　「鞍」が詠まれるのは新奇。「実方朝臣みちのくにへ下り侍りけるに、下鞍遣はすとて／あづまぢのこの下くらくなりゆかば都の月を恋ひざらめやは」（拾遺・別・三四〇・公任）。

〔他出〕秋風集、雑体歌・俳諧歌・一三二六

あきのうたの中に　　賀茂のをんな

秋ののにはなちすてたるこまのせにくらとはつゆぞうつしおきける

〔補説〕　「移鞍（うつしぐら）」の言葉遊びで詠まれた歌。「移鞍」とは、廷臣が公務に使用する鞍。「移」と略すことも。官馬用であるが、摂関家などで随身や家人用として、その形状にならって作り、用いることもある。

76

おもふにはなることなしとすゝむしのこゑふりたつる秋そかなしき

〔校異〕　ナシ

〔整定本文〕

思ふにはなることなしと鈴虫の声振り立つる秋ぞ悲しき

〔現代語訳〕

こうありたいと思うその心が叶うことはないのだと、鈴虫が声を張り上げて鳴く秋はとても悲しいものです。

〔語釈〕　**○思ふには**　思うということにおいては、の意。**○なることなし**　「なる」は、成就する意の「成る」に「鳴る」を掛け、鈴虫の「鈴」「振る」の縁語とする。**○鈴虫**　古今集には詠まれておらず、後撰集、拾遺集に一例ずつある。夫木抄、巻十四に「延喜七年亭子院御門御時、西河行幸せさせ給けるに、忠峰新和歌序云、昼はひぐらし虫をもとめ、夜は夜もすがら箏の声を整へしめ、ある時には山の端に月待つ虫うかがひて、琴の声にあやまたせ、ある時には野辺の鈴虫を聞きて谷の水の音にあらがはれと云云」（巻十四・五六〇九左注）とあるため、鈴虫と松虫は、現在の呼称と逆であるとも。**○振り立つる**　鈴虫から「振る」が導かれる。「世の人の鈴虫とのみいふことは声降り立てて鳴けばなりけり」（忠岑集・一四〇）。「振り立つ」は集の八三番にも詠まれるが、鹿の声をいう。

〔補説〕　和泉式部百首と相模百首に類似歌がある。「鈴虫の声振り立つる秋の夜はあはれに物のなりまさるかな」（和泉式部集・四八）、「思ふことなりもやすると鈴虫の声振り立てなきぬべきかな」（相模集・二五七）。特に、相模歌は当該歌を踏まえた上で「なりもやする」と、詠み変えているのであろう。解説参照。

77

山田もるわかころもてに露はをけとくさ葉にしてもうつろはなくに

〔校異〕 ○にしても—にもまた（私Ⅱ）

〔整定本文〕

山田守るわが衣手に露は置けど草葉にしても移ろはなくに

〔現代語訳〕

山田を守る私の袖に露は置いているのですが、草葉であっても（まだ）色あせていないのに（私の袖はすでに涙で色あせてしまっています）。

〔語釈〕 **○山田守る** 山田の番人をすること。集七九番にも。「山田守る秋の仮庵に置く露はいなおほせ鳥の涙なりけり」（古今・秋下・三〇六・忠岑）。**○わが衣手に** 自分の袖に。「秋の田のかりほの庵の苫を荒みわが衣手は露に濡れつつ」（後撰・秋中・三〇二・天智天皇）を踏まえた表現。**○草葉にしても** 「にしても」は、「……であっても」の意。「なき名立つことは空蟬世にもあらじほのかにしてもありこそしけめ」（古今六帖・三〇七〇）。

〔補説〕 「心なき身は草葉にもあらなくに秋くる風にうたがはるらん」（後撰・秋中・二八六・伊勢）と同様に、草葉ではないのに、と悲しみに暮れる自身を詠む。

78

ほのめきしひかりはかりに秋のたのみもりわひしきころのかせかな

〔校異〕 ○ほのめきし—ほしめきし（私Ⅱ） ○みもり—み《かイ》もり（私Ⅰ）、たのみ（私Ⅱ） ○ころのかせ—ころの色《風イ》（私Ⅰ）、風のをと（私Ⅱ）

79

〔整定本文〕

ほのめきし光ばかりに秋の田の見守侘しき頃の風かな

〔現代語訳〕

ほのめいたほんのわずかな光だけで、秋の田の番人が侘びしいこの頃の風であることです。

〔語釈〕 ○ほのめきし　かすかに見えた、の意。「陽炎のほのめきつれば夕暮れの夢かとのみぞ身をたどりつる」（後撰・恋四・八五六・よみ人しらず）。○光ばかりに　「ばかり」は、「……だけで」の意。「露をなどあだなる物と思ひけむわが身も草に置かぬばかりを」（古今・哀傷・八六〇・藤原惟幹）。○見守　番人のこと。「遠山田となみうち過ぎ出でにけり今は見守もながめすらしも」（好忠集・三九六）。「私II」の「たのみ」だと、「田の実」、つまり稲のことで、「頼み」が掛詞となる。「のち蒔きの遅れて生ふる苗なれどあだにはならぬたのみとぞ聞く」（古今・物名・四六七・千里）。初期百首歌人も「打ち返し鍬のまへばにまみれつつ秋のたのみもながからぬ夜に」（重之集・八六）、「そのかみにいはほに種を蒔けりせば秋のたのみをよそに見ましや」（好忠集・二〇六）と詠む。○風　「私I」は「色」となっている。「色」については六八番参照。八三、八四番も、草葉の紅葉を「色に出づ」と詠む。

〔補説〕 秋に入ったころで、月明かりも細々とし、稲穂もまだ実っていないものわびしい風景が詠まれている。七七、七九番は、ともに「山田守る」を初句とし、露を詠む点で共通する。配置から見ると第四句は、異文「田の実」でなく、「見守」であろう。「見守」の語は、うつほ物語に「みもりだに引きはじめては山川の底より水は絶えずいでなん」（内侍のかみ）とあるが、これは水の番人の意なので、「水守」の字を当てる。田の番人の意としては、好忠初出か。好忠集には「里遠み作る山田の見守りすと立てるそほづに身をぞなしつる」（一五九）とも。

山田もるいほにつまなきわれとてやよな〳〵をそふ秋のしら露

〔校異〕「私II」にナシ　○をそふ—おそ《もイ》ふ（私I）

〔整定本文〕

山田守る庵に夫《つま》なきわれとてや夜な夜な襲ふ秋の白露

〔現代語訳〕

山田の番人をする粗末な小屋に、恋人のいない私だからといってか、夜な夜な襲うのは（恋人でなく）秋の白露であることです。

〔語釈〕　**○山田守る庵**　七七番参照。**○夜な夜な**　毎晩。「いづこべに夜な夜な露は置けとてか稲葉を人の急ぎ刈るらん」（好忠集・一九九）。**○襲ふ**　無理やり押しかけてくる、の意。「論なう、えせ物の、局襲ひしかれむかし」（落窪物語・巻二）。和歌では他に類例を見出せない。**○白露**　集八四・九〇・九五番にも「白露」が詠まれる。百首歌人には次のように庵に置く露が詠まれている。「山人の露と結べる草の庵ゆき踏みわけて誰か訪ふべき」（好忠集・三四三）、「秋の田の庵にふける苫を荒み漏りくる露のいやは寝らるる」（和泉式部集・四四）。

〔補説〕　田を題材とした歌を多く詠んだ好忠は「わがせなはつまごひすらし遠山田守るになづけて日数へぬれば」（好忠集・二〇七）と、山田の番人を妻の立場から詠む。当該歌は「山田」「つま」と同じ言葉を用いつつ、恋人のいない自分の庵を襲うのは白露ばかりであると詠んでいる。

80

秋かせにあはれそへむとくもちわけはねふりわけてかりはきにけり

〔校異〕　○わけて—かけて（私II）

〔整定本文〕

秋風にあはれ添へむと雲路分け羽振り分けて雁は来にけり

〔現代語訳〕
秋風にさらに情趣を添えようと、雲の道をかき分け、羽で振り分けて雁がやってきたことです。

〔語釈〕 **○あはれ添へむと** 秋風の情趣にさらに情趣を加えようと、ということ。「あはれ」を添えるという詠みぶりは新奇。以後、源氏物語に「かきつめて昔恋しき雪もよにあはれを添ふる鴛鴦のうき寝か」（朝顔巻）、「山里のあはれを添ふる夕霧にたち出でん空もなき心地して」（夕霧巻）と詠まれる他、「月影の雲隠れにしこの宿にあはれを添ふるむら時雨かな」（伊勢大輔集・五二六）、「あはれびに又あはれびを添へたらばこのよかのよに思ひ忘れじ」（相模集・四一二）などと詠まれる。 **○雲路** 雲の中の通り道。「年ごとに雲路まどはぬ雁金は心づからや秋を知るらん」（古今・秋下・三六五・躬恒）。 **○振り分けて** 三句の「分け」と重なる。一七〇番補説参照。異文「かけて」も不審。「里遠み雲路かき分け水茎の跡かと見ゆる雁は来にけり」（順集・一九五）を念頭に詠んだか。「振り分く」は「ひさかたの天の八重雲振り分けて下りし君をわれぞむかへし」（新古今・神祇・一八六六・淑望）とも。

〔補説〕 「わが門にいなおほせ鳥の鳴くなへに今朝吹く風に雁は来にけり」（古今・秋上・二〇八・よみ人しらず）と同様に、秋風と雁の飛来を重ねて詠む。

81

あきゝりのしめゆひそふるおほ空にいかてかかりのとひかよふらん

〔校異〕 ○そふる―とむる（私Ⅱ）

〔整定本文〕
秋霧の標結ひ添ふる大空にいかでか雁の飛び通ふらん

〔現代語訳〕
秋霧が標を結び添える大空に、どうやって雁が飛び通うのでしょうか。

〔語釈〕**〇秋霧**　秋霧が立つと雁がやってくるという歌は多い。「春霞かすみていにし雁金は今ぞ鳴くなる秋霧の上に」（古今・秋上・二一〇・よみ人しらず）。**〇標**　神や人の占有区域であることを示して、立ち入りを禁ずる標識のこと。縄を張ったり、草を結んだりする。「標結はぬ野辺の秋萩風ふけばと伏しかく伏し物をこそ思へ」（拾遺・恋三・八三九・よみ人しらず）。ここは、秋霧が空を占有しているさま。同義ではないが、次のように、空に標を結う歌もある。「諸人のかざすその日の葵草心の標は空に掛けなん」（康資王母集・九一）。

〔補説〕和泉式部百首には「小雄鹿の朝立ちすだく萩原に心の標はいふかひもなし」（和泉式部集・五三）という歌がある。萩原に心の中で標を結っておいたのに、鹿が踏み荒らしてはその甲斐もない、という意。当該歌は、秋霧が標を結ったのに、その甲斐なく雁が空を飛び通うというので、似た発想の歌といえよう。

きり〳〵すかたなきすればいもかきぬしてうちあはせこゑとなふなり

〔校異〕「私II」にナシ　〇きり〳〵す―蛩《キリ〳〵ス》（私I）

〔整定本文〕

きりぎりす片鳴きすれば妹が衣《きぬ》しでうち合はせ声唱ふなり

〔現代語訳〕

きりぎりすが片方で鳴き声を上げると、恋人が衣を打ち合わせて、一緒に（槌音と）声を揃えていることです。

〔語釈〕**〇きりぎりす**　現在の蟋蟀のこと。「秋風にほころびぬらし藤袴つづりさせてふきりぎりす鳴く」（古今・雑体・一〇二〇・在原棟梁）を踏まえ、古今歌の「ほころび」「袴」「つづりさせ」から「きぬ」を連想したか。**〇片鳴き**　片方で鳴く意か。または、未熟な声の意か。特異な表現。「おのづからまだ片鳴きの雛鳥のかまへがたさの世をいかにせん」（新撰和歌六帖・二五六四）。**〇しでうち合はせ**　布を打ち合わせて。布の光沢を出したり、柔らかくしたりするために砧で打つ、擣衣のこと。「しでうつ」は、好忠初出。「風寒みしで打ちの衣手もたゆく寒さに急ぐ秋の夜な夜な」(好忠集為相本・二四〇)、「小夜更けて衣しで打つ声聞けば急がぬ人も寝られざりけり」(後拾遺・秋上・三三六・伊勢大輔)。「しで」は、砧の音とも、「繁し」の意ともいう。「四手打つ」で向き合って砧をたえず打つ意とも。衣を「打ち合わせ」ることに、砧でたたいて艶を出した裏付きの衣「打ち合わせ」《本ノマ、》を掛けて、「きぬ」の縁語とする。**○声唱ふ**　声を上げること。「旅の雁雲居に唱ふ声すなりこころも空飛ぶひともあらなん」(兼澄集・一九)。

〔補説〕「擣衣」は、白氏文集、巻十九「聞夜砧」の「誰家思婦秋擣帛　月苦風凄砧杵悲　八月九月正長夜　千声万声無了時」に基づき和漢朗詠集の題になっており、古今六帖にも「衣打つ」題が見出せる(三三〇一から三三〇五番まで)。月や雁、風と取り合わせられており、きりぎりすとの取り合わせは新奇。「片鳴き」「妹」「しでうつ」「声唱ふ」など、言葉の組み合わせもおもしろい。「擣衣」は、好忠、恵慶、和泉式部、相模も詠んでいる。特に、「風寒み衣打つなる槌の柄の折れぬばかりの音のするかな」(恵慶集・二九一)、「里人の衣打つなる槌の音にあやなくわれも寝覚めぬるかな」(和泉式部集・四六)、「風寒み妹が衣手打つ槌の数知らぬよも過ぎぬべきかな」(相模集・三六二)には表現の継承が顕著である。相模百首には、当該歌同様「妹」が詠まれており、万葉語を用いつつ閨怨詩を踏まえた物語的世界を繰り広げている。

さをしかもこゑふりたつるあきとてやはきのした(一字分空白《本ノマ、葉歟》)もいろに出ぬらん

〔校異〕○たつる―たて、(私II)　○した(一字分空白《本ノマ、葉歟》)も―したはも(私I)(私II)(国)　○出ぬらん―いてぬる(私II)

〔整定本文〕

小牡鹿も声振り立つる秋とてや萩の下葉も色に出でぬらん

〔現代語訳〕

牡鹿も声を振り立てて鳴く秋だといって、萩の下葉も今頃色付いているでしょうか。

〔語釈〕 **〇小牡鹿**　「小」は接頭語。鹿と萩の取り合わせは、次の歌に詠まれるように一般的。「秋萩の花咲きにけり高砂の尾上の鹿は今や鳴くらむ」（古今・秋上・二一八・敏行）。この古今歌は、萩が咲いたから、鹿も今頃鳴いているだろうと類推するが、当該歌は、この発想と逆。鹿の声がするので、萩の下葉も色付くだろうというもの。**〇振り立つる**　集七六番に「鈴虫の声振り立つる秋」と詠まれる。鹿の鳴き声を「振り立つ」というのは珍しい。「小牡鹿の耳振り立ててきこしめせおもとをかせる罪はあらじな」（実方集三類本・四六）。**〇萩の下葉**　秋になると下葉が色付くというのが類型。「夜を寒み衣かりがねなくなへに萩の下葉も移ろひにけり」（古今・秋上・二一一・よみ人しらず）。また、「小牡鹿」との取り合わせも「小牡鹿のしがらみ伏する秋萩は下葉や上になり返るらん」（拾遺・雑下・五一四・躬恒）などと詠まれる。この躬恒歌は、鹿が踏み荒らすので下葉があらわになるというもの。当該歌も、隠れていた下葉がはっきりと目に見えて色付くだろうと詠む。

〔補説〕　鹿は萩の「花妻」と言われるため、五句の「色に出でぬらん」とともに、恋歌めいて詠まれている。重之百首にも、「鳴く鹿の声聞くからに秋萩の下葉こがれてものをこそ思へ」（重之集・二七〇）と、恋の物思いを詠む歌が見出せる。

84

かせふけは秋のしら露まろひあひてむすふくさはもいろに出てにけり

〔校異〕　ナシ

〔整定本文〕

風吹けば秋の白露まろびあひて結ぶ草葉も色に出でにけり

〔現代語訳〕
風が吹くと、秋の白露が転がりあって、露を置く草葉までも色づいたことです。

〔語釈〕 **○秋の白露** 七九番にも。「白露」は、九〇、九五番にも。**○まろびあひて** 転がりあって、の意。「竹の葉におきゐる露のまろびあひてぬるとはなしに立つわが名かな」（拾遺・恋二・七〇二・人麻呂）。他に類似例を見ないので、この人麻呂歌の影響を受けて詠まれたのであろう。「まろぶ」は、「伏しまろび惑ふ形見を見じとてやわかれし衣捨ててきぬらん」（伊勢集・二二〇）などにも。**○結ぶ** 露が置く意。草を結んで旅寝の枕にすることから「草」の縁語になる。**○草葉** 七七番には、まだ色付いていない草葉が詠まれている。**○色に出でにけり** 「色に出づ」は、「忍ぶしれど色に出でにけりわが恋は物や思ふと人のとふまで」（拾遺・恋一・六二二・平兼盛）と詠まれるように、はっきりと表に現れる意で、秘めた思いが露見すると詠む恋歌に多く用いられる。「春の雨に忍ぶることぞまさりける山の緑も色に出でにけり」（重之集・一七七）、「わが宿の萩の下葉のけしきにて秋は色にも出でにけるかな」（相模集・二九）。当該歌も「まろびあひて結ぶ」という表現とともに、恋歌めかす。

〔補説〕 好忠三百六十首歌の「十月はて」に、「草の上にそこらたまゐし白露を下葉の霜と結ぶころかな」（好忠集・三〇一）がある。草の上に置いた白露を「結ぶ」という語とともに詠む点で同じであるが、当該歌は「まろびあふ」という特殊な語を用いて躍動的に表現しているところが秀逸。

見わたせはなみとそ みゆるあきの、にほにあけてふねやこきわたるらん

〔校異〕 ○なみとそ—なみそ（私Ⅱ） ○みゆる—まさる（私Ⅱ） ○、に—たは（私Ⅱ） ○ほにあけて—こきいてぬ（私Ⅱ）

〔整定本文〕

見渡せば波とぞ見ゆる秋の野にほにあげて船や漕ぎ渡るらん

〔現代語訳〕

見渡すと、まるで波のように見える秋の野に、帆を上げた船ははっきりそれとわかるように穂の上を漕ぎ渡っているのでしょうか。

〔語釈〕 **○見渡せば** 漢詩文「眺望詩」を発露とする、河原院歌人に流行した表現。集の八、一七四番にも。**○波とぞ見ゆる** 秋野の草が風になびくさまを波と見間違えるという意。「……とぞ見ゆる」と疑看する歌は一九番にも。「波」と見間違えるという歌は、「卯の花の咲けるかきねは陸奥のまがきの島の波かとぞ見る」（拾遺・夏・九〇・よみ人しらず）などがあるが、秋の野や田を波と見る歌は、異例。**○ほにあげて** 「ほに」には、「はっきりと」の意。船の「帆」を掛ける。さらに、秋の野の薄などの「穂」を響かせる。「秋田刈るかり穂を見つつ漕ぎくれば衣手さむし露置きにけり」（古今六帖・一一二四）。「ほにあぐ」は、一三三、一七一番にも。

〔補説〕 白氏文集、巻二十四「晴紅橋影去　秋雁櫓声来」による「秋風に声をほにあげてくる船は天のと渡る雁にぞありける」（古今・秋上・二一二・藤原菅根）を踏まえた歌。当該歌は、秋の野（異文は「田」）を風が吹き抜ける様子を「波が立つ」と見做し、古今歌をもとに、船がこぎ渡る情景を想像したダイナミックな詠。集の冬部一〇七番は、「月も日も走り船して冬の来ぬれば」と季節の到来を船に例え、恋部一三三番は、「声をほに上げてわが恋は天の河原に今ぞ船出る」と詠む。

ふちはかまほころひわたるみはほかにぬきせん人そ恋しかりける

〔校異〕 ○みはほか―にほひか（私Ⅱ）　○せん―けむ（私Ⅱ）「私Ⅰ」には、「異本コ、ニ入」の注記が付されて

87

いる。

〔整定本文〕

藤袴ほころびわたる身は他に脱ぎけん人ぞ恋しかりける

〔現代語訳〕

藤袴が一面にほころんでいますが、体はよそに行ってしまい袴だけを脱ぎ残した人が恋しいことです。

〔語釈〕 **○藤袴** 山上憶良の「萩の花尾花葛花撫子の花女郎花また藤袴朝顔の花」（万葉・巻八・一五三八）に詠まれる秋の七草の一つ。衣服の「袴」と掛けて詠まれることが多い。当該歌も、「何人か着て脱ぎかけし藤袴来る秋ごとに野辺をにほはす」（古今・秋上・二三九・敏行）、「宿りせし人の形見か藤袴忘られがたき香ににほひつつ」（古今・秋上・二四〇・貫之）のように、男性が脱いだ袴と掛けて詠まれる。**○ほころびわたる** 藤袴の花がほころぶことに、袴がほころぶことを掛ける。「秋風にほころびぬらし藤袴つづりさせてふきりぎりす鳴く」（古今・雑体・一〇二〇・在原棟梁）。**○身は他に** 袴だけ残し、体はよそに行ってしまった意に解した。「私II」の「にほひかに」だと、香る匂いに、の意。「梅の花折ればこぼれぬわが袖ににほひかうつせ家づとにせん」（後撰・春上・二八・素性）。**○脱ぎけん** 底本に「ぬきせん」とあり、脱いだりするの意のサ変動詞「脱ぎす」に婉曲の「む」が付いたとして解することが可能かと考えたが、「せ」と「け」の誤写は生じやすいため、「私II」により校訂した。

〔補説〕 「みはほか」の例は他に見出せず、「私II」の本文の方がわかりやすい。藤袴の芳香は、語釈の貫之歌の他、「主知らぬ香こそにほへれ秋の野にたが脱ぎかけし藤袴ぞも」（古今・秋上・二四一・素性）などと詠まれている。

さをしかのしからみふする秋はきの露はえならぬものにそありける

〔校異〕 ○ふする—ふす《セイ》る（私I）、かへす（私II

88

〔整定本文〕

小牡鹿のしがらみ伏する秋萩の露はえならぬものにぞありける

〔現代語訳〕

牡鹿が絡み付けて倒す秋萩の（こぼれる）露は、なんともいえずすばらしいものであることです。

〔語釈〕　**○小牡鹿の**　八三番参照。**○しがらみ伏する**　からみつけさせるようにして倒す。「秋萩をしがらみ伏せて鳴く鹿の目には見えずて音のさやけさ」（古今・秋上・二一七・よみ人しらず）。**○えならぬ**　何とも言えないほどすばらしい、の意。和歌では検索する限り初例。

〔補説〕　三句までは、次の三首の傍線部の表現とほぼ同じである。「小牡鹿のしがらみふする秋萩は玉なす露ぞつつみたりける」（是貞親王家歌合・二二）、「小牡鹿のしがらみふする秋萩は下葉や上になり返るらん」（拾遺・雑下・五一四・躬恒）、「天の川舟さしわたす小牡鹿のしがらみふする秋萩の花」（躬恒集・八五）。「鹿」「萩」「露」の取り合わせは一般的ではある上に、これら先行歌の表現を用いた可能性が高く、集八三番に比べて工夫が見られない。

秋かせのさむきよひまにおきのはにそゝのかされて人そこひしき

〔校異〕　「私II」にナシ　○秋かせの―吹秋風の（私I）

〔整定本文〕

秋風の寒き宵間に荻の葉にそそのかされて人ぞ恋しき

〔現代語訳〕

秋風の寒々しい夕方に、そよそよと聞こえる荻の葉音に誘われて、人恋しく思われることです。

〔語釈〕　**○秋風の**　『和歌大系』が挙げる「よしゑやし恋ひじとすれど秋風の寒く吹く夜は君をしぞ思ふ」（万葉・

89

巻十・秋相聞）の他、「秋風の身に寒ければつれもなき人をぞ頼む暮るる夜ごとに」（古今・恋二・五五五・素性）など、秋風の寒さによって人恋しくなる歌が詠まれている。**○宵間**　宵の間。保憲女初出か。集一二三番にも。「宵の間」は「宵の間に出でて入りぬる三日月のわれて物思ふ頃にもあるかな」（古今・雑体・一〇五九・よみ人しらず）などと多く詠まれている。**○荻**　万葉集に三例、古今集には詠まれておらず、後撰以降に秋の歌材として定着した。風による葉音が詠まれるのが類型。「いとどしく物思ふ宿の荻の葉に秋と告げつる風のわびしさ」（後撰・秋上・二二〇・よみ人しらず）。**○そそのかされて**　その気になるようにさせられて、の意。和歌に用いるのは当該歌が初出。「九月ばかり、鶏のねにそそのかされて、人のいでぬるに」（和泉式部集・一八一番詞書）。『和歌大系』は「荻の葉に風のそそ吹く夏しもぞ秋ならなくにあはれなりける」（為相本好忠集・一七〇）を挙げ、荻の葉音の「そそ」を掛けるとする。従うべきであろう。好忠歌は、続詞花集、夏・一四四にも採られており、また、「荻の葉にそそや秋風吹きぬなりこぼれやしぬる露の白玉」（詞花・秋・一〇八・大江嘉言）といった例もある。荻の葉から「そそ」が導かれ、「そそのかされて」としたか。

〔補説〕　類型的な詠みぶりではあるが、「宵間」「そそ」「そそのかす」と、用語に工夫が見られる。特に葉ずれの音の「そそ」から「そそのかす」を導くのは独創的である。以後も同様な手法は見られないが、荻の葉ずれを「そそと」表現する歌は詠み継がれる。「いつしかと荻の葉むけのかたよりにそそや秋とぞ風もきこゆる」（久安百首・三一・崇徳院）、「秋風よそそや荻の葉こたふとも忘れね心わが身やすめて」（拾遺愚草・一七九九）。

ひくらしはしはしはならすあさかほの花みる心やすけくもなし

〔校異〕　○ひくらし―蜩《ヒクラシ》（私Ⅰ）　○はならす―はならす《かイ》（私Ⅰ）、な、きそ（私Ⅱ）（国）　○みる―みむ（私Ⅱ）

〔整定本文〕

蜩はしばしな鳴きそ朝顔の花見る心安けくもなし

〔現代語訳〕　（日が暮れるという名の）蜩はしばらく鳴きやんでほしいものです。（朝咲いた）朝顔の花を眺めていても心がおだやかでいられないから。

〔語釈〕　**○蜩**　朝夕に甲高く美しく鳴く蟬。カナカナ蟬。夕暮れの鳴き声が物悲しさを誘うことから、日を暮れさせるものとして「ひぐらし」の和名がついた。「蜩の鳴きつるなへに日は暮れぬと思ふは山の影にぞありける」（古今・秋上・二〇四・よみ人しらず）。**○しばしな鳴きそ**　底文「しはしはならす」とあるのは「しばしは鳴かず」の誤写か。ただし、蜩が鳴かないことと朝顔の花を見る心がおだやかでないことと結びつかないので、「私II」に従い、「な鳴きそ」と校訂した。**○朝顔**　朝咲く花であることから生じた名前であるが、時代により、どの花をいうか異なったようである。古くはキキョウを指したようであり、ムクゲやヒルガオ、ケニゴシのことも。平安時代には、花の命の短さから、無常観とともに詠まれることもあった。「朝顔を何はかなしと思ひけん人をも花はさこそ見るらめ」（拾遺・哀傷・一二八三・道信）、「世の中を何にたとへん夕露も待たで消えぬる朝顔の花」（順集・一二〇）。序文28にも「露の命のほど、朝顔のしぼまぬ先にだに戯れずは」とある。**○安けくもなし**　心安くいられない、の意。「あしひきの山路越えむとする君を心にもちて安けくもなし」（万葉・巻十五・三七二三）など、万葉歌に用いられる表現だが、集一九四番にも「あし繁み　かつはつれなく　なりながら　下騒がるる　わが胸は　安けくもなし」と用いられている。

〔補説〕　蜩は、その名から日暮れ時に詠むことが多く、朝鳴く声を詠むのは珍しい。「あさぼらけ蜩の声聞こゆなりこや明け暮れと人のいふらん」（拾遺・雑上・四六七・済時）。当該歌は、朝顔を見ていると蜩が鳴いて、もう夕暮れかと思い、朝顔がしぼむことを憂えて、心が落ち着かないという内容で、「ひぐらし」「あさがお」という名前にちなんで機知的に詠んだもの。

90 しらつゆのきゆるをおしみしたくさにたまふきむすふ秋のよのかせ

〔校異〕 ○をおしみ―おしみし（私II）

〔整定本文〕

白露の消ゆるを惜しみ下草に玉吹き結ぶ秋の夜の風

〔現代語訳〕

白露が消えるのを惜しんで、（上の葉でなく、ことさら）下草に玉のような露を結んで吹く秋の夜の風であることです。

〔語釈〕 **○白露** 集の七九、八四、九五番にも。**○吹き結ぶ** 風が吹いて露を結ぶという意。集一二五番にも。「吹き結ぶ風は昔の秋ながらありしにもあらぬ袖の露かな」（小町集・九五）、「宮城野の露吹き結ぶ風の音に小萩がもとを思ひこそやれ」（源氏物語・桐壺）。

〔補説〕 下草が露に濡れる理由を、風が露の消えるのを惜しんだため、として詠む。「玉吹き結ぶ」について、『和歌大系』は「鳴く虫の涙になせる露よりも露吹き結ぶ風はまされり」（順集・一六〇）、「声弱み乱るる虫を木枯の露吹き結ぶ秋の夜な夜な」（海人手古良集・二二）に基づき、「露」を「玉」に詠み変えた保憲女の独自表現とする。

歌に、ことさら「下草」に置く露を詠むのは、「白露の上はつれなく置きゐつつ萩の下葉の色をこそ見れ」（後撰・秋中・二八五・よみ人しらず）のように、下葉の紅葉が歌に詠まれる常套であったからであろうが、「草の上にそこら玉ゐし白露を下葉の霜と結ぶ頃かな」（好忠集・三〇一）の影響もあるか。

ふゆ

91 しほるらんくさきにたくふたましゐをこゝろをかせやふけらかしつる

〔校異〕 ○ふゆ―ナシ（私II） ○くさき―きくさ（私II） ○たましゐを―たましろか（私II）（国） ○ふけらかし―ふきちらし（私II）（国）

〔整定本文〕 冬

萎るらん草木にたぐふ魂を心を風や吹き散らしつる

〔現代語訳〕 冬

（冬になると）萎れてしまうだろう草木と同じような（私の）魂をも心をも風が吹き散らしてしまったことです。

〔語釈〕 **○冬** 「冬」の題が付されているが、一〇七番の詞書に「冬、ここまでは秋といへり」とあり、当該歌以降一〇六番までは秋歌が続く。**○萎る** 生気を失ってぐったりすること。「吹くからに秋の草木の萎るればむべ山風を嵐といふらむ」（古今・秋下・二四九・康秀）。**○たぐふ** 相当する、寄り添う。一二六番参照。「とどむべき物とはなしにはかなくも散る花ごとにたぐふ心か」（古今・春下・一三二・躬恒）、「炭窯の煙に身をやたぐへましわがたちめもさてぞ絶えにし」（好忠集・三三二）。**○魂** 和歌では「恋しきにわびて魂迷ひなばむなしきからの名にや残らむ」（古今・恋二・五七一・よみ人しらず）と、魂が体を離れて惑うものとして詠まれることが多い。また、身に付き従っている魂を「たぐふ」という語を用いて「たぐへやるわが魂をいかにしてはかなき空にゆき惑ふらん」（朝忠集・二〇）という歌も見出せる。集では、一五〇、一五五番にも「魂」が詠まれる。また、序文27には「夜も吾が衣を返し、まれなる夢路に魂をあくがらし」、序文29には「空に魂とる虫を詠み、ある時はあまたの魂を語りきて、歌合をして、勝ち負けは心ひとつに定めなどしてぞ、慰めて明かし暮らしける」と遊離する魂が記される。ただし、当該歌は、魂と心が別個のものとして詠まれている点が不審。異文では「たましろか」とあり、「国」は「たましろか」と校訂する。「たましろ」は「霊代」の字を当て、霊のよるところとしてまつるもの、の意。他に和歌の用例は見出せない。**○吹き散らし** 底本「ふけらかし」。「吹けらかす」の例は、当該歌以外には「せめて詠みおほせて、御ふけらかし候歟など、腹立ちいで物ども思ひ候はねども、あまり歌の詠まれ候はぬに」（土御門院百首・定家卿返事）があるが、これは吹聴するという意か。ここは「私II」に従って「吹き散らす」と校訂した。「秋風は誰が手向けとかもみぢ葉をぬさに切りつつ吹き散らすらん」（寛平御時后宮歌合・一〇七）。ただし、「吹き散らす」という語も用例は少ない。初期百首歌人には「吹き散らす冬の嵐ぞうらめしき木の葉をきぬとたのむ山人」（好忠集・二八九）、「花知らぬ雲吹き散らす風荒み静心なき春の夕暮れ」（重之女集・一〇七）と詠まれる。

〔補説〕 序文1に「かかれば、鳥虫に劣り、木には及ぶべからず。草にだに等しからず。いはんや人には並ばず」とあるが、当該歌は「萎れている草木」に身を重ね、風に翻弄するような弱弱しい心を詠む。『和歌大系』補注に「草木日夜衰……我心亦如之」（白氏文集・九・秋懐）が指摘されている。

なみならは|よも山こと|にふき|かへすものいほりそ|いかゝしつらん

〔校異〕 ○は―て（私II）（国） ○こと―かせ（私II） ○ふき―よせ（私II） ○そ―は（私II）

〔整定本文〕

波ならで四方山ごとに吹き返す蜘蛛の庵ぞいかがしつらん

〔現代語訳〕

波でもないのに四方のあちこちの山から風が吹き返す蜘蛛の巣は、今ごろどんなになっているでしょう。

〔語釈〕 **○波ならで** 底本「なみならは」を「私II」により校訂した。**○四方山** 四方の山。「四方山をうち越え来ればかさぬひの島こぎ帰るたななし小舟」（古今六帖・一八一七・黒麻呂）、「四方山の紅葉は多く見つれども水底のしも深き色かな」（清正集・三三）。**○吹き返す** 七三番参照。**○蜘蛛の庵** 保憲女初出か。『和歌大系』は「蜘蛛」に「雲」を掛け、「蜘蛛」の縁で「い（巣）」から「庵」を導いた」とする。山風のせいで蜘蛛の巣はどうしただろうと詠む歌とも、空にある雲の庵はどうしただろうという歌とも採れる。好忠歌に「秋風はまだきな吹きそわが宿のあばらかくせる蜘蛛のいがきを」（拾遺・雑秋・一一一一）があるので、ひとまず「蜘蛛」として解す。蜘蛛の巣が破れやすく心細いことは、「ささがにの空にすがける糸よりも心細しや絶えぬと思へば」（後撰・雑四・一二九五・よみ人しらず）、「夕暮は蜘蛛のいとなむすがきかな宿もなき身の心細さに」（赤染衛門集・二二二）などと詠まれる。

〔補説〕 好忠集に「煙かと四方の山辺は霞みたりいづれの木の芽もえ残るらん」（一八）、「神無月近づきぬらし思はずになど四方山の色変はりゆく」（五一二）と、四方を見渡して季節の変化を感じる歌が詠まれている。同様に他の初期百首にも「嵐だにおとせぬ春と思ひせばのどけく見まし四方の花々」（恵慶集・二五六）、「雲高き四方の高嶺もかたちなるみな白山に見ゆる頃かな」（海人手古良集・三七）、「雁金の聞こゆるなへに見渡せば四方の木末も色付きにけり」（和泉式部集・四七）、「雪降れば四方の山辺の白ければ年高くのみ見え渡るかな」（千穎集・四三）などと詠まれる。また、四方から吹く風も、好忠が「秋風の四方に吹きくる音羽山なにの草木かのどけかるべき」（新古今・秋上・三七一）と詠む。

風雅集入

秋のよのねさめのほとをかりかねのそらにしれはやなきわたるらん

〔校異〕 ○風雅集入—風雅（私Ⅰ）、ナシ（私Ⅱ）（国）　○を—も（私Ⅱ）　○の—に（私Ⅱ）

〔整定本文〕

風雅集入

秋の夜の寝覚めのほどを雁金のそらに知ればや鳴き渡るらん

〔現代語訳〕

（風雅集に入る）秋の夜の寝覚めがちな私の境遇を雁はそれとなく知っていて空を鳴きわたっているのでしょう

か。

〔語釈〕 **○秋の夜の** 九一番の前に「冬」題が付されていたが、当該歌も明らかに秋の歌。風雅集、秋風集でも秋部に入集する。**○寝覚め** 眠りの途中で何度も目を覚ますこと。物思いのためになかなか眠れないことをいうことが多い。初期百首歌人においても以下のように詠まれる。「秋の夜の寝覚めがちなる山里は枕つどへに鹿のみぞ鳴く」（恵慶集・二三四）、「二葉にて芽ざしし篠の秋来れば夜中になりて寝覚めがちなる」（好忠集・二一三）。「寝覚め」は集の一三〇、一六六番にも詠まれる。**○そらに知ればや** 「空に」に、暗に、の意の副詞「そらに」を掛ける。「怨むとも恋ふともいかが雲居よりはるけき人をそらにしるべき」（後撰・恋六・九九八―九九九・よみ人しらず）。

〔他出〕 風雅集、秋歌中・五四九

秋歌の中に　　賀茂保憲女

秋の夜の寝覚のほどを雁がねの空にしればや鳴きわたるらん

秋風集、秋歌下・三五三

賀茂のをむな

秋のよのねざめのほどをかりがねのそらにしればや鳴きわたるらむ

〔補説〕 寝覚めがちな私に聞かせるように雁が哀れ深く鳴く、ということ。集一三〇番は、冬の夜にひとりで寝覚めに聞く雁の声を「同じ心に」鳴く、と詠んでいる。

〔校異〕 ○へ―え（私II） ○すくなき―すくなく（私II） ○月日なり―ほになりに（私II）

〔整定本文〕

秋の田のさなからとしをへてけれはのこりすくなき月日なりけり

95

秋の田のさながらとしを得てければ残り少なき月日なりけり

〔現代語訳〕

秋の田はそのままそっくり収穫をしてしまったのでほとんど残っていないように、(今年も)残り少ない月日となったことです。

〔語釈〕 ○さながら　全部そっくり、の意。「露の身のおきて見つれば常夏の花はさながら盗まれにけり」(檜垣嫗集・二)。○としを得て　「とし」は、穀物の収穫が一年に一度であることから、五穀、特に稲、の意。「刈りて干す山田の稲を数へつつ多くのとしを積みてけるかな」(拾遺抄・雑上・四一七・躬恒)、「みあれひく賀茂のみとしろ引き植ゑて今はたとしの神を祈らん」(好忠集・一〇六)。底本の「としをへて」だと、一年を経過して、の意。ただし、「秋の田」とあるのが不審。例えば「山の田」などであれば、田が、春夏秋を経て冬になり、今年も残り少なくなった、という意になろう。「私II」に「としをえて」とあるので、ひとまずの「え」と「へ」の仮名遣いの誤用として「としをえて」の本文で解す。○少なき月日なりけり　異文「すくなくほになりにけり」だと、残りわずかに穂を出しているだけです、の意。

〔補説〕 『和歌大系』は、「さながら」を、「まるで。あたかも」の意として、当該歌の例を現存初期の例とする。また、五穀の意「とし」に「年」を掛け、「次歌と共に老いを詠う」と注す。「秋の田が、あたかも収穫が終わり年を経てきたような風情であるので、残り少ない月日となり、我が身も老いていくことです」という意になろうか。

〔校異〕 ○しらつゆ―わたつゆ(私II)　○よはひ―かたち(私II)

〔整定本文〕

あへよとてきくのしらつゆのこへともすきにしよはひかへらさりけり

あえよとて菊の白露のごへども過ぎにし齢返らざりけり

〔現代語訳〕

あやかれと思って菊の白露で身を拭うけれども、過ぎてしまった年は返らないのですね。

〔語釈〕 **〇あえよとて** 底本には「あへよとて」とあるが、あやかる、の意の下二段動詞「あゆ」の已然形「あえ」の仮名遣いの誤用として校訂した。「君か代はつるのこほりにあえてきね定めなき世の疑ひもなく」（後撰・離別・一三四四・伊勢）。**〇菊の白露** 重陽の節句の「着せ綿」を詠む。菊に綿をかぶせ、その露で体を拭うと長命になると言われた。「音にのみきくの白露夜はおきて昼は思ひにあへずけぬべし」（古今・恋一・四七〇・素性）。白露は、七九、八四、九〇番にも。いずれも秋部の歌。**〇のごへども** 拭うけれども。「かづけおきし菊の綿してのごへどもおいていたくぞ露に濡れぬる」（相模集・二六二）。**〇齢** 年齢。「老ひにける齢も皺も延ぶばかり菊の露にぞ今朝はそぼつる」（好忠集・二五五）。

〔補説〕 長寿の象徴である菊の花につけて老いを嘆く歌は、「菊の花下行く水に影みればさらになみなく老いにけるかな」（貫之集・一九七）など。女集の序文冒頭部には「千々の門過ぎにし年頃、慣らへる月日の中に求むれど、我が身のごと悲しき人はなかりけり。年の積もるままに物思ひしげりける時に、思ひけるやう」とあるので、老いを自覚しての実感詠であろう。「齢が過ぎる」という表現は「さかさまに年も行かなむとりもあへず過ぐる齢やともに返ると」（古今・雑上・八九六・よみ人しらず）などに見出せる。当該歌もこの古今歌同様、これから先の長寿を祈るのでなく年齢をさかのぼりたいと願い、そうはいってもそれは無理なことだった、というあきらめの気持ちを詠む。「私II」は第四句が「過ぎにしかたち」とあり、年とともに容貌が衰えていくことの嘆きを詠む歌ということになる。

もみちは、いろめくあきにあさりしてきくさに袖をひかれぬるかな

〔校異〕○は—の（私II）　○あき—やま（私II）　○袖をひかれぬる—そ（一字分空白）をかれぬる（私II）

〔整定本文〕

もみぢ葉は色めく秋にあさりして木草に袖を引かれぬるかな

〔現代語訳〕

紅葉の葉が色付く秋に紅葉狩りをして、木草に袖を引かれたことです。

〔語釈〕**○色めく**　色付くこと。「あさり」「袖を引かれ」とともに恋歌めかして用いた語。「物越しに花をうち見て人知れずわびたる心色めきぬべし」（古今六帖・一四四二・貫之）。紅葉を「色めく」と表現するのは、稀な例。「まどろまず音をのみぞ泣く萩の花色めく秋は過ぎにしものを」（続後撰・雑上・一〇八八・菅原道真）。重之は、梔子を「色めく」と詠む。「くちなしや君が苑には繁るらん色めくなるをいらへせじとや」（重之集・一九三）。**○あさりして**　紅葉狩りをすることを「あさりす」と詠む。通常は、海人が漁をすることをいう。「潮の間にあさりする海人もおのが世々かひ有りとこそ思ふべらなれ」（後撰・恋三・七五八・長谷雄）。**○木草**　木草の用語は新奇。「心なき木草なれとてみちなれどのりの庭にもうつしつるかな」（基俊集・一〇六）。

〔補説〕「あさる」を「海人」と無関係に詠む歌は、初期百首に見出せる。「野飼ひせし駒の春よりあさりしに尽きずもあるかな淀の真菰の」（好忠集・四四八）、「狩り人のいとまもいらじ草若みあさるきぎすの隠れなければ」（和泉式部集・一四）、「隠れ沼もかひなかりけり春駒のあされば菰の根だに残らず」（同一七）。序文15にも「浅茅か中の蓬をもあさり出でて」とあり、当該歌も、言葉選びに工夫をしたのであろう。

97

山かつのその、もみちはあかけれとやみなるよるのにしきなりけり

〔校異〕 ○その—そこ（私Ⅱ）

〔整定本文〕

山賤の苑の紅葉はあかけれど闇なる夜の錦なりけり

〔現代語訳〕

山人の住む庭の紅葉は赤いけれど、闇夜の錦のように無駄なものなのですね。

〔語釈〕 **○苑** 庭園。「わが苑の梅のほつ枝に鶯の音に鳴きぬべき恋もするかな」（古今・恋一・四九八・よみ人しらず）。 **○あかけれど** 「赤」に明るい意の「明」を掛け、「闇」「夜」の対とする。「紅葉せばあかくなりなんをぐら山秋待つほどの名にこそありけれ」（拾遺・夏・一三五・よみ人しらず）。 **○夜の錦** 一二三番参照。無駄なものの例え。

〔補説〕 和泉式部に「散り散らず見る人もなき山里の紅葉はやみの錦なりけり」（和泉式部集・一九四）という類歌がある。「見る人もなくて散りぬる奥山の紅葉は夜の錦なりけり」（古今・秋下・二九七・貫之）。

98

野山ゆきまつたけくめるつゝらこのいくふし秋をくりかへすらん

〔校異〕 ○まつたけ—まつたけ《松竹》（私Ⅰ） ○くめる—くめる《編》（私Ⅰ）、つめる（私Ⅱ） ○つゝらこ—つゝらこ《籠》（私Ⅰ）、水らこ（私Ⅱ） ○いく—いろ（私Ⅱ） ○くりかへす—ふきかへす（私Ⅱ）

〔整定本文〕

野山行き松竹組めるつづら籠のいく節秋を繰り返すらん

〔現代語訳〕

野山を行き、松の枝や竹を組んで編む葛籠の籠の目のように、いったい何回秋を繰り返すのでしょうか。

〔語釈〕 **○松竹**　松と竹の意。「風寒く吹きて松竹の音などおもしろくありければ……」（貫之集・七一詞書）。「私II」は「つめる」とあるので、「松茸」のことか。「松茸」は、拾遺集、物名・三九八番の題にも。**○つづら籠**　つづら（葛籠）は、衣服などを入れる、竹やつる草を編んで作った籠のこと。「つづら籠」は、和歌の用例では初出。「野を見れば春めきにけり青つづら籠にや組ままし若菜摘むべく」（拾遺・物名・三九九・よみ人しらず）から「つづらこ」という語を採ったか。**○いく節**　何度の節目を。初句から三句までが「いく節」を導く序詞。**○繰り返す**　籠に用いる「葛」の縁で、手繰る意の「繰り」を掛ける。「絶えぬとは言ひてしものを青葛また繰り返し山人の憂さ」（古今六帖・三八九三）。

〔補説〕　松や竹が長寿の象徴であることを踏まえた歌。葛籠の網目から「いく節」を導く序は、独創的。

〔校異〕　○り―る（私II）　○と―に（私II）　○なるか―みゆる（私II）　○を―に（私II）　○まよはせる―まとはる、（私II）　○のみちか《本ノマ、ト云々》―かみちかき《もみちはイ》（私I）、のもみちか（私II）（国）

〔整定本文〕

ふちとなり瀬とのみなるか世の中をふみまよはせるあきのみちか《本ノマ、ト云々》

淵となり瀬とのみなるか世の中を踏み迷はせる秋の紅葉か

〔現代語訳〕

（紅葉が川に散り敷いて色が濃く見えるのでどこが淵とも浅瀬ともわからないと歌に詠まれますが）淵になったり浅瀬になったりするだけなのでしょうか。（山道にも散り敷いて）世の中を（無常だと割り切れずに）踏み迷わせる秋の紅葉であることです。

〔語釈〕 **○淵となり瀬とのみなるか** 古今歌の「世中はなにか常なる飛鳥川昨日の淵ぞけふは瀬になる」（古今・雑下・九三三・よみ人しらず）に拠る表現。世の中が無常であることをいう。**○踏み迷はせる** 紅葉が散り敷いて道がわからないため迷うということ。「ひねもすに越えもやられずあしひきの山の紅葉を見つつ惑へば」（貫之集・二三七）、「都にも道踏み迷ふ雪なればとふ人あらじ深山辺の里」（好忠集・三五七）。**○紅葉か** 本文不審。「私Ⅰ」は「秋か短き」とあり傍書に「もみちはイ」、「私Ⅱ」は「秋の紅葉か」。あるいは、「もみちは」の誤写であろうか。ここは〔補説〕に挙げたように、紅葉に関する語が用いられているため、「私Ⅱ」に従って校訂し、末尾の「か」を詠嘆として解した。「浅緑糸縒りかけて白露を玉にもぬける春の柳か」（古今・春上・二七・遍照）。

〔補説〕 「水のおもの深く浅くも見ゆるかな紅葉の色や淵瀬なるらん」（拾遺・雑秋・一一三一・躬恒）のように、紅葉の深い色のため、川の淵か浅瀬かわからないと詠まれる。当該歌は、それをもとに、川の淵瀬ばかりでなく、道に散り敷いて道に迷ってしまう、と詠んだものとして現代語訳を補った。

もみちはのふりしくやまにましらひてみのしならぬいろかきつ《本ノマヽト云々》

〔校異〕 ○みのしならぬ―みのしろならぬ（私Ⅰ）、身のしなゝらぬ（私Ⅱ）（国） ○いろかきつ《本ノマヽト云々》―いろかきつ《本ノマヽ衣歟》（私Ⅰ）、いろもこきかへ（私Ⅱ）（国）

〔整定本文〕

もみぢ葉の降り敷く山にまじらひて身の品ならぬ色衣着つ

〔現代語訳〕

紅葉の葉の降り敷く山に混じり入って、身分不相応な色鮮やかな衣を着たことです。

〔語釈〕 **○身の品ならぬ** 身の程に合わない、つまり分不相応ということか。九五、九八番などに、嘆老の歌があるので、ここもまた、若くない身にふさわしくない鮮やかな色を自分に不相応だというか。異文は「みのしろならぬ」。「蓑代衣」は、蓑の代わりになる雨衣のこと。「降る雪の蓑代衣うち着つつ春来にけりとおどろかれぬる」（後撰・春上・一・敏行）。**○色衣着つ**　底本では意味不明。「いろか」を「いろ衣」の誤写として校訂した。「色衣」は、集の一六三番にも。「色ぎぬ」は、一〇一番にも。古今歌の「山吹の花色衣主や誰とへど答へずくちなしにして」（古今・雑体・一〇一二・素性）以降、「花色衣」として詠まれることがほとんどであり、「色衣」は、保憲女独自の用語か。

〔他出〕　能因歌枕、広本・一

もみぢばのちりまがふ山にまじらひてみのしならぬいろごろもきつ

〔補説〕　『和歌大系』は「みのしろならぬいろ」の本文を採り、「蓑代」に「身の白」を掛け、「紅葉により、身は白ではなく錦を着たように見えるの意」と注する。序文6にも「朝には白妙の衣に紅の時雨降り敷き」と、白と紅の対比が見出せる。

あさほめのいろきぬてらすふねかとに《本ノマヽ云々》うへにもみちのそてはみへけり

〔校異〕　○あさほめ—あそひめ（私Ⅱ）（国）　○きぬてらす—ぬきてこす（私Ⅱ）（国）　○かとに—かとそ（私Ⅱ）（国）　○うへ—河（私Ⅱ）、かは（国）　○そてはみへけり—うけはみえける（私Ⅱ）（国）

〔整定本文〕

遊び女の色ぎぬ照らす舟ごとに上に紅葉の袖は見えけり

〔現代語訳〕

遊び女の色衣を照り輝かせる舟ごとに、川の水面に紅葉の色の袖が見えることです。

102

〔語釈〕**○遊び女**　底本「あさほめ」とあるのを「私II」により校訂した。遊女のこと。集の一一六番には「遊びをか」（遊び岡か）が詠まれる。和漢朗詠集や新撰朗詠集に「遊女」の項目があり、「舟遊び」の様子が詠まれている。「翠帳紅閨　万事之礼法雖異　舟中浪上　一生之歓会是同」（和漢朗詠集・七二〇・以言）。**○色ぎぬ照らす**　「色ぎぬ」は「色ごろも」と同意。一〇〇番参照。**○舟ごとに**　底本「ふねかとに」を「か」と「こ」の誤写と見て「舟ごとに」と整定した。「私II」は「ふねかとそ」。〔補説〕参照。**○上に**　川の水面のことか。**○紅葉の袖**　ここは、紅葉を鮮やかな遊女の袖に見立てた表現か。「紅葉の袖」という表現は、保憲女初出。『千五百番歌合』において、定家の「秋暮れし紅葉の色を重ねても衣かへ憂き今日の袖かな」（二六七九）の判詞に「……ただし、紅葉の袖の色よわくみえ侍るにや、女房の歌などならば許さるるかたも侍りなん」とある。

〔補説〕「私II」では下句が「河に紅葉の浮けば見えける」となっていて、「国」はこちらの本文を採る。「浮けば見えける」は、「浮くので……と見間違える」という意。「川に紅葉の浮けば遊び女の色ぎぬ照らす舟かとぞ見る」という語順であればわかりやすい。「梅ははや咲きにけりとて折れば散る花とぞ雪の降れば見えける」（和泉式部日記）も似た語順になっている。

亭子の帝（宇多法皇）が鳥養院で船遊びをした時、多くの遊女、傭偶女が出入りしていたことが、十訓抄にみえている。この時に歌った白女（江口の遊女）の歌が古今集に入集しているが、白女は大江音人の子、玉淵の娘という。この話は、平安中頃から貴族が江口や神崎にしばしば出入りし、遊女を妻妾にしたことを示している。

紅葉、はあきにそしむるよの中をみむろの山は名のみなりけり

〔校異〕「私II」にナシ

〔整定本文〕

もみぢ葉は秋にぞしむる世の中をみむろの山は名のみなりけり

〔現代語訳〕

紅葉の葉は秋に染まって世の中を占領しています。そういう風景を見ると、紅葉の名所の三室山も名ばかりだったと思うことです。

〔語釈〕 ○しむる　下二段動詞「染む」に、「占む」を掛ける。「阿岐夜麻能　母美知婆自牟留　旨羅都由能　伊知旨侶岐麻弖　伊母爾阿婆努可母（あきやまのもみぢばしむるしらつゆのいちしろきまでいもにあはぬかも）」（歌経標式真本・二三・長田王）、「桜色にわが身は深く成りぬらん心にしめて花を惜しめば」（拾遺・春・五三・よみ人しらず）。**○みむろの山**　歌枕。三室山は、別名を神南備山とも言い、神の座す深山、紅葉の名所として歌に詠まれてきた。「龍田河もみぢ葉流る神南備の三室の山に時雨降るらし」（古今・秋下・二八四・よみ人しらず）。当該歌は、三室山の「三」に「見」を掛ける。「曇りなき君がみむろの空晴れてうろの宿りをいかが見るらん」（為頼集・一〇）。

〔補説〕 一〇一番同様、語順を並べ替えるとわかりやすい。「もみぢ葉は世の中を秋にぞしむる三室の山は名のみなりけり」ということ。

秋かせにかれにしひとそこひらる、やともころも、かれやしつらん

〔校異〕 ○にし―ぬる（私II）　○やとも―夜とも《るのイ》（私I）　○ころも―心（私II）　○かれやしつらん―かへやしてけむ（私II）

〔整定本文〕

あき風に離れにし人ぞ恋ひらるる宿も衣もかれやしつらん

〔現代語訳〕

秋風が吹き、私に飽きて去って行った人が恋しいことです。家も衣も朽ち果てて心が離れてしまったのでしょうか。

〔語釈〕 **○秋**　「秋」に「飽き」を掛ける。**○離れにし**　「離れ」に「枯れ」を響かせる。「山里は冬ぞ寂しさまさりける人めも草もかれぬと思へば」（古今・冬・三一五・宗于）。**○宿も衣も**　草木が枯れるように、宿も衣も人の心が離れてしまったために朽ち果てる、ということか。宿や衣が枯れるという表現は珍しい。「七夕に脱ぎて貸しつる唐衣いとど涙に袖や朽ちなむ」（貫之集・一二）と詠まれるように、涙で衣が朽ちるということか。後には「待つ人も庭の木葉も衣手も枯れて朽ち行く夜な夜なの霜」（壬二集・二八三四）と詠まれる。**○かれやしつらん**　異文「かへやしてけん」だと、「変えてしまったのだろうか」の意になる。上句の「離れにし」と同語重複。一七〇番〔補説〕参照。

〔補説〕　語釈の古今歌「人めも草もかれぬと思へば」を念頭に置いて「……も……もかれる」と詠むか。序文29には「その程冬の初め、秋の終りなりければ、草木も風もやうやう枯れもていく」と、草木と風がともに枯れていく、とある。

104

ふるさとへあきはかへりぬ、さひける山のにしきをけころもにきて

〔校異〕　○へ—に（私Ⅱ）　○きて—き《レイ》て（私Ⅰ）、して（私Ⅱ）

〔整定本文〕

故郷へ秋は帰りぬ幣ひける山の錦を褻衣に着て

〔現代語訳〕

故郷へ秋は帰ってしまいました。（旅の安全を祈願して）手向けた幣を敷いた山の紅葉の錦を普段着として着て。

〔語釈〕 ○秋は帰りぬ　五行説により、秋は西の方角からやってきて、西へ帰るとされた。「故郷に帰ると見てや龍田姫紅葉の錦そらに着すらん」（拾遺・雑秋・一一二九・能宣）。故郷に錦を着て帰るという発想は、一六番にも。○幣ひける　幣は、旅の無事を祈って神に手向ける幣帛のこと。「道知らばたづねも行かむもみぢ葉を幣と手向けて秋はいにけり」（古今・秋下・三一三・躬恒）。「幣ひく」について、「大幣の引く手あまたになりぬれば思へどえこそ頼まざりけれ」（古今・恋四・七〇六・よみ人しらず）というように幣を引っ張るという意もあるが、ここは、手向けられた幣が地面に散り敷いている意に解した。「深山にはむらむら錦ひけるかと見るにつけても秋霧ぞ立つ」（好忠集・二五三）、「前栽植ゑさせ給ひて砂子ひかせけるに」（伊勢集・二三二詞書）。○褻衣　普段着の意。「十一月、菊の色したる衣、親のもとにやるとて／この衣の色白妙になりぬとも静心ある褻衣にせよ」（和泉式部集・四三一）。

〔補説〕 当該歌は、和泉式部集の例から「けごろも」に「褻衣」の字を当て「錦を普段着として着て」の意に解した。ただし、和歌においては、鳥の羽毛を「毛衣」と詠む例も多く見出せるため、錦を羽毛のように上着として着て、の意とすることもできよう。「千年経ん形見とを見よ忍びつつひとり巣立だたむ鶴の毛衣」（元輔集・四三、一条摂政御集・五四にも）。

秋は空の通い路を通ってやってくる。「夏と秋と行きかふ空の通ひ路は片へ涼しき風や吹くらむ」（古今・夏・一六八・躬恒）。そこで、秋が紅葉の錦を身に着けて故郷に戻ることを詠む際に、空を飛ぶ鳥の毛衣に例えたとも考えられる。

〔校異〕 ○に—は（私II）　○けり—けれ（私I）（私II）（国）

〔整定本文〕

人もみなかれゆくのへにはなすゝき露にのみこそむすはれにけり

人も皆かれゆく野辺に花薄露にのみこそ結ばれにけれ

〔現代語訳〕

人も皆離れ、草も皆枯れていく野辺で、花薄は露とだけ結ばれたことです。

〔語釈〕 **○人も** 「も」は並列の助詞。下の「かれ」は「枯れ」と「離れ」の掛詞なので、「人も野辺も皆」ということ。**○花薄** 穂の出た薄。「穂に出づ」や「招く」「結ぶ」などの語を伴って恋歌めかして詠まれることが多い。「花薄われこそ下に思ひしかほにいでて人に結ばれにけり」（古今・恋五・七四八・仲平）。当該歌も「離る」「結ぶ」と、恋の気分を詠む。**○露** 薄に置く露に、涙の意が込められる。「秋暮れて招く袂を花薄今は露さへ結ぶべきかな」（元真集・六八）。**○けれ** 底本は「けり」だが、「こそ」の結びであるため、「私II」により改めた。

〔補説〕 人に見捨てられ涙にくれる姿を、枯野の花薄が露とだけ結ばれた、と詠んだ機智的な歌。

106

うちはへてはたをるむしのある物をつゝりさせてふこゑやなになり

〔校異〕 「私II」ナシ　○なになり―なになり《るイ》（私I）

〔整定本文〕

うちはへて機織る虫のあるものを綴り刺せてふ声や何なり

〔現代語訳〕

一晩中、打ったり延ばしたりして機織りをする虫がいるのに、「綴り刺せ」などという声はいったい何なのでしょうか。

〔語釈〕 **○うちはへて** 「ずっと……して」の意の副詞的連語に、打って延ばす意の「打ち延ふ」を掛け、「機」の縁語とする。「織女に貸しつる糸のうちはへて年の緒長く恋ひやわたらむ」（古今・秋上・一八〇・躬恒）。**○機織る虫**

きりぎりすの古名とされる。「秋くれば機織る虫のあるなへに唐錦にも見ゆる野辺かな」（拾遺・秋・一八〇・貫之）。**○綴り刺せ**　虫の鳴き声を「綴り刺せ」と聞きなしたもの。「秋風に綻びぬらし藤袴綴り刺せてふ蟋蟀なく」（古今・雑体・一〇二〇・棟梁）を踏まえての表現。

〔他出〕　秋風集、雑体歌・俳諧歌・一三二七

　あきのうたの中に　　　賀茂のをんな

うちはへてはたおる虫もあるものをつづりさせてふこゑやなになる

〔補説〕「機を織る」という名の虫がいるのに、「綻びを繕え」と鳴く声が聞こえるのはどういうことか、と詠む。古今歌に依拠しながら、さらに「機織虫」の古名を絡ませて一捻りする。

　ふゆ　　ここまてはあきといへり

わたつみにかせなみたかし月も日もはしりふねして冬のきぬれは

〔校異〕　○ふゆ　ここまてはあきといへり―冬　ここ《イナシ》まてはあきといへり（私Ｉ）、ナシ（私II）　○わたつみ―わたつうみ（私II）　○して―てふ（私II）　○の―は（私II）　○れは―らし（私II）

〔整定本文〕　冬　　ここまでは秋といへり

　わたつみに風波高し月も日も走り船して冬の来ぬれば

〔現代語訳〕　冬　　ここまでは秋と言っていた

　大海に風によって起きる波が高いことです。月も日も走り船のようにして冬がやってきたので。

〔語釈〕　**○冬　ここまでは秋といへり**　九一番歌の前に「冬」の部立て名が付されているが、実際は一〇六歌までが秋。一〇七番歌から冬歌がはじまっている。この但し書きは後人による書き入れであろう。**○風波**　風によって

立つ波の意か。「七夕を渡してのちは天の川波高きまで風も吹かなむ」（兼輔集・三七七）。あるいは、風と波の意で、風もひどく吹き、波も高い、ということか。「同じ所なり。もし風波のしばしと惜しむ心やあらん、心もとなし」（土佐日記・一月三日）。ひとまず「高し」に掛かることから、風によって立つ波の意とする。**○月も日も**　万葉歌に、舟とともに次のように詠まれる。「浦み漕ぐくまのぶねつきめづらしくかけて思はぬ月も日もなし」（万葉・巻十二・三一七二）。また、同じく万葉歌「月も日も変はりゆけども久に経る三諸の山のとつ宮所」（巻十三・三二三一）は、枕草子（清涼殿の丑寅の隅の）において、伊周が朗誦したとある。「月も日も」という表現の先行例は他にも見出せるが、空の月と日の意なので、これらの万葉歌の表現を踏まえた可能性もあろうか。**○走り船**　他に用例は見出せない、独創的な表現。『和歌大系』は「走舸」の訓読語とする。

〔補説〕「青海原風波なびきゆくさくさつつむことなく船は速けむ」（万葉・巻二十・四五一四・家持）を念頭に詠まれた歌。さらに当該歌は、「走り船」という新奇な表現を用い、冬の到来を船の到着になぞらえる。集の八五番は、秋の野を波と見立てて船出を詠み、一三三番は恋の船出を詠む。保憲女独特の感性の光る歌である。

冬をいたみうすきころもとかへつれと心はのへにくさになりけり

〔校異〕○うすきころもと—うすころもは（私Ⅱ）　○のへに—の丶（私Ⅱ）　○くさに—くさに《きイ》（私Ⅰ）　○なりけり—なりにけり（私Ⅱ）「私Ⅱ」はこの歌の前に「冬」題を付す。

〔整定本文〕

冬をいたみ薄き衣と替へつれど心は野辺に草になりにけり

〔現代語訳〕

冬の寒さが厳しいので薄い衣と（冬用の衣を）取り替えたけれど、（身は暖かいものの）心は野辺にいて（枯れ果てた）草のようになってしまいました。

〔語釈〕 **○冬をいたみ**　冬の寒さがひどいので、の意か。和歌では「風をいたみ」と詠まれることがほとんど。「須磨の海人の塩焼く煙風をいたみ思はぬ方にたなびきにけり」（古今・恋四・七〇八・よみ人しらず）。集の一七五番にも。ただし、初期百首歌人の恵慶は当該歌と逆に、夏の暑さが厳しいので、と詠む。「あかねさすあを水無月の日をいたみ扇の手風ぬるくもあるかな」（恵慶集・二二四）。**○心は野辺に**　心は野辺にあって、ということ。心を野辺の草木に重ねる歌は、集の九一番にも。「心なき身は草葉にもあらなくにあき来る風に疑はるらん」（後撰・秋中・二八六・伊勢）。**○草になりにけり**　底本「草になりけり」を「私Ⅱ」によって校訂した。あるいは「に」は「木」の誤字か。「草になる」がどのような内容をいうかは不明確だが、身は暖かいが、心は野辺の草同様に寒々としている、ということであろう。

〔補説〕 下の句の意が不明確。好忠集の「蟬の羽の薄き衣し変はらねば秋来たりともおぼえざりけり」（一九六）を承けて、薄い衣は替えたので、季節が変わったはずなのに、冬が来たとは思えず、心は秋の野の千草に惹かれたままだ、とも解せるか。『和歌大系』は、同じく好忠集の「気を寒みさえゆく冬の夜もすがら目だにも合はずも衣薄れて」（三三〇）を挙げる。「寒気が厳しいので、一晩中まぶたを合わせて寝ることができない上に、衣も擦り切れて薄くなってしまった」という意。ミ語法を用い、冬に薄い衣を詠む点で用語が共通する。

109

もみちはのつもれるうへにをくしものなからはきえて物をこそおもへ

〔校異〕 ○つもれる―つもるか（私Ⅱ）

〔整定本文〕

もみぢ葉の積もれる上に置く霜の半らは消えて物をこそ思へ

110

〔現代語訳〕

紅葉の葉が落ち積もる上に置く霜が半分消えかかっているように、私の身も半ら消えんばかりに物思いをすることです。

〔語釈〕 **○もみぢ葉の……霜の**　第三句までが「半らは消えて」を導く序詞。「半ら」は、半分の意。「世の中を何に例へん濁り江の底に半らは宿る月影」（順集・一二六）。

〔補説〕 「冬の池の鴨の上毛に置く霜の消えて物思ふ頃にもあるかな」（後撰・冬・四六〇・よみ人しらず）を踏まえたか。重之百首には「もみぢ葉の残れる枝に置く霜のしばしのほどを恨むべしやは」（重之集・二八一）と、紅葉の枝に残る霜がすぐに消えるという前提で詠まれた歌がある。

くれなゐのせになかれめやきくのはなしもにもかてぬいろそかなしき

〔校異〕 ○なかれ—なから（私Ⅱ）　○かて—うて《かれイ》（私Ⅰ）、うて（私Ⅱ）

〔整定本文〕

紅の瀬に流れめや菊の花霜にも勝てぬ色ぞ悲しき

〔現代語訳〕

紅の（紅葉の流れる）川瀬に流れたらどうでしょう。菊の花は、霜にも勝てない色が残念に思われることです。

〔語釈〕 **○流れめや**　「め」は遠回しの命令。……してくれ。「花を見てこそ帰りたまはめ」（うつほ物語・春日詣）。

○勝てぬ　勝てない。霜に勝てずに移ろう色が残念だから、いっそ紅葉の川に流れて赤く染まったらどうだろう、と詠む。異文「うてぬ」。「うつ」は、「負ける」の意の下二段動詞。「言の葉はこはくみゆれど相撲草露にはうつる物にざりける」（順集・一五五）、「まことかと比べてみれどわが宿の花の露にはなほうてぬめり」（和泉式部続集・三三五)。「うてぬ」だと、霜にも負けずに白さを保つ菊は、いっそ紅葉の川に流れていたら染まるかもしれない」という意になる。

〔補説〕『和歌大系』は「白菊が霜で移ろったのを紅色をした瀬に流れて色付いたとみなしたものか」とする。

111

しくれゆへわかたちよれはこのもとはたのむかいなくなりにけるかな

〔校異〕○よれは―よれる（私Ⅱ）○かい―かけ（私Ⅱ）

〔整定本文〕

時雨ゆゑわが立ち寄ればこのもとは頼むかひなくなりにけるかな

〔現代語訳〕

時雨のせいで私が立ち寄ると、この木の下は（すっかり葉が落ちて）頼りがいがなくなってしまったことです。

〔語釈〕**○時雨ゆゑ**　時雨のせいで、雨を避けようとして。「時雨ゆゑかづく袂をよそ人は紅葉を払ふ袖かとや見ん」（拾遺・冬・二二一・平兼盛）。**○このもとは**　「木のもと」に「此のもと」を掛ける。「もみぢ葉は散るこのもとにとまりけり過ぎ行く秋やいづちなるらむ」（後撰・秋下・四三八・よみ人しらず）、「唐錦色見みえまがふもみぢ葉の散るこのもとは立ち憂かりけり」（後拾遺・秋下・三六〇・兼盛）。**○頼むかひなく**　異文「たのむかけなく」は、「わび人の分きて立ち寄るこのもとは頼む陰なく紅葉散りけり」（古今・秋下・二九二・遍照）に拠る表現。

〔補説〕語釈に挙げた古今歌、および当該歌の類似歌として、相模の国の歌枕「雨降山」を詠んだ「立ち寄れど雨ふり山のこのもとは頼むかひなく思ほゆるかな」（夫木抄・八七七五・よみ人しらず）がある。

やま人のあしのうへしもきえかへりみちにわふれてなけきこるらん

〔校異〕　○あしのうへしも―あしの、うへの（私Ⅱ）　○きえかへり―こ、ろえす（私Ⅱ）　○わふれて―はふれて（私Ⅱ）　○こるらん―こくらし（私Ⅱ）

〔整定本文〕

山人の足の上しも消え返り道に侘ぶれてなげきこるらん

〔現代語訳〕

山住みの人の足跡がすっかり霜によって消えてしまったので、今頃は道がわからずに嘆きながら薪を樵っているのでしょう。

〔語釈〕　**○足の上**　足跡の意か。他に同様の表現は見出せない。一二六番に「あさあと」とあるのも、朝の足跡の意か。「雪降りて人も通はぬ路なれやあとはかもなく思ひ消ゆらむ」（古今・冬・三二九・躬恒）、「雪深く入りにし杣の山人は溶くる跡こそかき絶えにけれ」（下野集・一三五）。**○しも**　強意の副助詞に「霜」を掛ける。**○消え返り**　たちまち消えてしまい。「わが宿の菊の垣根に置く霜の消え返りてぞ恋ひしかりける」（古今・恋二・五六四・友則）。**○道に侘ぶれて**　道に困って。霜によって道がわからなくなるというのである。「木の葉のみ降りしく秋は道を無みわたりぞ侘ぶる山川のそこ」（順集・二六）。集の九番には「侘び人の道絶つ雪」が詠まれている。**○なげきこる**　「嘆き凝る」に、薪を切り出す意の「投げ木樵る」を掛ける。「なげきこる山とし高くなりぬればつら杖のみぞまづ突かれける」（古今・雑体・一〇五六・大輔）。集一八四番にも。

〔補説〕　『和歌大系』は「あし」に「葦」を当て、「消え返り」については、「「かへり」は繰り返し何度もの意で、霜が置いたり消えたりするさま」とするが、ここでは試みに「あし」を「葦」でなく「足跡」の意で解し、「霜」を副助詞「しも」との掛詞として、足跡が、霜によってすっかり消えて何もないもとの状態に戻ることをいうとして解した。

113

冬の野になをむれたてるはなす、きむすひしひもそまつかれにけり

〔校異〕 ○たてる―たてり（私II） ○ひも―人（私II） ○けり―ける（私I）（私II）（国）

〔整定本文〕

冬の野になほ群れ立てる花薄結びし紐ぞまづかれにける

〔現代語訳〕

冬の野に依然として群がって生えている花薄ですが、結んだ穂が真っ先に枯れ、（浮名を立てまいと）しっかり結んだ下紐も真っ先にほどけて朽ちてしまいました。

〔語釈〕 **○群れ立てる** 群れて生えている。「花薄君なき庭に群れ立ちて……」（古今・雑体・一〇〇六・伊勢）。**○花薄** 集一〇五番参照。**○かれ** 「枯れ」と「離れ」の掛詞。**○ける** 底本「けり」とあるが、係助詞「ぞ」の結びであるので、「り」と「る」の誤写と考え、校訂した。

〔補説〕 「紐」の本文だとわかりにくいが、「花薄ほに出でて恋ひば名を惜しみ下結ふ紐の結ぼほれつつ」（古今・恋三・六五三・小野春風）をもとに詠んだとして、試みに現代語訳をした。異文「人」であれば、花薄は冬なのにまだ群れて立っているが、自分と契りを結んだ人は真っ先に離れて行ってしまった、という意になる。

114

冬の夜のをかことふしもをおほすらんおのかはかせにくさもかれつ、

〔校異〕 「私II」にナシ ○のを―を（私I）（国）

〔整定本文〕

115

冬の夜のかごと伏しもをおほすらんおのが葉風に草もかれつつ

〔現代語訳〕

冬の夜の、草が恨みがましく倒れ伏すのをも寒さのせいにするのでしょう。自分の葉風によって寒さが増して枯れていくのに。人も、冬の夜に恨み言を言ってふて寝するのを誰かのせいにするのでしょう。自分のせいで人が離れていっているのに。

〔語釈〕 **○冬の夜の**　底本には「冬の夜のを」とあるが、「私Ⅰ」に「冬の夜を」とあり、「かごと伏し」という体言に接続するためには「の」とあるべきなので、校訂した。**○かごと伏しもを**　「かごと」は、他にかこつけて言う恨み言。「山田さへ今は作るを散る花のかごとは風におほせざらなん」（貫之集・六）。「かごと伏し」は、恨み言を言ってふて寝をすること。用例は他に検索できない。「もを」については不審だが、「をも」の意として解した。下の句の「草」「枯れ」などから、「霜」と見誤ったことから「かことふしもを」と誤写が生じたか。**○おほす**　責任を負わせる。「木伝へばおのが羽風に散る花を誰におほせてここら鳴くらむ」（古今・春下・一〇九・素性）。**○葉風**　通常は鶯などの鳥の羽風をいう場合が多いが、ここは、草の葉に吹く風のこと。「今宵より荻の葉風の音すらし秋の境に入りやたつらん」（元真集・一四五）、「来る秋の葉風涼しくなる時は誰か旅寝の衣返さぬ」（好忠集・三九三）。**○草も**　草も人も。**○かれつつ**　草が「枯る」に、人が「離る」を掛ける。

〔補説〕 誤写の可能性がある難解な歌であるが、「草も」の「も」に注意し、人が「かごと伏し」を誰かのせいにするが、人が離れていくのは自分のせいである、という意にとらえて解釈した。

〔校異〕 ○かれ―かれ《なイ》（私Ⅰ）　○しはしたちとまるへき―ナシ（私Ⅱ）

人もかれむしもをとせぬ山さとにたれかはしはしたちとまるへき

〔整定本文〕

人も離れ虫もおとせぬ山里に誰かはしばし立ちとまるべき

〔現代語訳〕

人も去り誰も訪れず、草も枯れて虫の音もしない山里に、いったい誰がしばらくの間だけでもたち寄ってくれるでしょうか。誰もいないでしょう。

〔語釈〕 **○人も離れ**　「人も」の「も」には「かれ（枯れ）」から「草も」が暗示される。**○おとせぬ**　虫の鳴き声がしない意に、人の訪れがないことを掛ける。「虫ならぬ人もおとせぬわが宿に秋の野辺とて君は来にけり」（拾遺・雑秋・一一〇九・好忠）。**○山里**　冬の山里の寂しさは、「山里は冬ぞ寂しさまさりける人目も草もかれぬと思へば」（古今・冬・三一五・宗于）などと歌に多く詠まれている。集の一二三、二〇〇、二〇一にも。

〔補説〕「山里」は、「山里は物の侘びしきことこそあれ世の憂きよりは住みよかりけり」（古今・雑下・九四四・よみ人しらず）のように、侘しいけれども人里離れているため憂き世に住むよりも気楽だ、と詠まれることもあったが、集の「山里」は、語釈の宗于歌のように、人の訪れがない寂しい場所として詠まれており、当該歌では、孤独な自分自身の表象ともなっている。

ゆふつくよ ひかりをみすは あそひをのやまのはちかく よひそき○《に》ける

〔校異〕○ゆふつくよ―ふゆへくる（私Ⅱ）○ひかり―ひかけ（私Ⅱ）○みすは―みれは（私Ⅱ）○あそひを―あさひを（私Ⅱ）○ちかく―ちかま（私Ⅱ）○よひ―こひ（私Ⅱ）○き○《に》ける―きにける（私Ⅰ）（私Ⅱ）（国）

〔整定本文〕

夕月夜光を見れば遊び岡山の端近く宵ぞ来にける

【現代語訳】

夕月夜の光を見ると、遊び岡の山の端近くに宵がやってきたようです。

【語釈】○夕月夜　夕方の明るいうちに出ている月。明るいので月がはっきり見えないことから「夕月夜さすや岡辺の松の葉のいつともわかぬ恋もするかな」（古今・恋一・四九〇・よみ人しらず）などと詠まれる。ただし、季節は「春霞たなびく今日の夕月夜……」（万葉・巻十・一八七四）と春であったり、「夕月夜小倉の山に鳴く鹿の声の内にや秋は来るらむ」（古今・秋下・三一二・よみ人しらず）と秋に詠まれることが多い。したがって、冬部に入っていなければ、当該歌を冬歌とは断定できないことになる。○見れば　底本「みすは」。見ないならば、だと下の句に続かないので、「私Ⅱ」の「みれは」に従って校訂した。遊び岡は、飛鳥雷丘付近の地名。「笛吹きの社の神は音に聞く遊び岡にや行き通ふらん」（公任集・五一〇）。集一〇一番に「遊女」が詠まれるので、「遊び男」と誤ったか。「遊び男」は「浮気な男」の意。○遊び岡　底本「あそびをの」。「の」と「か」の誤写として「遊び岡」と校訂した。「夕月夜」「岡」「恋」を承け、「夕月夜」「岡」「遊び男とわれは来つるを宿貸さずわれを帰せりおその戯れを」（夫木抄・雑一・一六六九五・石川女郎）。ただし、この歌は万葉集、一二六番では万葉仮名「遊士」の字が当てられ、訓みは「みやびを、たはれを」とある。

【補説】　本文が乱れており、難解な歌。語釈の古今歌に詠まれる「夕月夜」「山」「遊び」という語を用いて、恋の雰囲気を醸し出しているか。

本文を「夕月夜光を見ずは遊び男の山の端近く呼びぞ来にける」として、「夕方の月の光がはっきりと見えないので、もし月を見ず、まだ夜にならないと思ったなら、遊び男が山の端近くまで呼びにやってきたのに」などと言葉を加えて解することもできそうだが、いかが。また、異文「冬辺くるひかげを見ればあさひをの山の端ちかまこひぞ来にける」を「冬辺くるひかげを見れば朝日岡山の端近く宵ぞ来にける」と校訂し、「冬になって、たぐるひかげの蔓ではないが、日陰を見ると、あっという間に暗くなり、朝日山の岡辺の端近くに、朝ではなく宵がやって来たことです」とも解せるか。「ひかげの蔓」は、大嘗会に用いるので、季は冬。「朝日岡」は不明だが、「朝日山」

117

は山城の歌枕。この本文を採れば、冬の歌として妥当である。

くもはれぬあられをみれはふりはへてさむさのくるにわひしかりけり

〔校異〕 ○に―に《そイ》（私Ⅰ）、そ（私Ⅱ） ○けり―けり《るイ》（私Ⅰ）、ける（私Ⅱ）

〔整定本文〕

雲晴れぬ霰を見ればふりはへて寒さの来るに侘びしかりけり

〔現代語訳〕

雲も晴れず、止まずに降る霰を見ると、ことさらに寒さがつのってきてせつなくなることですよ。

〔語釈〕 **○雲晴れぬ** 「晴れぬ」は、「雲」と「霰」の両方に掛かる。霰が止むことを「晴る」という例はないが、雨が止むことを「晴る」という例はある。「雨晴れて清く照りたるこの月夜またさらにして雲なたなびき」（万葉・巻八・一五六九・家持）。 **○霰** 冬の侘びしさや寒さを表すものとして詠まれる。「霰降る深山の里の侘びしきは来てたはやすく訪ふ人ぞなき」（後撰・冬・四六八・よみ人しらず）、「風騒ぎ霰降りしき寒き夜に何をあかずと結ぶ氷ぞ」（好忠集・三四九）。 **○ふりはへて** 「ことさら・わざわざ」の意の副詞に、「降り」を掛ける。「白雪のふりはへてこそ訪はざらめとくる便りを過ぐさざらなん」（後撰・冬・四八〇・よみ人しらず）。 **○来るに** 寒さが来る、と詠む先行例は見出せないが、寒さが「過ぐ」は「寒さ過ぎ春は来ぬらし年月はあらたまれども人はふりゆく」（家持集・七）と詠まれる。

〔補説〕 「霙降り曇れる冬の晴れずのみ尽きせぬものやまろが身の憂き」（好忠集・三四七）のように、晴れない冬の空模様に閉塞感を感じている歌。

118

しろたへのゆきにいろつくさねかつら冬はくれともおとろへなくに

〔校異〕 ○おとろへ―おとろか（私Ⅱ）

〔整定本文〕

白妙の雪に色付くさねかづら冬はくれども衰へなくに

〔現代語訳〕

真っ白な雪の中に青々としているさねかずらは、冬が来て、蔓を手繰っても衰えることがないのに。（私自身はすっかり衰えてしまって）。

〔語釈〕 **○白妙**　真っ白ということ。「白妙の雪降りやまぬ梅が枝に今日ぞ鶯春と鳴くなる」（兼盛集・九二）。集三七番、一二八番にも。**○さねかづら**　モクレン科のつる性常緑木。つるを「繰る」ことから「来る」「暮る」といった掛詞に用いられることが多い。当該歌も「来る」に「繰る」を掛ける。「名にし負はば相坂山のさねかづら人に知られでくるよしもがな」（後撰・恋三・七〇〇・三条右大臣）、「霰降る深山がくれのさねかづらくる人見えで老いにけるかな」（順集・九九）。**○衰へなくに**　ク語法。衰えないのに。「深山には松の雪だに消えなくに都は野辺の若菜摘みけり」（古今・春・一九・よみ人しらず）。当該歌は「さねかずらの色は衰えないのに」と言いさすが、言外に「私自身は衰えてしまって」という意が含まれよう。

〔補説〕 「冬は来れども」と冬の到来を詠むのであれば、冬部の冒頭部に配置されるのが適当だが、ここに置かれたのは、前歌の「くる」に対応してか。語釈に挙げた順の歌は、「霰」「さねかづら」「くる」を詠むため、その影響を受けたとすると、一一七・一一八は一対とみることができる。三番〔補説〕参照。

119

ひさかたのてるかたにも（二字空白）《本ノマ、》冬の、はしみこそまされいろは見えすて

〔校異〕 ○てるかたにも―日てるかたにも（私Ⅰ）（国）、「私Ⅱ」は七字分空白　○、は―夜の（私Ⅱ）　○しみ―しも（私Ⅱ）

〔整定本文〕

ひさかたの日照る方にも冬の野はしみこそ増され色は見えずて

〔現代語訳〕

日が照るところでも冬の野はますます凍てついていることです。おなじ「染む」といっても、色は見えないでいて。

〔語釈〕 **○ひさかたの**　「日」を導く枕詞。**○日照る方**　底本は「てるかた」であるが、「私Ⅰ」により「日」を補った。日が照る方角、場所。「照る日」は、夏の照りつける日差しの意で六〇番に詠まれる。**○しみ**　「凍み」に「染み」を掛け、「色」を導く。「笹の葉に置く初霜の夜を寒みしみはつくとも色に出でめや」（古今・恋三・六六三・躬恒）。**○色**　「色」には、「恋ひしきは色に出でても見えなくにいかなる時か胸に染むらん」（拾遺・恋五・九三九・よみ人しらず）と詠まれるように、恋心の意が含まれよう。

〔補説〕 語釈に挙げた躬恒歌と似た歌。躬恒歌は、「笹の葉に置く初霜は、夜が寒いので凍てついても笹の葉を染めることができないように、私も表に出さずに恋心を秘めておこう」というもの。当該歌は、日差しがあっても凍てついている冬の情景に、「色が見えない」、すなわち恋に無縁な自身を投影するか。

かけみえてなれし《本ノマヽ》あしも冬くさはまれにくらしな人やすさめぬ

〔校異〕 「私Ⅱ」にナシ　○て―て《しイ》（私Ⅰ）　○なれ《本ノマヽ》し―な○《かイ》れし（私Ⅰ）、ながれし（国）　○冬くさは―冬くれは（私Ⅰ）（国）

〔整定本文〕

影見えて流れし葦も冬来ればまれにくらしな人やすさめぬ

〔現代語訳〕

水面に影を映して根元が流れに洗われていた葦も、冬が来れば、たまに人が来て手繰る程度のようです。誰も気が進まないのでしょうか。

〔語釈〕　○流れし葦　底本「なれしあし」では字数が合わないので、「私Ⅰ」「国」に従い「流れし葦」として解した。「流れ葦」は一四二番にも。水面に影を落として根元を水が流れている葦のことか。「流れ葦のかたにとまれる沼水のかひありげにもみゆる影かな」（朝光集・四五）。○冬来れば　底本「冬くさは」を「私Ⅰ」に従って校訂した。○くらしな　「来」の終止形に推量の助動詞「らし」が接続。「な」は間投助詞。「あらたまの年越え来らし常もなき初鶯の音にぞ鳴かるる」（後撰・哀傷・一四〇六・玄上女）。「葦」の縁で「来」に「繰（る）」を掛けて解した。○すさめぬ　「すさむ」は、もてはやす、の意。「山高み人もすさめぬ桜花いたくな侘びそわれ見はやさむ」（古今・春上・五〇・よみ人しらず）。

〔補説〕　冬の水辺の荒涼とした景色を詠むが、難解な歌である。試みに「来」に「繰る」を掛けて解した。一一八番の「さねかづら冬はくれども」と番えて「冬来ればまれにくらしな」と詠んだか。

『和歌大系』は、「鹿毛」「足」「鞍」「すさむ」と駒に関する語を詠みこんでいる。六二番を意識した詠か」とする。確かに「影見えて」からは、「逢坂の関の清水に影見えて今や引くらん望月の駒」（拾遺・秋・一七〇・貫之）が想起され、一二番にも「春駒のすさむる淀の若草」が詠まれる。「駒」にちなんだ語を隠し題のように詠んだと解するのも面白い。

冬さむみこほるいけみつゆくかりのかけとちらめよひときるふへく

〔校異〕 ○とちらめよ―とちこめよ（私II）（国）　○ひときるふへく―ひときるふへに《くイ》（私I）、七字分ナシ（私II）

〔整定本文〕

冬寒み凍る池水行く雁の影閉じ込めよ人通ふべく

〔現代語訳〕

冬の寒さが厳しいので凍る池水は空を行く雁の姿を閉じ込めてください。（それを見に）人が通うように。

〔語釈〕 **○冬寒み**　冬の寒さが厳しいので。「冬寒み凍らぬ水はなけれども吉野の滝は絶ゆる世もなし」（拾遺抄・一四一・よみ人しらず）。**○影**　集の四番には、水に映る鳥の影が詠まれる。**○閉じ込めよ**　底本「とちらめよ」を、「ら」と「こ」の誤写と考えて校訂した。「閉ぢ込む」の先行例は、「閉ぢこもり巌の中に入りしかど君が匂ひは空に見えにき」（うつほ物語・吹上・下）があるくらいで、和歌に用いる初期の例。集の一二五番には氷に閉じ込められる魚が詠まれる。池の氷が月を閉じ込める歌は次のように見出せる。「冬の池の上は氷に閉ぢられていかでか月の底に入るらん」（拾遺・冬・二四一・よみ人しらず）。また、好忠集には「にほどりの氷の関に閉ぢられて玉藻の宿を離れやしぬらん」（三六一）と、鳥が氷に閉じ込められて動けないことが詠まれる。**○人通ふべく**　底本には「ひときるふへく」とあるが、支と可、留と与の誤写として「人通ふべく」と校訂して解した。

〔補説〕　結句不審。古今歌に「葦辺より雲ゐをさして行く雁のいや遠ざかるわが身悲しも」（恋五・八一九・よみ人しらず）と、雁が飛び去っていくことに忘れられた我が身を重ねて詠まれたものがある。当該歌は、雁を飛んで行かないように閉じ込めよ、と詠み、結句に「人」という語があるため、人にやってきてほしいという意かとして試訳した。

122
冬かはのなみのよいまにこほれるをかせもてをけてあやかとそみる

【校異】　○よいま―よひま《夜間》（私Ⅰ）、まに〱（私Ⅱ）　○をけて―をれる《ゆきてイ》（私Ⅰ）、をれる（私Ⅱ）（国）　○あや―花（私Ⅱ）　○みる―見る《すイ》（私Ⅰ）

【整定本文】

冬川の波の宵間に凍れるを風もて織れる綾かとぞ見る

【現代語訳】

冬の川波が夜のうちに凍ったのを、風で織った綾織りかと思ったことです。

【語釈】　**○冬川**　冬に川が凍ることは、「冬川の上は凍れるわれなれや下にながれて恋ひわたるらん」（古今六帖・二六七二）などと詠まれている。**○宵間**　宵の間。集八八番語釈参照。**○風もて織れる**　底本「をけて」を「私Ⅰ」「私Ⅱ」により「おれる」と校訂した。風によって立つ波を綾に例える歌は「水の面に綾吹き乱る春風や池の氷を今日は解くらむ」（後撰・春上・一一・友則）、「波の綾をいたくな風の織りよせそ衣にたたむわがつまもなし」（古今六帖・三二九九）など。和漢朗詠集にも「池有波文氷尽開」（立春・四・白居易）とある。ただし、当該歌は、風の波紋を詠むのでなく、氷の面に波の模様が残っていることに注目したもの。

【補説】　好忠集にも、冬の水面の綾が「夕くればおりたつ人もなかりけりありしにまさる水の上の綾」（二九九）と詠まれる。

123
冬こもり人もかよはぬ山里に《の》まれのほそみちふたくゆきかも

【校異】　○こもり―こほり（私Ⅱ）　○に《の》―の（私Ⅰ）（私Ⅱ）（国）　○ふたく―ふたく《塞》（私Ⅰ）　○かも―かも《なイ》（私Ⅰ）、哉（私Ⅱ）

〔整定本文〕

冬ごもり人も通はぬ山里にまれの細道ふたぐ雪かも

〔現代語訳〕

冬籠りをしていて人も通わない山里に、めったに人が来ない細道をふさいで降る雪であることです。

〔語釈〕 **○冬ごもり** 冬に籠っていること。「雪ふれば冬ごもりせる草も木も春に知られぬ花ぞ咲きける」（古今・冬・三二三・貫之）。**○人も通はぬ** 雪のために足跡が消え、道がわからないために人の訪れがないこと。「雪降りて人も通はぬ道なれやあとはかもなく思ひ消ゆらむ」（古今・冬・三二九・躬恒）の表現に倣ったか。**○山里に** 「山里」は、一一五番参照。「に」の横に「の」と書かれているが、「山里に」で解しておく。**○まれの細道** 人の通りがまれな細い道。当該歌初出か。**○ふたぐ** ふさぐ。「わが恋の数を数へば天の原曇りふたがり降る雨のごと」（後撰・恋四・七九五・敏行）。

〔補説〕 「まれの細道」は、保憲女の造語か。以後、「山里はまれの細道跡たえてまさきのかづらくる人もなし」（堀河百首・雑・匡房・一四九〇）、「山里のまれの細道雪降ればなほざりならぬ人ぞとひける」（匡房集・四四二）、「降る雪にまれの細道あとたえて人もかよはぬ深山辺の里」（忠盛集・五七）、「降る雪にまれの細道うづもれてあとたえまさる冬の山里」（六条院宣旨集・九三）などと詠まれるようになる（拙稿「『賀茂保憲女集』再評価」中古文学57号　一九九六・五）。

天野紀代子氏は、「まれの細道」が『源氏物語』浮舟巻に「京には、友待つばかり消え残りたる雪、山深く入るままにやや降り埋みたり。常よりもわりなきまれの細道をわけたまふほど、御供の人も泣きぬばかり恐ろしう、わづらはしきことをさへ思ふ」と用いられていることに注目し、当該歌からの影響を論じる（「『まれの細道』賀茂保憲女と紫式部をつなぐ」日本文学37号　一九八八・八）。これを承け、稲田利穂氏は、当該歌の遮断された道と匂宮が通う恋の道では、言葉の意味に違いがある点を指摘する（「「稀の細道」考—隠遁者の道への視線—」解釈　二〇〇九　九・一

124

○月号）。

『和歌大系』は、重之女百首の「山道の垣根も雪にうづもれてとふ人みえぬ宿ぞ住み憂き」（重之女集・六三）と類想であることを指摘する。

のりのしのことつて（二字分空白）《本ノマ、云々》冬なれはやまのたきこゑとちやしぬらん

〔校異〕 ○二字分空白―たゆる（私II）、こゆる（国）　○冬なれは―ゆきふれは（私II）　○とち―たへ（私II）

〔整定本文〕

法の師の言伝て絶ゆる冬なれば山の滝声閉ぢやしぬらん

〔現代語訳〕

法師からの消息も絶えた冬ですので、山の滝の音も今ごろは凍って途絶えてしまったことでしょう。

〔語釈〕 **○法の師**　法師のこと。和歌の用例は少ない。「夏山のこぐらき道を尋ね来て法の師にあへる今日にもあるかな」（元輔集・二四七）、「法の師の解きおきてける帯なれど罪深げにもみゆる物かな」（和泉式部続集・三八七）、「法の師とたづぬる道をしるべにて思はぬ山に踏み惑ふかな」（源氏物語・夢浮橋）。**○言伝て**　言葉。「侘び人の住みふる宿は都鳥言伝て絶えて年ぞへにける」（古今六帖・一二四六）。**○絶ゆる**　底本は二字分が空白だが、「私II」により「絶ゆる」と校訂した。「国」の「凍ゆ」は、凍えるという意。「……寒き夜すらを　われよりも　貧しき人の父母は　飢え凍ゆらむ　妻子どもは　乞ふ乞ふ泣くらむ……」（万葉・巻五・八九二・山上憶良）。**○滝声**　滝の音。「氷こそ今はすらしもみよしのの山の滝つせ声も聞こえず」（後撰・冬・四七七・よみ人しらず）。ただし「滝声」という表現は珍しい。「春雨によには水こそ増さるらしたはた滝声音高くなる」（人丸集・二七一）、「滝声ならむといひてたちぬ」（増基法師集・二〇詞書）。**○閉ぢやしぬらん**　滝が凍って音がしなくなっただろうと推量する。「山川に

125

落ちくる滝の音もせず岩間氷の閉ぢぞしぬらし」（能宣集・二七七）などと詠まれる。

〔補説〕 寒い山中で修行する僧の様子は、好忠集に「しみ凍る木の根を独鈷とならしつつ行ふ人ぞ仏ともなる」（三四四）と詠まれる。また、滝の音と法の声を重ねて詠む歌は、伊勢大輔集に「世の常にあらじとまがふ滝つせの声も法とや思ひなしつる」（二一三）とある。

山川のいさからほりのとちたるはかせこそあみとふきむすひけれ

〔校異〕 ○いさからほり―いほゝこほり（私II）、いをこほり（国）　○たる―たら（私II）　○と―を（私II）

〔整定本文〕

山川の魚を氷の閉ぢたるは風こそ網と吹き結びけれ

〔現代語訳〕

山川の魚を氷が閉じ込めたのは、風が（氷を）網として吹き結んだのですね。

〔語釈〕 **○山川**　二三、一二七番にも。**○魚を氷の**　底本「いさからほりの」を「私II」により校訂した。「を」と「さ」、「ゝ」と「か」、「こ」と「ら」の誤写であろう。「魚」は、集の二二、一七二、一八五番にも。一八五番以外は、すべて「網」とともに詠まれる。「魚」は古今六帖題にも。氷の下に隠れる魚は「吹く風に氷とけたる池の魚は千世まで松の影に隠れん」（貫之集・七一九）とも詠まれる。**○風こそ網と**　風が氷を魚の網として、の意。**○吹き結び**　「吹き結ぶ」は九〇番にも。「結ぶ」は氷が張る意に、網を結ぶことを重ねる。

〔補説〕 序文21に「氷に閉じらるる魚は、冬を結べる網と思へり」とあるように、集において、魚は網によって絡め捕えられると詠まれる。保憲女の独自表現であり、自身の閉塞感を表象する。初期百首では、「近江なるやすの入り江にさす網の氷を魚と今朝ぞ見えける」（重之集・百首冬廿・二九五）と、網の氷を魚と見誤る歌がある。二二一番

126

〔補説〕参照。

あさあともさながらきえてかはちとりこほれる身にそ冬はすみける

〔校異〕　○あさあと―ふめるあと（私Ⅱ）、ふむあと（国）　○身―す（私Ⅱ）（国）

〔整定本文〕

朝跡もさながら消えて川千鳥凍れる身にぞ冬は住みける

〔現代語訳〕

朝踏んだ足跡もそっくり消えて、川千鳥の凍りついたからだに冬は宿っているのでしょう。

〔語釈〕　**○朝跡**　不審。朝つけた足跡のことか。後の例に、「雪に今朝跡こそみえね秋までや生田の森も人は問ひけむ」（続草庵集・三一八）などと、雪の朝につけた足跡が詠まれるが、同時代では見出せない。「あしあと」の誤写の可能性もあるか。「足跡」は、「打久津　三宅乃原従　常土　足跡貫（うちひさつ　みやけのはらゆ　ひたつちに　あしふみぬき）」（万葉・巻十三・三二九五）とある他には、和歌の例は見出せない。「私Ⅱ」に「ふめるあと」とあるが、「踏む跡」は、一四七番にも。千鳥は足跡が特徴的であることから「跡」「行方」などを導く序としても用いられた。「白波の打ち出づる浜の浜千鳥跡やたづぬるしるべなるらん」（後撰・恋四・八二八・朝忠）。**○さながら**　集九四番にも。全部そっくり。**○川千鳥**　河原に住む千鳥。「思ひかね妹がりゆけば冬の夜の川風寒み千鳥鳴くなり」（拾遺・冬・二二四・貫之）。「千鳥」は集の六、一二三、一九三番にも。**○身**　「私Ⅱ」は「巣」。千鳥の巣は「ひとつ巣に帰りはゐれど浜千鳥しばしもたつはわびしかりけり」（兼輔集・九六）と詠まれている。

〔補説〕　集の一二三番や語釈の後撰歌を承け、冬には道が凍りついて足跡もわからなくなり訪れる人がいない、という寒々しさを、氷に閉じ込められてじっと冬の寒さに耐える千鳥の境遇に重ねて詠んだか。

127

わきかへりたきりて見ゆる山川も冬にはあへすこほりすらしも

〔校異〕 ○たきりて―たきると（私Ⅱ） ○も―の（私Ⅱ） ○こほりすらしも―きえにけらしな（私Ⅱ）

〔整定本文〕

湧き返りたぎりて見ゆる山川も冬にはあへず氷すらしも

〔現代語訳〕

盛んに湧き上がり、勢いよく流れて見える山川さえも、冬の寒さには堪えられずに凍ってしまうようです。

〔語釈〕 **○湧き返り** 盛んに湧き上がるさま。「心には下ゆく水の湧き返り言はで思ふぞ言ふにまされる」（古今六帖・二六四八）。**○たぎりて** 逆巻いてさかんにしぶきを上げること。「奥山にたぎりて落つる滝つ瀬にたま散るばかりものな思ひそ」（後拾遺・俳諧歌・一一六三）。**○山川** 二三・一二五番にも。**○冬にはあへず** 「あへず」は、こらえきれずに、の意。「ちはやぶる神のいがきに這ふ葛も秋にはあへずうつろひにけり」（古今・秋下・二六二・貫之）。**○氷すらしも** 源順、恵慶の百首に用いられる表現。「井堰より洩る水の音の聞こえぬは冬来にければ氷すらしも」（恵慶集・二七一）。（好忠集、順百首・五四九）、「井手の川今日は波の音聞こえぬは冬のはじめと氷すらしも」

〔補説〕 冬に凍る山川は、「氷こそ今はすらしもみよしのの山の滝つせ声もきこえず」（後撰・冬・四七七・よみ人しらず）、「山川に落ちくる滝の音もせず今は氷の閉ぢぞしぬらし」（能宣集・二七七）などと詠まれる。一方、和泉式部は、寒さの中でも凍らない滝を、当該歌に似た表現を用いて詠む。「音高くたぎりて落つる滝つせの水は凍りもあへずぞありける」（和泉式部続集・三二六）。この式部歌は、十二月に「氷」題で詠まれた歌。『和歌大系』補注は、「氷封水面聞無浪」（和漢朗詠集・冬・三八四）と、重之女百首の「山河の岩間を分くとささらめく水も凍ればおとづれぬかな」（六四）を挙げる。

128 しろたへのつるのうはけにをくしものまきれてみゆるあさほらけかな

〔校異〕 ナシ

〔整定本文〕

白妙の鶴の上毛に置く霜の紛れて見ゆる朝ぼらけかな

〔現代語訳〕

真っ白な鶴の上毛に置く霜がまぎらわしく見える夜明け方です。

〔語釈〕 **○白妙の** 真っ白な。集三七番は「卯の花」、一一八番は「雪」をいう。鶴の白さを詠む歌に「鶴のゐる潟にざりける白妙の海人の濡れ衣干すと見つるは」（躬恒集・一八）がある。少し下って「立ち並ぶ袖の白妙雪降れば鶴の毛衣群れきたるかな」（康資王母集・七）にも。**○鶴の上毛** 集八番にも。「鶴の上毛」を詠む初期の例。八番歌も霧の中でかすんで見えにくい鶴の上毛を詠む。**○上毛に置く霜** 通常は、「冬の池の鴨の上毛に置く霜の消えて物思ふ頃にもあるかな」（後撰・冬・四六〇・よみ人しらず）のように「鴨」と取り合わせて詠まれる。**○朝ぼらけ** 明け方。夜が白んで明ける時分に白い霜を見誤るという歌は、「霜かとておきてみつれば月影に見てまがはせる朝ぼらけかな」（実方集・二八七）など。

〔補説〕 「白妙」が白い布を意味することから、「白妙の」は「衣」「袖」「袂」などの枕詞として用いることが多い。「春日の若菜摘みにや白妙の袖ふりはへて人のゆくらむ」（古今・春上・二二・貫之）。一方、当該歌や「白妙の白き月をも紅の色をもなどかあかしといふらん」（拾遺・雑下・五一八・伊衡）のように、白いものを指すこともある。

129 みつとりのうへはこほれるはねころもいていりあらふなみのまもなし

〔校異〕 ○あらふ―あそふ（私II）

〔整定本文〕

水鳥の上は凍れる羽衣出で入り洗ふ波の間もなし

〔現代語訳〕

水鳥の上毛が凍っている羽衣を出たり入ったりして洗う波のひっきりなしであることです。

〔語釈〕 **○水鳥の上** 水鳥の羽の上毛の意。**○羽衣** 鳥の羽毛のこと。「縫ふ人もなき水鳥の毛衣は閉づる氷にまかせてぞ見る」（公任集・二一二）。「はごろも」でなく「はねごろも」は新奇。集の一九四番長歌にも「生ひたちて隠れし親の　羽衣　皆忘られて」とある。**○出で入り** 出たり入ったり。「波の面を出で入る鳥は水底をおぼつかなくは思はざらなん」（小町集・六七）。**○波の間もなし** 波が休む間もなく打ち寄せることをいう。「わが恋は荒磯の海の風速みしきりによする波の間もなし」（伊勢集・四一二）、「おぼつかなわが身は田子の浦なれや袖うち濡らす波の間もなし」（和泉式部続集切・二五）。

〔補説〕 水鳥は水面下、脚で水を掻くので「水鳥の下安からぬ思ひにはあたりの水も凍らざりけり」（拾遺・冬・二二七・よみ人しらず）と、水が凍らないと詠まれている。当該歌も、上毛が凍っているのに、水面は凍らずに波が寄せる様子に着目したもの。

ふゆの夜をひとりねさめにおきたれはをなし心にかりもなくなり

〔校異〕 ナシ

〔整定本文〕

冬の夜をひとり寝覚めに起きたれば同じ心に雁も鳴くなり

〔現代語訳〕

冬の夜を一人寝覚めがちに起きていると、私と同じ心のように雁も鳴くようです。

〔語釈〕 **○寝覚め** 集九三番参照。寝覚めて鳥の声を聞くことは「夜を寒み寝覚めて聞けば鴛鴦ぞ鳴く払ひもあへず霜や置くらん」（後撰・冬・四七八・よみ人しらず）など。また、「ひとり寝覚めに」という表現は、千頴百首に「小夜更けてひとり寝覚めにうち聞けば紅葉吹きしく木枯らしの風」（千頴集・八七）とある。**○同じ心** ひとり思い悩んで眠れないまま泣きそうな自分の心に、冬の夜空に鳴く雁の心を重ねて詠む。「来ぬ人をまつちの山の時鳥同じ心に音こそ鳴かるれ」（拾遺・恋三・八二〇・よみ人しらず）、「磯隠れ同じ心に鶴ぞ鳴くなに思ひ出づる人や誰ぞも」（紫式部集・二二）。

〔補説〕 序文20に「袖の氷を解きわびて、寝覚めの床の雁の声をあはれがりて」とある。九三番にも「寝覚めの雁」が詠まれる。『和歌大系』は「朝にゆく雁の鳴く音は吾がごとく物もへれかも声の悲しき」（万葉・巻十・二一三七）を挙げる。雁の声は「初雁のはつかに声を聞きしより中空にのみ物を思ふかな」（古今・恋一・四八一・躬恒）と物思いのきっかけともなるものであった。

〔校異〕 ○うみまつ―うみまつ《海松》（私Ⅰ） ○ね―み（私Ⅱ） ○かた―かれ（私Ⅱ） ○おきつもる―はかりつむ（私Ⅱ） ○山におひぬる―山そおいぬらむ（私Ⅱ）

いしにおふるうみまつのねはかたけれととしおきつもる山におひぬる

〔整定本文〕

石に生ふる海松の根は堅けれど年置き積もる山に生ひぬる

〔現代語訳〕

石に生える海松の根は堅いけれども、年を重ねる山に根付いたことです。

〔語釈〕 **○海松**　海辺の石に生える緑藻類ミル科の海藻をいう。石に生える海松は、集二三番にも。「おぼつかな今日は子の日か海人ならば海松をだに引かましものを」（土佐日記）。恵慶集にも「動きなき巌に根ざす海松の千年は誰に波も寄すらむ」（二四七）とある。これらの二首は「海松」という漢字から「松」を連想して詠んだもの。また、「子の日しに行きたる人の、小松に青海苔を結びつけて、これをや海松といふらんと言ひたりしに／松山に波のかけたるものみればあやうかりけるねの日なりけり」（赤染衛門集・四七二）といった例もある。当該歌も、「海松」から長寿の表象である「松」を連想し、「年置き積もる」と続ける。**○年置き積もる**　年月を重ねたということ。「置き積もる」の例は少ない。「秋の野にいかなる露の置き積めば千々の草ばの色変はるらん」（後撰・秋下・三七〇・よみ人しらず）。

〔補説〕　石に生える海松の根は堅いが、何年もかけて根付いたと詠む。後撰集の「種はあれど逢ふ事かたき岩の上の松にて年をふるはかひなし」（恋四・八〇七・よみ人しらず）を踏まえているとすれば、当該歌を恋歌として解することもできる。海松は「みる」とも読む。長年「海松」ではないが「待つ」ばかりで、「根が堅く」、「寝る」ことが難しいが、年月がたてば「海松（みる）」が生え、「見る」、すなわち逢うこともあるだろうという意を汲み取ることもできるか。

〔校異〕　○とひりせる—こひはせむ（私Ⅱ）、とぶさせる（国）　○みわ—みね（私Ⅱ）

とひりせるいつれかみわのすきのかとことはりしらすゆきのふれ、は

〔整定本文〕

訪ひはせんいづれかみわの杉の門ことわり知らず雪の降れれば

〔現代語訳〕

訪れてみましょう。どれが三輪の杉の門かを見極めに。わけもわからずひどく雪が降っているので。

〔語釈〕 **○訪ひはせん** 本文「とひりせる」を「とひはせん」の誤写と考えて校訂した。〔補説〕参照。**○いづれかみわの杉** 「いづれか見」から、地名の「三輪」を導く。三輪山の杉は、「わが庵は三輪の山もと恋しくはとぶらひ来ませ杉立てる門」（古今・雑下・九八二・よみ人しらず）を踏まえて、恋する人が訪ね行くためのわかりやすい目印として詠まれる。また、「いづれをかしるべともせん三輪の山見えと見ゆるは杉にざりける」（古今六帖・四二七七・貫之）、「雪降ればまづぞかなしき三輪の山しるしの杉の見えじと思へば」（元真集・三一八）のように、その目印の杉がわからないと詠む歌もある。当該歌も同様。**○ことわり知らず** 道理をわきまえず、ということ。**○降れれば** 「降れれ」は、「降る」に完了存続の助動詞「り」が接続したもの。「梅花それとも見えずひさかたのあまぎる雪のなべて降れれば」（古今・冬・三三四・よみ人しらず）。

〔補説〕 稲賀敬二氏は、木を切り倒した時、その枝を木の株や周辺の土に挿して樹霊に奉ることを「とぶさたて」と言うことから初句を「とぶさせる」の誤写とする（「賀茂保憲女集・諸本の形態とその本性」『和歌文学新論』一九八二）。「とぶさたて足柄山に舟木切りきに切りゆきつあたら舟木を」（万葉・巻三・三九一・沙弥満誓）。八雲御抄は、「とぶさは鳥総とかけり（略）是はいづれも木の梢也。杣に入りて木を切ては、かならず木のすえを切りて、切たる木の跡に立也」と注す。

順集には「訪へと言ひし人はありやと雪分けて尋ねきつるぞ三輪の山もと」（二九）と、雪をおして三輪山を訪れたという歌がある。当該歌も同趣向として試解した。

冬部の最後の歌であるが、異本系はこの後に歌が四首続き、歳末の追儺を詠む歌で冬部を閉じる。

133 あしたつのこゑをほにあけて我か恋はあまのかはらにいまそふなつる

〔校異〕 ナシ　ただし「私II」では歌の前に「恋」の部立てがある。

〔整定本文〕

葦鶴の声をほに上げてわが恋は天の河原に今ぞ船出る

〔現代語訳〕

鶴が声を高らかに張り上げるように、わが恋も帆を張り上げて、天の河原に今船出をすることです。

〔語釈〕 **○葦鶴の声** 「葦鶴」は、「葦田鶴」と表記することも。もともとは葦辺の鶴を言ったが、しだいに鶴を表す歌語として用いられるようになる。序文に「鶴」は見出せるが、「葦鶴」は用いられていない。鶴の声は鋭く高いため、天上まで聞こえるとされた。集六三番語釈参照。「葦鶴のひとり遅れて鳴く声は雲の上まで聞こえつがなむ」（古今・雑下・九九八・千里）。また、その鳴き声に自分の泣き声を重ねて、「忘らるる時しなければ葦鶴の思ひ乱れて音をのみぞ鳴く」（古今・恋一・五一四・よみ人しらず）のように、不遇な恋に取り合わせて詠まれることも多い。「葦鶴」は、一三四、一九二番にも。特に一九二番は「葦鶴の声さへ雲に隠れせばあはれをいかで空に知らまし」と、その声を賛美する歌。**○ほに上げて**　はっきりと、の意「ほに」に船の縁で「帆」を掛ける。「秋風に声をほに上げてくる船は天のと渡る雁にぞありける」（古今・秋上・二一二・藤原菅根）。当該歌はさらに「葦鶴」の「葦」の縁で「穂」を響かせる。「ほに出でたる水際の葦の葦鶴の千代にかはらぬ色にぞありける」（道済集・二二二）。集八五番参照。また、恋心を船の帆にだぶらせて詠む歌は「播磨潟ゆきかふ船のほに上げておのが思ひのまふまふぞ行く」（高遠集・二二二）のように見出せる。「ほに上ぐ」は、集の八五、一七一番にも。**○わが恋**　恋そのものを抽象的に捉えて表現する。「わが恋はむなしき空に満ちぬらし思ひやれどもゆく方もなし」（古今・恋一・四八八・よみ人しらず）、「わが恋は知らぬ山ぢにあらなくに迷ふ心ぞわびしかりける」（古今・恋二・五九七・貫之）、「わが恋はゆくへも知らずはてもなし逢ふを限りと思ふばかりぞ」（古今・恋二・六一一・躬恒）などのように「わが恋は行方が知れぬもの」といった常套的な詠みぶりと異なり、毅然として天の河原に帆を挙げて船出をすると詠む点で新奇。

○今ぞ船出る　恋部冒頭歌にふさわしく、恋心をはっきりと表明し、今、恋の船出をするのだという強い決意がうかがわれる。「熟田津に船乗りせむと月待てば潮もかなひぬ今は漕ぎ出でな」（万葉・巻一・八・額田王）、「天の川川波高くわが恋ふる君が船出は今ぞすぐらん」（赤人集・三二二）。

〔補説〕　和泉式部集には、「おのれただ満ちくる潮もありけるを思ふ人こそわれは船出る」（六六七）と、恋歌における「船出」が詠まれている。

『和歌大系』は「飛鳥川淵こそ瀬にはなるときけこひさへ鮒になりにけるかな」（赤染衛門集・七〇、「思ひかけたる人の、鮒をおこせて」の詞書を持つ歌の返歌）を引き、「恋」に「鯉」を、「船出る」に「鮒釣る」を掛ける言語遊戯的な歌とする。ただし「鮒釣る」の用例は他に見出せなかった。集の一四三番には「鯉釣る」「棹」が詠まれている。

あしたつのくものかくれにとひかくれ人にしられぬこひそわひしき

〔校異〕　○たつ―かも（私Ⅱ）　○かくれ―へたて（私Ⅱ）　○わひしき―かなしき（私Ⅱ）

〔整定本文〕

葦鶴の雲の隠れに飛び隠れ人に知られぬ恋ぞ侘しき

〔現代語訳〕

鶴が雲の陰に飛び隠れているように、人に知られない私の恋はつらく切ないことです。

〔語釈〕　**○葦鶴**　一三三番参照。**○雲の隠れ**　保憲女初出か。後の例には「鳴る神はいづこか社目に見えぬ雲の隠れやほ暗なるらん」（為忠家初度百首・六七七）がある。「雲隠れ」は「ひさかたの天雲おかず雲隠れ鳴きぞ行くなる初た雁金」（古今六帖・四三六〇・家持）、「秋風に山飛び越ゆる雁金のいや遠ざかり雲隠れつつ」（古今六帖・四三七六・人麻呂）などと詠まれている。集一九二番も「葦鶴の声さへ雲に隠れせば」と詠む。「隠れ」を名詞として用いる例は、「蜻蛉の岩垣沼の隠れには伏して死ぬともながれは言はじ」（古今六帖・二九六八）や、和泉式部百首の「狩り人のいとまもいらじ草若みあさる雉子の隠れなければ」（和泉式部集・一四）がある。**〇人に知られぬ恋**　心に秘めた恋をいう。「河の瀬になびく玉藻の水隠れて人に知られぬ恋もするかな」（古今・恋二・五六五・友則）、「須磨の海人の樵れる潮木の燃ゆれども人に知られぬわが恋ならん」（古今六帖・二六七九・忠岑）などと、古来からさまざまな比喩を用いて歌に詠まれる。

〔補説〕　「侘ぶ」「侘し」は集中十五例。うち、七例が恋部の歌に用いられている。九番歌語釈参照。

万葉歌では、第三者に知られることを危惧して「人知る」という表現が用いられていたが、古今以降、相手に恋心が知られないまま苦しむ「人しれぬ恋」が詠まれるようになり、古今六帖の題にもなる（鈴木宏子「〈人知れず〉とその周辺―万葉から古今へ―」『万葉への文学史万葉からの文学史』笠間書院　二〇〇一）。

くもちにもた、ちにまかふかりかねのおもふあたりそゆきかたきかな

〔校異〕　〇にも―をも（私Ⅱ）　〇まかふ―かよふ（私Ⅱ）　〇そ―に（私Ⅰ）、の（私Ⅱ）

〔整定本文〕

雲路にもただちに紛ふ雁金の思ふあたりぞ行きがたきかな

〔現代語訳〕

雲路の中、まっすぐな道でもあっというまに紛れて見えなくなってしまう雁のように、思いを寄せる人のもとにまっすぐには行けないことです。

〔語釈〕　**〇雲路**　雲の道。鳥の通り道とされた。集八〇番にも雲路を分けて飛来する雁が詠まれている。また、「雲路」は渡り鳥の雁が迷う、と詠まれることも多い。「帰る雁雲路に惑ふ声すなり霞吹きとけ木の芽はる風」（後

撰・春中・六〇・よみ人しらず）。逆に、雁が毎年やって来るために雲路に迷わなくなると詠まれることも。「年ごとに雲路惑はぬ雁金は心づからや秋を知るらん」（後撰・秋下・三六五・躬恒）。当該歌は、先に挙げた後撰歌の「帰る雁雲ぢに惑ふ声すなり」を承けて、思いを率直に打ち明けることが難しいことを詠む。**〇ただちに**　すぐに、の意の副詞に「直路」を掛ける。「ただぢとも頼まざらなん身に近き衣の関もありといふなり」（後撰・雑二・一一六〇・よみ人しらず）。**〇紛ふ**　入り混じって区別できなくなること。「水底に茎なき花ぞ散り紛ふ雲のあなたに春や来ぬらむ」（深養父集・一七）。**〇雁金**　雁のこと。秋に北方から飛来し、秋に帰るため、集でも春部一六番と、秋部九三番に詠まれている。

〔補説〕　集一三〇番では「同じ心に雁もなくなり」と詠まれているが、当該歌も、雲路に紛れてしまう雁に自分を重ねて詠む。『和歌大系』は、「「雁信」の故事を背景に、想いをしたためた便りが届かないことを案じた詠」とするが、一三三番の調子から、自分から船出をしようと思ったが、ただちに思う方向に舵取りすることはできない、と嘆く歌と解して訳した。

おもへともわか身はよそにとふとりのなと人なれぬこひにかあるらん

〔校異〕　ナシ

〔整定本文〕

思へども我が身はよそに飛ぶ鳥のなど人馴れぬ恋にかあるらん

〔現代語訳〕

心の中で恋しく思っていても私の身は遠く離れて縁がなく、飛ぶ鳥が人に馴れないように、どうして人になじむことのない恋なのでしょうか。

〔語釈〕 **○よそに** 遠く離れた場所で。無関係で。「天雲のよそに見しより我妹子に心も身さへ寄りにしものを」（万葉・巻四・五四七・笠金村）、「よそにのみ恋ひや渡らむ白山の雪見るべくもあらぬ我が身は」（古今・離別・三八三・躬恒）。金村の歌は「心ばかりか身まで寄り添ってしまった」と詠むが、当該歌は、「心の中で思っていても身はよそよそしいままで」と嘆く。**○飛ぶ鳥の** 飛ぶ鳥のように。「人馴れぬ」に掛かる。**○人馴れぬ** 人に懐かない。人に馴れない。「人馴れぬ美豆の御牧の駒なれや立つ名もさらにあらじとぞ思ふ」（重之集・二一六）。人同士が親しくならないことも言う。「君に人馴れならひそ奥山に入りての後は侘しかりけり」（後拾遺・雑三・一〇三二・藤原統理）。

〔補説〕「飛ぶ鳥」は、「飛ぶ鳥の声も聞こえぬ奥山の深き心を人は知らなむ」（古今・恋一・五三五・よみ人しらず）と恋歌に取り合わせて詠まれ、好忠百首にも「飛ぶ鳥の心は空にあくがれて行方も知らぬものをこそ思へ」（好忠集・四四二）とある。特に好忠歌は、我が身を飛ぶ鳥に例えて恋心を詠む点で当該歌と同じだが、好忠歌が恋に夢中になっていることを詠むのに対し、保憲女は恋に無縁であることを詠む。

〔校異〕 ○たかき―かたみ（私II） ○みちなきは―みちなき里は（私II）（国） ○われ―なに（私II） ○ふみゝさるらん―ふこさるらん（私II）

ゆきたかきみちなきは（二字分空白）《本ノマ、》われなれやあとたへ人のふみゝさるらん

〔整定本文〕

雪高き道なき里はわれなれや跡絶え人のふみ見ざるらん

〔現代語訳〕

雪が高く降り積む、道がなくなってしまった里は、私なのでしょうか。それで、足跡が絶え、人も雪を踏んで

来ないし、便りも来ないのでしょう。

〔語釈〕 **○雪高き** 雪が降る積もっていることを「深し」でなく「高し」とする歌は多くはないものの「滝の糸はみな閉ぢつらん吉野山雪の高さに音を変へつつ」（中務集・五三）などに見られる。**○道なき里** 底本は「里」を欠くので、「私II」により補って校訂した。雪によって見えなくなった道に、人が通わない自身の境遇を例える。「道なき里」という表現は、独自。集の一二三番には山里の道をふさぐ雪が詠まれている。**○我なれや** 自身を景物に例える歌は、「白山の雪の下草われなれや下に消えつつ年をのみふる」（兼盛集・四七）など。ただし、里に例えるものは見出せなかった。**○ふみ見ざるらん** 踏んでみる、の意「踏みみる」に、手紙を見る意の「文見る」を掛ける。「踏み」は「跡」の縁語。「浜千鳥ふみみる跡をとめつつは恋ひしき人をたづねてしかな」（恵慶集・二八六）。

〔補説〕 「里は荒れて人はふりにし宿なれや庭も籬も秋の野らなる」（古今・秋上・二四八・遍照）、「雪降りて人も通はぬ道なれやあとはかもなく思ひ消ゆらむ」（古今・冬・三二九・躬恒）などに想を得たか。

ふすとをくととことはにするなけきにはこたま出くる物にそありける

〔校異〕 ○とことはにする―とこよはひする（私I）、おもへはこふる（私II）

〔整定本文〕

伏すと起くととこ永久にするなげきには木霊出でくるものにぞありける

〔現代語訳〕

伏しても起きても常にずっと寝床で繰り返す嘆きの溜息には、投げ木というのでつられて木霊が出てきて答えるものなのですね。

〔語釈〕 **○伏すと起くと** 伏しても起きても、の意。序文に「心に入るる言の葉のあはれなみは、起くと伏すと思ひ集めたることども、涙に朽たし果ててんと思へど」(11)、「起くと伏すとに沖つ波、荒れたる床に舟と浮かべる心をば尽くし、宿世をば思へば、色なる波立ちぬべうなむ」(26)とある。**○とことはに**　「常永久」はずっと続くこと。「常永久に聞けば苦しき呼子鳥声なつかしき時にはなりぬ」(古今六帖・四四六四・坂上郎女)。序文24にも「昔、高き卑しきなく、西東なう、春秋伏し語らふにより、常なきことは常永久にと言ひける」とある。当該歌は「とことは」の「とこ」に「床」を掛け、「伏す」「起く」の縁語とする。「私Ｉ」は「とこよばひ」。「床」に、「常世」「常夏」のように永遠に続く意の接頭語「とこ」を掛け、寝床に来て常に呼んでいるという意になるか。「打ち侘びて呼ばはむ声に山彦の答へぬ山はあらじとぞ思ふ」(古今・恋一・五三九・よみ人しらず)。**○なげき**　「嘆き」に「投げ木」を掛け、「木霊」の縁語とする。ここは、「嘆き」の本来の意味である「長い息」、つまり溜息の意を含めて解した。**○こだま**　木霊。木魂。「狐、木霊やうのものの、欺きて」(源氏物語・手習)。しかし、当該歌のように、木霊が寝床に出てくるというのはいささか不自然である。そこで、木霊を山彦の意に解し、くり返す溜息に木霊が返事をする、すなわち、嘆きの溜息が寝床で繰り返されるばかりだ、という意に解してみた。ただし「木霊」を山彦の意に用いるのは、保憲女初出か。後には「法のために答えてあらき末を見ばや谷の木霊はむなしきものを」(拾玉集・四七一七)などと詠まれる。**○ものにぞありける**　次の一三九番にも連続して用いられる。「ものにぞありける」は、他に集の一二、八七、一六九、一九七、二〇三にも。

〔補説〕「とこよばひ」の本文を用いて訳すと「伏しても起きても常に寝床にやって来ては私を呼び覚ます嘆きの息には、投げ木が来るというのでつられて木霊が出て返事をするのですね。」という意になろうか。

『日本国語大辞典』(第二版)は、当該歌の「木霊」を「山彦」の意の初出例として挙げる。「山彦」は「つれもなき人を恋ふとて山彦の答へするまで嘆きつるかな」(古今・恋一・五二一・よみ人しらず)などと詠まれている。当該歌も、同様に、溜息を繰り返して、山彦が答えるまでになったと詠むのであろう。

139

なみたへておもひけてともわかこひはほのほにみゆるいつる《本ノマ、》物にそ有ける

〔校異〕 ○へて―もて（私Ⅰ）（私Ⅱ）（国） ○けて《消》―けて（私Ⅰ） ○は―の（私Ⅱ） ○み《本ノマ、》ゆるいつる―見ゆる（私Ⅰ）、いつる（私Ⅱ）（国）

〔整定本文〕

涙もて思ひ消てどもわがこひは炎に出づるものにぞありける

〔現代語訳〕

涙でもって思いの火を消すけれども、私の恋の火のほうは（さらに）炎になって燃え上がるものだったのです。

〔語釈〕 **○涙もて** 底本「涙へて」を校訂した。**○思ひ消てども** 「思ひ」の「ひ」に「火」を掛け「消て」の縁語とする。「富士の嶺のならぬ思ひに燃えば燃え神だに消たぬむなし煙を」（古今・雑体・一〇二八・紀乳母）。「思ひ消つ」は、保憲女以前の例は検索できないが、「思ひ消ゆ」は「いとどしく思ひ消ぬべし七夕の別れの袖に置ける白露」（能宣集・一一四）など。**○わがこひは** 「恋」の「ひ」に「火」を掛け「炎」の縁語とする。**○炎** 集三四番にも。「思ひ」の「火」、「恋」の「ひ」に加え「炎」を詠む。「思ひ」と「炎」を詠む歌は、「海人舟の通ひ来しより塩釜のほのほいた増す思ひつきにき」（伊勢集・三八五）など。

〔補説〕 「思ひ」や「恋」の炎にちなんだ言葉遊び的な歌。類歌は以下のような題詠歌にも見出せる。「逢ひがたみ目より涙は流るれどこひをば消たぬものにざりける」（民部卿家歌合・二二）、「涙川いかなる水に流るらむなど我がこひを消つ（　）のなき（興風集・亭子院歌合・七二）、「涙川同じ身よりは流るれどこひをば消たぬものにぞありける（和泉式部集・百首・九三）。

140

いへと〱さもうこきなき心かないわきよりたにいつるおもひを

〔校異〕「私II」にナシ

〔整定本文〕

言へど言へどさも動きなき心かな岩木よりだに出づる思ひを

〔現代語訳〕

言っても言っても、そのようにも動くことのない心であるよ。（心がない）岩や木からさえ生じる思いがあるというのに。

〔語釈〕○言へど言へど　口語的な独自表現。後の例に「言へど言へど言ふに心は慰さまず恋しくのみもなりまさるかな」（風葉集・九七七）が見出せる。○さも　そのようにも。「さ」が示す事柄は下の二句を承ける。岩木からさえ恋心が生じるようにも、ということ。「うつつにはさもこそあらめ夢にさへ人目を避くと見るが侘しさ」（古今・恋三・六五六・小町）。○岩木　岩や木。非情なものの例え。「かくばかり恋つつあらずは岩木にもならましものをものもはずして」（万葉・巻四・七二二・家持）。

〔補説〕「あひ思はぬ人の心は山なれや巌よりけに動かざるらん」（忠岑集・六五）と同じ発想。ただし、序文18には「数知らぬ言の葉を交はせば、岩木ならねばおごきて、ほどもなく下紐うち解けて」と、人が岩木とは違って心を動かすと、逆の内容が綴られている。この部分は「人非木石有情　不如不遇傾城色」（白氏文集・李夫人）に拠るものと考えられるが、歌では「岩木でさえ心が動くのに、言っても言っても人の心が動かない」と詠むので、序と逆の発想となる。現実はそうではないということか。あるいは、歌の「さも」が序文のこの部分をも含むと考えると、「言っても言っても、人は岩木ではないので心が動くなどということが現実では起こらず、そんなふうには動かない人の心であるよ。むしろ岩木でさえも心が動くというのに」と解釈することも可能か（拙稿「賀茂保憲女集考―流布本と異本をめぐって―」小山工業高等専門学校紀要21号　一九八九・三）。

あまころもちしほそむれとよとゝもにいろなき心いかてみせまし

〔校異〕　ナシ

〔整定本文〕

あま衣千しほ染むれど世とともに色なき心いかで見せまし

〔現代語訳〕

雨衣を何度染めてもずっと色がなく白いままであるように、何にも染まらずにいる私の心をどうやってみせましょうか。

〔語釈〕　**○あま衣**　白絹の袷の表面に油を引いて濡れにくくしたもの。雨衣。海人衣を掛ける。「白妙の波うち返しあま衣うら島にきて濡れやわたらん」（古今六帖・一九一三）。**○千しほ**　繰り返し何度も染めること。「千」は数が多いこと。「しほ」は、染色の度数を表す接尾語。「小紫千しほの色の深ければ行末遠く見ゆる白菊」（夫木抄・五九〇一・元輔）。「千しほ」の「しほ」に「潮」を掛け、「あま衣」の「海人」の縁語とする。**○世とともに**　この世の限り、ずっと長い間。「潮満たぬ海と聞けばや世とともにみるめなくして年のへぬらん」（後撰・恋一・五二八・よみ人しらず）。源順は「緑なる色こそ増され世とともになほ下草の繁き夏野の」（好忠集、順百首・五四三）と、当該歌と逆に「世とともに」色が増さっていく下草を詠む。**○色なき心**　浮ついていない心。何にも染まっていない心。恋をしたことがない心をいう。「色もなき心を人に染めしよりうつろはむとは思ほえなくに」（古今・恋四・七二九・貫之）。

〔補説〕　上三句は「色なき」を導く序。「色なき心」は、「恋をしたことがない純粋な心」というより、「華やかなことに縁遠い心」の意であろう。「うちつけにさびしくもあるかもみぢ葉も主なき宿は色なかりけり」（古今・哀傷・八四八・近院右大臣）に詠まれる「色」と同じ。粗末な雨衣（海人衣）に自身を重ねて詠む。

『和歌大系』は、序詞を採らず「衣は恋人を思う涙で染まるが、色に染まらない恋心をどうやって見せたらいいだろうと嘆いた詠」とする。

142

かせふけはなみのしめゆふなかれあしのふしをきこひにしつむころかな

〔校異〕　○なかれ―みたり（私Ⅱ）

〔整定本文〕

風吹けば波の標結ふ流れ葦のふし起きこひに沈む頃かな

〔現代語訳〕

風が吹くと波が注連を結うように波紋を作る流れ葦が、（風のせいで）伏したり起きたりするように、寝ても起きても恋という泥に沈むこの頃です。

〔語釈〕　**○波の標**　波が葦の根元で波紋を作ることを、波が注連を結うと表現したか。新奇な表現。**○流れ葦**「流れし葦」は集の一二〇番にも。初期の用例のひとつ。「流れ葦の潟にとまれる沼水のかひありげにも見ゆる影かな」（朝光集・四五）、「満つ潮に末葉を洗ふ流れ葦の君をぞ思ふ浮きみ沈みみ」（千載・恋三・七九二・公実）の二首や、集の一二〇番からすると、葦が影を水面に落として、水が根元あたりを流れ、葉が水面に浮き沈みしているものを「流れ葦」というか。**○ふし起き**「ふし」に、葦の節を掛けて「伏し起き」を導く。集の一三八番には「伏すと起くと」と似た表現が用いられている。**○こひに**「恋」の「ひ」に泥の意「ひ」を掛ける。

〔他出〕　秋風集、恋歌上・七五五

だいしらず　　　かものをむな

風ふけば浪のしめゆふながれ蘆のおきふしこひにしづむころかな

〔補説〕「流れ葦」は、堀河百首歌人に摂取された表現（拙稿「『賀茂保憲女集』再評価」中古文学57号　一九九六・五）。語釈の公実歌に加え、「潮風にしほれにけりな流れ葦の起き伏し春を待つとせしまに」（堀河百首・九七一・基俊）、「流れ葦のうきことをのみ島江に跡とどむべき心地こそせね」（新勅撰・雑・一一九〇・俊頼）と詠まれる。また、異文の「乱り葦」も「かくとだに言はぬに繁き乱れ葦のいかなる節に知らせ初めまし」（新勅撰・恋一・六五八・堀河）と詠まれ、「波の標結ふ」も「川社秋は明日ぞと思へばや波の標結ふ風の涼しき」（匡房集・七七）と、保憲女歌から摂取された可能性のある表現が堀河百首歌人に用いられている。

三角洋一氏は、この保憲女歌が散佚物語『波のしめゆふ』の題号の由来になったと論じている（「『波のしめゆふ』小考」国文白百合12号　一九八一・三）。

きみをのみこひつるあまのたまのをはさほにかゝれる命なりけり

〔校異〕　ナシ

〔整定本文〕

君をのみこひつる海人の玉の緒は棹に懸かれる命なりけり

〔現代語訳〕

あなただけを恋い慕う私の命は、鯉を釣る海人の命が釣り棹にかかっているような、危ういものなのです。

〔語釈〕　**〇こひつる**　動詞「恋つ」は、集の七四番にも。当該歌は「恋つる」に「鯉釣る」を掛け、「海人」「緒」「棹」「かかれる」の縁語とする。**〇玉の緒**　玉に通す紐の意から、魂の緒に転換し、命を表す表現となった。**〇棹**　二句に「釣る」とあるので釣竿のこと。和漢朗詠集には、「垂釣者不得魚　暗思浮遊之有意　移棹者唯聞雁　遥感旅宿之随時」（五一六・道真）とある。

〔補説〕「棹に懸かる命」がどのようなものか、不明。釣れるか釣れないか運しだい、ということで、先の見えない危うい命の意か。古今集にも「伊勢の海に釣りする海人の浮けなれや心ひとつを定めかねつる」（恋一・五〇九・よみ人しらず）と、釣りの浮子（うき）が浮き沈みをすることに不安定な心を例えて詠むものがある。あるいは、あっさり人間に釣られる魚のようにはかない命ということか。

「命なりけり」という表現は、集の一六七番歌にも用いられている。植田恭代氏は源氏物語の「かぎりとて別るる道の悲しきにいかまほしきは命なりけり」（桐壺巻）について、古今集の「春ごとに花のさかりはありなめどあひ見むことはいのちなりけり」（春下・九七・よみ人しらず）などとともに、保憲女の当該歌と一六七番、及び和泉式部の「かく恋ひばたへず死ぬべしよそに見し人こそおのが命なりけれ」（和泉式部集・九二）、「いくべくも思ほえぬかな別れにし人の心ぞ命なりける」（和泉式部続集・六二六）などを挙げ、「ある程度人口に膾炙した表現による更衣の心情の詠出であり、同時に当世の女性歌人の用いた生き生きとした語感をも呼び込む末尾表現と考えられる」と論じる（「『源氏物語』と和歌のことば―桐壺更衣「いのちなりけり」の場合―」跡見学園女子大学文学部紀要47号　二〇一二・三）。

〔校異〕　○ねと―とも（私II）　○まつことに―まつことに《本ノマヽ》（私I）、まつてふことに（私II）（国）　○すくす―つかす（私II）　○こと―こひ（私II）　○わひしき―かなしき（私II）

たのめねとまつことにたかさこのをのへにすくすことそわひしき（一字分空白）

〔整定本文〕

頼めねどまつてふことに高砂の尾上に過ぐすことぞ侘びしき

〔現代語訳〕

あの人が私に期待させたわけではないけれど、待つということばかりで、高砂の尾上の松のように過ごすのが侘しいことです。

〔語釈〕 **〇頼めねど** 下二段動詞「頼む」は、頼りにさせる、期待させる、の意。あの人が私に期待させたわけではなく、私が勝手に思いを寄せて、ということ。**〇まつてふこと** 底本「まつことに」とあるが、「私Ⅱ」により校訂した。「待つ」に「松」を掛ける。「住吉のきしもせじとや思ふらんまつてふことの見えずもあるかな」（古今六帖・二八三六）。**〇高砂** 播磨国の歌枕。高砂の松は、住之江と並んで有名。松に「待つ」を掛けて詠むのも常套的な表現。「かくしつつ世をや尽くさん高砂の尾の上に立てる松ならなくに」（古今・雑上・九〇八・よみ人しらず）。

〇侘びしき 「侘ぶ」「侘びし」は九番語釈参照。

〔補説〕 待つことに長い年月を費やすことが侘しいと詠む。語釈の古今歌と同様の心情。

145

夜のほとはあさかのぬまといひなからなとうとまれぬ心なるらん

〔校異〕 〇ほと—ひと（私Ⅱ） 〇といひなから—にき、なから（私Ⅱ） 〇うとまれぬ心なるらん—あふ事のなみによにはぬれつ、（私Ⅱ）

〔整定本文〕

世の程はあさかの沼といひながらなどうとまれぬ心なるらん

〔現代語訳〕

男女の仲というのは安積の沼ではないが、浅はかなものだといいながら、どうして嫌にならない心なのでしょうか。

〔語釈〕 **〇世の程** 世の中。男女の仲。「白雪と今朝は積れる思ひかな逢はでふるよの程もへなくに」（兼輔集・七九）。**〇あさかの沼** 陸奥の歌枕「安積」に掛けて「心が浅い」と詠まれる。「花かつみかつ見る人の心さへあさかの沼になるぞ侘しき」（信明集・一六）。また、好忠、順、恵慶の百首に沓冠歌としてある「安積山影さへ見ゆる山の井の浅き心をわが思はなくに」（万葉・巻十六・三八〇七）にも、安積の名にちなんで浅い心が詠まれている。「浅まし」として詠まれる歌も、「浅ましや安積の沼の桜花霞こめても見せずもあるかな」（好忠集、順百首・五三四）など。**○うとまれぬ**　「うとむ」は、いやだと思ってよそよそしくする。「時鳥汝が鳴く里のあまたあればなほうとまれぬ思ふものから」（古今・夏・一四七・よみ人しらず）。

〔補説〕　後の例になるが、「この世より焦がるる恋にかつ燃えてなほうとまれぬ心なりけり」（拾遺愚草・一六三）と、恋心が消せないことを詠む。また、好忠百首の恋部には「君恋ふる心は千々に砕くるをなど数ならぬ我が身なるらん」（四一六）と、「など……なるらん」という、当該歌と同じ表現を用いて、恋に苦しむ自分の心と身を振り返る歌が見出せる。

「私II」では、恋部の最後の歌。「私II」の下の句は字余りで、異同部分は底本一五四番歌の下の句「逢ふことなみに寄らば濡れつつ」に同じ。目移りによる誤写の可能性があるが、一五四番歌の上句は「私II」にないため、「私II」の本文が書写されるより早い段階で誤りが生じたと思われる。一五四番〔補説〕参照。

146

新続古今恋三

かくはかり人のかたむるあふさかをいかてこゝろのゆきかへるらん

〔校異〕　○新続古今恋三―新続古　保憲（私I）、ナシ（私II）（国）　○人の―ひとは（私II）　○かへる―かよふ（私II）

〔整定本文〕

新続古今恋三

かくばかり人の固むる逢坂をいかで心の行き帰るらん

（新続古今恋三）

〔現代語訳〕 これほどにしっかり人が守っている逢坂の関を、いったいどうやって人の心が行ったり帰ったりするのでしょうか。

〔語釈〕 **〇かくばかり** こんなふうに。関が堅固に警備されていることを前提とした表現。**〇逢坂** ここは、山城と近江の間にある逢坂の関所をいう。東国に行く人が必ず通過するため、厳しく警護されていた。「逢坂」の「逢ふ」にちなんで恋の関所として詠まれることも多い。「思ひやる心は常に通へども逢坂の関越えずもあるかな」（後撰・恋一・五一六～五一七・公忠）。**〇行き帰る** 行ったり帰ったりする。「行き帰る八十氏人の玉蔓かけてぞたのむあふひてふ名を」（後撰・夏・一六一・よみ人しらず）。

〔他出〕 新続古今集、恋三・一二四九

題しらず　　　賀茂保憲女

かくばかり人のかたむる逢坂をいかで心のゆきかへるらん

〔補説〕 逢坂の関は、しばしば男女の逢瀬の場面において詠まれている。蜻蛉日記では、「逢坂の関やなになり近けれど越え侘びぬれば嘆きてぞふる」という兼家の歌に対し、道綱母は「越え侘ぶる逢坂よりも音に聞く勿来を固き関と知らなむ」とやり込める（上・天暦八年夏）。また、伊勢集にも「師走に男来たり。逢ひぬべきやうなるを親聞きつけて制すれば出でて、女／夜越ゆと誰か告げけむ逢坂の関固むめり早く帰りね／といふに雪の降りければ／帰るさの道行くべくも思ほえず凍りて雪の降りし増すれば／といふほどに夜明けぬれば、男／逢ふことの逢はぬ夜ながら明けぬればわれこそ帰れ心やは行く」（四九～五一）という恋の物語が展開されている。この伊勢の歌は、和泉式部日記に「あぢきなく雲居の月に誘はれて影こそいづれ心やは行く」と継承される。当該歌において「かくばかり」と歌い出されるのも、こうした恋物語的な雰囲気を踏まえての表現と捉えることができよう。

見ぬ人をくもゐのよそにこひそめてふむあとさへにまとふころ哉

〔校異〕 そめて—わひて（私Ⅱ） ○さへ—すら（私Ⅱ） ○まとふ—まとふ《よイ》（私Ⅰ）

〔整定本文〕

見ぬ人を雲居のよそに恋ひ初めて踏む跡さへに惑ふ頃かな

〔現代語訳〕

まだ会ったことのない方を雲の上にいるかのように遥か遠くから思い初めて、庭の足跡にさえも（もしやと）心を惑わせることです。

〔語釈〕 **○見ぬ人** まだ姿も見ない、交際が始まっていない人。「世中はかくこそありけれ吹く風の目に見ぬ人も恋ひしかりけり」（古今・恋一・四七五・貫之）。**○雲居のよそ** 雲がいるところのように遠く離れた場所。「限りなき雲居のよそに別るとも人を心におくらさむやは」（古今・離別・三六七・よみ人しらず）。**○恋ひ初めて** 思い初めて。「恋初めし心をのみぞ怨みつる人のつらさをわれになしつつ」（後拾遺・恋一・六三八・兼盛）。**○踏む跡** 足跡のことか。「踏む跡も見せじとぞ思ふ世とともに鳴きのみわたる鶴の群鳥」（定頼集・一二三）。集一二六番参照。また一三七番にも人の足跡が絶えたことが詠まれる。

〔補説〕 『和歌大系』は、「踏む跡」に「（筆）跡」の意を掛けるとし、「直接会えない人に恋をして、手紙までも惑い、相手に届かないことを詠ったものであろう」と解すが、一三七番に、雪のために足跡が途絶えたと詠まれることを踏まえ、庭先の足跡を見ては、「誰の足跡だろう。もしかしたら恋しい人の足跡かもしれない」と心を惑わせている歌として解釈した。

148

たくひなくいのちたえなは我か恋にいかなる人か（五字分空白）《本ノマヽト云々》

〔校異〕 ○（五字分空白）《本ノマヽト云々》―つかむとすらむ（私Ⅱ）（国）

〔整定本文〕

たぐひなく命絶えなばわが恋にいかなる人かつかむとすらむ

〔現代語訳〕

友だちもないまま命が絶えてしまったならば、私の恋にはどのような人が応じてくれるでしょうか。まったくもって無理な話です。

〔語釈〕 **○たぐひ** 同類、仲間の意。「旅人のたぐひとみつる蛍こそ露にも消えぬ光なりけれ」（重之集・二五二）、「わがごとくもの思はむ人をまたもがなたぐひありけりと聞かば頼まん」（長能集・三七）、「たぐひあらば訪はんと思ひし事なれどただ言ふかたもなくぞ悲しき」（和泉式部続集・一〇六）など、自分の思いに共感してくれる同朋の意に用いられている。**○つかむとすらむ** 底本は結句を欠くため、「私Ⅱ」により補って校訂した。「つく」は付き従う、ということ。「よろづ代を竹の杖とぞ契りつる久しくつかむ君がためにと」（伊勢大輔集・一一一）。

〔補説〕 『和歌大系』補注は、「たぐひ」を「例」の意に取り、「つかむ」を「続かむ」として「いままで例もないのに恋死にをしてしまったら誰が私の後に続いて恋をしようとするだろうかの意」と訳し、「恋ひ侘びて死ぬてふことはまだなきを世のためしにもなりぬべきかな」（後撰・恋六・一〇三六・忠岑）の歌を挙げる。確かに「つかむとすらむ」は意味がわかりにくい。「つけむとすらむ」ならば、「恥づかしに人に心をつけしよりみそかながらに恋ひわたるかな」（好忠集、順百首・五六四）のように、心を付ける、すなわち心を寄せる意になろう。

149

あふことのくもゐとをくてわかこひはいのちにかよふほとそかなしき

〔校異〕 ○の―は（私Ⅱ） ○は―の（私Ⅱ） ○かよふ―をよふ（私Ⅱ） ○かなしき―わひしき（私Ⅱ）

〔整定本文〕

逢ふことの雲居遠くてわが恋は命に通ふ程ぞ悲しき

〔現代語訳〕

逢うことは雲居の程ばかりに遠くて、私の恋は、成就するまでに命が尽きてしまうぐらいであるのが悲しいことです。

〔語釈〕 **○雲居** 雲のある遠くの空のように遠いことをいう。「逢ふ事は雲居はるかになる神の音に聞きつつ恋ひわたるかな」（古今・恋一・四八二・貫之）。一四七番にも。**○命に通ふ** 寿命が尽きてしまうほど逢うことが遠いことだという意であろう。特異な表現。命が通うという例はある。「世の中もはるけからじなかくながら通ふも近き命なからば」（和泉式部続集・六三二）。式部歌は、亡くなった人の幻が見えたことをいう歌。

〔補説〕 〔語釈〕に挙げた古今の貫之歌の表現を借りながら、一四八番同様に、成就するまでには命が尽きてしまいそうだ、と詠むか。

はまちとりあとにたましゐかよふなりみつからみへぬいきかよりなむ

〔校異〕 「私Ⅱ」にナシ ○いきかより―いきかよ《はイ》り（私Ⅰ）

〔整定本文〕

浜千鳥跡に魂通ふなり自ら見えぬいき通はなむ

〔現代語訳〕

浜千鳥の足跡のような筆の跡には魂が通っていると聞きます。自分からは姿を見せない私の溜息が行き通ってほしいものです。

〔語釈〕 **〇浜千鳥** 浜千鳥の足跡は「忘られむ時しのべとぞ浜千鳥行方も知らぬ跡をとどむる」（古今・雑下・九九六・よみ人しらず）などと詠まれる。集の一二六番にも千鳥の足跡が詠まれている。また、鳥の足跡から文字が生まれたという中国の故事から、手紙の筆の跡と掛ける歌も多い。**〇魂** 序文27、29、九一、一五五番歌参照。**〇いき通はなむ** 底本には「いきかよりなむ」とあるが、「り」と「は」の誤写と考え校訂した。ただし、上の句にも「かよふ」があり、重複する。一七〇番〔補説〕参照。「行き通ふ」の「行き」に「息」を掛ける。「息」は上の句の「魂」と同意である「息の緒」を踏まえた表現。「息の緒に思へば苦し玉の緒のたえて乱れな知らば知るとも」（万葉・巻十一・二七八八）、「出づる息の入るを待つ間もかたき世を思ひ知るらん袖はいかにぞ」（詞花集・雑下・四〇三・新院）など。集の一三八番には「なげきには木霊出でくる」とあり、溜息に木霊が出てくるという不思議な体験が詠まれる。

〔補説〕 下の句の意味がわかりにくい。「国」も「いきかよりなむ」のまま、特に校訂していない。魂が目に見えぬものであることから、自らは姿を見せない「息」に「行き」を掛けて試みに解した。「消えつつもなほふる物は人恋ふるわが魂と雪となりけり」（古今六帖・六九二）、「とどめ置きし魂いかになりにけん心ありとも見えぬものから」（清少納言集・二七）。

151

たまつさの命をかけしわかこひのあはことさへもなきわたるかな

〔校異〕 「私II」にナシ　〇かけし―かけし《りイ》（私I）　〇あはこと―あは、と（私I）

〔整定本文〕

玉梓の命を懸けしわが恋の逢はばとさへも泣きわたるかな

〔現代語訳〕

昔、雁が手紙を首に掛けて運んだように、命を掛けてきた私の恋は、雁が「アア」と泣くように「ああ、あの人に会えるならば」とまで声に出して泣き続けるばかりでして。

〔語釈〕 **○玉梓** 手紙、消息。「秋風に初雁金ぞ聞こゆなる誰が玉梓を掛けて来つらむ」（古今・秋上・二〇七・友則）。古今集一五六番には「玉梓の使ひ」が詠まれる。「玉梓の」は、「使ひ」「妹」に掛かる枕詞であるが、当該歌では、古今歌の「誰が玉梓を掛けて来つらむ」から「懸け」を導く枕詞的用法として解した。ただし、同様の例は先には見出せない。「九重の雲路に通ふ玉梓はかけて待つこそ久しかりけれ」（相模集・一八八）。**○逢はばと** 底本「あはこと」。「私I」により校訂した。踊り字と「こ」の誤写か。「逢はばと」は、逢うことがあるならば、の意。「帰る雁君もし逢はばふる里に桜惜しむと鳴きて告げなん」（元輔集・一〇五）。当該歌は「アア」という泣き声を掛けるか。

〔補説〕 参照。

〔補説〕 『和歌大系』が「逢はば」に（鳥の）鳴き声を重ねた」とするのに従った。玉梓を掛けて飛来すると言われるのは雁であるが、雁の鳴き声は「行き帰りここもかしこも旅なれや来る秋ごとにかりかりと鳴く」（後撰・秋下・三六二・よみ人しらず）、「秋の田の引く注連縄の長月はかりかりと鳴声ぞ絶えせぬ」（千穎集・三二）と「かりかり」と詠まれる。保憲女は雁の鳴き声を「アア」と聞きなして「あはば」に掛けて詠んだか。重之女百首には「聞かざりし物とはなしに雁金の来るたびごとにあはれと言はるる」（重之女集・四三）という歌がある。これもまた雁の鳴き声にちなんで詠まれたか。

みたれつ、こひをこそすれむまきむまのみたれておほすかみならなくに

〔校異〕 ○こひをこそすれ—思ひもする哉（私II） ○むまきむまの—むま《ナシイ》きむま。《のイ》（私I）、むまきくまの（私II）

○みたれて―まかせて（私II）

〔整定本文〕

乱れつつ恋をこそすれむまき馬の乱れて生ほす髪ならなくに

〔現代語訳〕

心乱れて恋をしていることです。牧馬が乱れて生やす髪ではないけれど。

〔語釈〕 ○乱れつつ 心が乱れながら。下の句の馬のたて髪の乱れと対になる表現。同語重複については一七〇番〔補説〕参照。 ○むまき馬 牧馬。牧場の馬の意。「むまきの馬の、菖蒲の中に立てるを見はべりて／夏来れど荒れのみまさる駒なれば菖蒲の草に野飼ふなりけり」（重之子僧集・一四）。 ○乱れて生ほす髪 「生ほす」は生えさせる、の意。「春日野の荻の焼け原あさるとも見えぬなきなを生ほすなるかな」（拾遺・雑春・一〇二〇・中宮内侍）。髪と馬の生命力を合わせて詠んだ歌に「妹が髪上げたかはの（上小竹葉野）のはなれ駒荒びにけらし逢はなく思へば」（万葉・巻十一・二六五二）がある。

〔補説〕 髪の乱れは、「朝な朝なけづればたまるわが髪の思ひ乱れてはてぬべらなり」（貫之集・五八〇）などと詠まれるが、馬のたて髪の乱れを詠む例は他に見出せない。髪を詠む歌には、白髪になった嘆きの他に、妖艶な恋の雰囲気を醸し出す歌も見出せる。「朝寝髪われはけづらじうつくしき人の手枕触れてしものを」（拾遺・恋四・八四九・人麻呂）、「我妹子が汗にそほつる寝縒り髪夏の昼間はうとしとや思ふ」（好忠集・一七五）、「朝寝髪乱れて恋ぞしどろなる逢ふよしもがな元結にせん」（後拾遺・恋一・六五九・良暹）、「黒髪の乱れも知らずうち伏せばまづかきやりし人ぞ恋ひしき」（後拾遺・恋三・七五五・和泉式部）など。

いろみへぬことのはたにもあるものをこゝろにそめはひとやかりなむ

154

〔校異〕「私II」にナシ　○かりなむ―よりなむ（国）

〔整定本文〕

色見えぬ言の葉だにもあるものを心に染めば人や刈りなむ

〔現代語訳〕

心のこもらない言葉のように、色付いていない葉だってあるのに、（私が）心の中で色を染めたら、人は（その葉を）刈りに来てくれたでしょうか。

〔語釈〕 **○色見えぬ**　恋心や人情味が見えない意に、葉が色付かない意を掛ける。「色見えでうつろふ物は世の中の人の心の花にぞありける」（小町集・二〇）。**○言の葉**　「言葉」の「は」に「葉」を掛ける。「年ふれど色も変はらぬ言の葉は繁さぞまさるなほ頼め君」（古今六帖・二九五二）。**○心に染めば**　心の中で色を付けたら、の意。「初時雨降りし染むれば言の葉も色のみまさる頃とこそみれ」（兼輔集・五〇）。**○人や刈りなむ**　「国」は「よりなむ」と翻字するが、「よ」でなく「か」と読めるので、「かりなむ」とし、「大荒木の森の草とやなりにけむ刈りにだに来て訪ふ人のなき」（後撰・雑二・一一七八・忠岑）と詠まれるように「葉を刈り摘んだでしょうか」の意として解した。「刈り」でなく「狩り」の字を当て、桜狩り、紅葉狩りのように来てくれたでしょうか、と解すこともできるか。「桜狩り濡れてぞ来にし鶯の都にをるは色の薄さに」（うつほ物語・吹上・上）。

〔補説〕　葉が色付いたら人が刈りに来ただろうか、と詠む。集の序の最後に「枕上に面白き紅葉を人の置いたりければ」とあるように、色付く紅葉を人が刈り採ったり手折ったりして室内に飾ることもあったのであろう。

あしかきのなかによのはのあちきなさあふことなみによらはぬれつゝ

〔校異〕「私II」では上句ナシ。○あふことなみによらはぬれつゝ―なとあふ事のなみによにはぬれつゝ（私II）（一

四五番の下句）

〔整定本文〕

葦垣の中によのはの味気なさ逢ふことなみに寄らば濡れつつ

〔現代語訳〕

葦垣の中の節についた葉っぱではないが、世間の片隅にいることのつまらなさといったら。「間近い」と歌に詠まれるのに、逢うこともなく、まるで葦の葉が波に吹き寄せられては濡れるように、袖ばかりが涙で濡れていて。

〔語釈〕 **〇葦垣**　葦で作った垣根。「古る」「乱る」などを導く枕詞として用いられる他、「人知れぬ思ひやなぞと葦垣の間近けれども逢ふよしのなき」（古今・恋一・五〇六・よみ人しらず）のように目をつめて組むことから「間近き」を導く例もある。当該歌の「逢ふことなみ」はこの古今歌の「逢ふよしのなき」を踏まえた表現であろう。また、「葦垣の中」と詠む例は少なく、「葦垣の中のにこ草にこよかにわれとゐみして人に知らるな」（古今六帖・三五八七）という万葉歌が見出せるのみである。当該歌は「葦垣」の葦に「節（よ）」があることから、「葦垣の」を「世」を導く序詞として用いている。また、序文に日本を「葦原の中つ国」と表しているので、「葦垣の中」は、日本国内を指すと考えることもできるか。**〇よのは**　葦の「節の葉」に「世の端」を掛ける。「木にもあらず草にもあらぬ竹のよのはしにわが身はなりぬべらなり」（古今・雑下・九五九・よみ人しらず）。**〇逢ふことなみに**　「無み」に「波」を掛ける。「名のみして逢ふ事なみのしげき間にいつか玉藻を海人はかづかん」（後撰・恋三・七七三・よみ人しらず）。

〔補説〕　好忠百首にも、葦の節と、世の中を掛けて詠む歌がある。「のち生ひのつのぐむ葦の程もなきうきよの中は住み憂かりけり」（好忠集・四三六）。また、重之も「難波めにつのぐみわたる葦の根はねはひたづねてよを頼むかな」（重之集・四四）と詠む。

「私Ⅱ」では、一四五番の上句に当該歌の下句が合わせられている。書写した本文では、

145 世の程はあさかの沼といひながらなどうとまれぬ心なるらん

154 葦垣の中によのはの味気なさ逢ふことなみに寄らば濡れつつ

と並んでいて、「など」と「なさ」の目移りに拠る誤写のためであろう。

155

逢ての恋

しぬといへとなをたましゐはほのめきしみてはからさへなきこゝちする

〔校異〕 以下、集末尾歌まで「私Ⅱ」にナシ　○ほのめきし―ほのめきし《てイ》（私Ⅰ）

〔整定本文〕 逢ひての恋

死ぬといへどなほ魂はほのめきし見ては殻さへ無き心地する

〔現代語訳〕 逢った後の恋

死にそうだといっても、やはり魂はかすかに残っていましたが、お逢いしてからは魂どころか私の体までも消えてしまうような気持ちがすることです。

〔語釈〕 **○魂** 序文27、29、九一、一五〇番歌参照。**○ほのめきし** 「ほのめく」は、集の七八番にも。かすかに現われるということ。**○見ては** 「逢ひての恋」なので、逢う前に比べて、逢ってからは、とその差を詠む。**○殻** 魂が宿る肉体のこと。

〔補説〕 「恋しきに侘びて魂迷ひなばむなしき殻のなにや残らむ」（古今・恋二・五七一・よみ人しらず）、「飽かざりし袖の中にや入りにけむわが魂のなき心ちする」（古今・雑下・九九二・陸奥）の二首を踏まえた歌。

一三三番から一五四番までは「逢はざる恋」を詠む。当該歌までは、恋に縁遠く、命がなくなってしまいそうだ、

と詠まれてきたが、ここからは、恋が成就した後の歌が並ぶ。「私II」はこれより先を欠く。

156

いひつゝもたのむになれはたまつさのつかひをやるそけさはこひしき

〔校異〕 ○いひ―わひ（私I）

〔整定本文〕

言ひつつも頼むになれば玉梓の使ひを遣るぞ今朝は恋しき

〔現代語訳〕

あれこれ言いながらも頼みにすることとなったので、手紙の使いを遣ることです。今朝は、本当にあの人が恋しいこと。

〔語釈〕 **○頼む** 名詞。頼みにすること、または頼みにする人。「頼むには繁さも増さると思へども来られざらんはになきことなり」（高光集・二〇）。「頼むになる」は不審。『和歌大系』が指摘するように「たのむの雁」の連想から「玉梓の使ひ」と続けたか。「み吉野のたのむの雁もひたぶるに君が方にぞ寄ると鳴くなる」（業平集・一四）。**○玉梓の使ひ** 手紙の使い。「もみぢ葉の散りぬる秋を玉梓の使ひを見れば今宵思ほゆ」（人丸集・四九）。一五一番〔語釈〕参照。

〔補説〕 「頼むになれば」は、特異な表現だが、後の例は「さらばとて頼むになれば人心およばぬきはの多くもあるかな」（風雅・恋三・一一五九・院御歌）、「人をだに頼むになれば頼むものをとらぬかたに恨みこそせね」（拾玉集・四六九〇）のように見出せる。ただし、内容に重なりがなく、保憲女歌から摂取したかどうかは、不明。

157

ほのかにもむすひしみつのおもかけにみえてこひしき君にもある哉

158

〔校異〕　ナシ

〔整定本文〕

ほのかにも結びし水の面影に見えて恋ひしき君にもあるかな

〔現代語訳〕

仄かであっても手に汲んだ水の水面に面影が見えて、恋しく思われるあなたです。

〔語釈〕　**〇ほのかにも**　「面影に見えて」に掛かる。「山桜霞の間よりほのかにも見てし人こそ恋ひしかりけれ」（古今・恋一・四七九・貫之）。**〇結びし水**　手に汲んだ水。「手に結ぶ水に宿れる月影のあるかなきかの世にこそありけれ」（拾遺・哀傷・一三二二・貫之）。**〇面影**　目の前にいない人やものが見えてくるその姿、様子のこと。「面影にしばしば見ゆる君なれど恋しき事ぞ時ぞともなき」（拾遺・物名・三九三・よみ人しらず）。ここは、水の「面」から「面影」を導く。「ひとり居て涙ぐみける水の面に浮き添はるらん影やいづれぞ」（紫式部集・六九）。「面影」は一七〇番にも。

〔補説〕　当該歌は、拾遺歌の「面影にしばしば見ゆる君なれど」と同様に、汲む水にさえも面影が見えて常に恋しいと詠む。やがて面影だけしか見えなくなる悲しみも次のように詠まれている。「山の井の浅き心も思はぬに影ばかりのみ人の見ゆらむ」（古今・恋五・七六四・よみ人しらず）。

まつといひてきみをみとりの色ふかくのとけきかけにちよはかくれん

〔校異〕　ナシ

〔整定本文〕

まつといひて君をみどりの色深くのどけき影に千代は隠れん

159

〔現代語訳〕
待つといってあなたに逢えたのですから、松の緑が色深くのどかな木陰に千代の命が宿るように、私もずっとあなたの影に寄り添っていきましょう。

〔語釈〕 **○まつ**　「待つ」に「松」を掛け、「緑」「千代」の縁語とする。**○君をみどりの**　「君を見」の「み」から「緑」につなげる。**○のどけき影**　「のどけし」は、穏やかで静かな様。「散りかかる花なき夏は鏡山のどけき影ぞまさるべらなる」（能宣集・一八九）。また、松の緑が変わらず、永遠であることを「のどけし」と詠む歌は、「常磐にてのどけきものは天の下千代まつ枝の影にざりける」（小大君集・五九）など。「影」は、松の木陰の意に、一五七番歌の「面影」、すなわち恋人の姿の意を含める。**○千代は隠れん**　松の木陰には千代の命が宿るでしょう、という意に、自分も恋人にずっと連れ添いたいという意が込められる。「吹く風に氷解けたる池の魚は千代まで松の影に隠れん」（貫之集・二九）。

〔補説〕　「緑」に「見」を掛ける例としては、新奇。後には、「小塩山いま一しほの春の色に君をみどりのまつぞ久しき」（壬二集・一八六八）などと詠まれる。

あはさりし恋にわか身はきえにせはかへる〱はまとはさらまし

〔校異〕　ナシ

〔整定本文〕
逢はざりし恋に我が身は消えにせばかへるがへるは惑はざらまし

〔現代語訳〕
逢うことがなかった恋のために我が身が消えてしまっていたら、何度も繰り返し、あなたが帰るたびに心が惑うことはなかったでしょうに。

〔語釈〕 **○逢はざりし恋**　恋が成就した後に、逢うまでの恋を振り返った表現。「逢はざりし時いかなりし物とてかただ今の間も見ねば恋しき」（後撰・恋一・五六三・よみ人しらず）。**○消えにせば**　もし自分が消えてしまっていたなら。「露の身の思ひに耐へで消えにせば訪ふ言の葉も聞かずやあらまし」（公任集・二二八）。一九四番長歌にも「あはれ悲しき　我が身かな　冬なりし時　消えにせば　いと返しする　風吹きて　惜しむ草木も　ありなまし」とあり、次の一六〇番にも、「消ぬ世」が詠まれる。**○かへるがへる**　何度も何度も、の意。「白雪の八重降りしけるかへる山かへるがへるも老いにけるかな」（古今・雑上・九〇二・棟梁）。「かへる」には、恋人が帰ることが掛けられている。「われをのみ思ひつるがの浦ならばかへるの山は惑はざらまし」（後撰・離別・一三三五・よみ人しらず）。

〔補説〕「あひ見ての後の心に比ぶれば昔は物も思はざりけり」（拾遺・恋二・七一〇・敦忠）などと同様の心境。恋が成就した後の苦しみを詠む。

あるこそはわひしかりけれうきことにたれかけぬよといひはしめけん

〔校異〕　○いひはしめ―いひは《や》しめ《そめイ》（私Ⅰ）

〔整定本文〕

あるこそは侘しかりけれ憂きことに誰か消ぬ世と言ひ初めけん

〔現代語訳〕

生きているのこそせつなく寂しいものです。辛いことに、いったい誰が「（命が）消えない世」と言いはじめたのでしょう。

〔語釈〕 **○あるこそは**　生きていることこそ。「いづ方に行き隠れなん世の中に身のあればこそ人もつらけれ」（拾遺・恋五・九三〇・よみ人しらず)。**〇憂きことに** 辛いことに。「憂きことに世にふるものを滝つ瀬にまさにうたかた絶えんものかは」(古今六帖・一七二四・素性)。**〇消ぬ世** 消えない世の中。「あはれとも憂しとも言はじかげろふのあるかなきかに消ぬる世なれば」(後撰・雑二・一一九一・よみ人しらず)と詠まれるのを意識し、「あるかなきか」を「あるこそは」、「消ぬる世」を「消ぬ世」と言い換える。ただし、後撰歌は「消えてしまう世だから嘆くことはないのだ」と詠むのに対し、当該歌は逆に「誰が消えない世と言ったのか。あるかなきかでなく、あるからこそ辛いのだ」と詠む点で異なる。〔補説〕参照。つらくとも身が消えてしまうことがないと詠むのは「身を憂しと思ふに消えぬものなればかくても経ぬる世にこそありけれ」(古今・恋五・八〇六・よみ人しらず)など。

〔補説〕 「消ぬ世」には、他に何か出典があるか。語釈に挙げた後撰歌は「消ぬる世」なので、意味が逆。師氏百首には「庭の面にうきてただよふうたかたのまだ消えぬ間に変はる世の中」(海人手古良集・七二)とあるが、「消えない世」でなく、あっという間に変わってしまう世の中を詠む。また、「みも果てず空に消えなで限りなくいとふ憂き世に身の帰りくる」(伊勢集・八)は、自身が消えずに俗世に戻ることをいうが、「消ぬ世」の言い回しではない。

161

なくさむやとおもひけるこそをろかなれみても恋しきよにこそありけれ

〔校異〕 ナシ

〔整定本文〕

慰むやと思ひけるこそ愚かなれ見ても恋しき世にこそありけれ

〔現代語訳〕

心が慰められるだろうかと思ったことこそ愚かでした。お逢いした後もさらに恋しいのが男女の仲なのなのですね。

〔語釈〕 ○慰むや　心が慰められるだろうか。「逢ひ見ては恋ひ慰むと人はいへど見てのちにぞも恋ひまさりける」（万葉・巻十一・二五六七）、「あひ見ては慰むやとぞ思ひしに名残しもこそ恋ひしかりけれ」（後撰・恋三・七九四・是則）、「わが恋はなほあひ見ても慰まずいや増さりなる心地のみして」（拾遺・恋二・七一三・よみ人しらず）など類歌が見られる。

〔補説〕 重之女百首には「慰めむ方こそなけれあひ見ても逢はでも嘆く恋の苦しさ」（重之女集・七九）と、当該歌に似た心境が詠まれる。

あへるよを命にかふる物ならはなきてそひてみるへく（四字分空白《本ノマヽト云々》）

〔校異〕 ○みるへく―みるへ（二字分空白）（私Ⅰ）

〔整定本文〕

逢へる夜を命に代ふるものならばなきてそひてみるべく（四字分欠）

〔現代語訳〕

逢うことができた夜を命と引き換えにすることができるならば、（　　　　）。

〔語釈〕 ○逢へる夜を　逢うことができた夜、の意か。「逢ひがたき君に逢へる夜時鳥こととときよりは今こそ鳴かめ」（万葉・巻十・一九四七）。○命に代ふる　命と交換できる。「恋しきに命を代ふるものならば死にはやすくぞあるべかりける」（古今・恋一・五一七・よみ人しらず）。○なきて　四音分欠。

〔補説〕 下の句不明。語釈に挙げた古今歌を踏まえ、命と交換でもよいから、逢う機会がほしい、という意であろう。

くれなゐのはつはなそめの色ころもきつゝみれともあかぬいろ哉

〔校異〕 ○いろ―いろ《も歟》（私Ｉ）

〔整定本文〕

紅の初花染めの色衣きつつ見れども飽かぬ色かな

〔現代語訳〕

紅花の初咲きで染めた色衣は、あなたが来るたびに着たところを見るけれども、見飽きることのない色であることです。

〔語釈〕 **○紅の初花染め** 「紅の花」は、紅花のこと。その年に初めて咲く花で色を染めるのが初花染め。「紅の初花染めの色深く思ひし心われ忘れめや」（古今・恋四・七二三・よみ人しらず）。**○きつつ** 恋の歌なので、「着つつ」に「来つつ」を掛けて解した。自分が着る衣の色でなく、恋人がやって来ては着ている、ということ。**○飽かぬ色** 見飽きない色。先に挙げた古今歌を念頭に置いて、深い色は恋心の深さを表すので、見飽きない色だということか。序文13には「茜さす緋の色衣、深きも浅きも着たる人参り集まりて」と緋色の袍を着た殿上人のことが記されている。緋色の袍は、摂関期では五位相当に定められる。ただし、ここは、身分を表す上着の色に限る必要はない。普段着の赤い着物の色のことであろう。

〔補説〕 衣の紅色が恋人を想起させる色であったことは、「岩躑躅折りもてぞ見るせこが着し紅染めの色に似たれば」（後拾遺・春下・一五〇・和泉式部）、「我妹子が紅染めの色と見てなづさはれぬる岩躑躅かな」（後拾遺・春下・一五一・藤原義孝）などからわかる。当該歌も、衣の紅色によって恋人に思いを馳せるというのであろう。

『和歌大系』は、「染め」に「（思ひ）初め」、「飽かぬ」に「赤」を言いかけたとし、紅花が古来、赤黄色の染料として使用されたことから「初花で染めた衣が赤くない意に、恋人と逢瀬を持っても飽き足らない、恋心の貪欲さを掛けて詠じたもの」とする。

ひとりねにあはれときゝしゆふつけをけさなくこゑはうらめしき哉

【校異】 ○を—の《をイ》（私Ｉ）

【整定本文】

独り寝にあはれと聞きし木綿付を今朝鳴く声は怨めしきかな

【現代語訳】

独り寝の時に物悲しく聞いた木綿付け鳥の声なのに。（共寝をした）今朝（朝を告げて）鳴く声は残念に思われることです。

【語釈】 **○木綿付を** 「木綿付」は、木綿付鳥すなわち鶏のこと。集の二〇番語釈参照。「恋ひ恋ひてまれに今宵ぞ逢坂の木綿付鳥は鳴かずもあらなむ」（古今・恋三・六三四・よみ人しらず）。「を」は、「私Ｉ」に「の」とあり、「の」のほうが下の句との接続はよいが、ここは「を」を逆説の意を含む間投助詞として解した。次の古今歌と同じ用法。「白露の色は一つをいかにして秋の木の葉を千々に染むらん」（古今・秋下・二五七・敏行）。**○怨めしきかな** 「怨めし」は、残念で悲しいということ。「恋ひ恋ひて逢ふとも夢に見つる夜はいとど寝覚めぞ怨めしきかな」（能宣集・七三）。

【補説】 「独り寝の時は待たれし鳥の音もまれに逢ふ夜はわびしかりけり」（小町集・七九）と同じ発想。集一三〇番では、一人寝覚めがちに雁の声を聞き、同じ心だと嘆く。当該歌は、小町歌と同様に、独り寝の時にはしみじみと夜明け方に聞いたのに、共寝の折に鳴く鳥の声は恨めしいと詠む。

165

あふことはあらぬにあくるしの、めも見はてぬゆめの心ちこそすれ

〔校異〕 ○あらぬ―あかぬ（私Ⅰ）

〔整定本文〕

逢ふことは飽かぬに明くる東雲も見果てぬ夢の心地こそすれ

〔現代語訳〕

逢うことに飽き足らないまま明ける東雲の様子もまた、古歌にいう「見果てぬ夢」のような心持ちがすることです。

〔語釈〕 **○飽かぬ**　底本は「あらぬ」。「逢ひての恋」の歌なので、逢うことがないのではなく、逢うことに飽き足らない、の意の「あかぬ」の本文に従うべきであろう。「か」と「ら」の誤写か。「あかぬにあくる」だとカ行で音が揃い、語呂がよい。「立つ春を惜しむ心も深き夜の月も飽かぬに明くる空かな」（大斎院前の御集・三二九）、「いつよりも惜しくもあるかな月影の飽かぬに明くる夏の夜なれば」（万代・夏・七三二・左衛門）。**○東雲**　夜が明ける前の、空がだんだん白んでくる頃。「東雲のあくまでと思ふ琴の音のおぼつかなきに惑ひぬるかな」（兼澄集・一〇五）。**○見果てぬ夢**　見終わらない夢。「命にもまさりて惜しくあるものは見果てぬ夢の覚むるなりけり」（古今・恋二・六〇九・忠岑）。

〔補説〕 二句目を「あらぬ」とすると、伊勢集の「逢ふことのあはぬよながら明けぬればわれこそ帰れ心やは行く」（五一）に状況が重なる。

「見果てぬ夢」は、特に短い夏の夜の逢瀬のはかなさを言うときに用いられる。「あひ知りて侍りけるなかの、かれもこれも心ざしは有りながら、つつむことありてえ逢はざりければ／よそながら思ひしよりも夏の夜の見果てぬ夢ぞはかなかりける」（後撰・夏・一七一・よみ人しらず、歌は、大和物語三一段にも）。

166

逢て不逢恋

見し人のこゑならねともさよふけてねさめになくそわひしかりける

〔校異〕 ナシ

〔整定本文〕 逢ひて逢はぬ恋

見し人の声ならねども小夜更けて寝覚めになくぞ侘びしかりける

〔現代語訳〕 逢った後、逢わなくなった恋

かつての恋人の声でもないのに、夜が更けて寝覚めがちな時に（外から）鳴く声が聞こえて、私も泣いてしまうことが侘しいことです。

〔語釈〕 **○見し人** かつての恋人。**○小夜更けて** 夜が更けてきて。「小夜更けて寝覚めざりせば時鳥人伝てにこそ聞くべかりけれ」（拾遺・夏・一〇四・壬生忠見）、「小夜更けてひとり寝覚めにうち聞けば紅葉吹きしく木枯らしの風」（千顆集・八七）。**○寝覚めになく** 鳥や鹿などが鳴くことを暗にいうか。「夜を寒み寝覚めて聞けば鴛鴦ぞ鳴く払ひもあへず霜や置くらん」（後撰・冬・四七八・よみ人しらず）。集の一三〇番では、寝覚めに私と同じ心に雁が鳴く、と詠まれる。

〔補説〕 一五五から一六五番までの「逢ひての恋」では、「見ては殻さへ」（一五五）、「面影に見えて」（一五七）、「君をみどりの」（一五八）、「見ても恋しき」（一六一）、「見れども飽かぬ」（一六三）、「見果てぬ夢」（一六五）と、「見る」という語が頻繁に用いられていたが、当該歌では、「逢ひて逢はぬ恋」なので、「見し人」と過去の恋を詠むことになる。

167

見てたにもまとひしこゝろわひぬれはあはてもいのちなりけり（二字分空白《本ノマヽト云々》）

〔校異〕 ナシ

〔整定本文〕

見てだにも惑ひし心侘びぬれば逢はでも命なりけり（三音分欠）

〔現代語訳〕

逢っていた時でさえも思い乱れた心がつらかったので、逢わなくても（恋は）命そのものなのですね。

〔語釈〕 **○惑ひし心** 集の一四七番には「踏む跡さへに惑ふ」、一五九番には「かへるがへるは惑はざらまし」と詠まれる。「惑ふ心」は「わが恋は知らぬ山路にあらなくにまどふ心ぞわびしかりける」（古今・恋二・五九七・貫之）、「かきくらす心の闇に惑ひつつ憂しと見る世に経るぞ侘しき」（好忠集・四二五）などとも。**○逢はでも命なりけり** 三音分欠。逢っても逢わなくてもかつての恋人が命そのものであった、ということか。「逢はでも恋は命なりけり」や、「逢はでも人は命なりけり」などと補うとわかりやすい。

〔補説〕 「見てだにも」「逢はでも」が対になっている。集の恋部には、「棹に懸かれる命なりけり」（一四三）、「たぐひなく命絶えなば」（一四八）、「わが恋は命に通ふ程」（一四九）、「玉梓の命を懸けしわが恋」（一五一）、「逢へる夜を命に代ふる」（一六二）と、「命」が多く詠まれる。

168

しらいとのいかなるなつかむすひけんうちはへふしのなきそわひしき

〔校異〕 ○なつ―なつ《ヘイ》（私Ⅰ）

〔整定本文〕

白糸のいかなる夏かむすびけんうちはへふしのなきぞ侘しき

〔現代語訳〕
白糸のような滝をどのような夏に手に汲み、あなたと契りを結んだのでしょう。糸を打って延ばして結び目の節がないように、夏以来、ずっと共に伏して寝ることがないのがわびしいことです。

〔語釈〕 **○白糸** 白い糸。夏に結ぶとあるので、「白糸のような滝」の意を掛けて解した。「清滝の瀬々の白糸繰りためて山分け衣織りて着ましを」（古今・雑上・九二五・神退法師）。**○むすびけん** 「むすぶ」は、契りを「結ぶ」と、水を手に汲む意の「掬ぶ」の掛詞。「結び」「打ち延へ」「節」（結び目）は「糸」の縁語。**○うちはへ** 集一〇六番にも。「ずっと……して」の意の副詞的連語に、打ち延ばす意を掛ける。**○ふし** 結び目の意の「節」に「伏し」を掛ける。「ふしなくて君が絶えにし白糸はよりつきがたきものにぞありける」（後撰・恋二・六九一・よみ人しらず）、「憂かりけるふしをば捨てて白糸の今くる人と思ひなさなん」（拾遺・恋四・八九九・貫之）。

〔補説〕 「国」は「うちはへぶし」と、連語として扱うが、他に用例は見出せない。

169

おもふてふあひみしときのことのは、つらきにかはるものにそありける

〔校異〕 ナシ

〔整定本文〕
思ふてふ逢ひ見し時の言の葉はつらきに変はるものにぞありける

〔現代語訳〕
「（私を）想う」という、お逢いした時の言葉は、葉が成長して木になるように、「辛き」という木に変わるものなのですね。

〔語釈〕 **○言の葉** 言葉の「は」に木の「葉」を掛ける。「つらき」の「木」と対。「忘れじよ夢と契りし言の葉は

うつつにつらき心なりけり」（拾遺・恋四・九二二・よみ人しらず）。**〇つらき**　「辛き」の「き」に「木」を掛ける。「松山につらきながらも波越さむことはさすがに悲しきものを」（後撰・恋三・七五五・時平）。

〔補説〕　「思ふてふ言の葉のみや秋を経て色も変はらぬものにはあるらむ」（古今・恋四・六八八・よみ人しらず）を踏まえたか。古今歌は、秋には葉が色変わりするが、「思ふ」という言葉の葉は秋が終わっても変わらないという意。一方、当該歌は、「思ふ」という言葉の葉は「つらき」という木になってしまったと詠む。語釈に挙げた拾遺歌と同様の心境。

こひわひておもかけにのみこひいれはひとつ身になる心ちこそすれ

〔校異〕　〇いれは―ぬれは（私Ⅰ）

〔整定本文〕

恋ひ侘びて面影にのみ恋ひ居ればひとつ身になる心地こそすれ

〔現代語訳〕

恋に辛い思いをして、まぼろしの姿のみを恋い慕っているので、その面影と一つの身になる心地がすることです。

〔語釈〕　**〇恋ひ侘びて**　恋に辛い思いをして。「恋ひ侘びて夜な夜な惑ふわがため（異文たま）はなかなか身にもかへらざりけり」（能宣集・三二八）。**〇面影にのみ**　「面影」は、集一五七番参照。「来し時と恋ひつつをれば夕暮れの面影にのみ見えわたるかな」（古今・物名・一一〇三・貫之）。**〇恋ひ居れば**　恋い慕っていると。先に挙げた貫之歌「恋ひつつをれば」を詠み変えたか。初句と「恋」が重複。**〇ひとつ身になる**　「ひとつ身」という表現は新奇。通常は、自分一人だけ、の意で「身ひとつ」と詠まれる。「月見れば千々に物こそ悲しけれわが身ひとつの秋にはあらねど」（古今・秋上・一九三・千里）、「月やあらぬ春や昔の春ならぬわが身ひとつはもとの身にして」（古今・恋五・七四七・業平）。

〔補説〕『和歌大系』補注は「あな恋ひし雲間の月に人をみて面影にのみ添へる頃かな」（兼盛集・四三）を挙げる。他にも、「面影をあひ見しかずになす時は心のみこそ静められけれ」（後撰・雑三・一二〇八・伊勢）のように、面影を見るだけで逢瀬を持った気になり心が慰められるという歌も。また、逆に、男性から、「曇り日の影としなれるわれなれば目にこそ見えね身をば離れず」（古今・恋四・七二八・下野雄宗）と、影になってあなたの身を離れずにいよう、という歌もある。さらに、戯れて、独り寝と言っても常に女性の影と一緒だとする歌も見出せる。「いづこにも身をば離れぬ影しあれば伏す床ごとにひとりやは寝る」（後撰・雑三・一二二八・よみ人しらず）。ただし、面影と自分が一つ身になる、と詠むのは、保憲女独自の表現。

一首に「恋」が重複して用いられる。このように同語の重複は、集の四、六三、八〇、一〇三、一三四、一五〇、一五二番（以上は異文あり）や一八四番、一九六、二〇一、二〇五番にも見られ、保憲女の詠み癖と思われる。

しきのうた、こひ歌とはさるものにおきて、さうそいとあはれなる。あるは、たひゆく人のおもしろきところにつけて、また、みつうみのかたつける山てらの心すこくたうとけなるに、きのもとにめくりて経をよむに、こゐのたうとくきこゆるに、うみにはふねのこきゆくをともあひてあはれなるに、しけれるやのなかに、わつかにたゝひとのゆくみゆ。こゝろほそけにて、あむまひとむまはかりゆく。おとこなとゆく。つほさかのう《へ歟》つにこのはのさしおほえわたるもをかしきに、かはらよりのものもたせてゆくほとのあはれなるに、よみなとすへく、いひつくすへうもあらねは、たゝはしなり。あるは、こゝろほそきやとにつれ〳〵とあめのふるをなかめいたるをなむ、まなこをはなかるゝみつにたとへり。

〔校異〕 ○しき—◦しき《四季》（私Ⅰ） ○こひ—こひ《たイ》（私Ⅰ） ○ものに—ものそ《にイ》（私Ⅰ） ○さう—さう《雑》（私Ⅰ） ○たゝひと—たゝ《ひゝ歟》ひと（私Ⅰ） ○うつ《へ歟》—うへ（私Ⅰ）（国） ○すへく—すへて《しイ》（私Ⅰ） ○やと—やと《うイ》（私Ⅰ）

〔整定本文〕 四季の歌、恋歌とはさるものにおきて、雑ぞいとあはれなる。あるは、旅行く人のおもしろき所につけて、また、湖の片付ける山寺の心すごく尊げなるに、木のもとに廻りて経を読むに、声の尊く聞こゆるに、湖《うみ》には舟の漕ぎ行く音も合ひてあはれなるに、繁れる野の中に、わづかにただ人の行く見ゆ。心細げにて、白馬ひと馬ばかり行く。男など行く。壺坂の上に木の葉さし覆へわたるもをかしきに、河原よりの物持たせて行くほどのあはれなるに、詠みなどすべく、言ひ尽くすべうもあらねば、ただ端なり。あるは、心細き宿につれづれと雨の降るをながめ居たるをなむ、眼をば流るる水に例へり。

〔現代語訳〕 四季の歌、恋歌とはこのようなものに詠み置いて、雑歌こそとてもしみじみとした気分になるものだ。ある時は、旅行く人が風情がある場所にかこつけて（詠み）、また、湖の脇に立つ山寺の物寂しく尊いようなところで、木のもとを廻って経を読むと、声が厳かに聞こえるのに、湖には舟が漕ぎ行く音も合ってしみじみとする風情であるのに、繁っている野原の中に、わずかにただ人が行くのが見える。心細げな様子で、白馬一頭だけで行く。男などが行く。壺坂の上に木の葉が射し覆っているのも趣があるのに、河原で獲れたものを持たせて行く様子がしみじみと思われるのに、歌に詠んだり、言い尽くしたりすることもできないので、ただ（集の）端に置く。ある時は、寂しい家ですることもなく雨が降るのをながめては物思いにふけっていることを、眼を流れ出す涙の水に例えて詠むのだ。

〔語釈〕 **○四季の歌** 春夏秋冬を「四季」と表すのは、「内侍のかみの右大将藤原の朝臣の四十賀しける時に、四季の絵描ける後ろの屏風に書きたりける歌」（古今・賀・三五七番詞書）など。序文11にも。重之女百首の序には

「昔より今に、歌といふ物多かれば、これを、歌の数にはあらねど、四季の歌とこそいふべかめれ。春は花に心をあくがらし、夏は時鳥の声を寝覚めて聞く。秋は紅葉の深き山に心を入れ、冬は古めきたる重之が女の言ひ置きたる事なれば、よにめづらしきことあらしのみ寒くなりつつ、恋の道も閉ぢられたるにやあらむ、逢はで思ふなるべし」と、百首が、四季と恋からなっていることが綴られている。**〇片付ける**　寄り添っている。「雪をおきて梅をな恋ひそあしひきの山片付きて家居せる君」（万葉・巻十・一八四二・作者未詳）。**〇繁れる野**　底本「しげれるや」。「や」を「野」に校訂する。**〇白馬**　底本「あむま」。「あをむま」の略として解したが、不審。**〇壺坂**　奈良盆地から吉野郡へ越える道。吉野・伊勢への交通路として古くから開けていた。「壺坂寺」は、枕草子（寺は）に「寺は壺坂、笠置、法輪」と筆頭に挙げられている。日本感霊録（元興寺義昭選）によると、弘仁年中（八一〇—八二四）に沙弥長仁が壺坂観音の信仰によって開眼治癒したとあり、以後、眼病に効験があるとされた。集の冒頭歌には、保憲女が眼病を患っていたことが詠まれているので、ここでいささか唐突に「壺坂」の地名が挙げられるのは、こうした事情に拠るものか。あるいは、固有の地名でなく、坂の下が壺のように深くなっていて、そこに木の葉が覆いかぶさっている景をいうか。**〇河原よりの物**　河原から運び出す物。河原で採れる魚などを供物、または贈答用に持たせることとして解す。あるいは、繁る野原や緑陰が叙述されているので、夏に河原で用いる禊の道具をいうか。**〇ただ端なり**　意味不明。「ただ端に書き置くなり」の意として解しておく。**〇ながめ居たるをなむ……例へり**　物思いに沈む様子を「水」に例える、というつながりは不可解。降る雨を、目からこぼれる涙の水に例えるということであろう。

〔補説〕　恋部の歌が終わったところで、改めて雑の序が置かれ、ここから雑の歌が続く。「私II」はこの部分を欠く。集が、四季・恋・雑の構成を意識したものであることがわかる一方で、雑部がいったん集をまとめた上での増補であった可能性が高い（拙稿「「賀茂保憲女集」考—流布本と異本をめぐって—」小山工業高等専門学校紀要21号　一九八九・三）。

171

しほならてはちすのうみにこくふねのをくのこゑをそほにはあけつる

〔校異〕 ○しほ―○しほ（私Ⅰ） ○は―と（私Ⅰ）

〔整定本文〕

潮ならで蓮の海に漕ぐ船の奥の声をぞほには上げつる

〔現代語訳〕

潮の海ではなくて、蓮の葉が広がる海のような池に漕ぐ船が帆を上げるように、私も心の奥の声をはっきり口に出したことです。

〔語釈〕 **○潮ならで** 蓮は水草なので、池や沼で栽培される。そこで、池を海と見立て、潮の海ではなくて、と詠む。**○蓮** 仏教では、極楽浄土に咲く花。「蓮葉の濁りにしまぬ心もて何かは露を玉とあざむく」（古今・夏・一六五・遍昭）。集の五八番参照。**○船** 蓮池に漕ぎ出すのは櫂を漕いで進む小舟であるから、帆を上げる帆船を詠むのは不自然。蓮の大きな葉を船の帆に見立て、大海に漕ぎ出す帆船を空想し「潮ならで蓮の海に」と詠んだか。**○奥の声** 心の奥の声。「飛ぶ鳥の声も聞こえぬ奥山の深き心を人は知らなむ」（古今・恋一・五三五・よみ人しらず）は、声に出さないで深い心の奥で相手を思うことを詠む。「奥の声」は他に用例を見ないが、この古今歌を参考にすると理解できる。**○ほには上げつる** はっきりと上げる、の意「ほに上ぐ」の「ほ」に「帆」を掛ける。

〔補説〕 「ほに上ぐ」は、「秋風に声をほに上げて来る船は天のと渡る雁にぞありける」（古今・秋上・二一二・藤原菅根）、「漕ぎ離れ浦漕ぐ船のほに上げて言はでしもこそ悲しかりけれ」（古今六帖・二六五〇）などと詠まれるように、声をはっきり上げる意に用いる。集の八五、一三三番にも。

小塩豊美氏は「蓮の海」が華厳経、巻八「華厳世界品第五之一」の「此世界種。或有依大蓮華海住」「依種種香焰蓮華海住」に、また、当該歌の「潮、海、声」が法華経、「観世音菩薩普門品」の「妙音観世音　梵音海潮音

勝彼世間音　是故須常念」にある「海潮音」に基づくものである可能性を指摘する（「『賀茂保憲女』研究―仏教の影響について―」新樹13号　一九九八・一〇）。

以下、雑の部には、無常を嘆く仏教色の濃い歌が見出される。

172

みつもなきそらにあみはるさ、かにのか、れるむしをいをとみるらん

〔校異〕　ナシ

〔整定本文〕

水もなき空に網張るささがにの掛かれる虫を魚と見るらん

〔現代語訳〕

水もない空に網を張る蜘蛛は、掛かった虫を魚と見ることでしょう。

〔語釈〕　**○水もなき空**　水がないはずの空。「桜花散りぬる風の名残には水なき空に波ぞ立ちける」（古今・春下・八九・貫之）。「水も」の「も」は並列。「水もない、まして魚もいない」ということ。**○網張る**　当該歌は、蜘蛛の巣をいうが、恵慶集には「風吹けど枝もならさぬ秋なれば網引く空ものどけかりけり」（一七二）と、鳥を捕えるためか、または、鳥から果実などを守るためか、空に網を張ることが詠まれる。**○ささがに**　蜘蛛。もともとは「ささがにの」で、蜘蛛に掛かる枕詞として用いられていた。「わが背子が来べき宵なりささがにの蜘蛛の振る舞ひかねてしるしも」（古今・墨滅歌・一一一〇）。蜘蛛の糸や巣を詠む歌は多い。「ささがにの空に巣がける糸よりも心細しや絶えぬと思へば」（後撰・雑四・一二九五・よみ人しらず）、「秋風は吹きな破りそわが宿のあばらかくせる蜘蛛の巣がきを」（拾遺・雑秋・一一一二・好忠）。蜘蛛の巣を「網」という例は稀。「蜘蛛の網に吹きくる風は止めつとも人の心をいかが頼まん」（古今六帖・二一九九・友則）。**○魚と見るらん**　虫を魚と見誤るという意。同様の例は見出せ

なかったが、「近江なる野州の入り江にさす網の氷を魚と今朝ぞ見えける」（重之集・二九五）と、網の氷を魚と見誤る歌がある。「空に住む魚」は、うつほ物語に、桂川の魚を「桂」から「月の桂」に見立てて、「君がため静けき空に住む魚を今日より見せん千代の日ごとに」（国譲・中）と詠まれる。

〔補説〕「ささがに」に蟹を掛け、虫、魚と言葉遊びになっている。

集の二二番は、青柳の糸の影を網に見立て、魚が掛かると詠む。また、一二五番では、網のような氷に閉じ込められた魚を詠む。当該歌もまた、網に掛かった虫を魚に例えている。網に閉じ込められる魚には、自身の閉塞感が投影される。

雨ふれはにはにきしろふうたかたをいつれかまつはきゆるとそみる

〔校異〕　○きゆる―きゆる《んイ》（私Ⅰ）

〔整定本文〕

雨降れば庭にきしろふうたかたをいづれかまづは消ゆるとぞ見る

〔現代語訳〕

雨が降ると、庭に競ってできる水の泡を、どれが真っ先に消えるだろうかと思って見ることです。

〔語釈〕　**○きしろふ**　争う、競り合う意の動詞「きしる」の未然形に上代の反復・継続の助動詞「ふ」の付いた「きしらふ」の変化した語。「ゆめ宮仕へのほどに、人ときしろひそねむ心使ひ給ふな」（源氏物語・若菜下）。中古和歌の用例は未見。**○うたかた**　水の泡のこと。すぐに消えることから、はかないものの例えに用いられる。「降りやめばあとだに見えぬうたかたの消えてはかなき世を頼むかな」（古今六帖・一七二七）。師氏百首にも、無常題に「庭の面に浮きてただよふうたかたのまだ消えぬまにかはる世の中」（海人手古良集・七一）と詠まれている。三宝絵、序文には「世皆堅不全事、水沫、庭水、外景如」とある。また、水たまりの意の「庭たづみ」は、一八二番にも。

〔補説〕　集の序文には「賀茂氏なる女、よろづの人に劣れりけり。さる中に、ただもがさをなむすぐれて病みける」(29)などとあり、他と優劣を競い合う気持ちが強かったことがうかがわれる。一方、「明け暮れ見れば、水の泡にだに劣れりけり」(11)や、集の二〇九番歌の詞書「庭たづみ消え返る。居ると見るほどに消ゆめる。水ほども劣らぬものは我が身なりけりと見ゆるにて」と、自分が水の泡にも劣る、と繰り返される。当該歌もまた、語釈に挙げた古今六帖歌のような、雨が降りやんだらすぐに消える泡のはかなさを主眼に詠むのでなく、「きしろふうたかた」と、泡の競い合いを詠む点で特徴的。三田村雅子氏は、〔語釈〕の三宝絵、序文を挙げ「自らの生と営作を「水の泡」「庭水《ニハタツミ》」に比喩する姿勢には先行の蜻蛉日記を強く意識する所があったかもしれない。そしてこの作品の場合も、既に蜻蛉日記がそうであったように、単なるはかなさや諦観におわらない底知れぬ居直りがそれらの言葉に籠められていたように思われる」と評す（「賀茂保憲女—水と空の凝視—」国文学解釈と鑑賞　至文堂　一九八六・一二）。

わたつみをなみのまに〳〵みわたせははてなくみゆる世の中のうさ

〔校異〕　ナシ

〔整定本文〕

わたつみを波の間に間に見渡せば果てなく見ゆる世の中の憂さ

〔現代語訳〕

大海を波のままに見渡すと、（海がはてしないように）果てしなく思われる世の中の辛さであることです。

〔語釈〕　**○わたつみ**　大海。序文16、二五、三三、一〇七番にも。**○まにまに**　……に任せて。……のままに。

「大船のともにもへにも寄する波寄すともわれは君がまにまに」（万葉・巻十一・二七四〇）。**〇果てなく見ゆる**　限りなく、尽きないように見える、の意。「限りあれば今日脱ぎ捨てつ藤衣果てなきものは涙なりけり」（拾遺・哀傷・一二九三・藤原道信）。海や世を「果てなし」と詠む先行歌は見出せなかったが、後には「漕ぎ出でて果てなき海を見わたせば先立つ船の雲に消えぬる」（拾玉集・二八九）などと詠まれている。**〇世の中の憂さ**　世の中を「憂し」と詠むのは常套だが、「世の中の憂さ」という表現は「雁の来る峰の朝霧晴れずのみ思ひ尽きせぬ世の中の憂さ」（古今六帖・六三四）が同時代までの例として検索されるのみ。

〔補説〕「わたつみ」に「罪」を、「波」に「無み」を響かせ、仏教的雰囲気を醸し出している。「かくばかりわたつみふかき世中にうたがひをさへかくる波かな」（大斎院前の御集・下・三〇六）。

175

伊勢のうみにもしほやくあまのかせをいたみそらをしほむる君にそあるへき

〔校異〕　ナシ

〔整定本文〕

伊勢の海に藻塩焼く海人の風をいたみ空をしぼむる君にぞあるべき

〔現代語訳〕

伊勢の海に藻塩を焼く海人が、風がひどいので空を見てはしょげ返るように、空を見上げてはしょんぼりしているあなたであることでしょう。

〔語釈〕　**〇伊勢の海**　伊勢湾。和歌では「海人」とともに詠まれることが多い。「伊勢の海に塩焼く海人の藤衣なるとはすれど逢はぬ君かな」（後撰・恋三・七四四・躬恒）。**〇風をいたみ**　風がひどいので。「須磨の海人の塩焼く煙風をいたみ思はぬ方にたなびきにけり」（古今・恋四・七〇八・よみ人しらず）。**〇空をしぼむる**　『和歌大系』は「風により心が萎えてしまったの意か。「空をし萎むる」か」と注す。「しぼ（萎）む」は、四段活用の自動詞で、「そらを」に接続しないが、ここは『和歌大系』に従い「萎む」の意で解した。

【補説】「そらをしほむる」は不審。あるいは、「そでをしぼれる」などの誤写も想定されようか。風がひどいので波しぶきで袖が濡れ、さらに嘆く涙で袖を濡らしたのを絞る、という意とも解せよう。「明けゆけば露や置くらむ七夕の天の羽衣おししぼるまで」（躬恒集・三一二）。

あしひきのやまひやむてふほうのかはふきよるかせもあらしとそおもふ

【校異】○やまひやむ—やま《病》ひや《癒》む（私Ⅰ）　○ほうのかは—ほう《らイ》のかは《ひイ》（私Ⅰ）、はうのかは（国）

【整定本文】

あしひきの病止むてふ朴の皮吹き寄るかぜもあらじとぞ思ふ

【現代語訳】

病が治るという朴の皮には、（大きな葉にならともかく）吹き寄る風もないでしょうし、（皮を服用すれば）風邪にかかることもないでしょう。

【語釈】　**○あしひきの**　「山」を導く枕詞。ここは、「やまひ」の「やま」に掛かる。同様の先行例未見。**○病止む**　病気が治ること。「われこそや見ぬ人恋ふる病すれ逢ふ日ならではやむ薬なし」（拾遺・恋一・六六五・よみ人しらず）。**○朴の皮**　「私Ⅰ」には「ほらのかひ」の異文が傍書されている。稲賀敬二氏は、底本は「ほう」であるので、処方箋の意の「方」とする説を紹介しながら、「疱の瘡（はうのかさ）」の誤写の可能性も示す。また、別解として、漢方薬として用いられた「朴の皮」とし、「朴」が「頬」と同音であることから「頬の皮」を掛けるとする読みの可能性を提示する《解釈ところどころ》「賀茂保憲女集」校訂控（続）—「はうのかは」と—ほうのかは」（国文学攷111号　一九八六・九）。ちなみに、朴は、「ほほ柏」に同じ。葉が大きいために食器の代わりにも用いられた。「わがせこがささげて持てるほほ柏あたかもにるか青ききぬがさ」（万葉・巻十九・四二〇四）。また、材質が柔らかく、日用品に加工された。「陸奥の栗駒山のほほの木の枕はあれど君が手枕」（古今六帖・三三三七）。小右記、万寿四（一〇二七）年一〇月二八日の記事に「風病之所致者。服朴皮、従辰剋許頗宜」とあることから、風病、すなわち風邪の薬として用いられたことがわかる。**○かぜ**　風に、病気の「風邪」を掛ける。「風邪」は、「風邪いと重き人にて、腹いとふくれ、こなたかなたの目には、李を二つつけたるやうなり」（竹取物語）などに用例を見出せる。風病に同じ。**○あらじ**　『和歌大系』は「嵐」の掛詞とする。「嵐」は「かぜ」の縁語。

〔補説〕　稲賀氏は、「「朴」の「皮」にしぼって一首の意味を把えると、「（あしびきの・枕詞）病を治する効能のある朴（の皮）には、吹き寄る風（風邪）もあるまい＝卓効のある朴の皮に敵対できる風邪は、この世にはない」となる。「朴」は「ホホ」である。これは「頬」と同音。このかけことばを認めると、「もがさを病んでいる私の頬の皮のひどさには、風の方がおそれをなして避けて通るだろう」ということになりかねない。そんなかけことばの歌が成り立つものかどうか、これは保憲女の、一般歌人とは違った発想全般とからめて、別個に考えねばならぬ課題である。とにかく、「朴」なら「ホホ」、「もがさ」「かさ」との関連なら「ハウ」、処方箋の「方」なら、「ハウ」或は「ホウ」となる」と注解している。

「方の甲斐」とすると、「病が止むという処方の甲斐には吹き寄る風（風邪）はないと思います」となり、異文の「法螺の貝」では、「病が止むという法螺の貝には吹き寄る風はないと思います」となって、上下の句がつながらない。「頬の皮」を掛けた場合、上の「病が止むという」につながらなくなる。あるいは「病が止む」でなく「病を病む」ということか。「大病を病むという人の頬の皮には吹き寄る風も（人も）ないと思うことです」という意にも解せようか。

ここは稲賀氏の解に従い「朴の皮」で解した。「あしひきの」から「足」の対で「頬」を連想し、「頬の皮」から

「朴の皮」へ、さらに朴葉の大きいことから「葉なら風が吹き寄るのに、皮には吹かない」と洒落て、なおかつ「風」に「風邪」を掛け、上の句の「病」の縁語としたものか。

そむけともあまのしたをしはなれねはいつこにもよるなみたなりけり

〔校異〕 ○よる―よる《ふイ》（私Ｉ）

〔整定本文〕

そむけども天の下をし離れねばいづこにも寄る涙なりけり

〔現代語訳〕

世を捨てて出家をしたけれども、天の下を離れたわけではないので、出家をしても俗世にいても、どこでも身に寄り添う涙なのですね。

〔語釈〕 **○そむけども** 「そむく」は、世を捨てて出家をする意。序文では自身を「賀茂氏なる女」と称しており、また、他出歌集においても作者名が「賀茂のむすめ」などとされているため、実際に出家をしたかどうかは不明。雑序に「湖の片付ける山寺の心すごく尊げなるに、木のもとに廻りて経を読むに、声の尊く聞こゆるに」とあることから、出家した後を仮想して詠んだか。ここは、表現に添って出家後の歌として解しておく。**○天の下** 他出新古今集では「あまのした」でなく「あめのした」。「天の原」「天の川」などは、「天」を「あま」と詠むが、「あま」は「あめ」の古形。「天の下」は「あめの下」と詠む例が圧倒的に多い。**○いづこにも寄る** 新古今集では「いづこにもふる」。涙が「寄る」という表現は多くはないものの「泣く涙世はみな海となりななん同じ渚に流れ寄るべく」（拾遺・恋五・九二五）などに見出せる。「いづこにも」と場所を示す語が用いられたことから「寄る」と詠んだか。

〔他出〕 新古今集、雑下・一七四四

題しらず　　よみ人しらず

そむけどもあめのしたをしはなれねばいづくにもふる涙なりけり

〔補説〕 新古今集では、「あめの下」「いづくにもふる」の本文なので、「天」に「雨」が掛かり、「降る」の縁語となる。また、当該歌が「よみ人しらず」として入集したのは、重大な人でない場合は、よみ人しらずとするという撰者の基準に拠ったか（拙論「「賀茂保憲女集」再考—その評価をめぐって—」埼玉短期大学紀要1号　一九九〇・三）。

かりそめのたひとむすひしくさまくらもみちするまて我はへにけり

〔校異〕 ナシ

〔整定本文〕

かりそめの旅と結びし草枕紅葉するまでわれは経にけり

〔現代語訳〕

ほんのわずかな間の旅だと思って刈って結んだ旅寝の草枕でしたが、まわりが紅葉する頃まで私は過ごしてしまったのですね。

〔語釈〕 **○かりそめの**　仮に、の意「かりそめ」に、「刈り初め」を掛け、「草枕」の縁語とする。「関越えて旅寝なりつる草枕かりそめにはた思ほえぬかな」（蜻蛉日記・下・天禄三年二月）。**○草枕**　「草枕」が旅寝を指すことも多いが、「夜を寒みおく初霜をはらひつつ草の枕にあまたたび寝ぬ」（古今・羇旅・四一六・躬恒）と、実際に草を結んで旅寝の枕にしたと詠む歌もある。**○紅葉するまで**　「刈り初め」から夏を想起させ、紅葉の秋まで時が経過したと詠む。紅葉狩りにおける旅寝の草枕は「草枕紅葉筵に代へたらば心を砕く物ならましや」（後撰・羇旅・一三六

四・亭子院）などと詠まれる。**○われは経にけり**　思いがけぬほど時間が経過したことに気付いた驚きが含まれる。「行く末も紅葉のもとに宿とらじ惜しむに旅の日数経にけり」（恵慶集・一四三）。

〔補説〕　集の夏部四〇番歌には、旅人が夏草を枕に刈ることが詠まれている。当該歌は四〇番を承けた歌とも解せよう。

なみたもてをもひつゝけしみつくきのふてのうみと（一字分空白）《本ノマヽ》なりにけるかな

〔校異〕　○うみと（一字分空白）《本ノマヽ》―うみとも（私Ⅰ）（国）　○なりに―○《なイ》りに（私Ⅰ）

〔整定本文〕

涙もて思ひ続けし水茎の筆の海ともなりにけるかな

〔現代語訳〕

涙でもって思いを書き続けた筆の跡が（描き溜まって）海のようにもなったことです。

〔語釈〕　**○涙もて**　涙でもって。集一三九番にも「涙もて思ひ消てども」と詠まれる。「涙」と「海」は「水茎」の「水」の縁語。**○水茎の**　古くは「水茎の岡の葛葉を吹き返しおもしるこらが見えぬ頃かも」（万葉・巻十二・三〇六八）と、枕詞として用いられたが、筆跡の意に用いられるようになる。「亡き人の書きとどめける水茎はうち見るよりぞ悲しかりける」（伊勢集・四五一）。序文11にも「取り集むれば、近江の海の水茎も尽きぬべく書き集めば、陸奥の檀の紙も漉きあふまじく」とある。**○筆の海**　「筆海」の訓読語。「流れを鑒（み）て筆海を開き」（懐風藻）。和歌の用例としては、初期のものであろう。後には「水茎の岡の湊の波よりや筆の海てふ名には立ちけん」（夫木抄・一一九〇六・為家）とも詠まれる。「筆海」の語が、本朝文粋の「遂使詞賦帯磁、弁玉石於藁蕎之阿、引序篇辞、分脛滑於筆海之岸」（文時）から摂取された可能性については、中島絵里子『賀茂保憲女集』の研究―保憲女の漢詩文受容と家意識—」（梅光女学院大学　日本文学研究32号　一九九七・一）において指摘されている。

〔補説〕　新古今集、序文には「筆の海」が次のように「数多の和歌」の意で用いられている。「言葉の園に遊び、筆の海を汲みても、空飛ぶ鳥の網を漏れ、水に住む魚の釣りをのがれたるたぐひは、昔もなきにあらざれば、今も又しらざるところなり。すべて集めたる歌二千ぢ二十巻、名付けて新古今和歌集といふ」。

『和歌大系』補注は、涙で文字を書く例として、和泉式部続集の「飽かざりし昔の事を書きつくる硯の水は涙なりけり」（八四）を挙げている。

ときにのそみてつかひめすゝきし《本不審》の、もみち

そめしいろもときにのそめはもみちはのあたりのうみにちりかゝりけり

〔校異〕　○ゝきし《本不審》—しきし（私Ⅰ）、しきし《本不審》（国）

〔整定本文〕　時に臨みて遣ひ召す色紙の、紅葉

染めし色も時に臨めばもみぢ葉の辺りの海に散りかかりけり

〔現代語訳〕　その時になってお取り寄せになる色紙の、紅葉の歌

染めた色も、その時になったので、紅葉の葉はまわりの海に散りかかったことです。

〔語釈〕　**○時に臨みて**　その時になったので。歌にも「時に臨めば」と繰り返される。通常は「時に合ひて」「時に付けて」などと表現する。「時に臨む」は、格式ばった改まった表現。「春を悟る草人におどろき、山桜時に臨めり」（うつほ物語・春日詣）。**○遣ひ召す**　「召す」は、お取り寄せになる、という意。自分に対して敬語を用いるのは不自然。貴人に請われて歌を贈ったということか。**○色紙の、紅葉**　底本には「ゝきしのもみち」とあり、「本不審」の傍書がある。『和歌大系』は、「つかひめすす」の「す」を衍字として「岸の紅葉」と校訂する。また、

「私Ⅰ」には「しきしのもみち」とあり、「国」も「しきし」とする。「色紙」は、色のついた紙。和歌、文章などを書く料紙として用いた。歌の「染めし色」と対応するため、「色紙」の本文を採る。「長櫃といふものに、うるはしう掘り立てて、青き色紙に結びつけたり。見れば、かくぞ／穂に出でば道ゆく人も招くべき宿の薄をほるがわりなさ」（蜻蛉日記・上・応和二年）。**○染めし色も**　染めた色も。紅葉の葉が染まったことをいう。**○辺りの海に**　「辺りの」は、周囲の。「水鳥の下安からぬ思ひには辺りの水も凍らざりけり」（拾遺・冬・二二七・よみ人しらず）。

〔補説〕　これより先は、詞書を持つ歌や贈答歌、長歌を交えた雑纂的な部分になるため、当該歌は、序文からはじまる集の総括として置かれたものと考えられる。「時に臨む」は、詞書と歌とに繰り返されている。その「時」とは、集がひとまず完成した「時」をいうのではないだろうか。序文末尾部分と一番歌には「もがさの盛りに目をさへ病みければ、枕上に面白き紅葉を人の置いたりければ、思ひ余りて／曇りつつ涙しぐるるわが目にも猶もみぢ葉は赤く見えけり」と紅葉の赤が印象的に表されている。当該歌はこの一番歌と対応して、時雨が染めた紅葉がまわりの海に散るという意に、自分の生み出した言の葉が周囲に広まることを期待する気持が込められているように思う。詞書の「遣ひ召す」の用法が不審であるが、誰かの召しによって色紙の歌を贈るというのであれば、集に色紙を付けて贈ったとも想像しうる。

181

にはた、き

かとをたによきし心をおもふにはくなふりはて、とをき山ちを

〔校異〕　ナシ

〔整定本文〕　にはたたき

門をだに避きし心を思ふにはくな振り果てて遠き山路を

〔現代語訳〕 にわたたき（待っている）私の家の門をさえ避けて行ってしまったにわたたきの心の内を思うには、もうたっぷり尾を振って交わりつくして遠い山路を（帰る）といったところなのでしょう。

〔語釈〕 **○にはたたき** 鶺鴒（セキレイ）の一種。歌集に用いられる初例か。序文23に「世の中始まりける時、昔はにはたたきといふ鳥の真似をしてなむ、男女は定めけるに、草の種なくて生ひけるは、この鳥の教へたりけるになんありける」とある。古今著聞集にも「にはたたき飛び来てその首尾を動かすをみて」とあり、「道教え鳥」ともいわれる。**○避きし** 「避く」は避ける意の四段動詞。「秋風に誘はれ渡る雁金は物思ふ人の宿を避かなん」（後撰・秋下・三六〇・よみ人しらず）。**○くな振り果てて** 「くな振り」は意味が不明。序文や歌から、男女の仲を指すと考えられる。「振り果てて」には、鳥が尾を振る意を掛ける。尾を振って交わりつくして、という意か。「果てて」は、すっかり……して、の意。「立つやとも何かはとはむ秋霧の降り果てにたる人の心を」（一条摂政御集・一二六）。

〔補説〕 日本書紀に「遂將交合而不知其術、時有鶺鴒飛來、搖其首尾。二神見而學之、即得交道」（第一・神代）とあり、セキレイは神に男女交合を教えた鳥とされる。『新編日本古典文学全集』はこの箇所の「鶺鴒」を「にはくなぶり」と訓じ、「ニハ（庭）クナ（尻）ブリ（振り）の意か。あるいは、クナブリはクナグ・クナガフ（交接する）と関係のある語か」と注を付けている。「くなぶり」の意はわからないが、「くながひ（婚合）」は日本霊異記に「天皇、后と大安殿に寝てくながひしたまへる時」（興福寺本訓釈）とあり、「くな（婚）ぐ」も、播磨国風土記にある。

集四二番に「時鳥ねたきは槙の戸にもさはらず」と詠むのと同趣だが、鶺鴒を歌材に男女の仲をあけすけに詠む点が独自。

にはたつみきしのみのこるあはみなにをの、えくたすなかめなりけり

〔校異〕「私Ⅰ」は、「イ本コ、ニ入」の注記を付している。

〔整定本文〕

庭たづみ岸のみ残る泡みなに斧の柄腐すながめなりけり

〔現代語訳〕

長雨が降ってできた水たまりの端にだけ残る泡はすべて、見ていると知らぬ間に時間がたってしまうような眺めであることです。

〔語釈〕 **○庭たづみ**　雨が降ってできた水たまり。または、庭にあふれ流れる水。「……庭たづみ流るる涙とどめかねつも」（万葉・巻十九・四一六〇・家持）。集の二〇九番歌の詞書にも「庭たづみ消え返る。居ると見るほどに消ゆめる。水ほども劣らぬものは我が身なりけりと見ゆるにて」と、水たまりの泡を注視する叙述がある。また、一七三番にも「庭にきしろふうたかた」が詠まれている。千穎百首の「無常」題に「水の面に浮きて流るる庭たづみ見るにつけても袖ぞ濡れける」（千穎集・八〇）と詠まれるが、千穎は「泡」と同義で用いている。**○泡みなに**「泡皆に」とすると、すべての泡に対して「どうする」という述語が見当たらない。「みなに」は、すべての意の副詞「みながら」と同意か。「紫のひともとゆゑに武蔵野の草はみながらあはれとぞ見る」（古今・雑上・八六七・よみ人しらず）。**○斧の柄腐す**　知らぬ間に長い時間が過ぎること。述異記に見える晋の王質の故事による。王質が仙人の後撰の勝負を見ていたところ、一局終わらないうちに斧の柄が腐ってしまったという話から生まれた表現。「ふるさとは見しごともあらず斧の柄の腐ちし所ぞ恋ひしかりける」（古今・雑下・九九一・友則）。「斧の柄腐す」は、序文22、四季序の末尾にも用いられている。**○ながめ**「眺め」に「長雨」を掛け、「庭たづみ」「泡」「腐たす」の縁語とする。

〔補説〕「眺め」には、ぼんやりと物思いにふけることを含む。訳には反映しなかったが、集には、雨脚や水の泡に目を注いで物思いをする歌が詠まれている。一七三番〔補説〕参照。

千頴が「庭たづみ」を「泡」の意で用いることについて、金子英世氏は、能因歌枕に「庭たづみとは雨の降るに玉のやうにてある水の泡をいふ」とあることから、千頴がこうした歌学書類から知識を得て用いた可能性を指摘する（「『千頴集』の位置—初期百首歌との関係を中心に—」和歌文学研究64号　一九九二・一二）。

かけともにみえたる月をうきくものこせほけくる《本ノマ、ト云々》みにそありける

〔校異〕○こせほけくる《本ノマ、ト云々》—こせを《ほイ本ノマ、》ふくる（私Ｉ）

〔整定本文〕

影ともに見えたる月をうき雲の（こせほけくる《本ノマ、ト云々》・意味不明）身にぞありける

〔現代語訳〕

水に映る影とともに二つ見えていた月を、いやな浮雲が（　　　　　　）私であることです。

〔語釈〕**○影ともに**　池の水面に映る月影と一緒に、ということか。集四番には、鳥が池水に反射する「影」と一緒に遊ぶことが「影をもともに」と表現されている。他には、池水に映る藤を「散りまがふ影をやともに藤の花池の心ぞあるかひもなき」（躬恒集・一四八）と詠む歌も見出せる。空の月と池に映る月とを一緒に詠む歌は「浮草の池の面を隠さずは二つぞ見まし秋の夜の月」（和歌体十種・三〇）など。**○うき雲の**「浮き雲」に「憂き」を掛ける。「ひさかたの空にたなびく浮雲のうける我が身は露草の露の命もまだ消えで……」（小町集・六八）。

〔補説〕三句までが四句を導く序であろう。「天上と地上に月が二つ見えるのに、いやな浮雲が出てきて」というので、二つとも見えなくなる、そのように恋人と共に居ることのないわが身なのだ、という嘆きを詠んだと想像し

うるが、第四句の本文が不審であるため、その部分の現代語訳を保留した。

わかことくよふ《本不審》かきなけきするとりのこゑにやなけきこりてゆくらん

〔校異〕「私Ⅰ」は、歌の頭に「蛩」と付す。〇てーし《てイ》（私Ⅰ）

〔整定本文〕

わがごとく夜深き嘆きする鳥の声にやなげきこりて行くらん

〔現代語訳〕

私のように夜更けに深い悲しみに浸る鳥の声を頼りに、今頃嘆きながら薪を樵っていくのでしょうか。

〔語釈〕**〇わがごとく** 自分のように。自身の嘆きを鳥のなく声に重ねる歌は、「わがごとくものや悲しき時鳥時ぞともなく夜ただ鳴くらむ」（古今・恋二・五七八・敏行）など。**〇夜深き** 夜が深い。「初声の聞かまほしさに時鳥夜深く目をも覚ましつるかな」（拾遺・夏・九六・よみ人しらず）。当該歌の「深き」は、「夜」と「嘆き」の両方に掛かる。「おき明かす霜とともにや今朝はみな冬の夜深き罪も消ぬらん」（能宣集・一〇七）。底本の「ふ」の傍書に「本不審」とあるのは、「不」が「本」（一八三番の「こせほけ」の「ほ」など）とも読めるためか。**〇嘆きする** 「嘆き」に「投げ木」を掛け、「樵り」の縁語とする。「嘆き」は第四句と重複。「嘆き」を「深し」とする例は「夏深きなげきを深くあるものをなどめづらしき蟬の初音ぞ」（中務集Ⅱ・二〇二）など。**〇こりて** 投げ木を「樵る」に、嘆きが「凝る」を掛ける。「なげきこる山とし高くなりぬればつら杖のみぞまづつかれける」（古今・雑体・一〇五六・大輔）。集一一二番にも。ただし、「樵る」動作の主体が不明。「山人は」か。

〔補説〕一首に「なげき」が重複して用いられる。こうした語の重複は、保憲女集の特徴。集一七〇番〔補説〕参照。

185

あしろのひを、、うちにて

さまもなもかはらてなみはあしろきのおなしうちなるいをにそあるへき

〔校異〕 ○なも―なも《ほイ》（私Ⅰ）

〔整定本文〕 網代の氷魚を、宇治にて

様も名も変はらで波は網代木の同じうぢなる魚にぞあるべき

〔現代語訳〕

様子も名前も他と変わらないでいて、やはり宇治の川波は、網代木に囲まれた同じ宇治の氷魚に寄せるものなのですね。

〔語釈〕 **○網代の氷魚** 網代は魚を獲る仕掛け。宇治川のものが有名であった。また、氷魚は鮎の稚魚のこと。「宇治川の瀬々にありてふ網代木に多くの氷魚も侘びさするかな」（古今六帖・一五二四）。**○様も名も** 様子も名前も。当該歌は、下の句の「宇治」に「氏」を掛け、「名」と対にする。古歌「もののふの八十うぢ川の網代木にいさよふ波の行方知らずも」（万葉・巻三・二六四・人麻呂）は、「もののふの八十氏」から「宇治」を導く。集一九〇番には「宇治」から「かばね（姓）」が詠まれる。

〔補説〕 氷魚は姿も名前も他と変わらないのに、宇治の川波は宇治の氷魚を選別して寄せているように見える。やはり氏素性が大切なのだ、ということであろう。序文23には「人はみな同じゆかりなり。されば高き卑しきなぞは鳥にこそあれ、いづれか高き卑しきあらむ、同じ類にこそあらめ」とあるが、序文9には、「冬の雪、いづこのに劣らずと思へど、越の方のにはしかず。鮭といふ魚の冬出てくれば、北へ流るる水すらも友とせり。鵜といふ鳥を冬の川に飼ひて、荒き嵐に涼むことなし。鷹といふ鳥を夏の野に狩りして遊ぶことなし。松の子の日、いつも多かれど、夏の野に出でて引かず。菖蒲草多かりといへども、春の子の日に引かず。同じく競ぶる駒といへども、賢き

には負けぬ。同じき徒弓といへども、的に当たらぬは負けぬ。同じき相撲といへど、力弱きには勝ちぬと思へば、いかでか隔ての無からむ」と、持って生まれた素性が物を言う世の中なのだという嘆きが綴られる。また、序文29には、「此歌は、天の帝の御時に、もがさといふもの起こりて病みける中に、賀茂氏なる女、よろづの人に劣れりけり、さる中に、ただもがさをなむすぐれて病みける」とある。賀茂氏に生まれた誇りを持つ一方で、劣等感を抱いていることが知られる。

さて、集一九〇番には「氷魚の返し」という詞書が付されている。そこで、二首を贈答歌とみなすこともできるが、配列が隔たっているため、ここはそれぞれ独立した保憲女の歌であるとして解しておく。

すまひくさほてふくかせにふきつゝらなにそしるらんさためなきよを

〔校異〕 ○ふき―ふ《ほイ》き（私Ⅰ）

〔整定本文〕

相撲草ほで吹く風に吹き（つづら・意味不明）何ぞ知るらん定めなき世を

〔現代語訳〕

相撲草の最手ではないけれど、船の帆に吹く風に吹き（　　　　）いったい何をわかっているというのでしょう。相撲のように勝負が決まるわけではない、定めのない世の中なのに。

〔語釈〕 **○相撲草** オグルマまたはオヒシバ、スミレ、ヒルガオとも。「小一条殿の人々、なぞなぞ語りに／勝たず負けずの花の上の露／といひけるに／相撲草あはする人のなければや」（実方集・六六）。**○ほで** 相撲の節会における相撲人の最高位の「最手」に「帆手」を掛け、風の縁語とする。「帆手」は、帆に張る布。または、帆を帆桁に結びつける綱。「追ひ風の吹きぬる時は行く船のほでうちてこそうれしがりけれ」（土佐日記・一月二十六日）。

187

かたわきて吹風によるすまひくさ露にうつるそかひなかりける

〔校異〕 ナシ

〔整定本文〕

方分きて吹く風に寄る相撲草露にうつるぞかひなかりける

〔現代語訳〕

あちら側こちら側と、吹く風に寄り分けられる相撲草が、露によって色変わりするのは、（強そうな名前なのに）名前の甲斐がないことでした。

〔語釈〕 **○方分きて** あちらとこちらに分けて。「行く道の左右なる相撲草方分けてこそ取るべかりけれ」（赤染衛門集・五六六）。当該歌は、前歌に続き、相撲の節会の最手に次ぐ、「ほてわき（最手脇）」の「わきて」を掛け、「相撲草」の縁語とする。**○相撲草** 一八六番語釈。**○露にうつる** 露によって色変わりをする意。「言の葉はこはく見ゆれど相撲草露にはうつる物にざりける」（順集・一五五）に拠る表現。**○かひなかりける** 相撲という強そうな名の草なのに、露によって色変わりするのは名前の甲斐がない、ということ。「かひな（腕）」を掛け、「相撲草」

の縁語。**○吹きつづら** 「つづら」は、意味不明。**○何ぞ知るらん** 「何ぞ」は「何をぞ」の略。**○定めなき世** 「定めなき」は、風の吹く方向が定まらないことと、人の運命が定まらないことをいう。「行く方も定めなき世に水速み鵜舟を棹のさすやいづこぞ」（義孝集・四三）。

〔補説〕 序文9にも「同じき相撲といへど、力弱きには勝ちぬと思へば、いかでか隔ての無からむ」と相撲の勝負が引き合いに出される。当該歌は「相撲草」から「最手」を導き、「帆手」を掛けて、風によって船の行く先が定まらないように、定めのない人の世である、と詠む。

の縁語とする。

〔補説〕　当該歌は、相撲草が露によって色変わりすることを詠む。相撲草がどの草を指すかについては諸説あるが、語釈に挙げた順の歌からも、名前に比べて弱々しい草であったことがわかる。「相撲草といふ草の多かりけるを引き捨てさせけるを見て／引くには強き相撲草かな／とる手にははかなくうつる花なれど」（金葉・雑下・六六〇・よみ人しらず）ともあり、花ははかなげでありながら、葉は強く、相撲のように葉を引きあって遊ぶことからその名がついたといわれる。

188

よにいれてつきのかけさすまきのとはゆふつけとりのふねもあけゝる

〔校異〕　ナシ

〔整定本文〕

夜に入れて月の影さす槙の戸は木綿付け鳥の舟もあけける

〔現代語訳〕

夜のうちに月の射しこむ光を中に入れて鍵を鎖す槙の戸は、（夜明けを告げる）木綿付け鳥の乗った舟が開け、夜も明けたことです。

〔語釈〕　**○夜に入れて**　「夜に入りて」とあるべきところ。「夜に入て」を読み間違えたことによる誤りか。ここは、ひとまず月の光を中に入れて、として解す。「入る」は、結句の「開く」とともに「戸」の縁語。**○影さす**　月の光が「射す」に槙の戸を「鎖す」を掛ける。**○木綿付け鳥**　集二〇番参照。序文27に「木綿付け鳥しばしばうち鳴き、夜やうやう明けゆき」とある。**○舟もあけける**　「開け」は「明け」と掛詞。「ふねも」の「も」は、舟が戸を開け、夜も明けた、ということ。「舟」は「月」との縁で用いられたか。「天の海に雲の波立ち月の舟星の林に漕ぎ隠る見ゆ」（万葉・巻七・一〇六八・人麻呂）。『和歌大系』は、「木綿付け鳥の舟」について、「鳥のように速く走る、樟（クス）の木で作った船、「いわくすぶね」（日本書紀）と関連があるか」とする。ただし、和歌に詠まれるのは後世。「風荒み棹を翼にはやともの渡りぞきゆる海人の鳥舟」（十躰和歌・二二〇・心敬）。

〔補説〕『和歌大系』は、結句について「「明け」と「開け」の掛詞か、「上げ」か」とする。確かに、舟の「ね」に「音」を掛け、「鶏が声を上げて」と解することもできる。とすると、「音を上げ、戸を開け、夜も明け」と三重の意を表すことになる。

鶏の舟が扉を開ける、という発想は特異。「舟」は、集において心象の表出に用いられるという特徴がある。八五番参照。序文26にも、「荒れたる床に舟と浮かべる心をば尽くし」とある。

人めなきやまにもみとはいれつれとかくれぬものはうききなりけり

〔校異〕〇みと―みと《を歟》（私Ⅰ）

〔整定本文〕

人目なき山にもみとは入れつれど隠れぬものはうき木なりけり

〔現代語訳〕

人目のない山に、目ではなく人の身として入ったけれど、隠すことができないのは、我が身のつらさであったことです。隠れ沼に「盲亀浮木」の「浮き木」が浮かんでも、盲亀が身を隠すこともできないように、ありがたい教えに巡り合うこともなくて。

〔語釈〕**〇人目なき山**　人の訪れのない山。「山里は冬ぞ寂しさ増さりける人目も草もかれぬと思へば」（古今・冬・三一五・宗于）。**〇みとは**　「身」に「水（み）」を掛け、「隠れ沼」の「沼」と対にする。「隠れ沼の底の下草みがくれて知られぬ恋は苦しかりけり」（伊勢集・三三三）。「みとは」は、「身として」という意。「みをば」とあるべきところである。先の古今歌を承け、「人目」でも「草」でもなく「身」として、ということか。**○隠れぬものは**　人目がないはずなのに表に現れてしまうものは、ということ。「包めども隠れぬ物は夏虫の身よりあまれる思ひなりけり」（後撰・夏・二〇九・よみ人しらず）。当該歌は「隠れ沼」を掛け、「浮き木」の「浮き」の縁語とする。**○うき木**　水に浮かんだ木。流木。「浮き」に「憂き」を掛ける。「山に入る」とは出家を意味するため、「浮き木」は仏教の「盲亀浮木」に拠る表現か。〔補説〕参照。

〔補説〕　『和歌大系』は、「「水門は」に「身とは」を掛けるか」と注する。「みと（水門）」は、河口、湾口などの意。「隠れ沼」の縁語となる。

「盲亀浮木」は、雑阿含経、涅槃経にある「如一眼之亀、値浮木孔」の略。大海中に棲み、百年に一度、水面に浮上する目の見えない亀が、漂う浮木の穴に入ろうとするが、容易に入ることができないように、ありがたい仏の教えにはめったに巡り合えないことをいう。「七月七日、説法をさすと聞きてやりし／たまさかにうき木寄りける天の川亀の住処を告げずやあるべき」（赤染衛門集・一二）。

ひをのかへし

はやきせもあさきはたかふおなしうちもひをそかはねをとらぬなるへし

〔校異〕　ナシ

〔整定本文〕　氷魚の返し

速き瀬も浅きは違ふ同じうぢも氷魚ぞかばねをとらぬなるべし

〔現代語訳〕　氷魚の返し

速い瀬も、ただ浅いというのとは似ていても違います。同じ宇治であっても、氷魚だって死んだその屍を獲らないでしょう。同じ氏族でも姓を名乗らぬこともあるのです。

【語釈】 **○速き瀬**　流れが速い川の浅いところ。「もののふの八十うぢ川の速き瀬に立ちえぬ恋も吾れはするかも」（万葉・巻十一・二七一四）。**○浅きは違ふ**　単に川が浅いから流れが速いというのと、川の勢いが激しくて流れが速いのとは違うということ。万葉歌は「速き瀬」と詠んでいるが「浅き瀬」と詠むと意味が違ってしまう。似ていても「速き瀬」と「浅き瀬」というのは違う、ということであろう。**○同じうぢも**　一八五番歌と対応。「宇治」に「氏」を掛け、「姓」を導く。**○かばね**　姓。天武天皇の十三年（六八四）に、真人（まひと）・朝臣（あそみ）・宿禰（すくね）など、八色（やくさ）の姓が定められたが、次第に形骸化していった。当該歌は、亡骸の意の「屍」を掛ける。「石間ゆく宇治の川波流れても氷魚のかばねは見せんと思ひき」（能宣集・三八七）。

【補説】　一八五番の「様も名も変はらで」を承け、「速き瀬も浅きは違ふ」と、似ているけれども違うのだと打ち返して詠む。ただし、配列を隔てており、両方とも保憲女歌と思われる。

同じ氏でありながら賀茂の姓を名乗らなかった叔父の慶滋保胤、保章、保遠らを意識した表現か。

191

かちのをとによるこくふねはあはれなるみる人なみのあやはかひなし

【校異】　○みる―みな（私Ⅰ）

【整定本文】

楫の音による漕ぐ舟はあはれなる見る人なみの綾はかひなし

【現代語訳】

楫の音で近寄ってくるのがわかる夜漕ぐ舟は、しみじみとした趣きがあるものです。見る人がいないので、波が織る水の綾は、舟の櫂ではないけれど、かいがなくて。

〔語釈〕 **〇楫の音**　舟を漕ぐ櫓（ろ）や櫂（かい）の音。「天の川楫の音聞こゆ彦星と七夕つめと今宵逢ふらしも」（万葉・巻十・二〇二九）。**〇よる漕ぐ**　「夜」に「寄る」を掛け、「舟」「波」の縁語とする。「須磨の海人の浦漕ぐ舟の楫よりも寄るべなき身ぞ悲しかりける」（小町集・七八）。**〇見る人なみの**　「無み」に「波」を掛け、「波の綾」と続ける。**〇かひなし**　「甲斐」に「櫂」を掛ける。

〔補説〕 「見る」に海藻の「海松」、「かひなし」に「貝」を響かせているか。一八一番歌からの一連の歌は、言葉遊びの要素が強い。

あしたつのこゑさへくもにかくれせはあはれをいかてそらにしらまし

〔校異〕 いかてそらに—いかて《空に》空に《いかてイ》（私Ｉ）

〔整定本文〕

葦鶴の声さへ雲に隠れせばあはれをいかでそらに知らまし

〔現代語訳〕

もし鶴の（姿だけでなく）声までも雲に隠れてしまったならば、しみじみとした情趣をどうやって空を見て暗に知ることができるでしょうか。

〔語釈〕 **〇葦鶴**　集の一三三番には、葦鶴の声が、一三四番には、葦鶴が雲に隠れてて飛ぶことが詠まれている。声のめでたさは、「……誰九重の　沢水に　鳴く鶴の音は　ひさかたの　雲の上まで　隠れなく　高く聞こえてかひありと　言ひ流しけん……」（順集・一一八）などと詠まれる。**〇隠れせば**　「せば……まし」で、反実仮想。もし隠れてしまったならば。**〇そらに知らまし**　「空に」に、当て推量でというの意「暗に」を掛ける。九三番参照。

〔補説〕 集において「あはれ」という語が詠まれるのは、六首。うち、八〇番は雁の声、一六四番は木綿付け鳥の声、当該歌は鶴の声、二〇〇番は時鳥の声を詠む。保憲女にとって、鳥の鳴き声は「あはれ」と感じさせるものであった。一九四番の長歌では、鳥の一生を自分に当てはめて詠じている。三田村雅子氏は、鳥が保憲女自身の表象であったことを論じる（「賀茂保憲女集の位相―〈鳥〉の表象・歌から序へ―」『和歌文学新論』明治書院　一九八二）。

193

たまくしけか、みのうらにすむちとりおほつかなみにとふ〳〵とゆく

〔校異〕 ナシ

〔整定本文〕
玉櫛笥鏡のうらに住む千鳥おぼつかなみにとぶとぶと行く

〔現代語訳〕
玉櫛笥の鏡の裏ではないが、鏡のようにきれいな海辺に住む千鳥は、空と海の境がどこなのか頼りないので、とぼとぼと波の間を飛んでいくことです。

〔語釈〕 **〇玉櫛笥** 櫛や化粧道具などを入れる箱、櫛笥の美称。箱の蓋を開け閉めすることから「開く」「覆ふ」や、蓋と中身にかけて「ふた」「み」などを導く枕詞となる。「玉櫛笥いつしか開けむふせの海の浦を行きつつ玉藻ひりはむ」（万葉・巻十八・四〇三八・田辺史福麿）。当該歌では「鏡の裏」に掛かる。「玉櫛笥」から直接「鏡」を導く例は見出せないが、土佐日記には「玉櫛笥箱のうら波立たぬ日は海を鏡とたれか見ざらむ」（二月一日）とも。序文18には「慣れたる姿、つくろはぬかたちを、玉櫛笥あけくれは、ます鏡影を並べ」と、玉櫛笥と鏡が併記される。**〇鏡のうら** 「鏡の浦」は、「おみのめの櫛笥にのれる鏡なすみつの浜辺に……」（万葉・巻四・五〇九・丹比真人笠

麿）と詠まれるが、特定の地名かどうか、詳細不明。「鏡山」は、序文12にも「おごきなき奈良の都の東には、万世の影見ゆる鏡の山さやかに澄めり」とある。「かがみ」の「み」に、櫛笥の「身」を響かせ、「裏」と対にする。**〇千鳥**　水辺に生息するために、和歌では「浜千鳥」と詠まれることも多い。後世には、順徳院の紫禁和歌草、一〇一三番など、「浦千鳥」が歌題に登場するようになる。**〇おぼつかなみに**　「おぼつかなみ」の「なみ」に「波」を掛ける。鏡の浦なので、空と海の境がわからずに頼りなさげに、ということ。千鳥はよろめいたような歩き方をするのが特徴的。集の一二六番にも千鳥の足跡が詠まれている。**〇とぶとぶと**　『和歌大系』は「尋ね尋ねするの意「問ふ問ふ」か。「飛ぶ飛ぶ」か、副詞「夙く夙く」の変化したものとも。あるいは擬態語、擬声語か」と注する。ここは、よたよたした様子をいう「とぼとぼ」に似た擬態語「とぶとぶ」に「飛ぶ飛ぶ」を掛けたとして解す。ただし、用例は他に見出せない。姿を映す鏡の浦なので足元が定まらず、おぼつかなさそうに飛びはねるように行く、ということであろう。

〔補説〕　恵慶百首冬部に「冬は見つふたみのうらの朝氷解けぬほどこそ鏡なりけれ」（恵慶集・二三七）があり、「身・裏・鏡」を詠みこむ点は同じ。「鏡の浦」は、「池の上の氷に鶴の降り居るを鏡の浦と思ひけるかな」（道済集・二三）とも詠まれる。

『和歌大系』補注に挙げる「鏡鋳させ侍りける裏に、鶴の型を鋳つけさせ侍りて／千年とも何か祈らん浦に住む鶴の上をぞ見るべかりける」（拾遺・賀・二九八・伊勢）と同様に、鏡の裏に千鳥の絵柄があるのを見て詠んだ歌であろう。

ちきりあれは　いか、のかれん　むまるとも　かひこめくちて　とりのこの　かへりては身の　うき事を
おやのむすへる　こ、ろのうちに　いつかあちはひ　く、むこと　なく〳〵こもり　有けれは　をのかふね 本不審

〱 おひたちて かくれし親の はねころも みなわすられて とひならひ あるはかしこく なるすこ
の かしこき鷹と なをふるひ あるははかなく さすらへて たつとゐるとに おもひつゝ なけきの下
を おりのほり いまやはかなき しにすると さへつる声を きく人は、 いそひするとや おもふらむ
あはれかなしき わか身かな 冬なりしとき きえにせは たとかへしする かせふきて おしむ草木も
ありなまし 人なみならて ひとゝなり 物おもふことは おほさはの いけるかひなしと おもひつゝ
猶ふることは ふはのせき ひとよりこそは こえさらめ ひとしくたにも なるやとて はかなく過す
なつふゆを あつし寒しと いふほとに とし月のみに こゆるきの いそかぬ我は つれ〱と うくら
の下に はひふして かなふ人なみ しとみ山 ふきあけおろす かせのをとの あした夕に かなしきは
かせきのこゑに いるときに こたふるかこと きこゆれは なとしも爰に あるかとそ 心にかなふ よ
ふことり よふにしたかふ 山ひこの ひゝきはかりを たのみつゝ まれにかゝれる たかすたれ なみ
たはかりの いていりに くちはてぬれは いとゝしく 心のうちも 見え果て 身を恥かしの もりの下
かけにかはらぬ 我身とや 人やみるらん あししけみ かつはつれなく なりなから したさはかるゝ
わかむねは やすけくもなし なるたきの おちつむたうは おほかれと わか身ひとつに かすならぬ
と おもひしかとも 世中の うきとをつらふ いれつれは ならへにわふる あしのねの 煙にたれも
成果て ゆゝし〱と いふほとに あすそせになる あすかゝは ふちの衣に まつはれて 高きいやし

き　なみたかは　みなかみはやく　成にけるかな

〔校異〕　○くちて―くちて《り》（私Ⅰ）　○あちはひ―あら《ちイ》はひ（私Ⅰ）　○こもり―こ《くイ》もり（私Ⅰ）　○ふね―ふ《本不審》ね《は歟》（私Ⅰ）　○かくれし―かく《おイ》れし（私Ⅰ）　○ころも―ころも《衣》（私Ⅰ）　○下を―えたを（私Ⅰ）　○たとかへしする―たと《こイ》かへしす《つイ》る（私Ⅰ）、いとかへしする（国）　○のみに―な《のイ》みに（私Ⅰ）　○うくら―うく《むイ》ら（私Ⅰ）　○たか―たか《まイ》（私Ⅰ）　○人や―人や《は歟》（私Ⅰ）　○つむ―つむ《み歟》（私Ⅰ）　○たう―たう《らイる歟》（私Ⅰ）

〔整定本文〕

契りあれば　いかが逃れん　生まるとも　卵籠め腐ちて　鳥の子の　かへりては身の　憂きことを　親の結べる　心の内に　いつか味はひ　くくむこと　なくなく籠り　ありければ　己が羽々　生ひたちて　隠れし親の　羽衣　皆忘られて　飛び馴らひ　あるは賢く　なる巣子の　賢き鷹と　名をふるひ　あるははかなく　さすらへて　立つと居るとに　思ひつつ　なげきの下を　降り上り　今やはかなき　死にすると　囀る声を　聞く人は、競ひするとや　思ふらむ　あはれ悲しき　我が身かな　冬なりし時　消えにせば　いと返しする　風吹きて　惜しむ草木も　ありなまし　人なみならで　人となり　もの思ふことは　おほさはの　いけるかひなしと　思ひつつ　猶ふることは　不破の関　人よりこそは　越えざらめ　等しくだにも　なるやとて　はかなく過ぐす　夏冬を　暑し寒しと　言ふほどに　年月のみに　こゆるぎの　いそがぬわれは　つれづれと　葎の下に　這ひ伏して　かなふ人なみ　蔀山　吹き上げ下ろす　風の音の　朝夕に　悲しきは　かせぎの声に　射る時に　答ふるがごと　聞こゆれば　などしもここに　あるかとぞ　心にかなふ　呼子鳥　呼ぶに従ふ　山彦の　響きばかりを　頼みつつ　稀に掛かれる　高簾　涙ばかりの　出で入りに　朽ち果てぬれば　いとどしく　心の内も　見え果てて　身をはづかしの　森の下　陰に変はらぬ　我が身とや　人や見るらん　あし繁み　かつはつれなく　なりながら　下騒がるる　わが胸は　安けくもなし　鳴滝の　落ち積む太布は　多かれど　わが身ひ

とつに　数ならぬと　思ひしかども　世の中の　憂きとを辛う　入れつれば　ならへに侘ぶる　葦のねの　煙に誰も　成り果てて　忌々し忌々しと　言ふほどに　明日ぞ瀬になる　飛鳥川　ふぢの衣に　まつはれて　高き卑しき　なみだ川　水上速く　なりにけるかな

〔現代語訳〕

運命であるので、どうして逃れることができましょう。生まれたとしても卵に籠めたまま腐ってしまったり、鳥の子が孵ったら（それはそれで）かえって身のつらいことを。親が結んだ玉の緒の心の内に、いつか（生きる）味わいをかみしめることが、と思っていてもそういうこともなく、泣く泣く家に籠っていると、みなそれぞれ羽が生え、大きくなり、守られて育った親の羽衣はみな忘れられてしまって、飛び馴れ、あるものは賢く成長した巣子が、賢い鷹となって羽を振って名をとどろかせ、あるものは頼りなく落ちぶれて、立っていても座っていても物思いをしながら嘆きという木の下を降りたり登ったりするうちに、もう今は儚い死を遂げようと噂る声を聞く人は、（それなのにまだ）競い合いをすると思うことでしょう。しみじみと哀しい我が身であることです。冬であった時に命が消えていたならば、ひどく吹き返す（冬の）風が吹いて惜しむ草木もあったでしょうに。人並みでないままに一人前になり、物思いをすることが多く、大沢の池に貝が住まないように生きていても甲斐がないと思いながら、それでもやはり世に長らえて、古びることは不破の関のようでいて、人より先には関を越えないけれど、せめて同じぐらいにはなるかと思って、むなしく過ごす夏や冬を暑い寒いなどと言ううちに、（関ではなく）年月ばかりを越え、小余綾の磯ではないけれど急ぐことのない私は、ぼんやりと粗末な家に草が這うように這い伏して、心にかなう人がいないので、蔀山を吹き上げ下ろす風の音が蔀の内に朝夕悲しく聞こえるのは、鹿の声のように、射る時にピーと答えるように聞こえるからでして。どうしてここにいるのだろうと思うことです。私の心に応じて呼子鳥が呼ぶのに答える山彦の響きだけを頼みにして、めったに掛けない高い簾を（人でなく）涙ばかりが出入りして朽ち果ててしまったので、心の中までもそっくり見えてしまって、（隠れない）身を恥じながら、森の下の陰に変わらない顧みられることない我が身だと人は見るでしょうか。葦が繁るように足繁く通って来た一方で、だんだん冷淡になっていくにつれ、ひそかに騒ぐ私の胸は心穏やかではありません。鳴滝川の流れに落ち込む白い布のような小さい滝は多いのに、私の身は一つで物の数ではないと思っていたけれど、このわが身と世の中の辛さとを嫌々その数の内に入れたので、人の世の習わしに侘しさがつのることです。葦の根を焼く煙と同じ煙に誰でもなってしまい、ひどい、ひどいと言ううちに、明日は淵が浅瀬になると歌に詠まれた飛鳥川のようで、淵の近くに生える藤がからまるように喪服の藤衣にまとわりつかれ、身分の高い人も卑しい人も同じように涙を川のように流して、涙川の水上は流れが速くなったことです。

〔語釈〕 **○卵籠め腐ちて** 卵に籠めたまま腐って。卵が孵化しないということ。「葦鶴の卵籠め腐つる巣籠りのつひに孵らぬ身とやなりなん」（古今六帖・四三四一）に基づく表現。序文1には「はかない鳥といへど、生まるるよりかひあるは、巣立つこと久しからず」とあり、鳥の巣立ちに比べ、成長のない自身を嘆いている。**○かへりては** 卵が孵化する意の動詞「孵る」の連用形に副詞「却りて」を掛ける。「鳥の子はかへりてのちぞ鳴かれける身のかひなきを思ひ知りつつ」（古今六帖・四三四二）。**○親の結べる心の内に** 心を「玉の緒」というので、「結ぶ」と表したか。「玉の緒も結ぶ心のうらもなく打ちとけてのみ過ぐしけるかな」（増基法師集・一八）。親が結ぶ心とは、親が作った子の心の意。初句「契り」にも響く表現。**○味はひくくむ** 「くくむ」は、口に含む意。「氷くくみたる声にて」（蜻蛉日記・下・天延元年冬）。鳥が餌を口に含んで雛に与えることに拠る表現。和歌にも「怒り猪の石をくくみて噛来しは象の木にこそ劣らざりけれ」（拾遺・物名・三九〇・藤原輔相）と詠まれる。「私Ⅰ」には「あらはひ」とある。『和歌大系』は「洗はふ」の字を当て、「心中の憂さをいつか洗濯したいの意か」とするが、「くくむ」とのつながりから、「あぢはひ」の誤写と考えられよう。**○なくなく** 「無く」から「泣く泣く（鳴く鳴く）」を導く。**○己が羽々** 底本は「をのかふね〳〵」とあり、「本不審」の傍書がある。「私Ⅰ」には「ふ」に「は歟」とあり、ここは「羽々」として校訂しておく。**○生ひたちて**　羽が「生える」に「成長する」の意を含む。「若草の野辺に生ひたつ春駒はいづれの秋か引かんとすらん」（恵慶集・一六）。**○羽衣**　集一二九番参照。**○賢く**　序文9、10にも「いかでか隔ての無からむ。賢きは賢く、幼きは幼く」と、賢いことへのあこがれが綴られている。**○巣子**　巣に籠っている雛鳥を言うのであろう。特異な表現。「雛鳥の風切り弱み飛ばれねば巣籠りながら音をのみぞ鳴く」（古今六帖・四三三八・業平）。『和歌大系』は「素子」の字を当て、「卑賤な者。万葉語「菜摘須児」を「なつむすご」と誤読してできた語」と注する。ただし、用例は少し下るようである。「山田もる素子が鳴子に風触れてたゆむ眠りを驚かすなり」（六百番歌合・秋中・一三番）。**○名をふるひ**　名をとどろかす意に、羽を振るわせる意を掛ける。**○さすらへて**　下二段活用の例。さまよう、落ちぶれる、の意。「さすらへし昔は親と知らざりきいつをまかする今日のうれしさ」（公任集・二六二）。**○立つと居ると**　「立つともゐるとも」の略。集一三八番「伏すと起くと」と同様の用法。「秋されば雁飛び越ゆる龍田山立つと居るとに君こそ思へ」（人丸集・一五一）。『和歌大系』は、「巣立った者と巣にそのまま居座っている者を対比的にいったものか」とするが、「あるははかなくさすらへて」の「あるは」を主語とし、続く「降り上り」という表現と対にするとして、「立っていても座っていてもいつも嘆きを重ねていて」の意に解す。**○死にする**　死んでしまう意。「恋するに死にするものにあらませば千度ぞわれは死にかへらまし」（拾遺・恋五・九三五・人麻呂）。**○競ひ**　競うこと。「白露を取らば消ぬべみいさともに露に競ひて萩の遊びせむ」（人丸集二類本・一一八）。**○いと返しする**　底本は「たとかへしする」であるが、「国」の校訂に従う。「冬であったら風が吹いて惜しむ草木もあろうものを」というので、冬の北風がひどく吹き返しをするという意に解した。冬の草木が風に揺さぶられる様を、嘆いて泣く様に例えたか。『和歌大系』は「この世に我を吹き返す風の意か」とする。「私I」には「ことかへしつる」の異文が示されている。「ことかへ」は「事替へ」で、様子を改める意か。後の例であるが「聞きそめし鹿の園にはことかへて色々になる四方のもみぢ葉」（久安百首・八八七）とある。**○おほさはのいけ**　「物思ふことは多」から、歌枕「大沢の池」へとつなげ、「池」から「生ける」を導く。「大沢の池」は、山城国の歌枕。右京区嵯峨、大覚寺の東にある庭園池。中国の洞庭湖を模して嵯峨天皇が築造したものといわれる。「言ひ放つ君にしあへば大沢のいけるかひなき身をぞ恨むる」（元真集・二九四）。**○かひなし**　「甲斐なし」に「貝なし」を掛ける。通常、貝が多く生息するのは池でなく海であるため「貝無し」を掛けた。「散りぬとも影をやとめぬ藤の花池の心のあるかひもなき」（躬恒集・九二）。**○ふることは不破の関**　「経る」に「旧る」を掛ける。「不破の関」は、美濃国の歌枕。岐阜県不破郡関ヶ原町にあった関所。越前の愛発の関、伊勢の鈴鹿の関とともに古代三関の一つだが、延暦八（七八九）年に廃止されたため、「旧ることは」から導かれた。**○人よりこそは**　人より先には、ということ。「死出の山麓を見てぞ帰りにしつらき人よりまづ越えじとて」（古今・恋五・七八九・兵衛）。**○年月のみに**　「のみ」は「関を越えずに年月だけ」という限定の意。助詞「に」は下の「越ゆ」には掛からないが、ひとまず「年月を」として訳す。「私Ｉ」は「年月なみに」。「月次み」の「次み」に「波」を掛ける。**○こゆるぎのいそ**　相模国の歌枕。小余綾の磯。「越ゆ」を掛け、「磯」から「急がぬ」を導く。「如何して今日を暮らさむ小余綾のいそぎ出でてもかひなかりけり」（拾遺・恋四・八五二・小弐命婦）。**○葎の下**　「うぐら」は「むぐら」に同じ。繁茂するつる草のこと。浅茅や蓬と同様に、荒れ果てた家をいうことも。「葎はふ下にも年は経ぬる身のなにかは玉の台をも見む」（竹取物語）。好忠百首序文にも「朝に通ひし玉のとぼそも、夕べには八重葎にうづもれて」とある。**○蔀山**　吉津（広島県福山市）の山。蔀は、片面に格子を貼った板戸。「上げ下ろす」を導く。「蔀山下しの風の速ければ風には常に鳴きてこそ経れ」（古今六帖・九一四）。**○かせぎ**　鹿の古名。「あさぼらけ蔀を上ぐと見えつるはかせぎの近く立てるなりけり」（赤染衛門集・三五一）。**○射る時に答ふるがごと**　ピューと吹く風の音を、鹿が射られる時に鳴く声に例える。**○山彦**　集一三八番参照。序文14にも「山彦は、呼子鳥の声に従ふ」とある。「なげきこる斧の響きの聞こえぬは山の山彦いづち去にしぞ」（興風集・四二）。**○稀に掛かれる**　めったに掛けない、の意。人の出入りがあるからこそ、人目を避けるために簾を下げるのに、人が来ないからたまにしか掛けないということ。**○高簾**　丈の長い簾を高簾といったか。または、簾は竹や葦の茎を糸で編んだものなので、竹簾のことか。「私Ｉ」の異文には「たますだれ」とある。**○はづかしの森**　京都市伏見区の羽束師神社の森。「恥づかし」との掛詞。「忘られて思ふなげきの繁るをや身をはづかしの森といふらん」（後撰・恋二・六六四・よみ人しらず）。**○陰に変はらぬ我が身**　「陰に変はらぬ」は誰にも気づかれず見向きされないということ。我が身を日の当たらないものとして嘆く歌は「春や来し秋や往きけんおぼつかな陰の朽木と世を過ぐす身は」（後撰・雑二・一一七五・閑院）など。**○あし繁み**　「葦」に「足」を掛ける。葦が繁り、足しげく通っていたので。葦が群生することから「葦繁み」は頻繁であることをいう。「うらみつの浜に生ふてふあし繁みひまなくものを思ふころかな」（斎宮女御集・一二四）。**○下騒がるる**　ひそかに胸がどきどきする。「たち返り下騒げどもいにしへの野中の清水水草ゐにけり」（狭衣物語・巻四）。**○安けくもなし**　心穏やかでない。集八九番参照。**○鳴滝**　山城国の鳴滝川。滝から「落ち」を導く。**○落ち積む太布**　落ち積む、は紅葉などに用いられる表現。「色々の木の葉落ち積む山里は錦にとめるなき名立つらん」（忠岑集・九二）。本文の「たう」に「太布」の字を当てて試みに解した。序文21に「雪に会はぬ鳥は、雪を良き太布と思へり」。氷に閉じらるる魚は、冬を結べる網と思へり」とも。鳴滝川に幾筋も小さい滝が白い布のように落ち重なることをいったものか。「私Ｉ」は「おちつむ《み歟》たうは《らイる歟》」。『和歌大系』は「「垂るは」か」とする。「垂る」は「垂水」の略か。「いは走る垂水の上の早蕨のもえ出づる春になりにけるかも」（万葉・巻八・一四一八・志貴皇子）。**○わが身ひとつ**　古今歌「月見れば千々に物こそかなしけれわが身ひとつの秋にはあらねど」（秋上・一九三・大江千里）以来、和歌に多く詠まれる表現。「身ひとつのかくなる滝を尋ぬればさらにかへらぬ水もすみけり」（蜻蛉日記・中・天禄二年六月）。**○数ならぬと**　好忠百首にも「君恋ふる心は千々に砕くるをなど数ならぬわが身なるらん」（好忠集・四一六）とある。**○憂きとを辛う**　底本の「うきとをつらふ」を「辛う」と校訂し、「わが身と世の辛さとを辛いことだが数に入れたので」と試訳しておく。〔補説〕参照。**○ならへに侘ぶる**　「ならへ」は、慣れるの意の「ならふ」の名詞形か。ただし、和歌の用例未見。「ならふ」の名詞形「ならひ」は、順百首にも「巻向の檜原こくこそ思ほゆれ春を過ぐせる心ならひに」（好忠集、順百首・五三七）

とある。住み慣れた人の世の習わしに嘆かれる、という意として解しておく。序文冒頭部分に「慣らへる月日の中に求むれど、我が身のごと悲しき人はなかりけり」とも。**○葦のね**　「葦」に「悪し」、「根」に、嘆く声の「音」を響かせるか。「何ごとも言はれざりけり身の憂きは生ひたる葦のねのみながれて」（古今六帖・一六八九）。**○煙に誰も成り果てて**　葦を焼くことは、「難波女の衣干すとて刈りて焚く葦火の煙立たぬ日ぞなき」（古今六帖・三八二三・貫之）と、濡れた衣を干すために焼くと詠まれ、その他、燃える恋心の意で歌に詠まれることがある。ここは、河原で葦を焼いて火葬したことを言うか。**○明日ぞ瀬になる**　「世中は何か常なる飛鳥川昨日の淵ぞ今日は瀬になる」（古今・雑下・九三三・よみ人しらず）を踏まえた表現。**○ふぢの衣**　「瀬」と対の「淵」に、喪服の意の「藤衣」の「藤」を掛ける。**○高き卑しきなみだ川**　「無み」から「涙川」を導く。「高き卑しきなみ」は、恋をする人に身分の上下はないので、ということ。「あふなあふな思ひはすべしなぞへなく高き卑しき苦しかりけり」（業平集・一六）。**○水上速く**　涙川の水源は人の涙であり、その水源近くの上流は流れが速いということ。「涙川なに水上を尋ねけむもの思ふ時の我が身なりけり」（古今・恋一・五一一・よみ人しらず）、「涙川落つる水上速ければ堰きかねつる袖のしがらみ」（拾遺・恋四・八七六・貫之）。

〔補説〕　序文の恋序「人はみな同じゆかりなり。されば高き卑しきなぞは鳥にこそあれ、いづれか高き卑しきあらむ、同じ類にこそあらめとて、高き女にも卑しき男心をかけ、卑しき女にも高き男あるべければ、男女の仲を定めわびて、宿世に任せける」(23)と同様の主張が繰り返される。

歌の中に「あはれ悲しき　我が身かな　冬なりし時　消えにせば」とあるが、序文の集を編んだ動機について綴る部分に、疱瘡に罹ったのが、秋の終りから冬の初め頃であったとある。ということは、この長歌は病気から回復した明くる年に詠まれたということになろう。総序の末尾に「正月の頃ほひ、思ひ余りては、長歌もあるへし」とあるのに対応する。

奥義抄、下巻に、和泉式部の「とをづらの馬ならねども君乗れば車もまとに見ゆるものかな」に対し、「とをづらとは十列の馬と詠めるにや。この歌にはよしなくぞ覚ゆる。大弐三位歌云、とをづらに立つるなりけり今さらに心比べにわれもなりなむ、又賀茂女が長歌にも、うきとをづらにわれ乗れば比べぞ侘ぶる富士の嶺のなど詠めり。これらはひとへに十列と詠めり」とあるのは、「世の中の　憂きとを辛う　入れつれば　倣へに侘ぶる　葦のねの煙に誰も　成り果てて」の部分を引用したもの。奥義抄成立の頃に、女集が流布していたと同時に、本文がすでに乱れていて解釈が困難だったことがわかる。序文18〔補説〕参照。

栄花物語「いはかげ」の巻末に、左衛門督の北の方と藤原義子による長歌の贈答が置かれている。ところが、歌の内容が巻の内容にそぐわず、作者の二人についても問題が多いため、他資料からの混入かともされているのであるが、実はその構成や表現には当該歌と共通点が多い。例えば、義子の長歌には、「ふたりの羽の　下にだに　せばくつどひし　鳥の子の　雲の中にぞ　ただよひし　昼はおのおの　飛び別れ　夜は古巣に　帰りつつ　翼を恋ひて　なき侘びし　あまたの声と　聞くばかり　悲しき事は　広沢の　いけるかひなき　身なれども」などと似た表現が見出され、歌の最後は「ことわりの　涙の川を　流すかな　ましてやそこの　辺りには　いかばかりかは　たふらん　淵瀬も知らず　歎くなる　心の程を　思ひやる　人の上さへ　歎かるるかな」と閉じられている。偶然の一致というより、保憲女のこの長歌の表現に学んだ可能性が高いように思われる。また、北の方の長歌には「菖蒲」と「玉の台」が詠まれており、保憲女の四九番歌の表現を模した可能性が考えられる。

195

くさふかくしけれるやとをいてゝいなはたかゝりのことならむとすらん

〔校異〕　ナシ

〔整定本文〕

草深く繁れる宿を出でて去なば誰がかりの子とならむとすらん

〔現代語訳〕

草深く繁った家を出て去っていくとしたら、雁の雛はいったい誰の養子になるというのでしょう。雁でなく、私だって出ていくところはないのです。

〔語釈〕 **○繁れる宿**　草深い粗末な家のこと。初期百首歌人に好まれた表現。「八重葎繁れる宿の寂しきに人こそ見えね秋は来にけり」（恵慶集・一〇九）の他、好忠百首には「八重葎繁れる宿」（好忠集・四三二）、「まろこすげ繁れる宿」（好忠集・四三三）、重之女百首には「夏草の繁れる宿」（重之女集・二四）と詠まれている。**○出でて去なば**　伊勢物語、一二三段「年を経てすみこし里を出でて去なばいとど深草野とやなりなむ」に拠る表現。**○かりの子**　「雁の子」は、雁の雛。「とぐら立て飼ひし雁の子巣立ち去なばまゆみの岡に飛び帰り来ね」（万葉・巻二・一八二）。当該歌は「仮の子」を掛ける。「巣隠れて数にもあらぬかりの子をいづ方にかはとり隠すべき」（源氏物語・真木柱）。「雁の子」には「雁の卵」の意もあるが、家を出たら誰の庇護を受けようか、という意味に解し、「雁の雛」として訳した。

〔補説〕『和歌大系』には「親の立場から子の巣立ちを詠うか」とある。保憲女には娘がいたともされるが（解説参照）、ここは、伊勢物語にちなんで、家を出ようとしても叶わない女の悲しみを詠んだものと考えた。

196

おもはしと心をもとてこゝろしもまとひまさりてこひしかるらん

〔校異〕　○もとて―もとく（私Ⅰ）、もどく（国）　○まとひ―まよひ（私Ⅰ）

〔整定本文〕

思はじと心をもどく心しも惑ひ増さりて恋しかるらん

〔現代語訳〕

思うまいと私自身の心を諫めた、その心ゆえに、なおさら迷う心がつのってあの人が恋しいのでしょう。

〔語釈〕 **○思はじと** もう恋人を思うことはやめようと。「思はじと言ひてしものをはねずいろのうつろひやすき吾が心かも」（万葉・巻四・六五七）。**○もどく** 底本「もとて」を誤写と見て校訂した。「もどく」は、非難する、諫める、の意。〔補説〕参照。**○心しも** 「しも」は強調。自分を諫める心があればこそ、よけいに意識して恋しく思われるということ。**○惑ひ増さりて** 迷う心が一層つのって。「宵の間もはかなくみゆる夏虫に惑ひ増される恋にもあるかな」（古今六帖・三九八一）。当該歌は、上の句の「心」の重複表現に加え、「まどひまさる」の「ま」、「まどひ、こひ」の「ひ」と、音のそろった歌になっている。

〔他出〕 風雅集、恋歌一・一〇三一

恋歌の中に　　賀茂保憲朝臣女

おもはじと心をもどくこころしもまどひまさりてこひしかるらん

〔補説〕 好忠の「あぢきなし身に増すものはなにかあると恋ひせし人をもどきしかども」（好忠集・四一五）の影響を受けた歌。この好忠歌に倣い、和泉式部も「いにしへや物思ふ人をもどきけん報ひばかりの心地こそすれ」（和泉式部集・四三三）と詠む。

197

とをからぬたもとにふちはありなから身はすてかたきものにそありける

〔校異〕 ナシ

〔整定本文〕

遠からぬ袂にふちはありながら身は捨てがたきものにぞありける

〔現代語訳〕

遠くはないこの藤衣の袂に淵があるのに、なかなかそこに身を捨てることはできないものなのですね。

〔語釈〕 **○ふち** 涙によって袂にできた涙川の淵をいうのであろう。「定めなき世を聞く頃の涙こそ袖の上なる淵瀬なりけれ」（伊勢集・二二二）。「淵」に、「藤衣」の「藤」を掛ける。集一九四番にも「飛鳥川　ふちの衣に　まつはれて　高き卑しき　なみだ川」とある。**○身は捨てがたき** 涙川の淵に身を投げるという歌は、「涙川身投ぐばかりの淵はあれど氷解けねば行く方もなし」（後撰・冬・四九四・よみ人しらず）など。

〔補説〕 身を投げることのできる淵は、遠くない自分の袂にあるのに、捨てがたいということを詠む。「藤衣」は粗末な衣の意。「穂にも出でぬ山田を守ると藤衣稲葉の露に濡れぬ日ぞなき」（古今・秋下・三〇七・よみ人しらず）。また、喪服の意もある。「藤衣はらへて捨つる涙川岸にも増さる水ぞ流るる」（拾遺・哀傷・一二九一・よみ人しらず）。ここは、身を投げることを詠むので、喪服の意であろう。「遠からぬ袂」とは、喪服の藤衣を着る機会がたびたびあって手元近くに置いてあるということか。一九九番参照。

あまのかはなみまにみゆるあかほしはくもまにうかふほかけなるへし

〔校異〕 ナシ

〔整定本文〕

天の川波間に見ゆる明星は雲間に浮かぶほかげなるべし

〔現代語訳〕

天の川の波間に見える明るい明星は、雲の切れ間に浮かぶ船の帆を照らす火の光なのでしょう。

〔語釈〕 **○明星** 金星をいう。明けの明星、宵の明星と言われるように、朝夕に輝く星とされる。「月影に葉隠れにけり明星の飽かぬ心に出でて悔しく」（古今六帖・三七五）。当該歌は、「天の川」とともに詠まれているので、朝、または夕に牽牛を乗せて天の川を渡る舟を思い浮かべて詠んだのであろう。**○雲間**　雲間は雲の切れ間。「雲間より星あひの空を見渡せば静心なき天の川波」（輔親集・二一一）。**○ほかげ**　火の光の意「火影」に、川、波からの連想で、遠くに見える船の帆の意の「帆影」を響かせる。「波騒ぐ風にまかせて行く船のほかげにみゆる舵取や誰」（赤染衛門集・一一九）。

〔補説〕「明星」を詠む先行例は、語釈に挙げた古今六帖歌以外、万葉集の長歌に「……吾が恋ふる日は明星の明くる朝は……」（巻五・九〇四）が見出せるのみ。

田林千尋氏は、院政期以降に神楽歌「明星」を題材とする和歌が増えることを論じている（「神楽歌「明星」の解釈について―神楽歌「明星」を題材に詠まれた和歌から―」京都大学國文學論叢　二〇一一・三）。

199

おもひきやふたゝひきてしすみそめのころもにちかくなれんものとは

〔校異〕　ナシ

〔整定本文〕

思ひきや再び着てし墨染めの衣に近くなれんものとは

〔現代語訳〕

思いもよらなかったことです。二度も着た墨染めの衣にまた近く慣れ親しもうとは。

〔語釈〕　**○思ひきや**　思っただろうか、思いもよらなかった、という意。「忘れては夢かとぞ思ふ思ひきや雪踏み分けて君を見むとは」（古今・雑下・九七〇・業平）。**○墨染めの衣**　墨で染めた着物。喪服、または出家した法師や尼の着る衣。「服になりて侍るころ、語らふ女の尼になりて侍るを、とぶらひにつかはすとて／墨染めの色は我が身と思ひしを憂き世を背く人も着るとか／返し／墨染めの衣となれどよそながらもろともに着る色にざりける」

200

（能宣集・一七五、一七六）。**○なれん** 「慣れ」に、柔らくなじむ意の「萎れ」を掛け、「衣」の縁語とする。

〔補説〕 二度着た墨染めの衣を再度着るとは思いもよらなかったと詠む。「墨染の衣」は、出家をした者も着るので、二度の服喪の後の出家とも考えられる。一七七番には「そむけども」、一八九番には「山にもみとは入れつれど」と出家が暗に詠まれる。一方で、一九五番は「宿を出でて去なば」、一九七番は「身は捨てがたき」とあり、世を捨てきれない思いが詠まれる。序文には「賀茂氏なる女」と苗字が記されることを考えると、出家はしていないか。

松平盟子氏は、二度着た墨染めの衣が、両親の喪の折りを指すとし、当該歌は、続本朝往生伝に長徳三年、東山如意林寺で客死したとある叔父、慶滋保胤の喪に際して詠まれた歌と推定する（「『賀茂保憲女集』の研究—疱瘡罹病年代と序文について—」南山国文論集2号　一九七七・一一）。

やまさとにしる人もなきほと、きすなれにしさとをあはれとそなく

〔校異〕 ○やまさと—やまさと《ひイ》（私Ⅰ）　○さとを—さとを《へイ》（私Ⅰ）

〔整定本文〕

山里に知る人もなき時鳥慣れにし里をあはれとぞ鳴く

〔現代語訳〕

山里に誰も知り合いのいない時鳥は、慣れ親しんだ故郷を思い、「ああ」としみじみと鳴くことです。

〔語釈〕 **○知る人もなき** 見知っている人もいない。時鳥がこの山里にはまだ住み馴れないということ。集には、時鳥が里から里へ飛来すると詠まれている（四二、四八、五〇番）。**○慣れにし里** 住み慣れた里。見知らぬ山里に対し、今まで住んでいた故郷をいう。ちなみに、時鳥の声は懐旧の念を呼び、故郷を思い出させるものとして歌に

201

時鳥鳴く声聞けば別れにし故郷さへぞ恋ひしかりける」（古今・夏・一四六・よみ人しらず）。**○あはれとぞ鳴く** 「あはれ」は「ああ」と心の底から自然に出る感動詞。故郷を思い出し「ああ」と言ってしみじみと鳴くということ。「おほかたの声とな聞きそ時鳥思ふ心のあはれなるらん」（重之集・一五九）。集には、鳥が鳴く声に特別の想いを寄せる歌が見出せる。一九二〔補説〕参照。『和歌大系』は「鳴く」に「無く」を掛けるとする。「しみじみと思っているわけではないだろうが鳴くことだ」ということか。

〔補説〕 当該歌は、「あしひきの山は遠しと時鳥里に出でてぞ音をば鳴きける」（伊勢集・三三七）のように、時鳥が住み慣れた所を思い出して鳴いていると解した。『和歌大系』は「山里に知人がいない郭公は山里自体には慣れているはずなのに、哀れ深げに鳴いているの意」とする。

おもひわひくさきをたのむ山さとは冬くるときそわひしかりける

〔校異〕 ナシ

〔整定本文〕
思ひ侘び草木を頼む山里は冬来る時ぞ侘びしかりける

〔現代語訳〕
侘しく思って、草木を頼りにして心を慰めてきた山里は、冬が来るときこそ（草木が枯れてしまうので）本当に侘しいものなのですね。

〔語釈〕 **○思ひ侘び** 侘しく思うこと。「春は惜し時鳥をば聞かまほし思ひ侘びぬる静心かな」（元輔集・九五）は、春の過ぎるのが侘しいと思ったり、夏の時鳥の声を聞きたいと思ったりして、平常心でいられないことを詠む。**○草木を頼む** 草木を頼りにする。草木によって心の侘しさを慰めようということ。**○山里は冬来る時** 「山里は冬ぞ寂しさ増さりける人目も草もかれぬと思へば」（古今・冬・三一五・源宗于）に拠る。**○侘びしかりける**　初句と「侘びし」が重複するが、草木に慰む侘しさに比べ、冬は本当に侘しい、と語を重ねている。一首に語が重複して用いられることについては一七〇番〔補説〕参照。

〔補説〕「草木を頼む」とは、草木を侘しい心の慰めにするということ。「春は花秋は紅葉と散り果てて立ち隠るべき木のもともなし」（拾遺・哀傷・一三一一・よみ人しらず）、「春は花秋は紅葉をたづぬとて見えし心ぞしるくなりゆく」（重之女集・五九）のように、花や紅葉のない冬は、草木が枯れ果ててしまうので、侘しさがさらにつのるという歌。

冬の夜のなみたのかゝるむはたまのかみはこほりにむすほゝれつゝ

〔校異〕「私I」は、「○イ本コ、ニ入」の注記を付している。

〔整定本文〕

冬の夜の涙の掛かるむばたまの髪は氷に結ぼほれつつ

〔現代語訳〕

冬の夜の涙が掛かる私の黒髪は、何度も凍っては白くなってしまって。

〔語釈〕　**○冬の夜の**　冬の夜の寒さに涙が凍ることは、「冬の夜の涙に凍るわが袖の心解けずも見えし君かな」（兼輔集・八〇）など。**○むばたまの**　夜、黒、髪など、黒いものを導く枕詞。「むばたまの妹が黒髪今宵もや我が無き床になびき出でぬらん」（拾遺・恋三・八〇二・よみ人しらず）。**○髪は氷に**　涙で髪が凍ること。「初風の吹くにも増さる涙かなわが水上も氷解くらし」（一条摂政御集・七七）。**○結ぼほれつつ**　「結ぼほる」は、結ばれるという意。髪を「結ぶ」に、凍る意の「結ぶ」を掛ける。「なほやまた結ぼほるらん葦もゆる沼の氷の解くる春さへ」（能宣集・一九九）。また、「髪は」と、取り立ての意の係助詞「は」が用いられているため「髪は氷に結ばれて、私は結ばれないで」と、男女が結ばれることを暗に言うか。「つつ」は反復の意の接続助詞。凍っては解け、凍っては解け、ということ。毎夜涙を流しているのである。
〔補説〕 髪の黒と氷の白を対比しつつ、寒々しい冬の夜の閨房に流す涙を詠むのが眼目。髪は結ばれる相手がいるが、私は結ばれることがないと自嘲するとも解せるか。

203

あさましきことはゆめかとをとろけとうつゝはさめぬものにそありける

〔校異〕 ナシ

〔整定本文〕

浅ましきことは夢かと驚けどうつつは覚めぬものにぞありける

〔現代語訳〕

嘆かわしいことは夢かと思って目覚めたのに、現実は目覚めても変わらないものであったということです。

〔語釈〕 **○浅まし** 情けなく嘆かわしいという意。「伏して寝る夢路にだにも逢はぬ身はなほ浅ましきうつつとぞ思ふ」（後撰・恋二・六二〇・紀長谷雄）。**○うつつ** 現実の意。「夢」と取り合わせて歌に詠まれることが多い。「うつつには逢ふよしもなし夢にだに間なく見え君恋に死ぬべし」（万葉・巻十一・二五四四）。

〔補説〕 「夢」「うつつ」、「驚く」「覚めぬ」とそれぞれ対になる。「浅まし」は集末尾歌二一〇番にも。

当該歌は、夢と思ったのに現実は変わらなかった、と詠むが、逆に、現実はそもそも夢のようなものだとして詠む歌もある。「夢とのみ思ひなりにし世の中をなに今更に驚かすらん」（拾遺・雑賀・一二〇六・高階成忠女）。また、現実より夢のほうがよいと詠む歌も、「むばたまの闇のうつつは定かなる夢にいくらも増さらざりけり」（古今・恋三・六四七・よみ人しらず）のように見出せる。さらには、この世を夢とも現実とも定められない詠む歌もあり、初期百首にも「うつつにも夢にもあらぬ世の中を寝ても覚めてもうちぞながむる」（千穎集・七八）とある。

204

身のあはにおもひくたせはめみかけてた、すきくれのころもとそ思

〔校異〕 ナシ

〔整定本文〕

みの泡に思ひくたせば網掛けてただすぎくれのころもとぞ思ふ

〔現代語訳〕

自分の身は水の泡のようなものだとくさくさするので、網を掛け、泡とともに川を下って運ぶ杉榑ではないけれど、ただ網の衣を着たように縛り付けられて過ごしてきただけのこの頃だと思うことです。

〔語釈〕 **○みの泡** 「身」と「水」を掛ける。我が身を泡に例える歌は「世をうみの泡と浮きたる身にしあれは恨むることぞ数なかりける」（伊勢集・五）など。**○思ひくたせば** 心の中でけなすという意の「思ひ腐たす」に、杉榑を山から運ぶ「下す」を掛ける。和歌においては特異な表現。後には「思ひ腐す憂さもあはれもいくうつり世はあらぬ世の身はもとの身に」（伏見院御集・一七二九）など。「腐す」は「水」の縁語。『和歌大系』は「思ひ下す」の字を当てる。「思ひ下す」の先例もないが、「思ひ下る」は「君までも思ひ下らぬ心にはあふきといふ名立たじとぞ思ふ」（仲文集・四七）と用いられている。**○網掛けて** 底本「めみかけて」。二〇五番の返歌に「あみ」が詠まれているため、「あ」と「め」の誤写として校訂した。**○すぎくれ** 杉の材木の意の杉榑に「過ぎ来れ」を掛ける。「われならぬ人はまつともすぎくれば哀れを捨てて引く方に寄れ」（本院侍従集・四）。「杉榑」は序文28にも。**○ころも** 「衣」の「ころ」に「頃」を掛ける。「杉榑の衣」は不審。杉を山から切り出して、川を下って運ぶことから、

杉にまとわりつく泡を連想して衣といったものか。「筏下しあけくれくだす大井川みなれぞしぬるよその人さへ」(能宣集・二三二)。また、杉にかけた網も衣に例えたとして、訳に含ませた。

〔補説〕「杉榑」は、古今六帖に「杣山に立つ杉榑のおもておもて人に引かるる君は頼まじ」(一〇一六)と詠まれる。これを承け、斎宮女御集には、「そのはらからの少将、宮仕へすべしと聞かせ給ひて、さてすぎくれのとのたまはせたりければ、少将/数ならで梓の杣に立ちぬともすぎのもとをばいつか忘れむ」(四七)と、「すぎくれの」の句を引く。当該歌もまた、この六帖歌を念頭に詠んだならば、「人に引かるる君は頼まじ」という意が込められていると考えられる。すなわち、自分はあなたにまとわりつく水の泡のようなものだが、あなたは衣をあちこちに引かれるようだから、もう頼みにしません、という贈歌になるか。あるいは他に「杉榑の衣」という表現を用いた有名な古歌があったのかもしれない。

205

かへし

ほとへてそあみはかくへきすきくれのさるは身のあはにひさしかるへく

〔校異〕ナシ

〔整定本文〕返し

程経てぞ網は掛くべきすぎくれのさるはみの泡に久しかるべく

〔現代語訳〕返し

間隔をおいて網は掛けるべきでしょう。杉榑には。私ももうしばらく間をおいてからお声をかけましょう。過ごしてきた日々がそのように泡に例えられる身であるなら、その水の泡に久しく消えないようにと思いますので。

206

〔語釈〕 **○程経てぞ** 「程」は、時間、空間の隔たりをいう。網を掛ける空間の「程」に、時間をおいて、の意を含ませる。「春霞程隔たれる山里は憂き世の外をとむるなるべし」（公任集・四七四）。**○さるは** そうであるならば。「さ」が示す内容は、過ぎてきた日々が自身を泡に例えられるようなものであったことの意。

〔補説〕 水の泡が長く消えないように、このままそっとしておきます、ということか。二句、結句の「べき」の重複から、相手の義務的な態度を感じる歌である。『和歌大系』は「歌意不明瞭だが、我が身のはかなさを詠じたものか」とする。とすれば、返歌は贈歌に同調する歌ということになる。

またかへし

せきもあへぬたきつ心をくれ〳〵といかゝ見なれてひさしかるへき

〔校異〕 ナシ

〔整定本文〕 また返し
堰きもあへぬたぎつ心をくれぐれといかがみなれて久しかるべき

〔現代語訳〕 また、返し
堰きとめることのできない沸きたぎる心を、しんみりと、どれぐらい見慣れて長く時が経ってしまったのでしょう。杉榑も久しく水につかったままで。

〔語釈〕 **○堰きもあへぬたぎつ心** 堰きとめることができない、沸き立つような心。「あしひきの山下水の木隠れてたぎつ心を堰きぞかねつる」（古今・恋一・四九一・よみ人しらず）に拠る表現。**○くれぐれと** 心が真っ暗になることをいう。「常知らぬ道の長手をくれぐれといかにか行かむかりてはなしに〈一云、かれひはなしに〉」（万葉・巻五・八八八）。二〇四、二〇五番の「杉榑」を承けての表現。**○みなれて** 「見慣れて」に「堰き」「たぎつ」の縁で

「水馴れて」を掛ける。「よそにのみ聞かましものを音羽川渡るとなしにみなれ初めけむ」（古今・恋五・七四九・兼輔）。

〔補説〕 前歌の「久しかるべく」を承けて、「いかがみなれて久しかるべき」と、すでに久しく時間が経っているのに、と打ち返して詠む。

「くれぐれ」は特異な表現で、用例は少ない。「時雨降るあらき浜辺にくれぐれて遠くや行かん日ごろつもりて」（古今六帖・二四一四）、「くれぐれと秋の日頃の経るままに思ひしられぬあやしかりしも」（和泉式部日記）。

207

人にむめをこひたれは

あひおもふきみかためにはむめかえにをれはいとゝ本ノマヽト云々（八字分空白）

〔校異〕 ナシ

〔整定本文〕 人に梅を乞ひたれば

あひ思ふ君がためには梅が枝に折ればいとど（　　　　）

〔現代語訳〕 人に梅をねだったので

互いに思うあなたのためには、梅の枝に折ったらひどく（　　　　）

〔語釈〕 **○梅を乞ひたれば** 梅の花か実をねだったのであろう。花の枝は「梅を折りて枕に置きて寝たる夜、恋しき人の夢に見えて、うち驚かれて、花のいと香ばしきに」（一条摂政御集・一六一詞書）のように、香りを楽しむために部屋に飾ったともあるし、実を所望する歌も「宿の梅少しと乞ひたる人の返りごとに／梅の花散りにし宿の寂しきにうきみ尋ぬる人もありけり」（重之子僧集・六五）とある。

〔補説〕 二〇八番とともに、下の句本文欠。次の返歌から想像すると、鶯の去った後のことであるので、梅の実を所望したか。とすると欠損部は、「たくさん実がついていたよ」などとあったか。

かへし

うくひすのかよひし枝をおりつれは（下句空白《本ノマヽト云々》）

〔校異〕 ナシ

〔整定本文〕 返し

鶯の通ひし枝を折りつれば（　　　）

〔現代語訳〕 返し

鶯が飛び通ってきていた枝を折ってしまったので、（　　　）。

〔語釈〕 **○通ひし** 通ってきていた、と過去形を用いる。「通ふ」は、何度も行き来する意。春の内に鶯が何度も通ってきていた枝を折ってしまったので、という意になる。**○折りつれば** 折ってしまったので。「鶯の巣くへる枝を折りたらば子をばいかでか産まんとすらん」（古今六帖・四一五四）。

〔補説〕 下の句は「来年は鶯がどこに通ったらいいか困ることでしょう」とでもあったか。あるいは、語釈に挙げた古今六帖歌の下の句「子をばいかでか産まんとすらん」を踏まえて、「梅の枝ごと折ってしまったならば、もう梅を所望することができず、鶯の子が生まれないように、あなたとの仲も終わってしまうのに」という意を含ませるか。

『和歌大系』補注は、「鶯宿梅の故事で有名な「勅なればいともかしこし鶯の宿はと問はばいかが答へむ」（大鏡）などと類似の状況を設定したか」とある。「鶯宿梅」の故事とは、村上天皇が、清涼殿の梅が枯れたので、紀内侍の家の梅を移し植えさせたところ、枝に先の歌が付けてあり、天皇はそれを読んで無風流を恥じたというもの（大鏡・道長）。

ひねもすにあめふりくらして、さくらのはなやう〳〵ほころひて、とりのこゑあり。やなきのいとみとりみたれて、にはのおもてあをやきなせり。にはたつみきえかへる。ゐると見るほとにきゆめる。みつほともをとらぬものは我身なりけりとみゆるにて

あめのあしもかすこそまされよとかはのこものみきはもいか丶なるらん

〔校異〕　○ひねもすに―日ねもす小《にイ》（私Ｉ）　○こゑあり―こゑとありや（私Ｉ）、こゑとあり（国）　○あをやき―あをやさ（私Ｉ）　○みつほとも―みつほにも（国）

〔整定本文〕　ひねもすに雨降りくらして、桜の花やうやうほころびて、鳥の声あり。柳のいと緑乱れて、庭の面青やぎなせり。庭たづみ消え返る。居ると見るほどに消ゆめる。水ほども劣らぬものはわが身なりけりと見ゆるにて

雨のあしも数こそ増され淀川の菰の水際もいかがなるらん

〔現代語訳〕　一日中雨が降り続いて、桜の花がしだいにほころんできて、鳥の声が聞こえます。柳の糸は緑色がひどく乱れて、庭の面に青々と影を作っています。水たまりの泡はできてはすぐ消えてしまいます。あると思って見たらもう消えてしまいます。この水程度のものにも劣らないものはわが身であったと思われるようでして

雨脚も数がまさっていますが、まして淀川の菰の生えている水際もどうなっているのでしょう。

〔語釈〕　**○ひねもすに**　終日。「ひねもすに降る春雨やいにしへを恋ふる袂のしづくなるらん」（高光集・三）。序文

16にも「ひねもすに鳴く空蟬の露を待つ命」とある。**○鳥の声あり**　異文「声とあり」の「と」は引用の助詞。すなわち「桜の花やうやうほころびて、鳥の声」などと書かれた手紙をもらったということになるか。または、「鳥の声もあり」などの誤写か。**○緑乱れて**　緑色が乱れて。「浅緑染めて乱れる青柳の糸をば春の風や縒るらむ」（亭子院歌合・二・是則）。**○青やぎなせり**　青々とした様子をする、の意か。他に用例未見。「やぐ」は「華やぐ」「若やぐ」のように「……の状態になる」の接尾語。**○庭たづみ**　集一八二番参照。**○水ほども**　「国」は「みずほにも」。「水ほ」は「水の穂」で「水しぶき」をいうか。〔補説〕参照。**○雨のあし**　雨脚の意。「脚」に「淀」の縁で「葦」を掛け、「真菰」の対とする。「夜もすがらをやまぬ雨のあし繁み今朝の水際を思ひこそやれ」（時明集・一）。**○水際**　水のほとり。当時、淀川は重要な交通路であったため、増水が気がかりになる。「増さるらん水際のほども知らねども淀の浜辺ぞ思ひ出でつる」（中務集・一六九）。

〔補説〕「みずほ」について、稲賀敬二氏は、万葉歌「美都煩《みつぼ》なす仮れる身ぞとは知れれども」を念頭においた表現であるとし、「水沫」の「沫」と「ほ」の誤写である可能性を示唆する（「《解釈ところどころ》「賀茂保憲女集」校訂控（続）―「はうのかは」と「ほうのかは―」」国文学攷111号　一九八六・九）。

210

つねよりもこものみきは、まされともあさましくこそ人はつらけれ

〔校異〕　ナシ

〔整定本文〕

常よりも菰の水際は増されども浅ましくこそ人はつらけれ

〔現代語訳〕

いつもより菰の生えている水際は増水しているけれども、川の深さに反して浅ましいほどに人が薄情であるこ

とです。

〔語釈〕 **○浅ましくこそ**　「浅まし」は、情けなく嘆かわしい意。水際はいつもより増水していて、川が深くなっていることから、反対に「浅し」を連想し「浅まし」と続ける。「限りなく深き心もかくしあらば浅ましくやは思ひ絶えなん」（西宮左大臣集・三五）。

〔補説〕　「浅まし」は、「雲晴れぬ浅間の山の浅ましや人の心を見でこそやまめ」（古今・誹諧歌・一〇五〇・中興）と詠まれるように、人の薄情な心を嘆く時に用いられる。また、「浅し」からの連想で、「神無備の山の沢水君なれや浅ましくのみ見えしわたれば」（兼盛集・五四）のように、川・沼などとともに詠まれることもある。当該歌も同様。

奥書

①本云

已上百十六首内他人歌

長歌

②本云

③私云歌員数百十六首云々而二百余首在之如何

以他本可校合哉

（二行分空白）

④私云

賀茂保憲者吉備麿⑤五代之孫丹波権介忠行子
穀倉院別當暦文章等博士主計頭延喜十七年丁巳
生貞元二年二月廿二日卒云々⑥

〔校異〕「私II」にナシ　①②本云―ナシ（私I）　③私云―加茂女　保憲女　私云（私I）　④私云―或勘物云（私I）　⑤麿―麻呂（私I）　⑥云々―ナシ（私I）

異本独自歌（歌番号は「私II」の番号）

16

かりかねのつらねてかへるかりつなを風ふきたつなたひのそらなり（底本一六の次）

〔校異〕 ナシ（以下、異本系「私II」に翻刻された冷泉家時雨亭叢書『平安私家集五』を本文とし、書陵部蔵加茂女集（五〇一・一七三）と校合）

〔整定本文〕

雁金の連ねて帰るかり綱を風吹きたつな旅の空なり

〔現代語訳〕

雁が列を連ねて帰る折に空に渡す仮初めの雁綱を、風よ、吹いて絶たないでくださいな。旅の途中なのですから。

〔語釈〕 **○連ねて** 雁が列を作って飛ぶことをいう。「憂きことを思ひ連ねて雁金の鳴きこそわたれ秋の夜な夜な」（古今・秋上・二一三・躬恒）。**○かり綱** 他に用例を見出せない。雁が列を成して並んで飛ぶさまを綱に例え、「雁綱」と表したのであろう。本物の綱でなく、雁が飛ぶさまを例えるため、「雁」に、仮初めの意の「仮」を掛ける。集一七二番には、「水もなき空に網張るささがに」と空に網を張る蜘蛛が詠まれている。**○吹きたつな** 風が「立つ」に綱を「絶つ」を掛ける。「彦星の舟出しぬらん今日よりは風吹きたつな蜘蛛の糸筋」（和泉式部続集・二九二）。底本一六番では「花の錦を春風に裁ちきて里へ帰る雁金」と、錦を風によって裁って着て雁が帰ると詠むが、当該歌は風に「絶つな」と懇願する。**○旅の空** 心細い旅の途中をいう。集五八にも。「初雁は恋しき人のつらなれや旅の空飛ぶ声の悲しき」（源氏物語・須磨）。

〔補説〕「雁綱」は新奇な表現。雁が列を作って飛ぶさまを文字に例える先例は、「風飜白浪花千片　雁点清天字一行」（白氏文集）や、「雁飛碧落書青紙」（田氏家集）などの漢詩文に求められる。

27

まつをきてはるよりこゆるふちなみをまつによりてそいろまさりける（底本二八の次）

〔校異〕　ナシ

〔整定本文〕

松を着て春より越ゆる藤波を松によりてぞ色増さりける

〔現代語訳〕

松を身にまとい、春から夏へ季節を越えて咲く藤の花であることです。そして、その松の緑によって、いっそう色が鮮やかに見えることですよ。

〔語釈〕　**○松を着て**　藤が松に這いかかるように咲くことを言う。初夏の更衣を意識した表現。**○春より越ゆる**　晩春から初夏へと季節を越えることか。**○藤波を**　「を」は体言に接続し、詠嘆を表す間投助詞として解す。「八雲立つ出雲八重垣妻ごみに八重垣作るその八重垣を」（古事記・上）。**○色増さりける**　松の深い緑色によっていっそう紫が引き立つということ。一方、「紫の色し濃ければ藤の花松の緑もうつろひにけり」（拾遺・雑春・一〇七〇・よみ人しらず）は、藤の紫色に松の緑がかなわないことを詠む。

〔補説〕「松を着て」と藤を擬人化する。底本二八番も「春は灰にもならなくに紫に染む藤に掛かれる」と、春が藤に掛かって色を染めると機智的に詠む。

34

かりかねのはなのさかりをうちすきてなにしか冬のかたへゆくらむ（底本三四の次）

〔校異〕 ナシ

〔整定本文〕

雁金の花の盛りをうち過ぎてなにしか冬の方へ行くらむ

〔現代語訳〕

雁は花の盛りを通り過ぎて、どうして冬の方に行くのでしょうか。

〔語釈〕 **○うち過ぎて** 経過して、の意。「を」格に接続する例に、「近江なるみつのとまりをうち過ぎて船出て往なんことをしぞ思ふ」（好忠集・四六〇）、「山城の鳥羽のわたりをうち過ぎていなばの風に思ひこそやれ」（重之集・二八〇）などがある。 **○なにしか** どうして。「東路の小夜の中山なかなかになにしか人を思ひそめけん」（古今・恋二・五九四・友則）。 **○冬の方** 「方」は方向の意。「数ふれば春の方なる伊勢の海の海人のたくなはまくるなりけり」（宰相中将君達春秋歌合・三四）。

〔補説〕 当該歌は、「春霞立つを見すててゆく雁は花なき里に住みやならへる」（古今・春上・三一・伊勢）と同じ発想。「帰雁」はすでに一六番にあり、隔てて配列されるのは不審。

85

もちつきのこまをまかへてしら雲のこゝのへにこそならすへらなれ（底本八九の前）

〔校異〕 ナシ

〔整定本文〕

望月の駒をまがへて白雲の九重にこそ慣らすべらなれ

〔現代語訳〕

望月の馬を白雲が何重にも重なるように見間違えるので、このまま九重といわれる宮中に混じり込ませて手なずけるのがよいでしょうね。

〔語釈〕 **○望月の駒** 陰暦八月に信濃の国、望月の牧場から宮中へ貢物として奉った馬のこと。「逢坂の関の清水に影見えて今や引くらん望月の駒」（拾遺・秋・一七〇・貫之）。集序文18には、この貫之歌を引いて「旅疾く行くほどに、馬の面まことにしも見えねば、望月の駒といふは関水かげ居ればにやあらむ」とある。**○まがへて** 間違えて。「高砂の峰の松とや世の中をまがへる人にわれはなりけん」（貫之集第二系統本・三六）。**○九重** 宮中の別名。中国の王城の門が九つ重なっていたことにちなんだ言い方。

〔補説〕 宮中に望月の馬が献上され、入り乱れる様子を、望月から月の明るさを連想して白雲に見まがう、と詠んだか。「望月の駒引く時は逢坂の木の下闇も見えずぞありける」（後拾遺・秋上・二八〇・恵慶）。

ふゆの夜はいたまよりもるひさ方のかけさへこほる心ちこそすれ（底本一二四の次）

〔校異〕 ナシ

〔整定本文〕

冬の夜は板間より漏るひさかたの影さへ凍る心地こそすれ

〔現代語訳〕

冬の夜は板の隙間から洩れる月の光まで凍りつくような気持ちがすることです。

〔語釈〕 **○板間** 板の隙間。ここは屋根の葺き板の隙間をいう。「君まさで荒れたる宿の板間より月の漏るにも袖は濡れけり」（古今六帖・二四八四）、「人も来ず寂しき宿の板間より冬の夜な夜な照らす月影」（千穎集・八九）。**○ひさかたの** 天、日、月などに掛かる枕詞だが、ここは月そのものを指す。「ひさかたの中に生ひたる里なれば光をのみぞ頼むべらなる」(古今・雑下・九六八・伊勢)。**〇影さへ凍る**　月の白々とした光を霜や氷に見立てて「凍る」と詠む。「天の原空さへ冴えやわたるらん氷と見ゆる冬の夜の月」(古今六帖・三二九)。

〔補説〕　西山秀人氏は、「照る月も漏るる板間のあはぬ夜は濡れこそ増され返す衣手」(順集・五一)に関して、当該歌、古今六帖歌、千頴歌を挙げ、応和二(九六二)年九月九日庚申河原院歌合の「月影漏屋」との関連を指摘する(「源順歌の表現―好忠および河原院周辺歌人詠との関連―」和歌文学研究64号　一九九二・一二)。同じく「冬の月」が河原院において共有された美意識であったことも、近藤みゆき氏により論じられている(「平安中期河原院文化圏に関する一考察―曽祢好忠・恵慶・源道済の漢詩文受容を中心に―」千葉大学教養部研究報告A―22　一九九〇・三、後『古代後期和歌文学の研究』風間書房　二〇〇五所収)。

久保木寿子氏は、枕草子、「さやうの荒れたる板間よりもり来る月(中略)青みたる絶え間絶え間より月かげばかりは白々と映りて見えたるなどよ。すべて、月かげはいかなる所にてもあはれなり」(荒れたる家の蓬深く・池ある所の)を挙げ、先の「月影漏屋」とともに河原院に醸成された共通の美意識に基づくことを指摘する(「『賀茂保憲女集』四季序の位相―同時代仮名散文との接点から見る―」白梅学園大学・短期大学紀要44号　二〇〇八・三)。

127

こほりてはひさしかりけり冬のあめのこきにたまなす露のいのちの　(以下四首、底本一三三一の次)

〔校異〕　ナシ

〔整定本文〕

凍りては久しかりけり冬の雨の小木に玉なす露の命の

〔現代語訳〕

凍ってからは消えずに久しくあることです。冬の雨が小木に玉となって結ぶ露の命は。

〔語釈〕 ○小木 小さい木。歌に用いるのは新奇。「…かかるふしをただにやはすぐすべきとて、此の小木の生ひ出でし、万代の老木にならんまでの心ばへをよませ給ふに」(順集・二詞書)。「殿はこはぎにて、足駄はきて、杖をつきて、道のままに歩かせたまひて、御前の小木どもの小さき繕はせたまへば」(栄花物語・ゆふしで)。ただし、「国」解題は「ごき」と濁点を振る。

〔補説〕 小さい木に置く露は、はかなさの象徴。

128

にゑ人のもちこすとしのをもきに、あふこたりたり〱ふれるしら雪

〔校異〕 ナシ

〔整定本文〕

贄人の持ちこすとしの重き荷にあふごたりたり降れる白雪

〔現代語訳〕

贄人が年越しというので運んで持って来る収穫の重い荷に、天秤棒がふらふら揺れるように、ふらふらと降りかかる白雪であることとです。

〔語釈〕 ○贄人 「贄」は、神に供えたり天皇に献上する贄の魚や鳥などのこと。「かいくりをあみたてて、贄にして、木を作りたるをのこの、片足に踵つきたるに担はせて、もて出でたるを」(蜻蛉日記・上・康保四年十二月)。「贄人」は、贄を獲る人をいう。○持ちこすとし 「とし」は「穀」。序文12に「としを積める船」、九四番に「秋の田のさながらとしを得てければ」とある。「運び持ってくる収穫」に、「越す年」を掛ける。○あふご 天秤棒の意の「朸」。次の一二九番にも。○たりたり 「垂り垂り」に雪が降る様子を擬態化した「たりたり」を掛けるか。用例未見。天秤棒に紐で垂れ下げる重い荷に雪が降るさまをいうのであろう。

〔補説〕　以下の三首は、四季序「ここかしこに節料持て歩くと騒ぎて、いつしかと親夜にあひみむと待てば、童べは疾く鬼しなむと心もとながりて、ここかしこ打ちならして、いつしかとぞ語らふめる」（序文21）に対応する。序文21〔補説〕参照。

129

しらゆきをかさしにゝたるにゑ人のあふことゝもにくるゝとし哉

〔校異〕　ナシ

〔整定本文〕

白雪をかざしにしたる贄人のあふごとともに暮るる年かな

〔現代語訳〕

白雪を髪飾りのように頭に乗せた贄人は、担ぐ天秤棒と一緒に年が暮れるように、贄人に出会う時期になると同時に暮れる一年であることです。

〔語釈〕　**○かざし**　頭にかざすもの。「をとめごがひかげの上に降る雪は花のかざしにいづれたがへり」（古今六帖・三九三二）。**○したる**　底本「ゝたる」を校訂する。または、「荷たる贄人」とし、「白雪を髪飾りにして、担いだ贄人の天秤棒……」と解することも可能か。**○あふごとともに**　天秤棒の意の「朸」に「逢う機会」の意の「逢う期」を掛けて解したが、本文は「贄人に」でなく「贄人の」とあるため、不審。「人恋ふることを重荷と担ひ持てあふごなきこそわびしかりけれ」（古今・雑体・一〇五八・よみ人しらず）。

〔補説〕　語釈に挙げた古今歌を踏まえた歌のようであるが、「あふご」が掛詞になっているかどうかわからない。あるいは、白雪で頭をきれいに飾っていながら、恋人に会う機会もなく重い天秤棒と一緒に年が暮れることだ、ということを詠もうとしたか。

130 としことに人はやらへとめにみえぬ心のおにはゆくかたもなし

〔校異〕 ナシ

〔整定本文〕

年ごとに人は遣らへど目に見えぬ心の鬼は行く方もなし

〔現代語訳〕

毎年人は鬼遣らいをするけれど、目に見えない心の鬼はどこにも行くところがないことです。

〔語釈〕 **○遣らへど** 鬼を追い払うけれど。年末大晦日の追儺の行事で、疫鬼を追い払うことを詠む。「月日はさながら、鬼遣らひ来ぬるとあれば、あさましあさましと思ひはつるもいみじきに、人は、童、大人ともいはず、「儺遣らふ儺遣らふ」と騒ぎののしるを」（蜻蛉日記・中・天禄二年十二月）。**○心の鬼** 心に住みつく鬼。「疑心暗鬼」のように、疑う悪い心を言うことも。「心の鬼は、もし、ここ近きところに障りありて、帰されてにやあらむと思ふに」（蜻蛉日記・下・天禄三年閏二月）。

〔補説〕 紫式部集には「絵に、物の怪つきたる女の醜きかた描きたる後ろに、鬼になりたるもとの女を、小法師のし縛りたるかたかきて、男は経読みて、物の怪責めたるところを見て／亡き人にかごとはかけてわづらふも己が心の鬼にやはあらぬ／返し／ことわりや君が心の闇なれば鬼のかげとはしるく見ゆらむ」（四四・四五）とある。自身の心の闇が目に見えぬ鬼を見せるという。

133 あまのはらよはにとひくるとりなれやなとわか恋をしる人のなき（以下二首、底本一三四の次）

〔校異〕 ナシ

〔整定本文〕

天の原夜半に飛び来る鳥なれやなどわが恋を知る人のなき

〔現代語訳〕
天の原を夜半に飛んで来る鳥なのでしょうか。どうして私の恋心を知ってくれる人がいないのでしょう。

〔語釈〕 **○夜半**　夜中。深夜の時間帯を指すことが多く、「風吹けば沖つしら波たつた山夜半にや君がひとりこゆらむ」（伊勢物語・二三段）などと、恋人に逢う時間である。また、「月影を憂くも隠すか見てだにもなぐさめがたき夜半の心を」（和泉式部続集・六二二）と嘆きの募る時間帯でもあった。

〔補説〕　恋部の冒頭には恋を鳥とともに詠む歌がまとめられている。当該歌もまた夜に飛ぶ鳥が人に知られないように人知れぬ恋を詠んでいる。さらに、「思へどもわが身はよそに飛ぶ鳥のなど人馴れぬ恋にかあるらん」（一三六）や、続く「雪高き道なき里はわれなれや」（一三七）と表現が共通する点が注目される。集には同じ歌材を表現を変えて詠み分け、歌合をするかのような意識が見られる（拙稿「『賀茂保憲女集』小考―構成の特色―」埼玉短期大学研究紀要4号　一九九五・三）。

わかこひはいまそうちいてのはまちとり倘数のるさはのすてしか

〔校異〕　ナシ

〔整定本文〕
わが恋は今ぞ打出での浜千鳥倘数のるさはのすてしか

〔現代語訳〕
私の恋は今こそ打ち明けよう。打ち出での浜千鳥（　　　　）。

〔語釈〕 **○打出での浜**　近江国の歌枕。琵琶湖岸にある浜。「近江なる打出での浜のうちいでつつ怨みやせまし人の心を」（拾遺・恋五・九八二・よみ人しらず）。枕草子にも「浜は、有度浜。長浜。吹上の浜。打出の浜。もろよせの浜。千里の浜、ひろう思ひやらる」（浜は）とある。石山詣での途上にあるため、源氏物語、更級日記など平安期の物語や日記類にも見られる。**〇浜千鳥**　一五〇番にも。千鳥の足跡に手紙の筆跡を重ねることがある。

〔補説〕　下句は意味不明。「今ぞ打出で」とあるので、恋の思いを打ち明けよう、ということであろう。集中「今ぞ」が用いられるのは、恋部の冒頭歌「葦鶴の声をほに上げてわが恋は天の河原に今ぞ船出る」（一三三）という、恋の言上げの歌のみである。当該歌は、鶴の声でなく、千鳥によって打ち明けるということか。千鳥は一五〇番〔語釈〕に挙げたように、筆跡を意味するので、声でなく文で思いを伝えるということであったかもしれない。

解説

一、賀茂保憲女について

十世紀後半、まさに宮廷文学の開花期に生きた保憲女は、高名な陰陽家、賀茂保憲を父とし、漢文の才に秀でた慶滋保胤を叔父に持ちながら、歌合の出詠や屏風歌の詠進の機会に恵まれず、宮仕えもせずにその生涯をひっそりと終えたと思われる歌人である。集に付された長文の序には、

慣らへる月日の中に求むれど、わが身のごと悲しき人はなかりけり。（序文1）

今、年の老いゆくままにあはれなることを思へど、卑しきには友とする人もなし。つたなきには雅かなることなし。（序文6）

と、孤独で不遇な日々を過ごさなければならなかった深い嘆きが綴られる。

保憲女について伝えるのは、次の二つの記事のみである。

比丘尼縁妙者。賀茂保憲之孫。其母称賀茂女。長和歌。縁妙未出家前。称之監君。二条関白之侍女。当初之好色。後発道心。落飾入道。歩行都鄙。常称常住仏性之四字。勧人仏事。唱導為本。八十余而臨終之時。瑞相自多。往生不疑。（大江匡房『続本朝往生伝』康和年中一一〇〇年ごろ成立）

中頃、賀茂女といふ歌よみあり。事にふれて名高き人なりけり。賀茂保憲が孫、二条関白家の女房なり。後には尼になりて名をば妙とぞいひける。深き道心者なりければ殊に動ずることなし。ただ世の常には常住仏性といふ四字を、起ち居、おき臥しのことぐさにしけるが、遂に終り思ひの如くにて往生を遂げたる由伝に見えたり云々。（鴨長明『発心集』建保四（一二一六）年以前に成立）

続本朝往生伝によると、保憲の孫で賀茂女を母とする比丘尼がおり、二条関白、道兼に仕え、色を好んだものの、後に発心して尼となって縁妙と名乗ったとある。一方、発心集では「賀茂女」を保憲の孫とするが、勅撰集には「賀茂保憲女」として歌が入集しているため（後出）、保憲の娘ということでよいだろう。ただし、これ以外に今のところその生涯を辿るすべはない。集に残る贈答歌はわずかで、その詞書から具体的な交友は知られず、序文や歌からも保憲女の暮らしぶりや、結婚生活、子供への想いなどを読み取ることはできない。

父の賀茂保憲や、叔父の保章、慶滋保胤、保遠、保憲女の兄弟の光栄、光国、光輔、保章息の為政については、川嶋（藤田）明子「賀茂保憲女研究（二）―その出自と眷族―」（国語国文研究18・19号　一九六一・三）、小塩豊美『賀茂保憲女集』研究―縁者の伝記小考―」（日本文学研究36号　二〇〇一・二）に詳しい。

賀茂保憲は、天平七（七三五）年に唐から太陰太陽暦の暦法である大衍暦を持ち帰った吉備真備を祖とし、その七代目に当たる。延喜一七（九一七）年に生まれ、父忠行の後継者として陰陽頭となる。天暦四（九五〇）年には暦博士としての名前が見え、天暦六年には正六位上であった父を超えて従五位下に叙せられている。さらに、天徳四（九六〇）年には天文博士に任じられ、貞元二（九七七）年、六十歳、従四位上で卒している。その間の活躍ぶりは、例えば天徳四（九六〇）年には冷泉院遷御の可否を勘申、応和二（九六二）年七月十日には天文の異を奏すなど、記録の上からも辿ることができ、陰陽寮の優秀な官人として重んじられていたようである。

叔父の保章も文章博士であり、息子、為政は大内記、文章博士を歴任し、拾遺集以下の勅撰集に四首が入集する。保憲女の長兄、光栄は、保憲の弟子、安倍晴明とともに「天下之一物」（続本朝往生伝）と並び称され、栄花物語にも、「晴明、光栄などは、いと神さびたりし者どもにて、験ことなりし人々なり」（うたがひ）と讃えられている。保憲女集に窺える漢籍の知識や、自らを客観視して社会全体を俯瞰する方法は、こうした環境のもとに身についたものであろう。

保胤は、賀茂姓を改め、慶滋姓を名乗る。早くから文才を認められ、文章生を経て大内記兼近江掾に任じられたが、不如意なことも多かったようであり、江談抄に「勧解由相公常誹謗保胤」、古事談に「有国与保胤争文道常不和」などと見えるように、周囲と和さない態度を貫いたことも知られる。寛和二（九八六）年には出家し、寂心と号して仏教に帰依する。一方で、菅原文時の第一弟子として期待され、池亭記、日本往生極楽記などを著し、花山院の側近として、安法法師を中心とする河原院文化圏にも近しかった。

保憲の父、忠行には、ある僧家を占って強盗の入る日を予言したという逸話があり（今昔物語集・巻二九の五）、保憲にも、十歳の頃、忠行が祓いをするのに同行し、集まった鬼神を透視したことにより、「我が道に知ると知りたりけることの限りをば露残すことなく教へ」て、将来を期待されたという話がある（今昔物語集・巻二四の一五）。

女集の序文に、

ある時はあまたの魂を語りきて、歌合をして、勝ち負けは心ひとつに定めなどしてぞ、慰めて明かし暮らしける。（序文29）

と、魂を集めて歌合をするという空想は、こうした家に生まれ育ったことによる、「妖精を駆使する陰陽家の心境」であると指摘されている[1]。また、序文に展開される鋭い現実批判の精神が、叔父、慶滋保胤と共通するものであることもすでに論じられている[2]。久保木寿子氏は、集に『周易』を踏まえた暦の観念が見出されることについて詳細に考察し、「暦の家のむすめ」としての自負に適う方法であったことを論じる[3]。

さて、序の結びの部分には、

天の帝の御時に、もがさといふもの起こりて病みける中に、賀茂氏なる女、よろづの人に劣れりけり。さる中に、ただもがさをなむすぐれて病みける。かさのみにもあらず、多くの病をぞしけると、からうじてこの歌よりなんよみがへりける。（序文29）

と、もがさに罹り病の床に伏しながら、歌を詠むことによって生きる力を得て集を編んだことが、ユーモアを交えながら少々自虐的に述べられている。

このように冷静に自己を見つめて表現する方法を男性的であると捉えて、土佐日記と同じく女手を借りた男性によるもの、あるいは男性の手が加わったものとする説も示されている。[4]

一方、序文において、我が身は人どころか木草にさえ並ぶものではないと卑下する直後に、人間の賢さを語り、人が平等であると綴りながら、その人間にも差別があると言う、まるでジェットコースターのように揺れ動く気持ちのありようは、極めて女性的であるとも思われる。

序文ばかりでない。保憲女歌の表現は時に極めて大胆であり、時に臆病であり、自閉的である。例えば、恋部の冒頭において、

葦鶴の声をほに上げてわが恋は天の河原に今ぞ船出る　（一三三）

と、鶴の一声、声を高らかに上げて「わが恋」が空高く天の川を船出すると詠まれる。ところが続けて、

葦鶴の雲の隠れに飛び隠れ人に知られぬ恋ぞ侘しき　（一三四）

と、現実においては雲に隠れるようにしてひそかに人を恋う侘しさを詠む。あたかも理想と現実に大きな差があることを対にして詠み比べているかのようである。

かつて岡一男氏は、

賀茂女の歌は、洗練された措辞と、精緻な手法で、新鮮な感覚や、尖鋭な心理や、野性的な情念を大胆に表現

しており、その点で万葉歌人を想わせるものがあるが、和泉式部のような娼婦性はない……彼女の文にも歌にも庶民的なものが著しくあらわれており、貴族主義的なところ、古典主義的なところがないのは、更に彼女自身ロマンティストであり、幻想家でもあるのに、その思弁及び作歌があくまでリアリスティックであるのは、

　時代を超越した、彼女の偉大性をあらわすものだと思う。

と評した。[5]

保憲女歌には、もちろん古今集を規範とする類型的な詠みぶりの歌も多いが、万葉語や俗な表現が取り込まれ、初出と思われる用語も見出せる。陰陽家の娘として生まれ、歌壇とも無縁なまま、おそらくはたった一人で歌を詠み続けたであろう孤独な営為が、この集に結実しているように思われる。

二、本文について

今までに私家集伝本書目に挙げられていた本文に加え、現在、榊原文庫本、冷泉家時雨亭文庫本、島原松平文庫本が新たに紹介されており、それらを含め、流布本系、異本系の二系統三分類に整理される。

一、流布本系

（A類）群書類従本「加茂保憲女集」→『研究ノート』底本

書陵部蔵「賀茂保憲女集」（五〇一・七三五）

書陵部蔵「六女歌集」所収本「加茂保憲女集」（一五二一・二三八）

→『私家集大成』「保憲女Ⅰ」、『和歌大系』底本

榊原家本「賀茂保憲女集」日本古典文学影印叢刊九『榊原本私家集（一）』貴重本刊行会　一九七八所収
→『新編国歌大観』、本書底本
島原松平文庫本「賀茂保憲女集」→『松平文庫影印叢書・私家集篇一』新典社　一九九七所収
（B類）書陵部蔵「鴨女集」（五〇一・一七七）
冷泉家時雨亭文庫本「鴨女集」→冷泉家時雨亭叢書『承空本私家集　下』所収
二、異本系　書陵部蔵「賀茂女集」（五〇一・一七三）→『私家集大成』「保憲女II」底本
冷泉家時雨亭文庫本「賀茂女集」→冷泉家時雨亭叢書『平安私家集　五』所収→CD—ROM、Web版『私家集大成』「保憲女II」底本

流布本系では、榊原家本が最も古い本文とされている。総序、四季序、恋序、結序、四季歌、恋歌（恋、逢ひての恋、逢ひて逢はぬ恋）、雑序、雑歌（結びの歌）、題詠、贈答歌、長歌からなり、歌数は二一〇首。奥書には、

本云
　已上百十六首内他人哥
　　　長哥
本云
私云、哥員数百十六首云々、而二百餘首在之如何
　以他本可校合哉
私云

賀茂保憲者吉備麻呂五代之孫丹波権介忠行子
穀倉院別当暦文章等博士主計頭延喜十七年丁巳
　生貞元二年二月廿二日卒云々

とあり、歌数が一一六首であると書かれているものの、実際に集には二〇〇を上回る歌があることが不審とされている。「六女歌集」の奥書もほぼ同じ。

B類は、A類にある一丁分相当の序文の欠脱部を持ち、その本文は異本系とほぼ同じ。一方、A類本と同じく、異本の持つ文章を欠く部分がある。冷泉家時雨亭文庫本「鴨女集」が書陵部蔵本の親本とされるが、「永仁五年三月十八日於西山菊房書写畢　承空　写本散々之間乍不審書之　不及校合以證本可見合也」の奥書を持ち、もともと本文が損なわれていたことがわかる。

異本系は、序のうち、恋序、結序を欠き、恋部の「逢ひての恋」以下をすべて欠き、歌数は一四九首。ただし、流布本に無い独自歌一一首を持つ。

稲賀敬二氏は、異本系に流布本系本文の目移りによる誤写がある点に注目し、両系統の配列が異なるのは、異本系書写者の合理的処置であるとし、異本系にない一四五番歌が新続古今集に、一九六番が風雅集に入集していること、異本紫明抄が異本系にない部分を引用していることから、異本系は流布本系を第三者が再編集したものであると位置付けた。[6]

ほぼ同じ時期に纏められた古賀典子氏の論考は、異本系が流布本系の精選本であると考えられるものの、文章語句には古体を残す、との結論を提示する。[7]

また、片桐洋一氏は、異本系が序文の後半と集の恋部後半部を欠くことについて、序文に「端に書くべきことを奥に書き、奥に書くべきことを端に書き、定まることなし」（序文30）とあるのに、奥に書かれるべきことがないため、本来は、序文の後半部、および総括的な一番歌が跋文に置かれていたのが、事故によって欠脱し、そのまま伝わったものが異本系統であるとされた[8]。

一方、稿者は、流布本の結序に、晩秋から初冬に集を成した後に、正月を迎え、「思ひ余りて」長歌を詠んだとあることから、集が増補を重ねたものであることに注目し、異本の部立や歌数が百首形式に近く、歌が総序、四季序と対応し、異本の恋部の歌が「恋」そのものを歌う初期百首の恋歌の性格を有することから、異本系を草稿本として位置付ける説を提示した[9]。

久保木寿子氏は、序文と和歌の対応について改めて検証し、四季序と異本にない恋歌に対応が認められることや、異本にない恋序と異本の歌が対応することなどを挙げて、拙論を否定した上で、四季序の七夕の部分について、四季序、恋序を成した後に再構成されたものであるとする[10]。

こうした集の成立過程を含め、二系統の性格を論じるには、さらなる考察が必要であろう。両系統ともに早くに本文の損傷を生じ、互いに補完しうること、異本系が独自歌を持ち、それらが序との対応や歌の内容から他人詠の混入でなく保憲女自身の歌であると思われることを考え合わせると、異本系は第三者に拠る精選本とは断言できないということだけは確実であろう。

三、集の特徴について

集が序文と部立に分類された歌とからなり、初期百首に倣って成立したものであることはすでに論じられている。

三田村雅子氏は、好忠百首、三百六十首歌（毎月集）や、源重之百首からの表現の継承を指摘し(11)、竹内はる恵氏も、特に重之百首からの題材や表現の影響が色濃いことを指摘され、不遇感の表白そのものを目的としたために、歌数が百首を大幅に超えたものとされた(12)。

そもそも、歌を百首という枠組みにおいて詠むという試みは、革新的な歌人、曽禰好忠によって天徳末（九六一）年ごろに生み出されたものであった。好忠百首は、序・四季歌・恋歌に加え、沓冠歌・物名歌を合わせて百首にするという構成であり、田園山村などから幅広く歌材を摂取し、古語俗語を多用するという特徴を持つ。序や歌には沈淪訴嘆が色濃く詠み込まれていたために、周囲の共感を呼び、源順や恵慶法師によって応和する百首歌が詠まれた。恵慶百首序文によると「又あるふやわらはのあざな聖寂といふ人、同じ百ちの歌を同じ心に詠み……これを又ある山伏苔の衣に身をやつし、松のもとに老いを送る心にも、さすがに物のあはれわすれがたく、世中のはかなきありさまも、これにつけて言はまほしければ」とあり、同調する周辺歌人に流行していったことがわかる。重之百首は時の東宮に献じられ、他にも、序文において自身を海人になぞらえた藤原師氏の海人手古良集、農民になぞらえた千頴の百首がある。女性では、保憲女とほぼ同じ時期に源重之女、やや後に和泉式部、さらに後に相模が詠む。

保憲女集は、流布本で二一〇首。異本は一四九首。すなわち、百首歌でも、三百六十首歌でもない。しかしながら、好忠が「蓬の門に閉ぢられて、出で仕ふることもなき、我が身ひとつには憂けれども」、「朝に通ひし玉のとぼそも、夕べには八重葎に埋もれて」、「雲に鳴く鶴も、つひにむなしく、溝に這ふ虫も、心の行方は隔てなしと思ひなせば、なにはなるあしきもよきも同じ事、好くも好かぬもことならず、名をよしただと付けてけれど、いづこぞわが身、人と等しきとぞや」と嘆く不遇感は、保憲女集序文において、

はかない鳥といへど、生まるるよりかひあるは、巣立つこと久しからず。はかない虫といへど、時につけて声

を唱へ身を変へぬなし。かかれば、鳥虫に劣り、木には及ぶべからず。草にだに等しからず。いはんや人には並ばず。（序文１）

はかなき八重葎に閉ぢられて、日の光だにまれなりといへども。（序文５）

賀茂氏なる女、よろづの人に劣れりけり。（序文29）

などと同じように繰り返される。

男性の嘆きが出世を果たせないというものであるならば、女性のそれは恋の不如意であろう。四季序の秋部にも、恋序にも、男女の仲が仮初めのものであると知りつつ恋に身を焼き、棄てられるまでの物語が綴られている。かつて、三田村雅子氏は、先に挙げた一三三番「葦鶴の声をほに上げて」など、集に鳥と作者との共鳴関係を歌うものが多いことに注目し、

この作者の場合それは、嘆きを表出できない自己に対する、歎（ママ）きを声として表出しうる鳥という図式に収斂される。鬱屈した悩みをかかえる自己に代って叫びをあげうる鳥は代弁者的な役割を担うこととなる。……自己の心情を表白することにも、自らそれを認めることにも臆病であったと思われるこの作者は鳥の声に自らの声を聞いたのである。

と論じた[13]。確かに、保憲女は空を自由に飛ぶ鳥に仮託することによって自閉的な自分を解放したように思われる。時にはクールに、時には大胆に、時にはユーモラスに、彼女の筆は尽きることを知らなかった。そのために序は長文化し、歌数も増大していったのではないか。序文に、

ある時はあまたの魂を語りきて、歌合をして、勝ち負けは心ひとつに定めなどしてぞ、慰めて明かし暮らしける。（序文29）

とある孤独な一人歌合も、集が百首を越えた理由であるように思う。学問の家柄に生まれたものの、権門、後宮に縁がなく、歌合に出詠することもなく、もがさという容貌を損なう病に罹り死をも覚悟せざるを得なかった女性の生きた証が、この集そのものであったのだろう。

日記に綴るには日常は変化のないものであり、通常の歌集を編むには贈答の機会も少なかった保憲女にとって、自身の思いを序文と独詠歌で綴る百首歌の方法こそが心に適うものであったのだ。

題も知らする人もなし。ただ詠まるる時面白きにすれば、冬も桜心の内には乱る。夏の日にも心の内には雪かきくらし降りて、消えまがひなどすれば、定まることなくて、書き集むる手も定めたらず、端に書くべきことを奥に書き、奥に書くべきことは端に書き、定まることなし。（序文30）

と語られるように、病床の中、思いめぐらす虚構の風景、想念は、現実から乖離し、独自の世界を構築する。好忠の生み出した百首歌という新形式によって、保憲女は自己表現の方法を手に入れ、心の内を思うがままに綴る勇気を得たのだと思われる。

四、集の評価について

序文に繰り返し綴られるのは、家に蟄居せざるを得なかった悲しみであり、唯一の自己表現の方法であった和歌を世に認められたいという願いであった。

おもしろきことを心にこそ思へ、誰にかは言はむ。珍しき言の葉を言ひ出でたれど、誰か頭を傾け、深き味はひをも知らむ。世に無き玉と磨けりといふとも、誰か手のうらに入れて、光をあはれびむと思へど、

と、誰からも評価されないだろうことを自覚しつつ、（序文7）

心に入る言の葉のあはれなみは、起くと伏すと思ひ集めたることども、涙に朽たし果ててんと思へど、闇の夜の錦なるべしと思ひて、明け暮れ見れば、水の泡にだに劣れりけり。流れての世に人に笑はれぬべければ、なほ雁の涙に落とし果ててむと思ふものから、なほ書き集めてけり。（序文11）

と、集を成す志を述べる。

しかしながら、勅撰集に保憲女の名前が記されるのは鎌倉末期以降になってからである。

○風雅集、秋歌中・五四九

秋歌の中に　　賀茂保憲女

秋の夜の寝覚のほどを雁がねの空にしればや鳴きわたるらん（集九三番）

○風雅集、恋歌一・一〇三一

恋歌の中に　　賀茂保憲朝臣女

おもはじと心をもどくこころしもまどひまさりてこひしかるらん（集一九六番）

○新続古今集、恋三・一二四九

題しらず　　賀茂保憲女

かくばかり人のかたむる逢坂をいかで心のゆきかへるらん（集一四六番）

実は、この三首の他に「よみ人しらず」として次の二首が採られていることが、すでに指摘されている。

○拾遺集、夏・一一〇

題しらず　　　　よみ人しらず

けふ見れば玉のうてなもなかりけりあやめの草のいほりのみして　（集四九番、六華集・夏、三七五にも）

○新古今集、雑下・一七四四

題しらず　　　　よみ人しらず

そむけどもあめのしたをしはなれねばいづくにもふる涙なりけり　（集一七七番）

この二首が、どのような事情で「よみ人しらず」とされたかはわからないが、よみ人しらず歌が後に保憲女集に紛れたものでないことは、配列上の関連から明らかである。[14] 恐らくは、無名の人であったが故であろう。『和歌大系』解説は、冷泉家時雨亭文庫蔵「賀茂女集」の表紙に定家の筆で「一首無可取哥」と書かれているにも関わらず新古今集に入集したのは、藤原雅経が選んだためであり、定家の評に配慮して「よみ人しらず」としたという可能性を示す。

さて、拾遺集に採られた保憲女歌は「草の庵」と「玉の台」を対比して端午の節句を詠んだ歌であるが、「草の庵」といえば、枕草子が想起される。清少納言は、頭の中将、藤原斉信に「蘭省ノ花ノ時錦帳ノ下」の末をつけるように急かされ、「草の庵を誰かたづねむ」と付けた。その夜、

みな寝て、つとめていととく局に下りたれば、源中将の声にて、「ここに草の庵やある」と、おどろおどろしく言へば、「あやし、などてか、人げなきものはあらむ。『玉の台』と求めたまはましかば、いらへてまし」と言ふ。　（頭中将のすずろなるそら言を聞きて）

というやり取りがなされる。この場面において、枕草子諸注は、拾遺集の「けふ見れば」の歌をよみ人しらず歌として引く。保憲女集にあることを指摘するものもあるが、清少納言がこの保憲女歌を踏まえたかどうかは明らかに

はされていない。池田亀鑑氏は、

　この歌は『賀茂保憲女集』に見え、宮廷に伝誦されていたものと考えられ、保憲のむすめの作品を活用した機智を賞したのであろう。

と指摘されたが、[15]萩谷朴氏は、

　清少納言より一世代前の(ママ)近い頃の歌人の作を、『拾遺集』が読人不知としていることも不審であり、また「あやめの草の庵のみして」という「今日」は、明らかに五月五日端午の節供を指すものであるから、この二月に、五月の歌句を踏まえていうような季節外れの引用を、清少納言がしたとも考えられない。果たして、これが保憲女の作品であるか否かは問題外として、すくなくとも、それが『拾遺集』に入れられるまでは、さほど、人口に膾炙するほどの秀歌であったとも思われないし、又、季節外れという違和感もあるから、清少納言は、この歌とは無関係に、草庵に対する反対語として、玉台という語を何気なしに用いたものと思われる。

と否定する。[16]保憲女集の成立時期は、不明。序文29にある「もがさ」の流行の時期を古記録で辿り、集に老いを自覚する表現があること、父の没後に詠まれたと思われる歌があることから、保憲没年である貞元二（九七七）年以降、正暦四（九九三）年、または長徳四（九九八）年が相当するとされている。[17]

　一方、枕草子に綴られる出来事は長徳元（九九五）年二月のこと。枕草子の成立は明確ではないものの、跋文に拠ると、長徳二（九九六）年頃に、左中将だった源経房によって作者の家から持ち出され世上に広められたとある。ということは、それまでに保憲女の歌が広まっていて、清少納言がそれを踏まえた可能性も出てこよう。しかし、保憲女のこの歌は、長徳二（九九六）年十二月二十九日から翌年四月十九日までに成立したとされる拾遺抄には採られておらず、寛弘二（一〇〇五）年から四年の間に成立したとされる拾遺集に入集しているということもある。

よって、「けふ見れば」の歌が、枕草子に摂取されたのか否は定かではないのだが、清少納言が「草の庵」に対して「玉の台」を番える際に保憲女歌が念頭にあった可能性は否定できないように思う。自らの居所を玉のように輝く宮殿に準えるのはいささか不遜であるが、先行歌を引用するのであれば、許容の範囲であろうし、また、漢詩に拠るのであれば、「草庵」に対しては「錦帳」に相当する表現、例えば「錦の帳」「花の帳」などといった言い方が用いられるのではないかと考えるからである。

実は、清少納言の「草の庵を誰かたづねむ」という返答が、公任集の連歌に基づくという可能性も既に指摘されている（前掲　池田亀鑑氏論文など）。その連歌は、

いかなるをりにか
草のいほりをたれかたづねむ
とのたまひければ、いる人、たかただ
ここのへの花の宮こをおきながら
（公任集・四〇一）

である。しかし、この付け合いにおいて「草の庵」に対応するのは「花の都」であって、「玉の台」ではないことも注意されよう。

保憲女と枕草子の関係については、別の視点から久保木寿子氏が論じている。[18] 久保木氏は、「柳の眉」「植え女」の表現に注目し、極暑極寒の描き方、序文12と枕草子「正月一日は」の章段が同じ暦的意識、政教的意味を持つことを挙げ、

保憲女「四季序」が景物を季寄せ的に一年の枠に纏め、加えてそこに言語遊戯的ながら多少の感慨を折り込む散文を綴っている事実は、もっと重視されていいのではなかろうか。『枕草子』への「一媒材」として保憲女

集を措定してみたい。

と保憲女からの影響を示唆された。ほぼ同時代に生き、自己表現の方法を模索した二人の接点を探る意欲的な論文である。「草の庵」をめぐるやり取りもまた、保憲女歌を踏まえたと推測することできるのではないだろうか。

さて、保憲女歌が源氏物語に影響を与えたこともすでに論じられている。天野紀代子氏は、集の「まれの細道」（二一三）、「霧迷ふ」（七〇）という表現が、宇治の閉鎖された世界を映し出すのに効果的に用いられていることを指摘し[19]、稲田利徳氏は、「まれの細道」という語がさらに源氏を経て、浜松中納言物語や、大江匡房に摂取されたことを論じる[20]。

また、桐壺更衣歌「かぎりとて別るる道の悲しきにいかまほしきは命なりけり」（桐壺巻）の「命なりけり」という表現が、集の一四三、一六七番歌や和泉式部歌からの摂取である可能性も示唆されている[21]。

この他に、保憲女集の、

湧き返りたぎりて見ゆる山川も冬にはあへず氷すらしも　（一一七）

は、和泉式部の、

音高くたぎりて落つる滝つせの水は凍りもあへずぞありける　（和泉式部続集・三三六）

に継承され、他にも「八ひら手」（三八番）、「褻衣」（一〇四番）、「もどく」（一九六番）、「くれぐれ」（二〇六番）などの表現が摂取されている。

また、保憲の弟である保章の息、為政女を母に持つ相模にも、次のように表現の踏襲が認められる。

思ふにはなることなしと鈴虫の声振り立つる秋ぞ悲しき　（保憲女集・七六）

思ふことなりもやすると鈴虫の声降り立ててなきぬべきかな　（相模集・二五七）

時雨ゆゑわが立ち寄ればこのもとは頼むかひなくなりにけるかな（保憲女集・一一一）

立ち寄れど雨ふり山の木のもとは頼むかひなく思ほゆるかな（夫木抄・八七七五・相模）

『和歌大系』解説は、鈴虫歌の他に、

今日見れば玉の台もなかりけり菖蒲の草の庵のみして（保憲女集・四九）

我が宿も霞降りしく時はみな玉の台になりかへるめり（相模集・三七〇）

手慣るれどなほ火鼠の蝙蝠は暑さぞ増さるおきやしてまし（保憲女集・六五）

手もたゆく慣らす扇の置き所忘るばかりに秋風ぞ吹く（相模集・二五六）

あえよとて菊の白露のごへども過ぎにし齢返らざりけり（保憲女集・九五）

かづけおきし菊の綿してのごへどもおいていたくぞ露に濡れぬる（相模集・二六二）

を挙げる。さらには、和泉式部や相模と交流のあった赤染衛門にも、

方分きて吹く風に寄る相撲草露に移るぞかひなかりける（保憲女集・一八七）

行く道の左右なる相撲草方分けてこそ取るべかりけれ（赤染衛門集・五六六）

と類似する歌が見出せることも見逃せないだろう。このように、保憲女集は、名のある女流作家たちに少なからず影響を与えていたと言えよう。

女流ばかりでない。先に挙げた「まれの細道」という表現を含め、保憲女歌は、後世に成立した堀河百首の歌人たちに享受され、後世の俊恵、慈円へ継承された可能性も認められる(22)。

さらに、保憲女の歌が、散逸物語、『波のしめゆふ』の題号にも用いられたことも指摘されている（前掲三角論文）。奥義抄、和歌色葉、色葉和難集（序文18（補説））、異本紫明抄（序文27（補説））、能因歌枕（広本）（一〇〇番（他

出）に引用されていることも、集がある程度流布していたことを窺わせる。集の長歌は、栄花物語、いはかげ巻の長歌に影響を与えた可能性もあることは本書において指摘した。

集一八〇番には、「時に臨みて遣ひ召す色紙の、紅葉／染めし色も時に臨めばもみぢ葉の辺りの海に散りかかりけり」という総括的な歌が置かれている。「時に臨みて」の内容は具体的には語られないものの、時期になって紅葉が海に散りかかるという情景に、集の完成の時を迎え、自らの歌が周囲に広まることを期待する意が重ねられているように思う。

保憲女の集は、大きな反響を持って受け入れられなかったかもしれないが、以上のように、確かに後世にその足跡を残したことが確認できるのである。

注

（1）玉井幸助「加茂保憲女集の原形に関する考察」学苑147号　一九五三・五
（2）川嶋（藤田）明子「賀茂保憲女研究（四）―家集序文をめぐって―」国語国文研究27号　一九六四・二
（3）「賀茂保憲女集試論―初期百首と暦的観念―」文学・語学147号　一九九五・八
（4）對馬恵子「賀茂保憲女と霧と―部立の冒頭歌についての疑問―」連2号　一九八〇・一一
（5）「賀茂保憲女とその作品」国文学研究3輯　一九五〇・一一　後に『古典の再評価』有精堂　一九六八所収
（6）「賀茂保憲女集・諸本の形態とその本性」『和歌文学新論』明治書院　一九八二
（7）「『賀茂保憲女集』底本の問題」『今井源衛教授退官記念文学論叢』九州大学国語学国文学研究室　一九八二
（8）『冷泉家時雨亭叢書　平安私家集五』解題　朝日新聞社　一九九七
（9）拙稿「『賀茂保憲女集』考―流布本と異本をめぐって―」小山工業高等専門学校研究紀要21号　一九八九・三
（10）「賀茂保憲女集の形成試論―序と和歌の対応が示すもの―」白梅学園短期大学紀要32号　一九九六
（11）「賀茂保憲女集の位相―〈鳥〉の表象・歌から序へ―」『和歌文学新論』明治書院　一九八二

(12)「『賀茂保憲女集』考」『古典和歌論叢』明治書院　一九八八
(13)(11)に同じ。
(14)拙稿「『賀茂保憲女集』再考―その評価をめぐって―」埼玉短期大学研究紀要1号　一九九〇・三
(15)「大納言公任卿集と枕草子―『草の庵を誰か尋ねむ』考その他―」『日本文学論纂』一九三二、のち『研究枕草子』至文堂　一九六三所収
(16)『枕草子解環（二）』同朋舎　一九八二
(17)岡一男（5）論文、川嶋（藤田）明子「賀茂保憲女研究（一）―輔親をめぐる問題―」国語国文研究17号　一九六〇・一〇、「賀茂保憲女研究（四）―家集序文をめぐって―」国語国文研究27号　一九六四・二、松平盟子「『賀茂保憲女集』の研究―疱瘡罹病年代と序文について―」南山国文論集2号　一九七七・一一、鈴木美恵子「『賀茂保憲女集』に関する覚え書き―「もかさ」について―」金城学院大学大学院文学研究科論集1号　一九九五・三
(18)『『賀茂保憲女集』四季序の位相―同時代仮名散文との接点から見る―」白梅学園大学・短期大学紀要44号　二〇〇八
(19)「「まれの細道」―賀茂保憲女と紫式部をつなぐ―」日本文学37号　一九八八・八
(20)「「稀の細道」考―隠遁者の道への視線―」解釈　二〇〇九・一〇
(21)植田恭代「『源氏物語』と和歌のことば―桐壺更衣「いのちなりけり」の場合―」跡見学園女子大学文学部紀要47号　二〇一二・三
(22)三角洋一「『波のしめゆふ』小考」国文白百合12号　一九八一・三、拙稿「『賀茂保憲女集』再評価」中古文学57号　一九九六・五、「賀茂保憲女集の享受に関する試論」埼玉短期大学研究紀要6号　一九九七・三

参考文献

川嶋（藤田）明子「賀茂保憲女研究（一）─輔親をめぐる問題─」国語国文研究 一九六〇・一〇、「賀茂保憲女研究（二）─その出自と眷族─」同 一九六一・三、「賀茂保憲女研究（三）─その作風への照明─」同 一九六二・三、「賀茂保憲女研究（四）─家集序文をめぐって─」同 一九六四・二

磯村順子 内藤直子「『賀茂保憲女集』研究ノート（1）」金城国文 一九八一・三、磯村順子 田口由利子 内藤直子「『賀茂保憲女集』研究ノート（2）」同 一九八二・三、磯村順子 鬼頭恵美 古賀直子 田口由利子「『賀茂保憲女集』研究ノート（3）」同 一九八三・三

古賀典子「『賀茂保憲女集』底本の問題」『文学論叢』九州大学国語学国文学研究室 一九八二

稲賀敬二「賀茂保憲女集・諸本の形態とその本性」『和歌文学新論』明治書院 一九八二

三田村雅子「賀茂保憲女集の位相─〈鳥〉の表象・歌から序へ─」『和歌文学新論』明治書院 一九八二

武内はる恵「「加茂保憲女集」考」『古典和歌論叢』明治書院 一九八八

久保木寿子「賀茂保憲女集試論─初期百首と暦的観念」文学・語学 一九九五・八、「賀茂保憲女集の形成試論─序と和歌の対応が示すもの─」白梅学園短期大学紀要 一九九六・三、「『賀茂保憲女集』四季序の位相─同時代仮名散文との接点から見る─」白梅学園大学・短期大学紀要 二〇〇八・三

武田早苗『賀茂保憲女集』和歌文学大系20 明治書院 二〇〇〇

天野紀代子「仮名ぶみによる評論─『賀茂保憲女集』序文─」国語と国文学 二〇一三・二

各句索引

あ

あえよとて……95
あかくみえけり……1
あかけれど……97
あかぬいろかな……163
あかぬにあくる……165
あかほしは……198
あきかぜに
—あはれそへむと……80
—かれにしひとぞ……103
あきかぜの……88
あきぎりの……81
あきごとに
—いかなるほしか……71
—かぜふきかへす……73
あきぞかなしき……76
あきとてや……83
あきにぞしむる……102
あきのしらつゆ
—まろびあひて
よなよなおそふ—……84
……79
あきのたの
—さながらとしを……94
—みもりわびしき……78
あきののに
—はなちすてたる……75
—ほにあげてふねや……85
あきののわけて……39
あきのもみぢか……99
あきのゆふぐれ……74
あきのよの……93
あきのよのかぜ……90
あきはかへりぬ……104
あきはきにけり……70
あきはぎの……87
あけばうららに……20
あさかのぬまと……145
あさあとも……126
あさがほの……89
あさきはたがふ……190
あさぐもり……5
あさはむつるの……8
あさぼらけかな……128
あさましき……203
あさましくこそ……210
あさまのたけに……3
あさりして……96
あしがきの……154
あししげみ……194
あしたづの
—くものかくれに……134
—こゑさへくもに……192
—こゑをほにあげて……133
あしたゆふべに……194
あしのうへしも……112
あしのねの……194
あしのよそひは……10
あしひきの……176
あじろぎの……185
あすかがは……194
あすぞせになる……194
あすもはるひに……15
あそびめの……101
あそびをか……116
あそぶかもめか……4
あだしのは……52
あだなるなみの……32
あたりのうみに……180
あぢきなさ……154
あつさぞまさる……65
あつしさむしと……194
あづまのに……31
あとたえひとの……137
あとにたましひ……150
あはごとさへも……151
あはざりし……159
あはでも……167
あはばとさへも……151
あはみなに……182
あはれかなしき……194
あはれそへむと……80
あはれときさし……164
あはれとぞなく……200

あはれなる……191
あはれをいかで……192
あひおもふ……207
あひみしときの……169
あふことなみに……154
あふことの……149
あふことは……165
あふさかを……146
あへよとて……95
あへるよを……162
あまがつは……66
あまごろも……141
あまのがは……198
あまのかはぶね……71
あまのかはらに……133
あまのしたをし……177
あまはまされり……25
あみかけて……204
あみにたれば……22
あみはかくべき……205
あめのあしも……209
あめふれば……173
あやかとぞみる……122
あやはかひなし……191
あやめのくさの
―いほりのみして……49
―やどにむすべる……50
あらじとぞおもふ……176
あらぬにあくる……165
あられをみれば……117
ありあけのつきの……69
ありければ……194
ありながら……197
ありなまし……194
あるかとぞ……194
あるこそは……160
あるはかしこく……194
あるははかなく……194
あるものを
―こころにそめば……153
―つづりさせてふ……106
あをやぎの
―いとにやいをは……22
―いとはけぶりに……19

い

いかがしつらん……92
いかがなるらん……209
いかがなれると……52
いかがのがれん……194
いかがみなれて……206
いかでおるらん……36
いかでかかりの……81
いかでこころの……146
いかでぬらさむ……24
いかでみせまし……141
いかなるなつか……168
いかなるひとか……148
いかなるほしか……71
いきかよはなむ……150
いくそのひとの……66
いくふしあきを……98
いけみづの……4
いけるかひなしと……194
いしにおふる……131
いせのうみに……175
いそがぬわれは……194
いそひするとや……194
いつかあぢはひ……194
いつかとて……37
いづこにもよる……177
いづるおもひを……140
いづれかまづは……173
いづれかみわの……132
いでいりあらふ……129
いでいりに……194
いでていなば……195
いとかへしする……194
いとどしく
―けふはかすみの……3
―こころのうちも……194
いとにやいをは……22
いとはけぶりに……19
いのちたえなば……148
いのちなりけり
あはでも―……167
さをにかかれる―……143
いのちにかふる……162
いのちにかよふ……149
いのちをかけし……151
いはきよりだに……140
いひつつも……156
いひながら……145
いひはじめけん……160
いふほどに
あつしさむしと―……194
ゆゆしゆゆしと―……194
いへどいへど……140
いほにつまなき……79
いほりのみして……49

いまぞふなづる……133
いまやいろづく……70
いまやはかなき……194
いもがきぬ……82
いもがむぎぐさ……44
いるかげをしき……69
いるときに……194
いれつれど……189
いれつれば……194
いろかはりけり……11
いろぎぬてらす……101
いろごろも……163
いろごろもきつ……100
いろぞかなしき……110
いろなきこころ……141
いろにあをばと……31
いろにいでにけり……84
いろにいでぬらん……83
いろぬきてこす……101
いろはみえずて……119
いろふかく……158
いろみえぬ……153
いろめくあきに……96
いろもかも……27
いをとみるらん……172
いをにぞあるべき……185
いををこほりの……125

う

うきぎなりけり……189
うきぐもの……183
うきことに……160
うきことを……194
うきとをつらう……194
うきとをつらふ……194
うきにもはるは……11
うきよには……35
うぐひすぞなく……18
うぐひすの
—かよひしえだを……208
—はなのえごとに……15
うぐひすは……5
うぐらのしたに……194
うけばみえける……101
うすきころもと……108
うすくなるらん……38
うたかたを……173
うちしのび……39
うちはへて……106
うちはへふしの……168
うちむれて……21
うつしおきける……75
うつしにもせん……13
うつせみの……36
うつつはさめぬ……203
うつろはなくに……77
うはげかすめり……8
うへにもみぢの……101
うへのみくさも……11
うへはこほれる……129
うみまつのねは……131
うらすごく……8
うらめしきかな……164
うらわかくみゆ……10
うゑしとき……68

え

えだながら……51
えだにはつゆも……32
えてければ……94

お

おきたれば……130
おきやしてまし……65
おくしもの
—なからはきえて……109
—まぎれてみゆる……128
おくのこゑをぞ……171
おくれじと……70
おけるあさつゆ……55
おちつむたうは……194
おとすなり……6
おとらねど……25
おどろけど……203
おとろへなくに……118
おなじうぢなる……185
おなじうぢも……190
おなじこころに……130
おのがはかぜに……114
おのがはねばね……194
おひたちて……194
おほかれど……194
おほさはの……194
おほすらん……114
おほぞらに……81
おぼつかなみに……193
おほぬさに
—おけるあさつゆ……55
—かきなでながす……66
おもかげだにも……27

おもかげに……157
おもかげにのみ……170
おもはじと……196
おもひきや……199
おもひくたせば……204
おもひけてども……139
おもひけるこそ……161
おもひしかども……194
おもひつつ
—なげきのしたを……194
—なほふることは……194
おもひつづけし……179
おもひてくさき……70
おもひわび……201
おもふあたりぞ……135
おもふてふ……169
おもふには
—くなぶりはてて……181
—なることなしと……76
おもふべきかな……53
おもふらむ……194
おもへども……136
おやのむすべる……194
おりのぼり……194
おろかなれ……161
おろせるかげの……22

か

かがみとすめる……63
かがみのうらに……193
かかるらむ……22
かかれるむしを……172
かきつばた……47
かきなでながす……66
かくばかり
—ちぐさしぼみて……60
—ひとのかたむる……146
かくれかね……64
かくれしおやの……194
かくれせば……192
かくれぬものは……189
かげさすみずは……47
かけとぢこめよ……121
かげともに……183
かげにかはらぬ……194
かげみえて……120
かげもたえせぬ……4
かげをもともに……4
かげをもひとは……54
かごとふしもを……114
かささぎのはし……72
かしこきたかと……194
かししころもを……73
かしはぎのもり……38
かずこそまされ……209
かずならぬと……194
かせぎのこゑに……194
かぜこそあみと……125
かぜちらすめり……13
かぜなみたかし……107
かぜのおとの……194
かぜのかみかは……37
かぜふきかへす……73
かぜふきて……194
かぜふけば
—あきのしらつゆ……84
—なみのしめゆふ……142
かぜもておれる……122
かぜをいたみ……175
かたかきかはし……21
かたかけおふる……62
かたけれど……131
かたなきすれば……82
かたわきて……187
かぢのおとに……191
かつはつれなく……194
かどをだに……181
かなしきは……194
かなふひとなみ……194
かはちどり……126
かはづなくなり……17
かはにもみぢの……101
かはべなりけり……56
かはほりは……65
かはらでなみは……185
かひこめくちて……194
かひなかりける……187
かへつれど……108
かへらざりけり……95
かへりてはみの……194
かへるがへるは……159
かへるかりがね……16
かへるさがなし……59
かみならなくに……152
かみはこほりに……202
かものやしろに……43
かよひしえだを……208
かよふなり……150
かよふらし……11
からんとやおもふ……54

かりがねの
—おもふあたりぞ……135
—そらにしればや……93
かりそめの……178
かりはきにけり……80
かりもなくなり……130
かるこもに……53
かれにしひとぞ……103
かれやしつらん……103
かれゆくのべに……105

き

きえかへり……112
きえにせば
—いとかへしする……194
—かへるがへるは……159
きえぬめり……9
きくさにそでを……96
きくのしらつゆ……95
きくのはな……110
きくひとは……194
きこゆれば……194
きしのみのこる……182
きしゆくかげの……62
きつつみれども……163
きみがおほきよ……45
きみがためには……207
きみにぞあるべき……175
きみにもあるかな……157
きみまさば……13
きみをのみ……143
きみをみどりの……158
きゆるとぞみる……173
きゆるはつゆき……7
きゆるををしみ……90
きりぎりす……82
きりはれぬ……3
きりまよふ……70

く

くくむごと……194
くさかりぶえの……59
くさきにたぐふ……91
くさきをたのむ……201
くさになりけり……108
くさになりにけり……108
くさはにしても……77
くさふかく……195
くさまくら……178
くさもかれつつ……114
くちなれて……59
くちはてぬれば……194
くなぶりはてて……181
くもぢにも……135
くもぢわけ……80
くものいほりぞ……92
くものかくれに……134
くもはれぬ……117
くもまにうかぶ……198
くもりつつ……1
くもゐとほくて……149
くもゐのよそに……147
くらとはつゆぞ……75
くりかへすらん……98
くれぐれと……206
くれなゐの
—せにながれめや……110
—はつはなぞめの……163

け

けごろもにきて……104
けさなくこゑは……164
けさはこひしき……156
けさわけて……55
けふしまれ……7
けふしやのべに……9
けふはいでて……31
けふはかすみの……3
けふみれば
—たまのうてなも……49
—ほにぞいでにける……44
けふよりや……2
けぶりにたれも……194

こ

こえぞらめ……194
こきまぜの……16
こぎわたるらん……85
こぐふねの……171
ここちこそすれ
ひとつみになる—……170
みはてぬゆめの—……165
こころかな
—いはきだよりだに……140
—ちらばちるべき……26
こころしも……196
こころなるらん……145
こころにかなふ……194
こころにそめば……153
こころにもあらぬ……14

こころのうちに……194
こころのうちも……194
こころはのべに……108
こころをかぜや……91
こころをもどく……196
こせほけくる……183
こたふるがごと……194
こだまいでくる……138
こづたひて……15
ことぞわびしき……144
ことづてこゆる……124
ことにかりくる……42
ことのはだにも……153
ことのはは……169
ことはゆめかと……203
ことわりしらず……132
このさとの……50
このさみだれに……52
このめにもゆる……34
このめもえつや……21
このもかのもに……64
このもとは……111
こひいれば……170
こひしかりける……86
こひしかるらん
—むかしのひとの—……41
—まどひまさりて—……196
こひぞせんかし……73
こひそめて……147
こひぞわびしき……134
こひつらん……74
こひつるあまの……143
こひにかあるらん……136
こひにやあるらん……34
こひにわがみは……159
こひらるる……103
こひわびて……170
こひをこそすれ……152
こほりすらしも……127
こほりとくらし……6
こほるいけみづ……121
こほれるすにぞ……126
こほれるを……122
こまぞすさむる……62
こまのすさめし……44
こまのせに……75
こものみぎはは……210
こものみぎはも……209
こゆるぎの……194
こりてゆくらん……184
ころのかぜかな……78
ころもかけしも……37
ころもこきかへ……100
ころもとぞおもふ……204
ころもにちかく……199
ころものそでを……55
こゑきくはるは……23
こゑさへくもに……192
こゑとなふなり……82
こゑならねども……166
こゑにまかせて……17
こゑにやなげき……184
こゑふりたつる
—あきぞかなしき……76
—あきとてや……83
こゑやなになり……106
こゑをほにあげて……133

さ

さかきとる……45
さくらばな
—えだにはつゆも……32
—にほひにたがふ……26
さけるうのはな……37
ささがにの……172
さしもつがなん……39
さすらへて……194
さだめなきよを……186
さつきやま
—このもかのもに……64
—しづくもよよに……48
さとごとに……42
さながらきえて……126
さながらとしを……94
さねかづら……118
さはにやあるらん……57
さはみずむすぶ……54
さへづりやすく……18
さへづるこゑを……194
さまもなも……185
さみだれを……53
さむきよひまに……88
さむさのくるに……117
さもうごきなき……140
さよちどり……6
さよふけて……166
さるはみのあはに……205
さをしかの……87
さをしかも……83
さをにかかれる……143

し

しがらみふする……87
しぐれゆゑ……111
しげるいけみづ……58
しげれるやどを……195
したくさに……90
したさわがるる……194
しだりもながき……20
しづくもよよに……48
しづむころかな……142
しでうちあはせ……82
しとみやま……194
しにすると……194
しぬといへど……155
しののめも……165
しのびつつ……44
しばしなきそ……89
しほかきはらふ……25
しほならで……171
しほるらん……91
しみこそまされ……119
しめゆひそふる……81
しもにもかてぬ……110
しらいとの……168
しらつゆの……90
しるひともなき……200
しろたへに……37
しろたへの
—つるのうはげに……128
—ゆきにいろづく……118

す

すぎくれの……205
すぎにしよはひ……95
すぎのかど……132
すさむるよどの……12
すずむしの……76
すまひぐさ
—つゆにうつるぞ……187
—ほでふくかぜに……186
すみぞめの……199
すむかたをかに……23
すむちどり……193
すりごろも……43
するとりの……184

せ

せきもあへぬ……206
せちにもひとに……53
せとのみなるか……99
せにながれめや……110
せみのはごろも……61

そ

そこまでにほふ……47
そそのかされて……88
そでかたかけて……43
そではかわかじ……60
そではみえけり……101
そでひちて……72
そののもみぢば……97
そひてみるべく……162
そむけども……177
そめしいろも……180
そめてけり……24
そらすみて……63
そらにあみはる……172
そらにしらまし……192
そらにしればや……93
そらをしぼむる……175
それかとて……46

た

たがかりのこと……195
たかきいやしき……194
たかさごの……144
たがさとへとか……48
たかすだれ……194
たぎつこころを……206
たぎりてみゆる……127
たぐひなく……148
たたくくひなを……46
ただすぎくれの……204
ただちにまがふ……135
たちきてさとへ……16
たちとまるべき……115
たちばなの……51
たちやそふらん……3
たつかはぎりを……8
たつとゐるとに……194
たなばたに……73
たなばたの……71
たなびきわたる
—あをやぎの……19
—けふよりや……2
たにみづに……62
たねしあれば……17
たねまくがごと……33
たのみつつ……194

たのむかひなく……111
たのむになれば……156
たのめねど……144
たびとむすびし……178
たびにありとや……50
たびのそらなる……58
たびゆくひとの……40
たまくしげ……193
たましろか……91
たましゐを……91
たまづさの
―いのちをかけし……151
―つかひをやるぞ……156
たまのうてなも……49
たまのをは……143
たまふきむすぶ……90
たままきすぐる……53
たもとにふちは……197
たれかけぬよと……160
たれかはしばし……115

ち

ちぎりあれば……194
ちくさしぼみて……60
ちしほそむれど……141
ちよともいのる……7
ちよはかくれん……158
ちらばちるべき……26
ちりかかりけり……180
ちりのこらなん……27
ちりゆくゆきの……5

つ

つかひをやるぞ……156
つかむとすらむ……148
つきのうちに……69
つきのかげさす……188
つきひなりけり……94
つきもひも……107
つづらこの……98
つづりさせてふ……106
つなでひくらん……71
つねよりも……210
つまとるばかり……68
つまにはしかぬ……12
つまをとりつる……14
つもれるうへに……109
つゆにうつるぞ……187
つゆにのみこそ……105
つゆはえならぬ……87
つゆはおけど……77
つゆまちわびて……57
つらきにかはる……169
つるのうはげに……128
つれづれと……194

て

てなるれど……65
てるひにも……60
てれるひに……57

と

ときにあふかも……51
ときにつけたる……34
ときにのぞめば……180
ときよにかはる……36
とくとりとめよ……13
とことはにする……138
とこなつを……67
ところなみ……58
としおきつもる……131
としごとに……38
としつきのみに……194
とぢたるは……125
とぢやしぬらん……124
とどまらで
―あだなるなみの……32
―わがみをかぜに……35
とにもさはらず……42
とびかくれ……134
とびかふつるの……63
とびかへる……57
とひかよふらん……81
とびならひ……194
とひはせん……132
とぶとぶとゆく……193
とぶとりの……136
とほからぬ……197
とほきやまぢを……181
とまらざりけり……29
ともしなりけり……64
ともしにおふる……61
とらぬなるべし……190
とりあへぬ……18
とりのこの……194

な

ながきひに……18
なかによのはの……154
ながめなりけり……182

なからはきえて……109
なかりけり……49
ながれあしの……142
ながれしあしも……120
なきここちする……155
なきぞわびしき……168
なきてそひて……162
なきわたるかな……151
なきわたるらん……93
なくさへぞうき……63
なぐさむやと……161
なくぞかなしき……20
なくなくこもり……194
なげきこるらん……112
なげきには……138
なげきのしたを……194
なけどもはるは……29
なつぐさは
—きしゆくかげの……62
—まくらにすべく……40
なつごろも……36
なつにもあるかな……69
なつのいろは……68
なつのひは……63
なつのよぞうき……46
なつのよの……59
なつふゆを……194
なでしこの……67
などうとまれぬ……145
などしもここに……194
などひとなれぬ……136
なにぞしるらん……186
なにはなる……10
なにむつましき……67
なのみなりけり……102
なはしろの……17
なべてくさきも……2
なほたましひは……155
なほひねずみの……65
なほふることは……194
なほむれたてる……113
なほもみぢばは……1
なみかけて……30
なみだがは……194
なみだしぐるる……1
なみだなりけり……177
なみだのかかる……202
なみだばかりの……194
なみだもて
—おもひけてども……139
—おもひつづけし……179
なみとぞみゆる……85
なみならで……92
なみのしめゆふ……142
なみのまにまに……174
なみのまもなし……129
なみのよひまに……122
なみまにみゆる……198
ならなくに……28
ならへにわぶる……194
ならむとすらん……195
なりながら……194
なりにけり……40
なりにけるかな
たのむかひなく—……111
つまとるばかり—……68
ふでのうみとも—……179
みなかみはやく—……194
なりはてて……194
なることなしと……76
なるすごの……194
なるたきの……194
なるやとて……194
なれにしさとを……200
なれんものとは……199
なをふるひ……194

に

にしきなりけり……97
にはたづみ……182
にはにきしろふ……173
にほひにたがふ……26

ぬ

ぬぎけんひとぞ……86
ぬさひける……104

ね

ねがひなまめく……45
ねざめになくぞ……166
ねざめのほどを……93
ねたきはまきの……42

の

のごへども……95
のこりすくなき……94
のこりぬるかな……32
のどけきかげに……158
のやまもいろは……24
のやまゆき……98

のりのしの……124

は

はかなきものは……64
はかなくあくる……46
はかなくすぐす……194
はぎのしたばも……83
はしりぶねして……107
はたおるむしの……106
はちすのうみに……171
はちすばの……58
はつこゑにしも……41
はつはなぞめの……163
はてなくみゆる……174
はながたみ……14
はなごころつく……2
はなすすき
―つゆにのみこそ……105
―むすびしひもぞ……113
はなちすてたる……75
はなともがなや……35
はなのえごとに……15
はなのえに……29
はなのなごりに……5
はなのにしきを……16
はなはふたたび……51
はなみるこころ……89
はなれねば……177
はなをしむと……18
はねうちかはし……29
はねうつなみの……6
はねごろも
―いでいりあらふ……129
―みなわすられて……194
はねふりわけて……80
はひにやあるらん……47
はひふして……194
はまちどり……150
はやきせも……190
はるがすみ……2／19
はるかぜに……16
はるごとに……10
はるごまの……12
はるさめに
―たねまくがごと……33
―のやまもいろは……24
はるたてば……34
はるのくれをば……30
はるののに……14
はるのひに
―あけばうららに……20
―このめもえづや……21
はるははひにも……28
はるひすら……4

ひ

ひかりばかりに……78
ひかりをみれば……116
ひかれぬるかな……96
ひきぬらしつる……55
ひぐらしは……89
ひさかたの……119
ひさしかるべき……206
ひさしかるべく……205
ひてるかたにも……119
ひとかやどさす……58
ひとかよふべく……121
ひとしくだにも……194
ひとぞこひしき……88
ひとつみになる……170
ひととなり……194
ひとなみならで……194
ひとにしられぬ……134
ひとのかたむる……146
ひとのこころを
―いかでおるらん……36
―いかでぬらさむ……24
ひとのゆくらん……21
ひとのよに……11
ひとのをしむに……30
ひとはおゆれど……10
ひとはつらけれ……210
ひとまてば……46
ひとめなき……189
ひともかよはぬ……123
ひともかれ……115
ひともみな……105
ひとやかりなむ……153
ひとやすさめぬ……120
ひとやたのめて……74
ひとやみるらん……194
ひとよりこそは……194
ひとりながむる……60
ひとりねざめに……130
ひとりねに……164
ひびきばかりを……194
ひみゆるかたに……56
ひもときみだる……74
ひをぞかばねを……190

ふ

ふきあげおろす……194
ふきかへす……92
ふきちらしつる……91
ふきつづら……186
ふきむすびけれ……125
ふきよるかぜも……176
ふくかぜによる……187
ふしおきこひに……142
ふしかへり……54
ふすとおくと……138
ふたぐゆきかも……123
ふたたびきてし……199
ふちとなり……99
ふぢにかかれる……28
ふちのころもに……194
ふぢばかま……86
ふちをみるらん……66
ふでのうみとも……179
ふねかとに……101
ふねもあけける……188
ふはのせき……194
ふみまよはせる……99
ふみみざるらん……137
ふむあとさへに……147
ふむあとも……126
ふゆかはの……122
ふゆくるときぞ……201
ふゆくれば……120
ふゆごもり……123
ふゆさむみ……121
ふゆなりしとき……194
ふゆなれば……124
ふゆにはあへず……127
ふゆのきぬれば……107
ふゆののに……113
ふゆののは……119
ふゆのよすぐる……51
ふゆのよの
―かごとふしもを……114
―なみだのかかる……202
ふゆのよを……130
ふゆはくれども……118
ふゆはすみける……126
ふゆをいたみ……108
ふゆをへて……61
ふりしくやまに……100
ふりはへて……117
ふるさとへ……104
ふるほどもなく……7
ふればやいしに……33

ほ

ほうのかは……176
ほかげなるべし……198
ほころびわたる……86
ほしのみわたる……72
ほたるのすだく……56
ほでふくかぜに……186
ほどぞかなしき……149
ほととぎす
―たがさとへとか……48
―たびにありとや……50
―なれにしさとを……200
―ねがひなまめく……45
―ねたきはまきの……42
―むかしのひとの……41
ほどへてぞ……205
ほにあげてふねや……85
ほにあらずとも……39
ほにぞいでにける……44
ほにはあげつる……171
ほのかにも……157
ほのほかな……34
ほのほにいづる……139
ほのめきし
―ひかりばかりに……78
―みてはからさへ……155

ま

まかせしこまの……31
まかせはつべき……35
まきのとは……188
まぎれてみゆる……128
まくらにすべく……40
まことかと……52
まこもぐさ……54
まされども……210
まじらひて……100
まづかれにける……113
まつたけくめる……98
まつてふことに……144
まつといひて……158
まつはれて……194
まつひきて……7
まどはざらまし……159
まどひしこころ……167
まどひまさりて……196
まどふころかな……147

まれにかかれる……194
まれにくらしな……120
まれのほそみち……123
まろびあひて……84

み

みえたるつきを……183
みえてこひしき……157
みえはてて……194
みぎはにやどる……27
みぎははいろも……2
みくづてふなは……57
みしひとの……166
みだるらんやぞ……43
みだれつつ……152
みだれておほす……152
みちたつゆきも……9
みちなきさとは……137
みちにわぶれて……112
みづからみえぬ……150
みづぐきの……179
みづぞせくなる……17
みつつくてふは……57
みづとりの……129
みづもなき……172
みてだにも……167
みてはからさへ……155
みてもこひしき……161
みなかみはやく……194
みなわすられて……194
みにぞありける……183
みぬひとを……147
みのあはに……204
みのしなならぬ……100
みはすてがたき……197
みはてぬゆめの……165
みはほかに……86
みむろのやまは……102
みもりわびしき……78
みるのおふらん……33
みるひとなみの……191
みわたせば
―あさはむつるの……8
―なみとぞみゆる……85
―はてなくみゆる……174
みをはづかしの……194

む

むかしのひとの……41
むぎのあきは……61
むしもおとせぬ……115
むすばれにけれ……105
むすびけん……168
むすびしひもぞ……113
むすびしみづの……157
むすびやせまし……39
むすぶくさばも……84
むすぼほれつつ……202
むばたまの……202
むまきむまの……152
むまるとも……194
むめがえに……207
むめつがは……30
むめのはな……13
むらさきにそむ……28
むらさきの……47

め

めづらしき……41

も

もしほやくあまの……175
ものおもふことは……194
ものならなくに……26
ものならば……162
ものにぞありける
うつつはさめぬ―……203
こだまいでくる―……138
つまにはしかぬ―……12
つゆはえならぬ―……87
つらきにかはる―……169
ほのほにいづる―……139
みはすてがたき―……197
ものをこそおもへ……109
もみぢするまで……178
もみぢばの
―あたりのうみに……180
―つもれるうへに……109
―ふりしくやまに……100
もみぢばは
―あきにぞしむる……102
―いろめくあきに……96
ももちどり……23
もりのした……194

や

やすけくもなし
―なるたきの……194
はなみるこころ―……89
やそうぢびとの……38

やどかれば……56
やどにかるらん……40
やどにむすべる……50
やどもころもも……103
やひらでに……38
やまがつの……97
やまがはの……125
やまがはも
—すむかたをかに……23
—ふゆにはあへず……127
やまざとに
—しるひともなき……200
—たれかはしばし……115
—まれのほそみち……123
やまざとの……123
やまざとは……201
やまだもる
—いほにつまなき……79
—わがころもでに……77
やまにおひぬる……131
やまにもみとは……189
やまのたきごゑ……124
やまのにしきを……104
やまのはちかく……116
やまびこの……194
やまびとの……112
やまひやむてふ……176
やまぶきの……27
やみなるよるの……97

ゆ

ゆきがたきかな……135
ゆきかへるらん……146
ゆきたかき……137
ゆきてみてしか……52
ゆきにいろづく……118
ゆきのふれれば……132
ゆくかりの……121
ゆふぐれのそら……59
ゆふだすき……43
ゆふづくよ……116
ゆふつけどりの……188
ゆふつけの……20
ゆふつけを……164
ゆみはりの……69
ゆゆしゆゆしと……194
ゆるぎなくなり……15

よ

よきしこころを……181
よさむなりけり……61
よそのはるかぜ……6
よどがはの……209
よとともに……141
よなよなおそふ……79
よにいれて……188
よにこそありけれ……161
よにひかるらん……31
よのなかの……194
よのなかのうさ……174
よのなかを
—みむろのやまは……102
—ふみまよはせる……99
よのほどは……145
よはにきつらん……48
よはのはるかぜ……6
よひぞきにける……116
よぶかきなげき……184
よぶこどり
—なけどもはるは……29
—よぶにしたがふ……194
よぶにしたがふ……194
よもやまごとに……92
よらばぬれつつ……154
よるかとぞみる……19
よるこぐふねは……191
よるしもみぬぞ……67
よるのにしきか……23

わ

わかくさも……12
わがごとく……184
わがこひに……148
わがこひの……151
わがこひは
—あまのかはらに……133
—いのちにかよふ……149
—ほのほにいづる……139
わがころもでに……77
わかすすき……39
わがたちよれば……111
わがたねとりし……68
わかなつまむとて……14
わかなつむらん……9
わがみかな……194
わがみとや……194
わがみはよそに……136
わがみひとつに……194
わがみをかぜに……35
わがむねは……194

わがめにも……1
わかるるあさの……72
わかるれど……28
わきかへり……127
わたつみに
—かぜなみたかし……107
—ふればやいしに……33
わたつみの……25
わたつみを……174

わびしかりけり……117
わびしかりける
ねざめになくぞ—……166
ふゆくるときぞ—……201
よるしもみぬぞ—……67
わびしかりけれ……160
わびぬれば……167
わびびとの……9
われとてや……79

われなれや……137
われになきかせ……45
われはへにけり……178

を

をぎのはに……88
をぐらやま……56
をしのよそひは……10
をしむくさきも……194

をしむとやなく……5
をののえくたす……182
をのへにすぐす……144
をみなへし……74
をりつれば……208
をればいとど……207

あとがき

卒業論文、修士論文で和泉式部百首を取り上げて以来、細々と初期百首や堀河百首の研究を続けてきた。保憲女集の注釈を最初に試みたのは、三十年近い昔のことである。『国歌大観』や『私家集大成』、索引類を目の前に並べて、ひたすら用例をカードに写し、手書きで注釈を施していった。

今回の注釈の執筆に当たり、『古典ライブラリー』などのデータを用いることで、こうした作業が随分と楽に、しかも正確にできるようになった。

一方、すでに武田早苗氏の『和歌文学大系』における丁寧な注と詳細な解説があるため、その上新たな注釈書は不要ではないか、難解な文脈を無理やり理解しようとすることは未熟な私にとっては無理なことではないか、という迷いを繰り返すこととなった。読み直すたびに修正したり、元に戻したりしながら、なんとか稿を成すことができたものの、的外れな注記や誤った解釈もあるのではないかと思う。

それでも、注釈書を出す意義はあるのだと常に励ましてくださったのは、大学時代からの恩師、久保木哲夫先生である。記して感謝申し上げたい。また、本稿の執筆に際し、シリーズの編集委員のお一人である竹下豊氏より、実に細部にわたりご教示を賜った。厚くお礼申し上げる。残された不備は筆者の責に帰するものである。

二〇一五年　春

渦巻　恵

渦巻　恵（うずまき・めぐみ）

1959年５月　山梨県生まれ
1982年３月　都留文科大学初等教育学科卒業
1986年３月　筑波大学大学院博士課程文芸・言語研究科単位取得退学、文学修士
1989年３月まで　国立小山工業高等専門学校一般科講師
2007年３月まで　佐藤栄学園埼玉短期大学助教授
現在、大妻女子大学、國學院大學、大東文化大学、平成国際大学非常勤講師
論文　「「賀茂保憲女集」考―流布本と異本をめぐって―」小山工業高等専門学校研究紀要21号1989.3、「「賀茂保憲女集」再評価」中古文学57号　1996.5、「「賀茂保憲女集」における万葉歌摂取」『日本古典文学の諸相』桑原博史編　勉誠社1997.1、「初期百首伝播の様相―女百首を中心に―」『古筆と和歌』久保木哲夫編　笠間書院2007.3、「和泉式部と帥宮の物語　『和泉式部日記』における「山の端の月」を中心に」『王朝人の婚姻と信仰』倉田実編　森話社2010.5、「寛元本『和泉式部日記』と『和泉式部集』Ｅ歌群日記歌について」『古代中世文学論考』新典社2013.3など。

新注和歌文学叢書15
賀茂《かもの》保憲《やすのりの》女《むすめの》集《しゅう》新注
二〇一五年三月三一日　初版第一刷発行
著　者　渦巻　恵
発行者　大貫祥子
発行所　株式会社青簡舎
〒一〇一-〇〇五一
東京都千代田区神田神保町二-一四
電　話　〇三-五二一三-四八八一
振　替　〇〇一七〇-九-四六五四五二
印刷・製本　株式会社太平印刷社

ISBN978-4-903996-84-4　C3092